사랑의 역사

사랑의 역사

니콜 크라우스 장편소설 | 민은영 옮김

The History
of Love

Nicole Krauss

문학동네

일러두기

1. 주석은 모두 옮긴이주다.
2. 본문 중 고딕체는 원서에서 이탤릭체나 대문자로 강조한 부분이다.

내게 사라짐의 정반대를 가르치신

조부모님을 위해,

그리고 내 삶의 전부인 조너선을 위해

차례

지상에서 하는 마지막 말

내 부고가 쓰일 때. 내일. 혹은 그다음날. 거기에는 이렇게 적힐 것이다, 레오 거스키는 허섭스레기로 가득찬 아파트를 남기고 죽었다. 내가 아직 산 채로 파묻히지 않았다는 것이 놀랍다. 이 집은 넓지 않다. 나는 침대와 변기, 변기와 식탁, 식탁과 현관문 사이에 길이 막히지 않게 하려고 애를 써야 한다. 변기에서 현관문으로 가고 싶다면, 불가능, 식탁 쪽을 거쳐서 가야만 한다. 나는 침대가 홈 플레이트, 변기가 일루, 식탁이 이루, 현관문이 삼루라고 상상하기를 즐긴다. 그래서 침대에 누워 있는데 초인종이 울리면 변기와 식탁을 거쳐야 문까지 갈 수 있는 것이다. 브루노가 찾아온 거라면 말없이 그를 들인 후 다시 침대로 느긋하게 달려가는데, 그럴 때면 보이지 않는 군중의 함성이 귓가를 울린다.

살아 있는 내 모습을 마지막으로 보게 되는 사람이 누굴까 자주 궁금해진다. 굳이 내기를 한다면, 중국 음식점 배달부에게 돈을 걸겠다. 일주일에 나흘 밤을 그곳에서 음식을 주문한다. 배달부 청년이 올 때마다 나는 지갑을 찾는다고 야단법석을 떤다. 그가 기름기 묻은 봉투를 들고 문간에 서 있을 때면, 내가 춘권을 먹어치우고 침대로 올라간 뒤 자다가 심장마비를 일으키는 날이 오늘밤은 아닐까 자문해본다.

사람들의 눈에 띄는 일을 게을리하지 않으려고 노력한다. 가끔 밖에 나가면 목이 마르지 않아도 주스를 살 것이다. 가게 안이 붐빈다면 받은 잔돈을 온 바닥에 떨어뜨려 5센트, 10센트 동전들이 사방으로 굴러가게 하는 짓까지도 할 것이다. 바닥에 무릎을 꿇고 앉을 것이다. 나는 대단히 애를 써야 바닥에 무릎을 꿇고 앉을 수 있고, 그보다 더 애를 써야 다시 일어설 수 있다. 그렇긴 하지만. 아마 멍청이처럼 보이겠지. 애슬리즈 풋 매장에 들어가 말할 것이다, 운동화는 뭐가 있소? 점원은 한심한 천치 같은 나를 위아래로 훑어보고는 그 가게에서 파는 유일한 록포트*인 새하얀 신발 쪽으로 데려갈 것이다. 아니, 나는 말할 것이다. 그건 벌써 샀소. 그러고는 리복 쪽으로 걸어가 신발처럼 생기지도 않은, 어쩌면 방수장화라고 해야 할 것을 집어들고 사이즈 9호를 달라고 할 것이다. 점원 아이는 나를 다시, 좀더 주의깊게 쳐다볼 것이다. 그 녀석은 나를 빤히 노려볼 것이다. 사이즈 9호, 나는 표면이 거미줄처럼 얽힌 신발을 꽉 움켜쥐고 거듭 말할 것이다. 그는 고개를 설레설레 저으며 신발을 가지러 뒤편으로 갈 테고 그가 돌아올 무렵이면 나는 양말을 벗고 있을 것이다. 바짓단을 말아올리고 그 낡아빠진 물건, 내

---

* 편안한 착화감을 내세운 신발 브랜드.

발을 내려다보고 있을 테고, 어색한 일 분 정도가 지나고 나면 점원은 내가 그 장화를 발에 끼워주기를 기다리고 있다는 걸 깨달을 것이다. 실제로 신발을 사는 일은 없다. 나는 다만 누군가의 눈에 띄지 않는 날 죽지 않기를 바랄 뿐이다.

몇 달 전에 신문에서 광고를 봤다. 이렇게 쓰여 있었다. 미술 수업을 위한 누드모델 구함. 시간당 15달러. 정말인가 싶게 좋은 일 같았다. 그렇게 오래 시선을 받다니. 그렇게 많은 시선을. 전화를 걸었다. 어떤 여자가 다음 화요일에 오라고 말했다. 나는 내 모습을 묘사하려 했지만 여자는 관심이 없었다. 어떻든 다 괜찮아요, 여자가 말했다.

하루하루가 천천히 흘러갔다. 브루노에게 얘기했더니 그는 말을 잘못 알아듣고 내가 벌거벗은 아가씨들을 보려고 미술 수업에 등록했다고 생각했다. 그는 오해를 풀고 싶게 하지 않았다. 가슴도 내놓나? 그가 물었다. 나는 어깨를 으쓱했다. 또, 거기 아래도?

4층에 살던 프리드 부인이 죽고 사흘이 지나서야 발견된 뒤로, 브루노와 나는 서로를 살피는 버릇이 들었다. 우리는 사소한 핑계를 만들곤 했다—화장지가 떨어졌어, 브루노가 문을 열어주면 나는 그런 말을 했다. 하루가 지나 내 집 문에 노크 소리가 났다. 〈TV 가이드〉를 잃어버렸어, 그가 그런 이유를 대면 나는 가서 내 것을 찾아다주었다. 그의 것이 소파 위 늘 있는 자리에 놓여 있다는 것을 알면서도. 한번은 그가 일요일 오후에 내려왔다. 밀가루 한 컵이 필요해, 그가 말했다. 미련한 짓이었지만 나 자신을 어찌할 수가 없었다. 너는 요리를 할 줄도 모르잖아. 잠시 침묵의 순간이 흘렀다. 브루노는 내 눈을 똑바로 바라봤다. 네가 뭘 알아, 그가 말했다, 난 케이크를 굽고 있다고.

　미국에 왔을 때 내가 아는 사람이라고는 열쇠공으로 일하는 육촌 하나뿐이어서 그의 밑에서 일했다. 그가 구두장이였으면 나도 구두장이가 되었을 것이고, 그가 똥을 치웠다면 나 또한 똥을 치웠을 것이다. 그러나. 그는 열쇠공이었다. 그는 내게 그 기술을 가르쳤고 그래서 나도 열쇠공이 되었다. 우리는 함께 조그만 가게를 운영했는데, 어느 해인가 그가 결핵에 걸렸고, 간을 잘라내야 했고, 열이 41도까지 올랐다가 결국 죽었고, 그래서 내가 가게를 인수했다. 그의 아내에게 수익의 반을 보냈다. 그 여자가 의사와 결혼해 베이사이드로 이사간 후에도. 오십 년이 넘도록 열쇠공 일을 했다. 그것은 과거의 내가 상상했을 법한 삶이 아니었다. 그렇긴 하지만. 실은 그 일을 좋아하게 되었다. 나는 사람들이 잠긴 문을 열고 안으로 들어갈 수 있게, 혹은 안으로 들이면 안 되는 것들을 막아내 악몽을 꾸지 않고 잘 수 있게 도왔다.

　그러던 어느 날, 창밖을 바라보고 있었다. 아마도 하늘을 응시하고 있었을 것이다. 바보라도 창가에 세워두면 스피노자가 된다. 오후가 지나갔다, 어둠이 체로 거른 듯 내려앉았다. 전구에 달린 사슬로 손을 뻗는데 갑자기 코끼리가 심장 위로 올라선 느낌이 들었다. 무릎을 꿇고 주저앉았다. 나는 생각했다, 나는 영원히 살지 않는다. 일 분이 지났다. 일 분 더. 그리고 또 일 분. 나는 바닥을 긁으며 전화기 쪽으로 벅벅 기어갔다.

　심근의 이십오 퍼센트가 죽었다. 몸을 회복하는 데 시간이 걸렸고 다시는 일터로 돌아가지 않았다. 일 년이 지났다. 시간 그 자체를 위해 흘러가는 시간을 의식하게 되었다. 창밖을 응시했다. 가을

이 겨울로 바뀌는 것을 바라보았다. 겨울이 봄으로 바뀌는 것을. 어떤 날에는 브루노가 내려와서 함께 앉아 있었다. 우리는 어린 시절부터 서로를 알았다. 학교를 함께 다녔으니까. 가장 친한 친구들 가운데 하나였던 그는 두꺼운 안경을 썼고 붉은빛 도는 제 머리카락을 싫어했으며 감정이 복받치면 목소리가 갈라졌다. 그가 여태 살아 있는 줄 몰랐었는데, 어느 날 이스트 브로드웨이를 걷다가 그의 목소리를 들었다. 나는 뒤로 돌아섰다. 그는 등을 보인 채로 식료품점 앞에 서서 어떤 과일의 값을 묻고 있었다. 나는 생각했다, 넌 환청을 듣고 있어, 못 말리는 몽상가로구나, 어릴 적 친구라니─그런 가능성이 얼마나 되겠어? 나는 보도 위에 붙박인 듯 서 있었다. 그 녀석은 지금 땅속에 있어, 나는 속으로 말했다. 지금 여기는 미합중국이야, 저기 맥도날드가 있잖아, 정신 좀 차려. 나는 단지 확인만 할 생각으로 기다렸다. 그의 얼굴은 못 알아봤을 수도 있다. 그러나. 걸음걸이는 틀림없었다. 그가 내 곁을 막 지나가고 있었다. 나는 팔을 뻗었다. 내가 뭘 하고 있는지 깨닫지 못했다. 어쩌면 환각을 보고 있었는지도 모른다, 그의 소매를 잡았다. 브루노, 나는 말했다. 그는 걸음을 멈추고 돌아보았다. 처음에는 겁먹은 듯했다가 나중에는 혼란에 빠진 것 같았다. 브루노. 그는 나를 보았다, 그의 눈에 눈물이 고이기 시작했다. 나는 그의 다른 손을 잡았다, 그의 한쪽 소매와 다른 쪽 손이 내게 잡혀 있었다. 브루노. 그는 몸을 떨기 시작했다. 그가 내 볼에 손을 댔다. 우리는 보도 한복판에 서 있었다. 사람들이 바삐 지나가고 있었다. 훈훈한 6월의 어느 날이었다. 그의 숱 없는 머리는 백발이었다. 그가 과일을 땅에 떨어뜨렸다. 브루노.

한두 해가 지나고 그의 아내가 죽었다. 아내 없는 아파트에 사는 것은 너무 힘겨운 일이었다. 모든 것이 기억을 불러일으켰다. 그래서 내 집 위층의 아파트가 비자 그는 거기로 이사를 들어왔다. 우리는 자주 내 집 식탁에 함께 앉는다. 둘 다 아무 말도 하지 않은 채 오후가 다 가기도 한다. 말을 하더라도 절대로 이디시어는 쓰지 않는다. 우리 어린 시절의 언어는 이제 낯선 것이 되었다―그 말을 같은 방식으로 쓸 수 없었기 때문에 차라리 아예 쓰지 않는 쪽을 택한 것이다. 삶은 새로운 언어를 요구했다.

브루노, 내 오랜 충실한 벗. 그를 충분히 묘사하지 못했다. 그는 묘사가 불가능한 사람이라고 말하면 족하려나? 아니다. 시도했다가 실패하는 편이 시도조차 하지 않는 것보다 낫다. 갓털이 반쯤 날아간 민들레처럼 네 두피 위에서 가볍게 흔들리는 부드러운 솜털 같은 흰머리. 나는 몇 번이나, 브루노, 네 머리에 숨을 후 불며 소원을 빌고 싶은 충동을 느꼈다. 마지막 한 가닥 예의가 그러는 걸 막았지. 아니면 네 키, 아주 작은 네 키 얘기부터 시작해야 할지도 몰라. 넌 잘해야 내 가슴팍까지밖에 오지 않지. 아니면 네가 어느 상자에서 꺼내 네 거라고 주장했던 안경, 눈을 어찌나 크게 확대하는지 리히터 규모 4.5의 지진에 대한 반응을 얼굴에 새겨넣은 듯하던 그 거대하고 둥근 안경 얘기부터 시작할까? 그건 여자 안경이야, 브루노! 차마 그 말을 해줄 수가 없었어. 말하려고는 했지, 여러 번. 그리고 또다른 얘기. 어린 시절에 글을 더 잘 쓴 사람은 너였다. 그때는 자존심이 너무 세서 말하지 못했어. 그러나. 난 알았어. 내 말을 믿어, 난 그때도 알았고 지금도 알아. 네게 한 번도 그런 얘기를 해주지 않았다는 생각을 하면, 그리고 네게 잠재되어 있던 그 모든 가능성을 생각하면 마음이 아프다. 용서해라, 브루노. 내 가장 오랜 친구. 가장 좋은 친구. 네게 합당한 대접을 해주지 못했다. 인생 막바지에 네가 이처럼 동행이 되어주었는데. 그 모든 것을 표현할 말들을 찾았을 수도 있었을 네가, 특히 네가.

언젠가, 아주 오래전, 브루노가 거실 한복판에서 빈 약병 옆에 누워 있는 것을 발견했다. 진력이 났던 것이다. 오직 영원히 잠들기만을 원했던 것이다. 테이프로 가슴에 붙인 쪽지에 적힌 것은 세 마디 말이었다. 사랑하는 이들아, 안녕히. 나는 소리를 질렀다. 안 돼, 브루노, 안 돼, 안 돼, 안 돼, 안 돼, 안 돼, 안 돼! 얼굴을 찰싹찰싹 때렸다. 마침내 그의 눈이 파들거리며 열렸다. 눈빛이 공허하고 멍했다. 정신 차려, 덤코프*! 나는 소리를 질렀다. 내 말 들어, 정신 차려야 한다고! 그의 눈이 다시 스르르 감겼다. 911에 전화를 걸었다. 대접에 찬물을 채워 얼굴에 부었다. 심장에 귀를 대보았다. 멀리서 들려오는 희미한 들썩임. 구급차가 왔다. 병원에서 그의 위를 세척했다. 약을 왜 그렇게 많이 드셨어요? 의사가 물었다. 속이 메스껍고 기진맥진한 브루노가 의사를 싸늘히 올려다보았다. 약을 왜 그렇게 많이 먹었을 것 같소? 그가 날카롭게 내질렀다. 회복실이 일순 고요해졌고, 모두가 빤히 쳐다봤다. 브루노는 끙 소리를 내며 벽 쪽으로 돌아누웠다. 그날 밤, 내가 잠자리를 봐주었다. 브루노, 그의 이름을 불렀다. 정말로 미안해, 그가 말했다. 너무 이기적이었어. 나는 한숨을 쉬고 돌아서서 가려 했다. 내 옆에 있어! 그가 외쳤다.

그후로 우리는 그날에 대해 한 번도 얘기하지 않았다. 어린 시절

---

* '멍청이'라는 뜻의 이디시어.

에 대해, 우리가 공유했다 상실한 꿈에 대해, 일어났거나 일어나지 않은 그 모든 일에 대해 한 번도 얘기하지 않은 것처럼. 한번은 둘이서 말없이 함께 앉아 있었다. 갑자기 우리 중 하나가 웃음을 터트렸다. 전염성이 있는 웃음이었다. 그 웃음에는 아무런 이유가 없었지만 우리는 킬킬거리기 시작했고, 어느새 의자에서 뒤치며 울부짖었는데, 웃으며 울부짖었는데, 눈물이 우리 볼을 타고 흘러내렸다. 내 바짓가랑이에 젖은 반점이 퍼져가는 것을 보고 우리는 더 격렬하게 웃어댔다. 탁자를 쾅쾅 내리치고 숨을 헐떡이며 나는 생각했다. 아마도 이렇게 가려나보다, 발작적으로 웃다가, 더 나은 길이 뭐가 있을까, 웃으며 울고, 웃으며 노래하고, 웃으며 혼자라는 사실을, 인생이 끝났다는 사실을, 죽음이 문밖에서 기다린다는 사실을 잊는 것보다.

소년 시절에 나는 글쓰기를 좋아했다. 그것이 살면서 하고 싶은 유일한 일이었다. 나는 상상의 인물들을 만들어냈고 그들의 이야기로 공책을 가득 채웠다. 내가 지어낸 이야기 속 어떤 소년은 자라면서 털이 너무 많이 났고 사람들은 그를 사냥해 모피를 얻으려 했다. 그는 나무 사이에 숨어야 했는데, 거기서 자기가 몸무게 300파운드짜리 고릴라라고 착각하는 새와 사랑에 빠졌다. 샴쌍둥이에 관해서도 썼는데, 둘 중 하나가 나와 사랑에 빠졌다. 나는 그 이야기 속 섹스 장면들이 완전히 독창적이라고 생각했다. 그렇긴 하지만, 나이가 더 들고는 진짜 작가가 되고 싶다는 결론을 내렸다. 실재하는 것들에 대해 쓰려고 했다. 세상을 묘사하고 싶었다, 묘사되지 않은 세상에 사는 것은 너무 외로웠기에. 스물한 살이 되기 전에 책을 세 권 썼는데, 그 책들이 어떻게 되었는지는 아무도 모른다. 첫번째 책은 슬로님에 대한 이야기인데, 슬로님은 내가 살던 마을로 때로는 폴란드에 때로는 러시아에 속했던 곳이다. 권두 삽화로 그곳의 지도를 그려넣고 집과 상점들의 이름을 적어넣었다. 여기는 키프니스의 푸줏간, 여기는 그로첸스키의 양복점, 그리고 여기에는 위대한 차디크* 아니면 바보인데, 어느 쪽인지 아무도 단언할 수 없는 피슐 샤피로가 살았고, 여기는 우리가 놀던 광장과 들판, 그리고 여기에서 강이 넓어지고 여기에서는 좁아지며, 여기는 숲이 시작되는 곳, 그리고 여기는 베일라 애시가 목을 맨 나무가 서 있는 곳, 그리고 여기, 또 여기. 그렇긴 하지만. 내가 의견을 듣고 싶은 유일한 슬로님 사람에게 그 책을 주었을 때, 그녀는 그저 어깨를 으쓱하면서 내가 이야기를 지어낼 때가 더 좋았다고 말했다. 그래서 나는 두번째 책을 썼고, 모든 것을 지어냈다. 날개가 자라는 남자들, 뿌리가 하늘을 향해 자라는 나무들, 자기 이름을 잊어버리는 사람들, 그 무엇도 잊지 못하는 사람들로 책을 가득 채웠고, 심지어는 단어까지 지어냈다. 책을 다 쓰고 나서 그녀의 집까지 단숨에 뛰어갔다. 달음질로 문을 통과하고 계단을 올라가, 내가 의견을 듣고 싶은 유일한 슬로님 사람에게 그 책을 건네주었다. 나는 벽에 기대어 책을 읽는 그녀의 얼굴을 바라보았다. 밖은 어두워지고 있었지만 그녀는 계속 읽었다. 몇 시간이 흘렀다. 나는 바닥으로 미끄러져 내려갔다. 그녀는 읽고 또 읽었다. 다 읽은 후에는 고개를 들었다. 오래도록 그녀는 말이 없었다. 그러더니 모든 것을 지어내지는 말아야 할 것 같다고, 그러면 그 무엇도 믿기가 힘들

---

* '군자' '성인'이라는 뜻의 이디시어.

어진다고 말했다.

다른 사람 같았으면 포기했을 것이다. 나는 다시 시작했다. 이번에는 실재하는 것들에 대해 쓰지 않았고, 가상의 것들에 대해서도 쓰지 않았다. 내가 아는 유일한 것에 대해 썼다. 원고가 점점 쌓여갔다. 내가 의견을 듣고 싶은 유일한 슬로님 사람이 배를 타고 미국으로 떠난 뒤에도 나는 그녀의 이름으로 원고를 채워나갔다.

그녀가 떠난 뒤 모든 것이 무너졌다. 유대인은 누구도 안전하지 않았다. 도저히 이해할 수 없는 일들에 대한 소문이 떠돌았고, 우리는 이해할 수 없었으므로 믿을 수도 없었지만, 결국 믿지 않을 수 없게 되었을 때에는 이미 너무 늦어버렸다. 민스크에서 일하고 있던 나는 직장을 잃고 슬로님의 집으로 돌아갔다. 독일군은 동진했다. 그들은 점점 더 가까워졌다. 그들의 탱크가 다가오는 소리가 들리던 아침에 어머니는 내게 숲속에 숨어 있으라고 했다. 막내 남동생을 데리고 가고 싶었다, 그애는 겨우 열세 살이었다, 하지만 어머니는 자신이 직접 데리고 가겠다고 했다. 왜 그 말을 들었을까? 그러는 게 더 편해서? 나는 숲으로 달려갔다. 땅바닥에 누워 꼼짝도 하지 않았다. 멀리서 개들이 짖었다. 몇 시간이 흘러갔다. 그러다 들리던 총소리. 너무 많은 총소리. 무슨 이유에선지 그들은 비명을 지르지 않았다. 아니면 내가 그들의 비명을 못 들었는지도 모른다. 그후로는 오로지 적막뿐. 몸에 감각이 없었다, 입안에서 피맛이 느껴지던 기억이 난다. 시간이 얼마나 흘렀는지도 모르겠다. 몇 날이었다. 집으로 돌아가지 않았다. 다시 일어섰을 때는, 삶의 가장 작은 조각일지라도 그것을 표현할 말을 찾을 수 있다고 생각한 적 있는 나의 마음 한구석이 이미 떨어져나간 후였다.

그렇긴 하지만.

심장마비를 겪고 두어 달 만에, 글을 놓아버린 뒤로 오십칠 년 만에, 다시 글을 쓰기 시작했다. 다른 누구를 위해서가 아니라 나 자신만을 위해 썼다. 그것이 달라진 점이었다. 말을 찾을 수 있는지 아닌지는 중요하지 않았고, 나아가 맞는 말을 찾는 것은 불가능하리라는 것을 알았다. 그리고 언젠가 가능하다고 믿었던 것이 사실은 불가능하다는 것을 받아들였기 때문, 또한 단 한 글자도 다른 사람에게 보여주지 않을 것임을 알았기 때문에, 나는 한 문장을 썼다.

옛날에 한 소년이 있었다.

문장은 며칠 동안 그 상태 그대로, 그 외에는 텅 빈 페이지 위에서 빤히 올려다보았다. 그다음주에 한 문장을 더 썼다. 이내 한 페이지가 꽉 찼다. 글을 쓰니 행복했다. 가끔 내가 그러듯이, 소리 내어 지껄이는 혼잣말 같았다.

한번은 브루노에게 말했다. 맞혀봐, 내게 몇 페이지나 있을 것 같아?

모르겠어, 그가 말했다.

숫자를 적어봐, 나는 말했다. 그리고 탁자 이쪽 편으로 밀어 보내. 그는 어깨를 으쓱하더니 주머니에서 펜을 하나 꺼냈다. 그는 내 얼굴을 유심히 살피며 일이 분 정도 생각했다. 대강 어림잡아봐, 나는 말했다. 그는 냅킨 위로 웅크리고 숫자를 휘갈겨 적은 뒤 종이를 뒤집었다. 나는 진짜 숫자 301을 내 냅킨 위에 적었다. 브루노의 냅킨을 집었다. 설명할 수 없는 어떤 이유로 그는 200,000을 적었다. 브루노가 내 냅킨을 집어 뒤집었다. 그의 얼굴에 실망이 번졌다.

때때로 나는 내 책의 마지막 페이지와 내 인생의 마지막 페이지가 하나이며 똑같다고 믿었다. 책이 끝나면 나도 끝날 거라고, 큰 바람이 방을 휩쓸어 원고를 모두 날려버릴 거라고, 허공에 펄럭이던 흰 종잇장들이 모두 사라지고 나면 방이 고요해질 거라고, 내가 앉아 있던 의자가 텅 빌 거라고.

매일 아침 조금씩 더 썼다. 삼백하고 하나, 그건 하찮은 것이 아니다. 이따금 글쓰기를 마치면 영화관에 가곤 한다. 내게는 항상 큰 행사다. 아마 팝콘을 좀 사서—주변에 쳐다봐줄 사람이 있으면—바닥에 흘릴 것이다. 나는 앞자리를 좋아한다. 스크린이 시야를 꽉 채워 아무것도 주의를 흩트리지 않는 상태를 좋아한다. 그리고 그 순간이 영원히 이어지기를 바란다. 얼마나 행복한지 말로 다 할 수가 없다, 그렇게 앞에서 크게 확대된 영상을 바라보고 있으면. 실제 삶보다 더 큰* 영상이라고 말할 수 있겠지만, 난 그 표현을 제대로 이해한 적이 없다. 삶보다 더 큰 게 뭐란 말인가? 앞줄에 앉아 2층 높이에 있는 아름다운 여자를 올려다보고, 그녀의 목소리가 진동하며 다리를 마사지하는 감각을 느끼는 것은 삶의 크기를 상기하는 일이다. 그래서 나는 앞줄에 앉는다. 목덜미에 쥐가 나고 발기가 서서히 풀려가며 극장을 나선다면, 그곳은 좋은 자리였다. 난 지저분한 남자가 아니다. 난 딱 삶만큼만 크기를 원했던 남자다.

내 책에는 내가 가슴으로 외우는 단락들이 있다.

가슴으로by heart, 이것은 내가 가벼이 쓰는 표현이 아니다.

내 심장heart은 약하고 믿을 수 없다. 내가 간다면, 그건 심장 때

---

* larger than life. '실물보다 크다'는 뜻에서 확장되어 '실제보다 과장된' '영웅적인' '허풍을 떠는' 등의 의미로 쓰이는 말. 여기에서는 life의 본래 의미인 '인생, 삶'까지 끌어들인 언어유희다.

문일 것이다. 나는 심장에 되도록 부담을 주지 않으려고 노력한다. 무언가 심장에 영향을 줄 것 같으면, 방향을 다른 데로 돌린다. 예를 들어, 내 위장, 혹은 폐. 폐는 잠시 작동을 멈출 수는 있겠지만 아직까지 다음 숨을 쉬지 못한 적은 없다. 거울 앞을 지나다 내 모습을 일별할 때, 혹은 정류장에 있는데 아이들이 내 뒤에 와서, 누가 똥냄새를 풍기는 거야? 하고 말할 때―날마다 겪는 작은 모욕들―나는 그것들을 대개는 간에서 받아낸다. 다른 피해들은 또다른 곳에서 받는다. 모든 상실한 것들에서 받는 타격은 췌장이 전담한다. 상실한 것들이 너무 많은 데 비해 그 장기는 너무 작은 게 사실이다. 그러나. 그것이 얼마나 많은 것을 받아낼 수 있는지 알면 놀랄 거다. 내가 실제로 느끼는 건 짧고 날카로운 통증뿐이며 그러고 나면 끝이다. 때때로 부검되는 내 몸을 상상한다. 나 자신에 대한 실망: 오른쪽 콩팥. 나에 대한 다른 이들의 실망: 왼쪽 콩팥. 개인적 실패: 카시커*. 무슨 과학적 이론을 세운 척할 생각은 없다. 그렇게 잘 정리된 생각은 아니다. 나는 뭐든 오는 곳에서 받아낸다. 그저 어떤 패턴을 알아차렸다는 것뿐이다. 일광절약시간제가 종료되어 생각지도 않은 시간에 어둠이 깔리면 나는 이것을, 이유는 설명할 수 없지만, 팔목에서 느낀다. 그리고 자다 일어났는데 손가락이 뻣뻣하면, 거의 확실히, 어린 시절 꿈을 꾸고 있었던 것이다. 우리가 놀던 들판, 모든 것이 발견되고 모든 것이 가능했던 그 들판. (우리는 너무 심하게 달려서 목에서 피가 날 것 같다고 생각했다―내게 어린 시절의 소리는 가쁜 숨소리와 단단한 땅을 긁

---

* '장' '창자'를 속칭하는 이디시어.

는 신발소리다.) 뻣뻣한 손가락은 인생 말년에 다시 떠오른 기억 속의 어린 시절 꿈이다. 그럴 때는 따뜻한 물을 틀고 손가락을 대고 있어야 하는데, 그러면 수증기가 거울을 뿌옇게 덮고 밖에서는 비둘기가 버스럭거린다. 어제 한 남자가 개를 발로 차는 것을 봤을 때는 그것을 눈 뒤편에서 느꼈다. 그 부위를 뭐라 불러야 할지 모르겠다. 눈물 바로 앞자리. 망각의 고통: 척추. 기억의 고통: 척추. 부모님이 돌아가셨다는 사실을 갑자기 깨달을 때, 심지어 지금도, 나를 만든 세상은 이제 존재하지 않는데 나는 이 세상에 존재한다는 사실에 깜짝 놀람: 무릎, 벤게이 연고를 반 통이나 바르고 야단법석을 떨어야만 굽힐 수 있을 정도의 통증. 제철이 있는 모든 것, 자다 일어나 순간적으로 누군가 내 옆에 잠들어 있다고 믿는 실수를 저지르는 모든 경우: 치질. 외로움: 온전히 감당할 장기 없음.

매일 아침, 조금씩 더.

옛날에 한 소년이 있었다. 그는 더는 존재하지 않는 한 마을에서, 모든 것이 발견되고 모든 것이 가능했던, 더는 존재하지 않는 들판 귀퉁이의 더는 존재하지 않는 집에서 살았다. 거기서는 막대기가 긴 칼일 수도 있었다. 자갈이 다이아몬드일 수도 있었다. 나무가 성일 수도.

옛날에 한 소년이 있었고, 그의 집에서 들판을 건너면 더는 존재하지 않는 한 소녀가 살았다. 그들은 천 가지 놀이를 만들어냈다. 그녀는 왕비였고 그는 왕이었다. 가을빛에 그녀의 머리가 왕관처럼 빛났다. 그들은 조금씩 한줌 한줌 세상을 수집했다. 하늘이 어둑해지면 머리칼에 나뭇잎이 붙은 채로 헤어졌다.

옛날에 한 소년이 있었고, 그는 한 소녀를 사랑했으며, 그녀의 웃음은 소년이 평생에 걸쳐 답하고 싶은 질문이었다. 두 아이가 열 살 때 소년은 소녀에게 청혼했다. 열한 살에 그는 그녀에게 처음으로 키스했다. 열세 살에 둘은 싸우고 삼 주 동안 서로 말을 하지 않았다. 열다섯에 그녀는 왼쪽 가슴에 난 상처를 보여주었다. 그들의 사랑은 아무에게도 말하지 않은 비밀이었다. 그는 살아 있는 동안 절대로 다른 여자를 사랑하지 않겠다고 약속했다. 내가 죽으면? 소녀가 물었다. 그때도, 소년이 말했다. 소녀의 열여섯 살 생일에 소년은 영어사전을 선물했고 둘은 함께 단어를 익혔다. 이건 뭐지? 소년이 검지로 소녀의 발목 둘레에 보이지 않는 선을 그리며 물으면 소녀는 사전을 찾아보았다. 그리고 이건? 소년은 그녀의 팔꿈치에 입맞추며 물었다. 팔꿈치! 무슨 단어가 그래? 그러면 그는 팔꿈치를 핥았고 그녀는 키득키득 웃었다. 그럼 이건? 그는 소녀의 귀 뒤쪽 보드라운 살결을 어루만지며 물었다. 몰라, 소녀는 그렇게 말하며 손전등을 껐고, 한숨을 푹 쉬며 몸을 돌려 반듯이 누웠다. 열일곱 살에 그들은 처음으로, 헛간의 짚단 위에서, 사랑을 나누었다. 그녀는 나중에―그들이 상상도 못했던 일들이 벌어졌을 때―편지에 썼다. 넌 언제쯤이면 세상 모든 것을 표현할 말들이 제각기 존재하지는 않는다는 걸 알까?

옛날에 한 소년이 있었고, 그는 한 소녀를 사랑했으며, 그녀의 아버지는 재빠른 상황 판단으로 수중의 즈워티*를 모조리 긁어모아 막내딸을 미국으로 보냈다. 처음에 그녀는 가지 않겠다고 했지만 소년도 상황을 알기에 가라고 우겼고 자신도 돈을 마련해 따라

---

* 폴란드의 화폐 단위.

갈 방법을 찾겠다고 목숨 걸고 맹세했다. 그래서 소녀는 떠났다. 가장 가까운 도시에서 일자리를 구한 소년은 병원 청소부로 일했다. 밤에는 책을 썼다. 책의 열한 장章을 조그만 글씨로 편지에 옮겨 적어 그녀에게 보냈다. 우편이 잘 도착할지조차 확실하지 않았다. 소년은 최대한 돈을 쓰지 않고 모았다. 어느 날 그는 해고되었다. 아무도 이유를 말해주지 않았다. 그는 집으로 돌아갔다. 1941년 여름, 특수작전부대Einsatzgruppen*가 동쪽으로 깊숙이 쳐들어와 유대인 수십만 명을 죽였다. 7월의 화창하고 더운 어느 날, 그들은 슬로님에 들어왔다. 공교롭게도 그 시간에 소년은 숲속에 누워 소녀를 생각하고 있었다. 소녀를 사랑하는 마음이 그를 살렸다고 할 수도 있을 것이다. 그후 몇 년의 세월이 흐르는 동안, 소년은 남자가 되었고 눈에 보이지 않게 되었다. 그런 식으로 그는 죽음을 피했다.

옛날에, 눈에 보이지 않게 된 남자가 미국에 도착했다. 그전까지 삼 년 반을, 대개는 숲속에서, 때로는 온갖 틈이나 지하 저장고나 구덩이에서 숨어 지냈다. 그러다 끝이 났다. 러시아군의 탱크가 들어왔다. 육 개월 동안 그는 난민 수용소에서 살았다. 그는 미국에서 열쇠공이 된 친척에게 소식을 전했다. 영어로 아는 몇 안 되는 단어들을 머릿속에서 연습하고 또 연습했다. 무릎. 팔꿈치. 귀. 마침내 서류가 도착했다. 그는 기차를 타고 배까지 갔고 일주일 후에 뉴욕항에 도착했다. 11월의 서늘한 날이었다. 접힌 채 그의 손에 들린 것은 소녀의 주소를 적은 쪽지였다. 그날 밤, 그는 친척집

---

* 2차대전 당시 나치 독일 친위대 소속 군사조직으로 주로 유대인 사살에 관여했다.

방바닥에 누워 깨어 있었다. 라디에이터가 쿨렁쿨렁 쉭쉭 소리를 냈지만, 그는 온기에 감사했다. 아침에 그의 친척은 지하철을 타고 브루클린에 가는 길을 세 번이나 거듭 설명했다. 그는 장미 한 다발을 샀지만, 친척이 길을 세 번이나 설명했는데도 헤매다가 꽃이 시들어버렸다. 마침내 그곳을 찾았다. 손가락이 초인종을 누르는 순간에야, 먼저 전화를 걸었어야 했나 하는 생각이 머리를 스쳤다. 그녀가 문을 열었다. 그녀는 머리에 파란 스카프를 두르고 있었다. 이웃집 벽을 통해 야구 경기 중계 소리가 들렸다.

옛날에, 그때는 소녀였던 여자가 미국으로 가는 배에 올랐을 때 항해 내내 구토를 했는데, 뱃멀미 때문이 아니라 임신을 했기 때문이었다. 그 사실을 알았을 때 그녀는 소년에게 편지를 썼다. 날마다 그의 편지를 기다렸지만, 편지는 오지 않았다. 배가 점점 불러왔다. 그녀는 드레스 공장의 일자리를 잃지 않으려고 배를 감추기 위해 애썼다. 아기가 태어나기 몇 주 전, 그녀는 폴란드에서 유대인을 죽이고 있다는 소식을 누군가로부터 전해들었다. 어딘데요? 그녀는 물었지만, 정확히 어디인지 아는 사람은 없었다. 그때부터 그녀는 일터에 나가지 않았다. 침대에서 일어날 수조차 없었다. 일주일 후, 사장의 아들이 그녀를 보러 왔다. 그는 먹을 음식을 가져왔고 침대 옆 화병에 꽃다발을 꽂았다. 그녀가 임신중이라는 것을 알고 그는 산파를 불렀다. 남자아이가 태어났다. 어느 날, 침대에서 일어나 앉은 여자는 사장 아들이 햇살 속에서 그녀의 아이를 어르고 있는 모습을 보았다. 몇 달 뒤, 그녀는 그의 청혼을 받아들였다. 이 년 뒤, 다른 아이가 태어났다.

눈에 보이지 않게 된 남자는 그녀의 집 거실에 서서 이 모든 이야기를 들었다. 그는 스물다섯 살이었다. 그녀를 마지막으로 본 이후로 그는 너무 많이 변했고, 이제 마음 한구석으로는 매섭고 차가운 웃음을 터트리고 싶기도 했다. 그녀가 이제 다섯 살이 된 아들의 작은 사진을 건넸다. 그녀의 손이 떨리고 있었다. 그녀는 말했다. 네가 편지를 끊었잖아. 난 네가 죽었다고 생각했어. 그는 자라서 자신과 닮게 될 아이의 사진을 들여다보았다. 그때 남자는 알지 못했지만, 자라서 대학에 가고, 사랑을 만나고, 사랑과 헤어지고, 유명한 작가가 될 아이였다. 이름이 뭐야? 그가 물었다. 그녀는 말했다, 내가 아이작이라고 지었어. 그가 사진을 응시하는 동안 두 사람은 말없이 오래 서 있었다. 마침내 그가 두 마디 말을 겨우 내뱉었다. 나랑 가자. 아래쪽 거리에서 아이들이 고함치는 소리가 들려왔다. 그녀는 눈을 질끈 감았다. 나랑 가자, 그가 손을 내밀며 말했다. 눈물이 그녀의 얼굴을 타고 흘렀다. 세 번을 그는 청했다. 그녀는 고개를 저었다. 그럴 수 없어, 그녀는 말했다. 그녀는 바닥을 내려다보았다. 제발, 그녀가 말했다. 그래서 그는 평생 가장 힘들었던 일을 했다. 모자를 집어들고 그곳에서 걸어나온 것이다.

옛날에 소년이었던 남자, 살아 있는 동안 절대로 다른 여자를 사랑하지 않겠다고 약속한 남자가 그 약속을 지킨 것은 고집스러워서도 심지어는 충실해서도 아니었다. 그로서는 어쩔 도리가 없었다. 게다가 삼 년 반을 숨어 지내고 나니, 자신의 존재조차 모르는 아들에게 품은 사랑을 숨기는 것이 생각할 수도 없는 일 같지는 않았다. 앞으로도 하나뿐인 사랑일 여자를 위해 그래야 한다면. 어쨌거나, 완전히 사라져버린 남자에게 한 가지를 더 숨기는 게 무슨 대수겠는가?

미술 수업에서 모델을 서기로 한 날을 하루 앞둔 저녁이 되자, 나는 마음이 떨리고 들떴다. 단추를 풀고 셔츠를 벗었다. 그러고는 허리띠를 풀고 바지를 벗었다. 속셔츠도. 팬티도. 나는 양말만 신은 모습으로 현관 거울 앞에 섰다. 길 건너 놀이터에서 아이들의 함성이 들렸다. 전구를 켜는 줄이 머리 위에 있었지만 당기지 않았다. 남은 빛에 의지해 내 모습을 바라보며 서 있었다. 나는 내 외모가 준수하다고 생각해본 적이 없다.

어릴 적에 어머니와 이모, 고모들은 내가 크면 준수하게 변할 거라고 말하곤 했다. 당시 나는 내 외모가 보잘것없다는 걸 잘 알았지만, 언젠가는 내게도 어느 정도의 아름다움이 나타날 거라고 믿었다. 도대체 무슨 생각을 한 건지 모르겠다. 위엄이라곤 없는 각도로 툭 튀어나온 귀가 뒤로 젖혀질 거라고, 어떻게든 머리가 좀 커져서 그런 귀와 어울리게 될 거라고 믿은 걸까? 변기 솔과 다르지 않은 질감의 머리칼이 시간이 지나면 매끄럽게 변해 윤기가 날 거라고? 별 가망이 없는 얼굴―두꺼비처럼 두툼한 눈꺼풀, 얇은 편에 속하는 입술―이 어떻게든 안타깝지 않은 무언가로 변할 거라고? 몇 년 동안, 아침에 일어나면 희망을 품고 거울 앞으로 갔다. 계속 희망을 품기에는 너무 나이가 든 뒤에도 그랬다. 나이가 들어가도 나아지는 것은 없었다. 오히려 사춘기에 접어들자 사정은 더욱 나빠져서, 아이라면 누구에게나 있는 환한 매력마저도 나를 저버렸다. 바르미츠바*를 치르던 해에 찾아온 여드름의 고통은 사 년 동안 이어졌다. 그런데도 나는 계속 희망을 품었다. 여드름이 사라지자마자 이마선이 뒤로 물러나기 시작했다, 마치 당혹스러운 얼굴과 연을 끊고 싶은 것처럼. 새로 누리게 된 관심에 기분이 좋아진 귀는 스포트라이트를 받으려고 더욱 밖으로 뻗치는 것 같았다. 눈꺼풀이 처졌고—귀의 안간힘을 보조하려면 어디선가 근육의 탄력이 떨어질 수밖에 없었다—눈썹은 독자적인 생명을 가진 것처럼 자라나 누구든 눈썹에 기대할 수 있는 모든 것을 단시간에 달성하더니 곧이어 그런 바람들을 능가해 네안데르탈인과 흡사해졌다. 몇 년 동안이나 나는 사정이 달라지기를 계속 소망했지만, 거울에 비친 모습을 있는 그대로가 아닌 다른 무엇으로 착각하지는 않았다. 시간이 지나면서 그런 생각을 점점 덜 하게 되었다. 그러다 거의 안 하게 되었다. 그렇긴 하지만. 마음 한편에서는 한 가닥 희망을 버리지 않았을 수도 있다—지금도 때로는 내 쭈글쭈글한 피셔**를 쥐고 거울 앞에 서서 언젠가 아름다움이 나타날 거라고 믿는 순간이 있을지도.

미술 수업이 있는 9월 19일 아침, 마음이 들뜬 상태로 잠에서 깼다. 옷을 입고 메타뮤실 바***로 아침을 먹은 뒤 화장실에 가서 기대를 품고 기다렸다. 삼십 분 동안 아무 일도 일어나지 않았지만 내 낙관주의는 스러지지 않았다. 그러다 겨우겨우 알갱이 몇 개가 연달아 나왔다. 희망에 부풀어 조금 더 기다렸다. 내가 바지를 발목까지 내린 상태로 변기에 앉아 죽는 일도 불가능하지는 않다. 어쨌거나 나는 너무 많은 시간을 거기 앉아 있으며, 이런 상황은 또

---

* 유대교에서 열세 살이 된 소년이 치르는 성인식.
** 남성의 성기를 의미하는 이디시어.
*** 섬유질 보충용 건강 보조 식품.

다른 의문을 발생시킨다. 죽어 있는 나를 처음으로 보게 되는 사람은 누구일까?

스펀지 목욕을 하고 옷을 입었다. 낮이 엉금엉금 지나갔다. 더이상 기다릴 수 없을 때까지 최대한 기다린 후, 버스를 타고 도심을 가로질렀다. 신문 광고를 네모나게 접어 주머니에 넣어두고 몇 번이나 꺼내서 이미 외우고 있는 주소를 자꾸 쳐다보았다. 건물을 제대로 찾기까지는 꽤 오랜 시간이 걸렸다. 처음에 나는 뭔가 착오가 있다고 생각했다. 그 앞을 세 번이나 지나치고 나서야 그 건물일 수밖에 없다는 것을 깨달았다. 오래된 창고였다. 녹이 슨 앞문을 판지 상자를 괴어 열어두었다. 그곳에 유인되어 가진 것을 빼앗기고 살해당하는 상상에 잠시 빠져들었다. 바닥에 고인 피 웅덩이에 누워 있는 내 시체를 떠올렸다.

하늘이 컴컴해지고 비가 내리기 시작했다. 살날이 얼마 남지 않았다는 생각을 하니, 얼굴에 닿는 바람과 빗방울에 감사한 마음이 들었다. 앞으로 나아가지도 못하고 돌아서지도 못하면서 거기 서 있었다. 마침내, 안에서 흘러나오는 웃음소리가 들렸다. 봐, 무슨 터무니없는 생각을 한 거야. 나는 생각했다. 문손잡이에 손을 뻗었는데 그 순간 문이 활짝 열렸다. 몸에 비해 지나치게 큰 스웨터를 입은 아가씨가 나왔다. 그녀가 옷소매를 걷었다. 팔이 가늘고 파리했다. 도와드릴까요? 그녀가 물었다. 스웨터에 작은 구멍들이 나 있었다. 스웨터는 무릎까지 내려왔고 그 아래에 치마를 입고 있었다. 날이 쌀쌀한데 다리가 맨살이었다. 미술 수업을 하는 곳을 찾고 있소. 신문에 광고가 났는데, 내가 잘못 찾아온 것 같기도 하고—나는 광고를 찾아 외투 주머니를 뒤적거렸다. 아가씨가 위층을 가리켰다. 2층

오른쪽 첫번째 방이에요. 근데 앞으로 한 시간은 있어야 시작할 텐데요. 건물을 올려다보았다. 나는 말했다. 길을 잃을까봐 일찍 왔어요. 여자는 떨고 있었다. 나는 레인코트를 벗었다. 여기, 이거 입어요. 그러다 병 걸리겠구먼. 그녀는 어깨를 으쓱했지만 외투를 받으려고 움직이지는 않았다. 나는 팔을 계속 뻗고 있다가 받지 않을 것 같아 내렸다.

더 할 말은 없었다. 계단이 있어서 올라갔다. 심장이 쿵쾅거렸다. 돌아갈까 생각했다. 여자를 지나쳐, 쓰레기 쌓인 거리를 지나, 도심을 가로질러, 할일이 기다리는 내 아파트로. 난 왜 이리 바보인가, 셔츠를 벗고 바지도 내던진 채 알몸으로 섰을 때 그들이 고개를 돌리지 않을 거라고 생각하다니? 그들이 정맥류가 불거진 내 다리를, 털투성이에 축 처진 내 크네델라흐*를 유심히 바라보고, 그리고 뭐―스케치하기 시작할 거라고? 그렇긴 하지만. 나는 돌아가지 않았다. 난간을 붙잡고 계단을 올라갔다. 천창天窓에 부딪히는 빗소리가 들렸다. 칙칙한 빛이 통과해 들어왔다. 계단 꼭대기에는 복도가 있었다. 왼편 방에서 한 남자가 커다란 캔버스에 그림을 그리고 있었다. 오른편 방은 비어 있었다. 긴 검은색 벨벳 천으로 덮인 상자가 하나 있고, 접이의자와 이젤이 무질서한 원을 그리며 놓여 있었다. 안으로 들어가, 앉아서 기다렸다.

반시간쯤 지나자 사람들이 어슬렁거리며 들어오기 시작했다. 어떤 여자가 내게 누구냐고 물었다. 광고 때문에 왔소, 여자에게 말했다. 어떤 사람이랑 통화도 했는데. 다행스럽게도 여자는 알아들은 것

---

* 고기를 넣고 둥글게 빚은 경단을 뜻하는 이디시어.

같았다. 그녀가 안내한 탈의실은 임시변통한 커튼이 걸린 구석이었다. 거기에 서자 여자가 내 주위로 커튼을 쳤다. 여자의 발걸음이 멀어지는 소리가 났지만 나는 여전히 거기 서 있었다. 일 분이 지난 뒤 신발을 벗었다. 벗은 신발을 나란히 놓았다. 양말을 벗어 신발 속에 넣었다. 단추를 풀어 셔츠를 벗었고, 옷걸이가 있어서 거기에 걸었다. 의자가 바닥에 끌리는 소리가 나고, 그다음에는 웃음소리가 들렸다. 갑자기, 남들 눈에 띄지 않아도 상관없다는 생각이 들었다. 신발을 움켜쥐고 방을 빠져나간 뒤 계단을 내려가 이곳을 벗어나고 싶었다. 그렇긴 하지만. 나는 바지 지퍼를 내렸다. 그러다 퍼뜩 떠오른 생각. '누드'가 의미하는 게 정확히 뭘까?

정말로 속옷까지 안 입는다는 의미일까? 곰곰이 생각했다. 그들은 속옷을 예상하고 있는데 내가 그 뭐시기를 덜렁거리며 나가면 어떻게 되는 거지? 광고 전단을 찾아 바지 주머니에 손을 넣었다. 누드모델, 그렇게 쓰여 있었다. 멍청하게 굴지 마, 나는 속으로 말했다. 이들은 아마추어가 아니야. 속옷이 무릎까지 내려가 있는데 여자의 발소리가 되돌아왔다. 안에 무슨 일 있나요? 누군가가 창문을 열었고 차 한 대가 빗속에서 물을 뿌리며 지나갔다. 괜찮아요, 괜찮아. 금방 나갈 거요. 나는 아래를 내려다보았다. 작은 얼룩이 있었다. 내 대장. 그것은 시도 때도 없이 날 질겁하게 한다. 속옷에서 발을 빼고 그것을 공처럼 뭉쳤다.

나는 생각했다. 결국 여기에서 죽으려고 왔나보다. 이 창고는 정말이지 한 번도 본 적이 없지 않은가? 어쩌면 이들은 사람들이 말하는 천사인가보다. 밖에 있던 아가씨, 물론이지, 내가 왜 몰라봤을까, 그렇게 피부가 파리했는데. 나는 꼼짝 않고 서 있었다. 점점 추워지기 시작했다. 나는 생각했다, 그러니까 죽음은 바로 이렇게 우릴 데려가는군. 버려진 창고에서 홀딱 벗은 채로. 내일 브루노가 내려와 내 집 문을 두드리면 아무도 대답하지 않겠지. 용서해라, 브루노. 작별인사라도 했으면 좋았을걸. 너무 적은 원고 매수 때문에 실망하게 해서 미안해. 그러다 또 생각했다, 내 책. 누가 그걸 찾을까? 다른 내 물건들과 함께 그것도 버려질까? 나는 그 책을 나 자신을 위해 쓰고 있다고 생각했지만, 사실은 누군가가 읽기를 바란 것이었다.

눈을 감고 숨을 들이마셨다. 내 몸은 누가 씻길까? 애도자의 카디시*는 누가 낭송할까? 나는 생각했다, 내 어머니의 손. 커튼을 젖혔다. 심장이 벌렁거렸다. 앞으로 나섰다. 빛 때문에 눈을 찡그리며 그들 앞에 섰다.

나는 거대한 야망을 품은 남자인 적이 없었다.

너무 잘 울었다.

과학에 소질이 없었다.

감정을 잘 표현하지 못했다.

다른 이들이 기도할 때 입술만 움직였다.

부탁드려요.

옷 갈아입는 곳으로 안내했던 여자가 벨벳을 드리운 상자를 가리켰다.

여기에 서세요.

마루를 가로질러 걸었다. 대략 열두 명쯤 되는 사람들이 화첩을

---

* 유대교에서 죽은 자를 위해 외는 기도문.

들고 착석해 있었다. 커다란 스웨터를 입은 아가씨도 거기 있었다.

어떻게든 편하신 대로 하시면 돼요.

어느 쪽을 봐야 할지 알 수가 없었다. 그들은 둥글게 앉아 있었으므로, 어떤 방향을 택하더라도 누군가는 내 직장 부위를 바라볼 수밖에 없었다. 그냥 그대로 서 있기로 했다. 양팔을 옆으로 늘어뜨리고 바닥의 한 점에 시선을 고정했다. 그들이 연필을 들었다.

아무 일도 일어나지 않았다. 대신 나는 발바닥에 닿는 플러시 천의 감촉, 팔에 곤두선 털, 조그만 분동처럼 아래로 끌어당기는 손가락들을 느꼈다. 내 몸이 열두 쌍의 눈길을 받고 깨어나는 것을 느꼈다. 고개를 들었다.

되도록 움직이지 말아주세요, 여자가 말했다.

나는 콘크리트 바닥의 갈라진 틈을 응시했다. 종이 위에서 움직이는 연필소리가 들렸다. 미소를 짓고 싶었다. 내 몸은 이미 반란을 일으켜, 무릎이 떨리기 시작했고 등 근육이 경직되었다. 그러나. 나는 개의치 않았다. 필요하다면 온종일이라도 그곳에 서 있을 참이었다. 십오 분, 이십 분이 흘렀다. 그때 여자가 말했다. 잠깐만 쉬었다가 다른 포즈로 다시 시작할까요?

나는 앉았다. 일어섰다. 몸을 돌렸고, 그래서 아까 내 직장 부위를 보지 못한 사람들은 이제 보게 되었다. 화첩의 페이지가 넘어갔다. 그 상태가 계속되었고 시간이 얼마나 지났는지는 나도 모른다. 한번은 기절할 것 같다고 생각했다. 감각에서 무감각으로 다시 감각에서 무감각으로 순환했다. 아파서 눈에 눈물이 고였다.

어찌어찌하여 옷이 있는 곳으로 되돌아갔다. 속옷이 보이지 않았지만 너무 피곤해서 찾을 엄두가 나지 않았다. 난간을 꼭 잡고 계단을 내려갔다. 여자가 뒤따라와 말했다. 잠시만요, 15달러 받아 가셔야죠. 돈을 받아 주머니에 넣으려는데 주머니 안에 공처럼 뭉쳐진 속옷이 만져졌다. 고맙소. 진심이었다. 기진맥진했다. 하지만 행복했다.

어딘가에 말하고 싶다, 용서하려고 노력해왔다고. 그렇긴 하지만. 살면서 분노를 억누르지 못했던 때가, 아니 여러 해가 있었다. 추함이 나를 완전히 뒤바꿔놓았다. 원한을 품을 때 느끼는 어떤 만족감이 있었다. 원한을 자초했다. 바깥에 서 있는 그것을 안으로 불러들였다. 세상을 향해 인상을 썼다. 그러자 세상도 내게 인상을 썼다. 우리는 서로를 향한 혐오의 시선에 묶여 옴짝달싹할 수 없었다. 나는 바로 뒤에 사람이 오는데도 문을 쾅 닫아버리곤 했다. 아무데서나 방귀를 뀌었다. 계산원들이 동전을 가로챘다고, 그 동전을 손에 쥐고서, 욕을 해댔다. 그러던 어느 날 내가 비둘기에게 독약이나 먹이는 부류의 얼간이가 되어가고 있음을 깨달았다. 사람들은 날 피하려고 도로를 건너갔다. 나는 암적인 인간이었다. 그리고 솔직히 말하자면, 정말로 화가 난 것도 아니었다. 더는 그렇지 않았다. 아주 오래전에 분노를 어딘가에 두고 왔다. 공원 벤치에 내려놓고 걸어나왔다. 그렇긴 하지만. 너무 오래 그렇게 살아와서 다른 존재 방식을 알지 못했다. 어느 날 나는 잠에서 깨어나 혼잣말을 했다, 아직 너무 늦진 않았어. 처음 며칠은 이상했다. 거울 앞에서 미소를 연습해야 했다. 하지만 되돌아왔다. 마치 묵직한 추를 내려놓은 느낌이었다. 내가 내려놓았더니 무언가가 나를 내려놓았다. 그로부터 몇 달 뒤, 브루노를 찾았다.

미술 수업이 끝나고 집에 돌아오니 브루노가 쓴 쪽지가 문에 붙어 있었다. 어디 있는 거야? 너무 피곤해서 계단을 올라가 말해줄 수가 없었다. 실내가 캄캄해서 복도에 있는 전구의 줄을 당겼다. 거울에 내 모습이 비쳤다. 머리카락이, 그러니까 아직 남아 있는 것들이, 물마루가 일어난 파도처럼 뻗쳐 있었다. 얼굴은 빗속에 내놓은 무엇처럼 쪼글쪼글했다.

속옷을 뺀 모든 옷을 입은 채로 침대에 쓰러졌다. 전화가 울린 것은 자정이 지나서였다. 꿈에서 동생 요세프에게 오줌발로 호를 그리는 법을 가르치다가 깨어났다. 때때로 나는 악몽을 꾼다. 하지만 이건 악몽이 아니었다. 우리는 숲속에 있었는데 한기 때문에 엉덩이가 저렸다. 눈밭에서 김이 올라왔다. 요세프가 웃으며 나를 돌아봤다. 금발에 잿빛 눈의 아름다운 아이. 햇빛 없는 날의 바다와 같은 잿빛, 혹은 내가 그애 나이였을 때 마을 광장에서 보았던 코끼리 같은 잿빛. 뿌연 햇살 속에 또렷이 서 있던 그것. 나중에, 그것을 본 기억이 있는 사람은 아무도 없었고 코끼리가 슬로님에 온다는 건 이해할 수 없는 일이었기 때문에 누구도 내 말을 믿지 않았다. 하지만 나는 봤다.

멀리서 사이렌이 울렸다. 동생이 무슨 말인가 하려고 입을 벌리는 순간 꿈이 끊겼고 나는 침실의 어둠 속에서 일어났으며 밖에서는 빗발이 후두두 유리창을 때리고 있었다. 전화가 계속 울렸다. 브루노, 보나마나. 그가 경찰을 부를까 걱정되지 않았다면 나는 전화를 받지 않았을 것이다. 왜 항상 하던 것처럼 그냥 지팡이로 라디에이터를 툭툭 치지 않는 걸까? 탕탕탕 세 번 치면 살아 있냐? 두 번은 그래, 한 번은 아니. 밤에만 하는 짓이다. 낮에는 다른 소음들이 너무 많으니까. 그리고 브루노는 대개 워크맨을 귀에 꽂고 잠들기 때문에 어쨌거나 확실한 방법은 아니다.

시트를 젖히고 탁자 다리에 부딪혀가며 마루를 휘청휘청 건너갔다. 여보세요? 수화기에 대고 소리를 질렀지만 먹통이었다. 전화를 끊고 부엌으로 간 뒤 찬장에서 유리잔을 하나 꺼냈다. 물이 파이프에서 쿨렁거리더니 팍 터져나왔다. 물을 조금 마시고 나니 화분이 생각났다. 거의 십 년을 키워온 것이다. 근근이 버티고 있지만 어쨌든 살아는 있다. 초록보다는 갈색에 가깝게. 시들어 말라버린 부분도 있다. 하지만 그래도 여전히 살아서 늘 왼쪽으로 기울어져 있다. 해를 보던 부분이 더는 해를 보지 않도록 화분을 돌려놓아도, 물리적 필요보다는 창의적 행동을 택하겠다는 듯이 식물은 고집스럽게 왼쪽으로 기운다. 마시고 남은 물을 화분에 부었다. 어쨌거나 그게 무슨 의미인가. 번성한다는 것은?

잠시 후, 다시 전화가 울렸다. 알겠어, 알겠다고, 나는 그렇게 말하며 수화기를 들었다. 건물 사람들을 다 깨울 필요는 없잖아. 반대편에서 침묵이 흘렀다. 나는 말했다. 브루노?

레오폴드 거스키 씨 되십니까?

내게 뭘 팔려는 사람이라고 생각했다. 항상 물건을 팔려는 전화가 온다. 한번은 누가 99달러 수표를 보내면 신용카드 발급 사전 승인을 받을 수 있다고 말하기에 나는 대답했다. 그렇겠지, 확실히, 그리고 내가 비둘기 아래로 발을 들이면 똥 한 무더기를 사전 승인받을 수 있을 테고.

하지만 전화를 건 남자는 내게 뭘 팔려는 것이 아니라고 말했다. 그는 집안에 열쇠를 놓고 나와 문을 잠가버렸다. 번호 안내 서비스에 전화를 걸어 열쇠공의 번호를 받았다. 나는 은퇴했다고 말했다.

남자는 잠시 말이 없었다. 자신의 불운이 믿기지 않는 것 같았다. 이미 다른 세 명에게 전화를 걸었는데 아무도 전화를 받지 않았다. 여기 밖에 비가 억수로 쏟아지고 있어요, 그가 말했다.

오늘밤만 다른 곳에서 묵을 순 없겠소? 아침이면 열쇠공을 쉽게 찾을 수 있을 텐데. 쌔고 쌘 게 열쇠공이오.

없어요. 그가 말했다.

알겠습니다, 그러니까, 너무 힘드시다면…… 그는 말을 하다가 멈추고 내가 분명히 대답하기를 기다렸다. 나는 하지 않았다. 그럼 알겠습니다. 그의 목소리에서 실망이 읽혔다. 귀찮게 해드려 죄송합니다.

그래놓고도 그는 전화를 끊지 않았고, 나도 마찬가지였다. 죄책감이 밀려들었다. 나는 생각했다. 잠이 꼭 필요한가? 시간이 또 있을 텐데. 내일. 아니면 그다음날에도.

알았어요, 알았어, 나는 내키지 않았지만 그렇게 말했다. 공구를 찾아 뒤져야 할 것이다. 건초 더미에서 바늘을 찾거나 폴란드에서 유대인을 찾는 게 차라리 낫겠지. 잠깐 기다리시오, 펜을 가져오리다.

그는 저멀리 업타운의 주소를 주었다. 전화를 끊고 나서야 이 시간에 버스를 타려면 백만 년을 기다려야 할 거라는 생각이 들었다. 부엌 서랍에 골드스타 운송 회사의 명함을 놔두었다. 전화를 거는 일은 없긴 해도. 그러나. 무슨 일이 생길지는 알 수 없는 법. 차를 불러놓고 공구를 찾기 위해 현관 벽장을 헤집기 시작했다. 공구 대신에 헌 안경들이 담긴 상자를 찾았다. 어디서 난 물건인지 그 누가 알겠는가. 누군가 길거리에서 짝이 안 맞는 도자기 그릇, 머리 없는 인형 같은 물건과 함께 팔고 있었겠지. 이따금 그 안경들을 써보곤 한다. 언젠가 여성용 돋보기를 쓰고 오믈렛을 만든 적이 있다. 거대한 오믈렛이었다. 보기만 해도 무서워 심장이 벌렁거렸다. 상자 속을 더듬어 안경을 하나 꺼냈다. 살구색 사각형 테에 렌즈는 두께가 반 인치쯤 될 듯했다. 안경을 썼다. 바닥이 발밑에서 푹 꺼지더니 한 발 내디디려 하자 위로 불쑥 솟아올랐다. 현관 거울 앞으로 휘청휘청 걸어갔다. 초점을 맞추려고 다가서다가 거리 계산 착오로 거울에 쾅 부딪혔다. 초인종이 울렸다. 바지가 발목까지 내려가 있을 때, 사람들은 하필이면 그때 찾아온다. 금방 내려가요, 나는 인터폰에 대고 외쳤다. 안경을 벗었더니 공구 상자가 내 코밑에 있었다. 그 낡아빠진 윗면을 손으로 쓸었다. 그러고는 레인코트를 바닥에서 집어들고서 거울을 보고 머리를 정돈한 다음 밖으로 나갔다. 브루노의 쪽지가 아직도 문에 붙어 있었다. 주머니에 그것을 구겨 넣었다.

검은 리무진 한 대가 공회전하며 도로에 서 있고 전조등 불빛을 받으며 빗발이 떨어졌다. 그 차 외에는 빈 차 몇 대만이 연석을 따라 주차되어 있었다. 건물 안으로 다시 들어가려는데 리무진 기사가 창문을 내리고 내 이름을 불렀다. 그는 자주색 터번을 쓰고 있었다. 나는 창문 쪽으로 걸어갔다. 착오가 있는 모양이오, 나는 말했다. 난 승용차를 불렀소.

괜찮아요, 그가 말했다.

하지만 이건 리무진이잖소, 나는 지적했다.

괜찮아요, 그는 거듭 말하며 차에 타라고 손짓했다.

추가 요금은 못 줘요.

터번이 까딱거렸다. 기사가 말했다. 다 젖기 전에 어서 타세요.

몸을 숙여 안으로 들어갔다. 가죽 시트가 있고 측면 찬장에는 크리스털 술병이 두 개 있었다. 차는 상상했던 것보다 더 컸다. 앞쪽에서 이국적인 음악이 잔잔하게 흘러나왔고 앞유리창 와이퍼의 부드러운 리듬이 들릴 듯 말 듯 했다. 기사가 차머리를 도로 쪽으로 돌렸고 우리는 밤거리로 나아갔다. 빗물 웅덩이에 신호등 불빛이 번졌다. 크리스털 술병을 열어봤지만 비어 있었다. 작은 단지에 든 박하사탕을 주머니에 가득 넣었다. 아래를 내려다보니 바지 앞섶이 열려 있었다.

나는 똑바로 앉아 목청을 가다듬었다.

신사 숙녀 여러분, 되도록 간략하게 말씀드리겠습니다. 여러분 모두 끈기 있게 기다려주셨으니까요. 사실, 저는 충격을 받았습니다. 정말입니다. 지금 살을 꼬집어보고 있어요. 꿈에나 그려볼 만한 영광이죠, 골드스타 평생공로상이라니요. 정말이지 말문이 막힙니다…… 정말로 그렇게 긴 세월이었나요? 그렇긴 하지만. 네. 모든 증거가 말해주네요. 평생이라고.

우리는 도시를 가로질러 달려갔다. 모두 내가 걸어서 다닌 동네들이었다. 직업이 나를 도시 곳곳으로 데려갔다. 심지어 브루클린 사람들도 나를 안다. 나는 사방을 누비고 다녔다. 하시드* 유대인의 집 열쇠를 따주고. 슈바처**의 열쇠도. 때로는 그냥 좋아서 걷기도 했으며, 온종일 걸으며 보낸 일요일도 있었을 것이다. 몇 년 전의 어느 날, 걷다보니 어느덧 식물원 앞에 다다랐기에 체리나무를 보려고 안으로 들어갔다. 크래커잭스를 좀 샀고 살찌고 게으른 금

---

* 계율을 엄격히 지키는 유대교 근본주의 종파.
** '흑인'이라는 뜻의 이디시어.

붕어들이 연못에서 헤엄치는 모습을 바라봤다. 결혼식 피로연 무리가 나무 아래에서 사진을 찍고 있었는데, 하얀 꽃잎 때문에 그 나무 혼자 폭설을 맞은 것처럼 보였다. 열대식물 온실을 찾아갔다. 그 안은 또다른 세상이어서, 사랑을 나누는 사람들의 숨결을 가두어놓은 것처럼 눅눅하고 훈훈했다. 유리에 손가락으로 썼다. 레오 거스키.

리무진이 정차했다. 나는 창문에 얼굴을 바짝 댔다. 어느 집이오? 기사가 타운하우스 한 곳을 가리켰다. 현관문으로 올라가는 계단이 있고 돌에 나뭇잎이 조각된 아름다운 집이었다. 17달러입니다, 기사가 말했다. 나는 지갑을 찾아 주머니를 뒤졌다. 없고. 다른 주머니. 브루노의 쪽지, 그날 앞서 넣어두었던 속옷, 하지만 지갑은 없고. 외투 양쪽 주머니, 없고, 없고. 서두르느라 집에 두고 온 것 같았다. 그러다가 미술 수업에서 받은 수고비가 생각났다. 박하사탕과 쪽지와 속옷을 헤집어 그것을 찾아냈다. 미안해요, 나는 말했다. 이렇게 민망할 수가. 지금 가진 돈이 15달러뿐이오. 그 지폐들을 넘겨주기가 꺼려졌다는 점은 인정하겠다. 애써 번 돈이라는 말로는 부족하고 다른 말, 더 달콤쌉쌀한 말이 필요했다. 하지만 잠시 멈칫하던 터번이 까딱거렸고 돈이 접수되었다.

남자는 입구 아래에 서 있었다. 물론 그는 내가 리무진을 타고 올 거라고는 생각 못했고, 그런 그의 앞에 내가 유명인 전담 열쇠공처럼 짠! 하고 나타난 것이었다. 민망했다, 설명하고 싶었다, 정말이오, 내가 무슨 특별한 사람이라도 되는 줄 착각하는 게 아니오. 하지만 비는 여전히 쏟아지고 있었고 그 사람은 교통수단에 대한 설명보다는 나 자신을 더 필요로 할 거라는 생각이 들었다. 비에 젖은 그의 머리칼이 머리에 딱 달라붙어 있었다. 그는 와줘서 고맙다는 말을 세 번이나 했다. 별것 아니오, 나는 말했다. 그렇긴 하지만. 오지 않을 뻔했다는 것도 사실이었다.

까다로운 자물쇠였다. 남자는 내 손전등을 들고 계단 위쪽에 섰다. 목덜미로 빗물이 뚝뚝 떨어졌다. 내가 자물쇠를 여느냐 마느냐에 얼마나 많은 것이 좌우되는지 느껴졌다. 몇 분이 흘러갔다. 이렇게 해보고 실패하고. 저렇게 해보고 실패하고. 그러다 마침내 심장이 두근대는 순간이 왔다. 손잡이를 돌렸더니 문이 스르륵 열렸다.

우리는 빗물을 뚝뚝 흘리며 복도에 서 있었다. 그가 신발을 벗어서 나도 벗었다. 다시 한번 고맙다고 말한 그는 마른 옷으로 갈아입고 차를 불러주겠다며 방으로 들어갔다. 나는 만류하며, 버스를 타거나 택시를 잡으면 된다고 말했지만, 그는 비도 오는데 그럴 순 없다며 내 말을 듣지 않았다. 그는 나를 거실에 남겨두고 갔다. 어슬렁거리다 식사실로 들어갔더니, 거기에서 책으로 가득한 방이 보였다. 도서관을 제외하고 그렇게 많은 책이 한곳에 있는 것은 본적이 없었다. 안으로 들어갔다.

나 역시 책 읽기를 좋아한다. 한 달에 한 번, 지역 도서관에 간다. 내가 읽을 소설책 한 권과 백내장을 앓는 브루노에게 줄 책 녹음테이프 하나를 고른다. 처음에 브루노는 회의적이었다. 이걸로 뭘 어쩌라는 거야? 그는 그렇게 말하며 내가 준 것이 관장약이라도 되는 것처럼 『안나 카레니나』의 녹음테이프 상자를 바라봤다. 그렇긴 하지만. 하루이틀 후, 내가 할일을 하고 있는데 위에서, 행복한 가정은 모두 엇비슷하고, 하고 고래고래 소리지르는 목소리가 들려 하마터면 뒤로 넘어갈 뻔했다. 그뒤로 브루노는 내가 가져다준 걸 모두 최고 음량으로 틀어놓고 들은 후 아무 말 없이 내게 돌려주었다. 어느 날 오후, 도서관에서 『율리시스』를 빌려왔다. 다음날, 화장실에 있는데 위에서 위풍당당하고 통통하게 살찐 벅 멀리건, 하는 구절이 울려퍼졌다. 한 달 내내 그는 들었다. 브루노는 완전히 이해가 안 되는 부분이 나오면 정지 버튼을 누르고 되감기를 하는 습관이 있었다. 가시적인 것의 불가피한 형태, 그것만이라도. 멈춤, 되감기. 가시적인 것의 불가피한. 멈춤, 되감기. 가시적인 것의. 멈춤. 가시적. 반납 날짜가 다가오자 그는 반납 연기를 원했다. 그 무렵 그가 멈췄다가 틀었다가 하는 짓에 진력이 난 내가 더 위즈*로 가서 소니 스포츠맨을 사다 주었더니, 이제는 어디 가나 그걸 허리띠에 달고 다닌다. 내가 알기로, 그는 그저 아일랜드 억양을 좋아하는 것뿐이다.

나는 남자의 책장을 부지런히 훑어봤다. 습관적으로 내 아들 아이작이 쓴 책이 있는지 찾아봤다. 그러면 그렇지, 있었다. 게다가 한 권도 아니고 네 권이나. 늘어선 책등을 손으로 쓸었다. 『유리 온실』에서 멈추고 책을 꺼냈다. 아름다운 책. 단편소설집. 얼마나 여러 번 읽었는지 모른다. 그중 한 편—표제작—이 있다. 내가 가장 좋아하는 작품, 물론 다른 작품들도 모두 좋아한다. 하지만 이 작품은 홀로 서 있다. 아니 홀로가 아니라, 따로. 짧은 소설인데, 읽을 때마다 눈물이 난다. 러들로 스트리트에 사는 천사에 대한 이야기다. 내가 사는 데서 멀지 않은, 델런시 스트리트만 건너면 있는 곳이다. 천사는 거기 너무 오래 살아서 하느님이 왜 자기를 세상에

---

* 1977부터 2003년까지 영업한 전자 제품 소매점.

보냈는지 기억하지 못한다. 천사는 밤마다 하느님께 큰 소리로 말을 걸고, 낮마다 하느님이 무슨 말이든 해주기를 기다린다. 시간을 때우기 위해 그는 도시를 누비며 걷는다. 처음에는 뭘 봐도 감탄하곤 한다. 그는 조약돌 수집을 시작한다. 어려운 수학을 공부한다. 그렇긴 하지만. 하루하루 지나며 그는 세상의 아름다움에 조금씩 덜 현혹된다. 밤이 되면 천사는 뜬눈으로 누워 위층 사는 과부의 발소리를 듣고, 매일 아침 계단에서 그로스마크 씨를 만나는데, 그 노인은 하루종일 무거운 몸을 끌고 위로 올라갔다가 내려오고, 또 위로 올라갔다가 내려오고 하면서 거기 누구요? 하고 중얼거린다. 천사가 보기에 그는 오로지 그 말밖에 하지 않지만 딱 한 번 예외가 있었는데, 그때 그는 계단에서 스쳐지나가다 난데없이 천사에게 돌아서서 내가 누구요? 하고 물었고, 결코 말을 하지 않고 말 거는 사람을 만나본 적도 없는 천사는 그 말에 너무 놀라 아무 말도, 심지어 당신은 그로스마크, 인간이오, 라는 말도 하지 못했다. 더 많은 슬픔을 볼수록 그의 심장은 더욱 하느님에게서 돌아서기 시작한다. 그는 밤거리를 헤매기 시작하고, 누구라도 말을 들어줄 귀가 필요해 보이는 사람이 있으면 멈춰 선다. 그가 듣는 이야기들—너무 버겁다. 그는 이해할 수가 없다. 하느님께 자신을 왜 이리 쓸모없게 만들었는지 물으면서 천사는 노여운 눈물을 참느라 목소리가 갈라진다. 결국 그는 하느님께 말하기를 완전히 그만둔다. 어느 날 밤, 천사는 다리 밑에서 한 남자를 만난다. 갈색 봉지에 든 남자의 보드카를 나눠 마신다. 취하고 외롭고 하느님에게 화가 났기 때문에, 그리고 자신도 모르는 새, 인간들에게는 익숙한 충동, 속을 털어놓고 싶은 충동을 느꼈기 때문에, 천사는 남자에게 진실을 말한다, 자신은 천사라고. 남자는 믿지 않지만 천사는 계속 주장한다. 남자가 증명해보라고 요구하자 천사는 날씨가 추운데도 셔츠를 들어 가슴에 그려진 완벽한 동그라미, 천사의 표지를 보여준다. 하지만 천사의 표지에 대해 알지 못하는 남자에게 그것은 아무런 의미도 없어서, 남자는 하느님이 뭘 할 수 있는지 보여주시오, 하고 말하고, 다른 모든 천사들처럼 순진한 이 천사는 그 남자를 가리킨다. 그가 거짓말을 하고 있다고 생각한 남자는 천사의 배에 주먹질을 하고, 뒤로 비틀비틀 밀려난 천사는 교각을 넘어 컴컴한 강물에 풍덩 빠진다. 거기에서 그는 익사한다. 천사의 특징 중 하나는 수영을 못한다는 것이므로.

책으로 들어찬 그 방에 홀로 서서 나는 손에 아들의 책을 들고 있었다. 한밤중이었다. 이미 한밤도 지난. 나는 생각했다, 불쌍한 브루노. 지금쯤 그는 시체 안치소에 전화를 걸어 지갑에 글귀가 적힌 색인 카드를 넣어 가지고 다니는 어떤 노인이 들어오지 않았느냐고 물으며 거기 적힌 글귀를 불러줬을 것이다. 내 이름은 레오 거스키입니다 가족은 없습니다 파인론 공동묘지에 전화 부탁드립니다 그곳의 유대인 구역에 제 묫자리가 있습니다 배려해주셔서 감사합니다.

아들의 사진을 보려고 책을 뒤집었다. 우리는 한 번 만난 적이 있다. 만났다기보다는 서로 바라보며 서 있었다. 92번가 Y*에서 열린 낭독회에서였다. 네 달 전에 미리 표를 사두었다. 살면서 여러 번, 우리의 만남을 상상했었다. 나는 그 아이의 아버지로서, 그 아

---

* 1874년 유대인 청년회가 주축이 되어 세운 뉴욕 맨해튼의 문화센터로 전시, 공연, 상영회, 낭독회, 강연 등 다양한 프로그램을 진행한다. 줄여서 '92Y'라고도 부른다.

이는 나의 아들로서 만나는 일을. 그렇긴 하지만. 결코 일어날 수 없는 일, 내가 원하는 방식으로는 안 되는 일이라는 걸 알았다. 바랄 수 있는 최선은 객석의 한 자리에 불과하다는 사실을 나는 받아들였다. 하지만 낭독회 도중에 어떤 감정이 엄습했다. 얼마 후, 어느덧 나는 줄을 서 있었고 손을 덜덜 떨면서 내 이름을 적은 쪽지를 그애의 손에 꼭 쥐여주고 있었다. 그애는 쪽지를 힐끗 보더니 책에 그대로 적었다. 나는 무슨 말인가 하려 했지만 소리가 나오지 않았다. 그애는 웃음 띤 얼굴로 고맙다고 말했다. 그렇긴 하지만. 나는 꿈쩍도 하지 않았다. 뭐 더 하실 말씀이 있나요? 그애가 물었다. 나는 양손을 퍼덕거렸다. 뒤에서 안달을 내며 나를 쳐다보던 여자가 앞으로 밀고 나와 그애에게 인사를 했다. 바보처럼 나는 손만 퍼덕거렸다. 그애가 뭘 할 수 있었을까? 그애는 여자의 책에 사인을 해주었다. 모두에게 불편한 순간이었다. 내 손은 계속 춤을 추었다. 줄을 선 사람들은 나를 빙 돌아가야 했다. 그애는 간간이 고개를 들어 어리둥절한 표정으로 나를 쳐다봤다. 한번은 바보에게 웃어주듯 내게 미소를 지었다. 하지만 내 손은 그애에게 모든 걸 말하겠다고 기를 썼다. 경비가 내 팔꿈치를 움켜잡고 문밖으로 안내하기 전까지 할 수 있는 말이나마 해보겠다고.

겨울이었다. 하얗고 탐스러운 눈송이가 가로등 아래로 흩날렸다. 아들이 나오기를 기다렸지만 그애는 나오지 않았다. 어쩌면 뒷문이 있었는지, 잘은 모르겠다. 버스를 타고 집에 돌아왔다. 동네의 눈 쌓인 거리를 걸었다. 습관적으로 돌아보며 내 발자국을 확인했다. 내 집이 있는 건물에 도착했을 때 초인종에 적힌 내 이름을 찾아보았다. 내가 때때로 있지도 않은 것들을 본다는 걸 알기에, 저녁을 먹은 후에는 번호 안내 서비스에 전화를 걸어 내 이름이 등록되어 있는지 물었다. 그날 밤, 잠자리에 들기 전에 침대 옆 탁자에 놓아두었던 그 책을 펼쳤다. 리언 거스키 씨께, 라고 쓰여 있었다.

여전히 책을 들고 있을 때 내게 문 따는 일을 맡긴 남자가 돌아왔다. 그 책을 아세요? 그가 물었다. 책이 손에서 미끄러져 발치에 쿵 떨어졌고 내 아들의 얼굴이 위를 응시했다. 내가 도대체 뭘 하고 있는지 알 수 없었다. 나는 설명하려 했다. 내가 저이 아비오, 나는 말했다. 아니면 이렇게 말했는지도 모른다. 저이가 내 아들이오. 뭐라고 말했든 내가 핵심을 전달한 것은 분명한 것이, 남자가 얼떨떨한 것 같았다가 놀란 것 같았다가 결국엔 못 믿겠다는 표정을 지었기 때문이다. 그래도 상관없었다, 왜냐면, 나는 결국 리무진을 타고 나타나 자물쇠를 따고는 유명 작가의 직계존속이라고 주장한 꼴인데, 뭘 기대하겠는가?

갑자기 피곤이, 근 몇 년 동안 느낀 피곤보다 더 깊은 피곤이 몰려왔다. 몸을 숙여 책을 집은 후 책장에 다시 꽂아놓았다. 남자는 계속 쳐다보고 있었지만 바로 그때 밖에서 경적이 울렸고 하루 내내 너무 많은 눈길을 받았던 나로서는 다행스러운 마음이 들었다. 자, 나는 현관문 쪽으로 가면서 말했다, 난 그만 가야겠소. 남자가 지갑을 꺼내더니 100달러짜리 지폐를 내게 건넸다. 아버지시라고요? 그가 물었다. 나는 돈을 주머니에 넣고 그에게 공짜 박하사탕을 건넸다. 젖은 신발에 발을 욱여넣었다. 진짜 아버지는 아니고, 나는 말했다. 그러고는 달리 뭐라 해야 할지 몰라서 또 말했다. 말하자면 삼촌 정도. 그 정도로도 그는 충분히 혼란스러운 듯했지만 만약의 경우를 대비해 덧붙였다. 정확히 삼촌은 아니지만. 그가 눈썹을 치켜세웠다. 나는 공구 상자를 들고 빗속으로 걸어나왔다. 그는 와줘서 고맙다고 다시 한번 말하려 했지만 나는 이미 계단을 내려가는 중이었다. 차에 올라탔다. 그는 여전히 문간에 서서 밖을 바라보고 있었다. 내가 제정신이 아니라는 것을 증명하기 위해 그에게 여왕처럼 손을 흔들어주었다.

집에 도착하니 새벽 세시였다. 침대로 올라갔다. 몸이 녹초가 되었다. 하지만 잠이 오지 않았다. 똑바로 누워 빗소리를 들으며 내 책에 대해 생각했다. 책에 제목을 붙인 적은 없었다. 다른 사람이 읽지 않을 책에 무슨 제목이 필요하겠는가?

침대에서 나와 부엌으로 갔다. 나는 원고를 상자에 넣어 오븐 속에 보관한다. 그 원고를 꺼내 식탁에 올리고 타자기에 종이 한 장을 끼웠다. 오래도록 나는 빈 종이를 응시하며 앉아 있었다. 손가락 두 개로 제목을 쳤다.

웃으며 울며

나는 그것을 몇 분간 바라보았다. 맞지 않았다. 한 단어를 더했다.

웃으며 울며 쓰며

한 단어 더.

웃으며 울며 쓰며 기다리며

종이를 구기고 뭉쳐 바닥에 버렸다. 물을 끓였다. 밖을 보니 비가 그쳤다. 창틀에서 비둘기가 구구거렸다. 몸을 부풀리고 앞뒤로 행진하더니 하늘로 날아올랐다. 이를테면, 새처럼 자유롭게. 타자기에 다른 종이를 끼워넣고 글자를 쳤다.

세상 모든 것을 표현할 말들

다시 마음이 바뀌기 전에 종이를 빼내어 원고 뭉치 위에 올려놓고 상자를 닫았다. 갈색 종이를 찾아 상자를 포장했다. 앞면에 내 아들의 주소, 이미 가슴으로 외우고 있는 그 주소를 적었다.

무슨 일이 일어나기를 기다렸지만 아무 일도 일어나지 않았다. 모든 것을 날려가는 바람이 불지도 않았다. 심장마비도 없었다. 문간에 서 있는 천사도 없었다.

새벽 다섯시였다. 우체국이 문을 열려면 몇 시간이 더 남았다. 시간을 보내려고 소파 아래에서 슬라이드 프로젝터를 끌어냈다. 그것은 특별한 행사에, 가령 내 생일 같은 날 하는 일이다. 구두 상자 위에 프로젝터를 올리고 플러그를 꽂은 후 스위치를 켠다. 먼지 날리는 광선이 벽을 비춘다. 슬라이드는 부엌 찬장에 놓인 항아리 안에 보관한다. 슬라이드를 입으로 후 불고 안에 넣은 뒤 앞으로 이동시킨다. 사진이 선명해진다. 들판 가장자리에 자리한, 노란 문이 달린 집. 가을 끝자락이다. 검은 나뭇가지들 사이로 비치는 하늘이 주황색으로, 그러고는 진한 푸른색으로 바뀌고 있다. 굴뚝에서 장작 연기가 올라가고, 창문을 통해 탁자 위로 고개를 숙이고 있는 내 어머니가 거의 보일 것만 같다. 집 쪽으로 달려간다. 볼에 와닿는 찬 공기가 느껴진다. 손을 내민다. 머리가 꿈으로 가득차 있어서, 그 문을 열면 바로 안으로 들어갈 수 있을 거라고, 잠시 믿는다.

밖은 이미 밝아오고 있었다. 눈앞에서 내 어린 시절의 집이 흐릿하게 사라졌다. 프로젝터를 끄고 메타뮤실 바로 아침식사를 한 후 화장실에 갔다. 하려 했던 일을 모두 마친 뒤, 스펀지 목욕을 하고 나서 양복을 찾으려고 벽장을 뒤졌다. 전에 찾던 방수 덧신과 오래된 라디오가 나왔다. 마침내 구겨진 채로 바닥에 놓인 양복, 흰 여름 양복을 한 벌 찾았다. 앞쪽에 길게 남은 누런 얼룩만 무시한다면 그런대로 쓸 만했다. 옷을 입었다. 손바닥에 침을 뱉어 머리를 얌전히 눌렀다. 옷을 차려입고 갈색 봉투를 무릎에 올린 채로 앉아 있었다. 주소를 확인하고 또 확인했다. 여덟시 사십오분에, 레인코트를 걸치고 봉투를 팔 밑에 끼웠다. 현관 거울에 비친 내 모습을 마지막으로 한번 더 확인했다. 그러고는 문밖으로 나가 아침 속으로 걸어들어갔다.

엄마의 슬픔

1. 내 이름은 앨마 싱어

내가 태어났을 때 엄마는 아빠에게서 받은 『사랑의 역사』라는 책에 나오는 모든 소녀들의 이름을 따 내 이름을 지었다. 남동생 이름은 이매뉴얼 하임Emanuel Chaim이라고 지었는데, 증언 자료를 담은 금속 우유통들을 바르샤바 유대인 거주 지역에 묻은 유대인 사학자 에마누엘 린겔블룸Emanuel Ringelblum과 20세기의 위대한 음악 천재 중 하나인 유대인 첼리스트 에마누엘 포이어만Emanuel Feuermann, 천재 유대인 작가 이사크 옘마누일로비치 바벨Isaac Emmanuilovich Babel, 그리고 익살꾼이자 진짜배기 광대로서 모두의 폭소를 자아냈고 나치에게 죽임을 당한 엄마의 삼촌 하임 등의 이름을 따른 것이었다. 하지만 동생은 그 이름을 싫어했다. 그래서 사람들이 이름을 물으면 다른 이름을 지어냈다. 그애는 열다섯에서 스무 개쯤 되는 이름으로 통했다. 한 달 내내 자기를 삼인칭으로 프루트 씨라고 부르기도 했다. 여섯 살 생일에는 2층 창문에서 도움닫기로 뛰어내려 하늘을 날려고 했다. 팔 하나가 부러졌고 이마에 지워지지 않는 상처가 남았는데, 그때부터 그애를 버드Bird 말고 다른 이름으로 부르는 사람은 없었다.

2. 내가 아닌 것

나는 동생과 어떤 게임을 하곤 했다. 내가 의자를 가리킨다. "이건 의자가 아니다," 나는 말한다. 버드는 탁자를 가리킨다. "이건 탁자가 아니다." "이건 벽이 아니다," 나는 말한다. "저건 천장이 아니다." 우리는 그렇게 이어나간다. "밖에 비가 오지 않는다." "내 신발 끈은 풀어지지 않았다!" 버드가 소리친다. 나는 내 팔꿈치를 가리킨다. "이건 긁힌 상처가 아니다." 버드가 무릎을 올린다. "이것도 긁힌 상처가 아니다!" "저건 주전자가 아니다!" "컵이 아니다!" "숟가락이 아니다!" "더러운 접시가 아니다!" 우리는 방 전체를, 시간을, 날씨를 부정했다. 한번은 둘이서 한창 정신없이 소리치던 중이었는데, 버드가 숨을 깊이 들이마셨다. 그러고는 목청을 한껏 높여 소리를 내질렀다. "나는! 평생! 동안! 불행하지! 않았다!" "하지만 넌 겨우 일곱 살이잖아," 내가 말했다.

3. 남동생은 하느님을 믿는다

그애는 아홉 살 반에 『유대 사상의 책』이라는 작고 빨간 책을 발견했는데, 우리 아빠 다비드 싱어에게 바르미츠바 기념으로 증정된 책이었다. 그 책에는 '이스라엘 사람은 저마다 민족 전체의 명예를 제 손에 받들고 있다'라든가 '로마노프왕조 치하에서'라든가 '불멸' 등의 소제목 아래 유대 사상이 정리되어 있었다. 그 책을 발견하고 얼마 뒤부터 버드는 어디를 가나 검은색 벨벳으로 된 키파*를 쓰고 다니기 시작했고, 모자가 잘 맞지 않아 뒤쪽이 붕 떠서 바보처럼 보이는데도 상관하지 않았다. 그애는 또한 히브리어 학교의 청소부 골드스타인 씨를 따라다니는 버릇이 생겼다. 그 사람은 세 개 언어로 중얼거렸고 청소를 할 때면 쓸어낸 먼지보다 뒤에 남긴 먼지가 더 많았다. 소문에 의하면, 골드스타인 씨는 밤에 회당 지하에서 딱 한 시간만 잠을 자고, 예전에 시베리아의 강제노동 수용소에 있었으며, 심장이 약하고, 요란한 소리가 나면 죽을 수도 있고, 눈이 오면 운다고 했다. 버드는 그에게 이끌렸다. 히브리어 학교가 끝나면 골드스타인 씨가 줄지은 좌석 사이사이를 진공청소기로 청소하고 변기를 닦고 칠판에 적힌 욕설들을 지우는 동안 그의 뒤를 졸졸 따라다녔다. 뜯기고 찢어진 헌 시두어**를 회수하는 것도 골드스타인 씨가 하는 일이었는데, 어느 오후에 그는 개만큼 커다란 까마귀 두 마리가 나무 위에서 지켜보는 가운데 외바퀴 손수레에 회수한 기도서들을 잔뜩 싣고 바위와 나무뿌리 위를 덜컹덜컹 지

---

* 유대인 남자들이 정수리에 쓰는 작은 모자.
** 유대교 기도서.

나 예배당 뒤로 가서, 구덩이를 파고 기도를 드린 후 그것들을 땅에 묻었다. "그냥 버리면 안 된단다." 그는 버드에게 말했다. "하느님 이름이 쓰여 있는데 그러면 안 되지. 제대로 묻어줘야 해."

그다음주에 버드는 누구도 소리 내어 말해선 안 되고 누구도 함부로 내버려서는 안 되는 이름의 히브리어 글자 네 자*를 과제물 종이 위에 적기 시작했다. 며칠 후, 빨래 바구니를 열어보니 속옷 상표 딱지 위에도 유성펜으로 적어놓았다. 분필로 우리집 현관문에도 적었고 학급 단체 사진이나 욕실 벽에도 적었으며, 그런 짓을 그만두기 전 언젠가는, 집 앞 나무에도 손이 닿는 가장 높은 곳에 내 스위스아미 칼로 그 글자들을 새겨놓았다.

그것 때문인지, 혹은 한쪽 팔로 얼굴을 가리고 코를 파면서 그렇게 하면 자기가 뭘 하는지 남들이 모를 거라 생각하는 버릇 때문인지, 아니면 때때로 비디오게임 효과음 같은 이상한 소리를 내서인지, 그해 버드에게 있던 친구 두어 명이 더이상 집에 놀러오지 않았다.

동생은 매일 아침 일찍 일어나 밖에 나가 예루살렘 쪽을 향해 기도를 드린다. 창문 밖으로 그 모습을 바라보며 나는 그애가 고작 다섯 살일 때 그 히브리어 글자들을 어떻게 발음하는지 가르쳐준 것을 후회한다. 그 모습을 보면, 지속될 수 없음을 알기에, 마음이 슬퍼진다.

---

* יהוה(YHWM). '야훼' 또는 '여호와'라는 뜻.

4. 아빠는 내가 일곱 살 때 돌아가셨다

기억나는 것들은 부분적이다. 아빠의 귀. 팔꿈치의 쭈글쭈글한 피부. 이스라엘에서 보낸 어린 시절에 대해 들려준 이야기들. 아빠가 가장 좋아하는 의자에 앉아 음악을 듣곤 했다는 것과 노래 부르기를 좋아했다는 것. 아빠는 내게 히브리어로 말했고 나는 아빠를 아바Abba*라고 불렀다. 난 히브리어를 거의 다 잊어버렸지만 때로는 쿰쿰, 셰메시, 홀, 얌, 에츠, 네시카, 모테크** 같은 단어들이, 그 의미는 오래된 동전 표면처럼 닳아 없어진 채로 떠오른다. 엄마는 영국인으로, 옥스퍼드에 입학하기 직전 여름 동안 아슈도드에서 그리 멀지 않은 키부츠***에서 일하다가 아빠를 만났다. 아빠는 엄마보다 열 살이 많았다. 아빠는 군대를 제대하고 남미 곳곳을 여행했다. 그런 다음 다시 학교로 돌아가 엔지니어가 되었다. 아빠는 밖에서 텐트를 치고 자는 것을 좋아했고 차 트렁크에 항상 침낭과 물 2갤런을 넣어 다녔으며 필요할 경우 부싯돌로 불을 피울 수 있었다. 금요일 밤이면 다른 키부츠 사람들이 영화를 상영하는 거대한 스크린 아래에 담요를 깔고 개를 쓰다듬으며 취해서 누워 있는 동안, 아빠는 엄마를 데리고 나갔다. 아빠는 엄마를 차에 태워 사해로 갔고 두 사람은 물위에서 기묘하게 둥둥 떠다녔다.

---

* '아빠'라는 뜻의 히브리어. 성경에서는 하느님을 가리킨다.
** 각각 '온수 주전자, 해, 모래, 바다, 나무, 키스, 여보'라는 뜻.
*** 이스라엘의 생활 공동체.

5. 사해는 지구상에서 가장 낮은 곳이다

6. 엄마와 아빠만큼 서로 닮지 않은 사람들은 없었다

엄마의 몸이 갈색으로 그을리자 아빠는 웃으면서 날이 갈수록 엄마가 자신을 닮아간다고 말했는데, 그것은 농담이었다. 아빠는 키가 190.5센티미터에 눈은 밝은 녹색이고 머리는 검은색인데, 엄마는 피부가 희고 키가 아주 작아서 마흔하나가 된 지금도 길 건너에서 보면 소녀로 착각하기 쉽다. 버드는 엄마처럼 작고 하얀데 나는 아빠처럼 키가 크다. 나는 또한 머리가 검은색이고 잇새가 벌어졌고 보기 싫게 깡말랐으며 열다섯 살이다.

7. 아무도 본 적이 없는 엄마 사진이 한 장 있다

가을에 엄마는 대학생활을 시작하려고 영국으로 돌아갔다. 주머니에는 지구상에서 가장 낮은 곳의 모래가 가득했다. 몸무게는 47킬로그램이었다. 패딩턴역에서 옥스퍼드까지 기차를 타고 가다가 눈이 거의 먼 사진가를 만났던 일에 대해 엄마가 가끔 하는 이야기가 있다. 그는 짙은 선글라스를 썼는데, 십 년 전에 남극 여행을 하다 망막을 다쳤다고 했다. 그는 완벽하게 다린 양복을 입었고 무릎에는 카메라가 놓여 있었다. 이제는 세상을 다르게 본다고, 그게 꼭 나쁜 것만은 아니라고, 그는 말했다. 그러고는 엄마에게 사진을 찍어도 되는지 물었다. 그가 렌즈를 들어 들여다보고 있을 때 엄마는 그에게 무엇이 보이는지 물었다. "항상 보이는 것과 같죠," 그는 말했다. "그게 뭔데요?" "흐릿한 형체," 그가 말했다. "그러면 그런 일을 왜 하시나요?" 엄마가 물었다. "혹시라도 눈이 나을 때를 대비해서죠," 그가 말했다. "그래서 내가 여태 뭘 보고 있었는지 알게 될 수도 있으니까." 엄마의 무릎 위에 놓인 갈색 봉투에는 할머니가 만들어준 다진 간 샌드위치가 들어 있었다. 엄마는 눈이 거의 먼 사진가에게 샌드위치를 주었다. "배고프지 않아요?" 그가 물었다. 엄마는 배가 고프다고, 하지만 다진 간을 싫어한다는 말을 할머니에게 한 적이 없다고, 몇 년 동안 말을 안 했으니 이제는 너무 늦어버려서 말할 수가 없다고 답했다. 기차가 옥스퍼드역에 정차하자 엄마는 모래 자국을 길게 남기며 기차에서 내렸다. 이 이야기에 어떤 교훈이 있다는 건 알겠는데, 그게 무엇인지는 모르겠다.

8. 엄마는 내가 아는 사람 중에 가장 고집이 세다

오 분 후, 엄마는 옥스퍼드가 싫다는 결론을 내렸다. 새 학기 첫 주 내내 엄마가 한 일이라고는 외풍이 드는 석조 건물 안의 자기 방에 앉아 빗줄기가 크라이스트처치 풀밭을 노니는 암소들을 적시는 모습을 바라보며 자신을 불쌍히 여긴 것뿐이었다. 차를 마시려면 핫플레이트에 물을 끓여야 했다. 지도교수를 만나려면 돌계단 쉰여섯 개를 올라간 후, 연구실에서 서류 더미에 파묻힌 채 간이침대에 누워 자던 교수가 깰 때까지 문을 쾅쾅 두드려야 했다. 엄마는 이스라엘에 있는 아빠에게 비싼 프랑스제 편지지에 거의 날마다 편지를 썼고 그 편지지를 다 써버린 후에는 공책에서 찢어낸 모눈종이에 썼다. 그 편지 중 하나에(엄마의 서재 소파 밑에 있는 오래된 캐드버리 초콜릿 통에 숨겨진 걸 내가 발견했다) 엄마는 이렇게 썼다. 당신이 주신 책이 제 책상에 놓여 있고, 저는 날마다 공부하며 그 책을 조금씩 읽어나갑니다. 엄마가 공부하며 읽어야 했던 이유는 그 책이 스페인어로 쓰여 있었기 때문이다. 엄마는 거울 속에서 다시 파리하게 변해가는 몸을 바라보았다. 새 학기의 둘째 주에 엄마는 중고 자전거를 사서 히브리어 과외교사 구함, 이라고 쓰인 포스터를 붙이고 다녔는데, 엄마는 언어를 쉽게 배우는 편인데다 아빠가 하는 말을 이해할 수 있기를 바랐기 때문이었다. 몇 사람이 나섰지만, 과외비를 줄 수 없다는 말에 물러나지 않은 사람은 하이파에서 온 네헤미아라는 여드름쟁이 남학생 한 명뿐이었다. 신입생인 그는 우리 엄마만큼이나 힘들어하고 있었으며—아빠에게 보낸 엄마의 편지에 의하면—여자와 함께한다는 것만으로도, 고작 공짜 맥주 한 잔을 얻어 마시고 일주일에 두 번씩 킹스암스 펍에서 엄마에게 과외를 해줄 충분한 이유가 된다고 느끼는 사람이었다. 엄마는 『독학 스페인어』라는 책으로 혼자서 스페인어를 공부하는 중이기도 했다. 친구도 사귀지 않고 보들리언도서관에 죽치고 앉아 책을 수백 권 읽었다. 어찌나 많은 책을 신청했던지 접수대에서 일하는 직원은 엄마가 다가오는 것을 보면 항상 숨으려고 했다. 그해 말 엄마는 시험에서 수석을 했고 부모님의 반대를 무릅쓰고 대학을 중퇴한 뒤 아빠와 함께 살기 위해 텔아비브로 갔다.

9. 그뒤로 두 사람 인생에서 가장 행복한 몇 년이 이어졌다

엄마와 아빠는 라마트간에서 부겐빌레아로 뒤덮인 햇살 좋은 집에 살았다. 아빠는 정원에 올리브나무와 레몬나무를 한 그루씩 심었고 나무 둘레에 물이 고일 수 있도록 얕은 도랑을 팠다. 밤이면두 사람은 단파 라디오로 미국 음악을 들었다. 창문이 열려 있고바람이 적당한 방향으로 불 때면 바다 냄새를 맡을 수도 있었다. 결국 두 사람은 텔아비브 해변에서 결혼식을 올렸고 신혼여행으로 두 달 동안 남미를 여행했다. 여행에서 돌아온 후 엄마는 책 번역ㅡ처음에는 스페인어에서 영어로, 나중에는 히브리어에서 영어로ㅡ을 시작했다. 그렇게 오 년이 지나고 아빠는 항공우주 분야의미국 회사로부터 거절할 수 없는 일자리 제안을 받았다.

10. 엄마와 아빠는 뉴욕으로 이사했고 나를 낳았다

엄마는 나를 임신한 동안 다양한 주제의 책을 삼억만 권쯤 읽었다. 엄마는 미국을 좋아하지 않았지만 싫어하지도 않았다. 이 년반, 그리고 팔억만 권의 책 이후, 버드가 생겼다. 그리고 우리는 브루클린으로 이사했다.

11. 아빠가 췌장암 진단을 받았을 때 나는 여섯 살이었다

그해에 엄마와 나는 함께 차를 타고 가고 있었다. 엄마가 내게 가방을 달라고 했다. "나한테 없어." 나는 말했다. "그럼 뒷자리에 있나보다." 엄마가 말했다. 하지만 뒷자리에도 가방은 없었다. 엄마는 차를 세우고 안을 샅샅이 살폈지만, 가방은 어디에도 보이지 않았다. 엄마는 손으로 머리를 감싸고 가방을 어디에 두었는지 기억하려 애썼다. 엄마는 걸핏하면 물건을 잃어버렸다. "조만간에," 엄마가 말했다, "내 머리도 잃어버리겠구나." 나는 엄마가 머리를 잃어버리면 어떻게 될까 상상해보았다. 하지만 결국 모든 것을 잃은 것은 아빠였다. 몸무게, 머리카락, 갖가지 내장 기관들.

12. 아빠는 요리하고 웃고 노래하는 것을 좋아했으며, 손으로 불을 일으키고 망가진 것들을 고치고 우주선을 띄우는 법을 설명할 수도 있었지만, 아홉 달 뒤에 세상을 떠났다

13. 아빠는 유명한 러시아 작가가 아니었다

처음에 엄마는 모든 것을 아빠가 둔 그 상태 그대로 놔두었다. 미샤 시클롭스키의 말에 의하면, 러시아에서는 유명한 작가의 집을 그렇게 보존한다고 한다. 하지만 아빠는 유명한 작가가 아니었다. 러시아 사람도 아니었다. 그런데 어느 날 학교가 끝나고 집으로 돌아와보니 아빠의 분명한 흔적들이 모두 사라지고 없었다. 벽장에 있던 아빠 옷이 치워졌고 문 옆에 있던 아빠 신발이 사라졌고, 바깥 길가에는 아빠의 오래된 의자가 산더미 같은 쓰레기봉투들 옆에 놓여 있었다. 나는 내 방으로 올라가 창밖으로 의자를 바라보았다. 바람이 불자 보도 위에서 나뭇잎들이 빙글빙글 돌면서 그 옆을 스쳐갔다. 어떤 할아버지가 지나가다가 의자에 앉았다. 나는 밖으로 나가 쓰레기통에서 아빠 스웨터를 꺼내 왔다.

14. 세상의 끝에서

아빠가 돌아가신 뒤, 엄마의 남동생이자 미술사학자이고 런던에 사는 줄리언 삼촌이 아빠 물건이었다며 스위스아미 칼을 내게 보내주었다. 각기 다른 칼날이 세 개, 코르크 따개 하나, 조그만 가위 하나, 족집게 하나와 이쑤시개 하나가 달려 있었다. 칼과 함께 보내준 편지에서 줄리언 삼촌은 피레네산맥으로 캠핑을 갔을 때 아빠가 빌려준 칼인데 지금까지 완전히 잊고 있었다고, 내가 갖고 싶을지 모른다고 생각했다고 말했다. 조심해야 한다, 삼촌은 말했다, 칼날이 예리하니까. 황무지에서 살아남는 데 도움을 주려고 만든 물건이야. 나야 잘 모르지, 첫째 날 밤에 비를 맞고 쪼글쪼글한 말린 자두 꼴이 되었을 때 프랜시스 외숙모와 난 호텔로 들어갔으니까. 네 아빠는 나보다 훨씬 야외생활에 능한 사람이었어. 한번은 네게브사막에서 깔때기와 방수포를 가지고 물을 모으기도 했어. 게다가 온갖 풀의 이름뿐만 아니라 먹을 수 있는지 아닌지까지 다 알았지. 별 위로는 안 되겠지만, 네가 런던에 오면 삼촌이 런던 북서부에 있는 온갖 커리 식당의 이름뿐만 아니라 먹을 수 있는 곳인지 아닌지까지 다 알려줄게. 사랑을 담아, 줄리언 삼촌이. 추신: 내가 이걸 줬다고 엄마에겐 말하지 마라, 엄마가 알면 내게 화낼 거고 넌 너무 어리다고 말할 거야. 나는 칼의 각 부분을 꼼꼼히 살펴보며 엄지손톱으로 하나씩 꺼내 손가락에 대고 칼날을 시험해보았다.

나는 아빠처럼 야생에서 살아남는 법을 배우리라 마음먹었다. 그런 걸 알아두면 엄마에게 무슨 일이 생겨서 버드와 나 둘만 남아 살아가야 할 경우에 도움이 될 테니까. 줄리언 삼촌이 비밀로 하자고 했기 때문에 칼에 대해서는 엄마에게 말하지 않았다. 게다가 엄마는 내가 집 근처 반 블록도 혼자 가게 두지 않는데 숲에서 혼자 캠핑을 하게 내버려두겠는가?

15. 내가 놀러 나갈 때마다 엄마는 늘 내가 정확히 어디에 있을 것인지 알고 싶어했다

집으로 들어오면 엄마 방으로 불러 품에 안고 여기저기 뽀뽀를 했다. 머리를 쓰다듬으며 "정말로 사랑해" 하고 말했고, 내가 재채기를 하면 "몸조심해, 엄마가 널 얼마나 사랑하는지 알지, 그렇지?" 했으며, 화장지를 뽑으려고 일어서면 또 "엄마가 갖다줄게, 정말로 사랑해" 하고 말했고, 숙제하려고 펜을 찾으면 "엄마 걸 써, 뭐든지 다 써" 했으며, 내가 다리를 긁으면 "가려운 데가 여기니? 엄마가 안아줄게" 했고, 내 방으로 올라가겠다고 말하면 내 뒤에 대고 "엄마에게 뭐 부탁할 거 없니? 널 정말로 사랑해" 했는데,

그때마다 말하고 싶었지만 하지 않은 말은 이거다. 날 좀 덜 사랑해줘.

16. 모든 것이 다시 이유가 된다

엄마는 거의 일 년 동안 침대에 누워 지내다 어느 날 일어났다. 우리는 침대 주위에 늘어가는 수많은 물잔을 통해서만 엄마를 보다가 그렇지 않은 모습을 처음으로 본 것만 같았다. 버드는 심심하면 물잔 가장자리를 따라 젖은 손가락을 빙빙 돌리며 소리를 내곤 했다. 엄마는 할 줄 아는 몇 안 되는 요리 중 하나인 마카로니 앤드 치즈를 만들었다. 우리는 그게 여태 먹어본 최고의 요리인 척했다. 어느 날 오후에 엄마는 나를 한쪽으로 데려갔다. "지금부터 말이야," 엄마는 말했다. "엄마는 널 어른처럼 대할 거야." 난 겨우 여덟 살이잖아. 그렇게 말하고 싶었지만 하지 않았다. 엄마는 다시 일하기 시작했다. 빨간 꽃무늬가 그려진 기모노 같은 가운을 입고 집안을 돌아다녔고 가는 곳마다 구겨진 종이를 뒤에 남겼다. 아빠가 돌아가시기 전에 엄마는 더 깔끔했었다. 하지만 이제는 엄마를 찾고 싶으면 가위표로 지워진 단어들이 적힌 종이들을 따라가기만 하면 되었고, 그 끝에서 엄마는 창밖을 바라보거나 물이 담긴 유리잔을, 마치 그 안에 엄마만 볼 수 있는 물고기라도 있는 것처럼, 빤히 들여다보고 있었다.

17. 당근

나는 용돈으로 『북미의 식용식물과 꽃』이라는 책을 샀다. 도토리를 물에 넣고 끓이면 쓴맛이 빠져나온다는 것을 배웠고, 야생 장미를 먹을 수 있다는 것, 아몬드 냄새가 나거나, 잎이 세 장씩 모여 난다거나, 수액이 우유처럼 탁한 것은 뭐든 피해야 한다는 것도 배웠다. 프로스펙트파크에 가서 식물을 최대한 많이 구분해보려고 했다. 모든 식물을 구분할 수 있기까지는 시간이 오래 걸리리라는 것을 알았으므로, 그리고 북미가 아닌 곳에서 생존해야 하는 상황에 부닥칠 가능성이 항상 있으므로, 범용 식용성 검사법도 외웠다. 독풀 중에는 야생 당근이나 파스닙 등의 식용 식물과 비슷하게 생긴 독미나리 같은 것도 있어서 알아두는 것이 좋다. 검사를 하려면 먼저 여덟 시간 동안 아무것도 먹지 않아야 한다. 그러고 나서 그 식물을 뿌리, 잎, 줄기, 잎눈, 꽃으로 분리하고 각각을 작은 조각으로 잘라 손목 안쪽에 발라본다. 아무 일 없으면 그걸 입술 안쪽에 삼 분간 대보고, 그래도 아무 일 없으면 혀 위에 십오 분 동안 놔둔다. 여전히 아무 일 없으면 삼키지는 않고 씹기만 하면서 입속에 십오 분 동안 머금고 있다가, 그러고도 아무 일 없으면 삼키고 여덟 시간을 기다리며, 또 아무 일 없으면 4분의 1컵 정도 분량을 먹고, 그러고도 아무 일 없으면, 그건 식용이다.

나는 『북미의 식용식물과 꽃』을 아빠의 스위스아미 칼과 손전등, 비닐 방수포, 나침반, 시리얼 바 한 상자, M&M 땅콩 초콜릿 두 봉지, 참치 세 캔, 캔 따개, 일회용 반창고, 뱀독 처치 키트, 여벌 속옷, 그리고 뉴욕시 지하철 노선도와 함께 배낭에 넣어 침대 밑에 보관했다. 사실은 부싯돌도 하나 있어야 하지만, 철물점에서 사려고 했더니 내가 너무 어려서인지 아니면 내가 방화광이라고 생각한 건지 어쨌든 내겐 팔지 않았다. 비상 상황에서는 벽옥, 마노, 옥 같은 걸 사냥용 칼로 쳐서 불꽃을 일으킬 수도 있다. 하지만 벽옥, 마노, 옥을 어디서 구해야 할지 몰랐다. 대신에, 나는 2번가 카페에서 성냥을 좀 가져와서 빗물에 젖지 않도록 지퍼백에 넣었다.

하누카* 선물로 침낭을 사달라고 했다. 엄마가 사준 것은 분홍색 하트 무늬가 있고 플란넬 천으로 만든 것이었는데, 영하의 기온에서 그걸 썼다간 오 초쯤 목숨을 부지하다 저체온증으로 죽게 될 것이다. 엄마에게 그걸 반품하고 빵빵한 깃털 침낭을 사면 안 되겠는지 물었다. "어디에서 잘 계획인데 그러니, 북극?" 엄마는 물었다. 나는 생각했다. 거기 아니면 페루의 안데스산맥, 아빠가 예전에 캠핑한 적 있는 곳이니까. 화제를 바꾸기 위해 엄마에게 독미나리와 야생 당근과 파스닙에 대해 말했는데, 알고 보니 그건 나쁜 생각이었다. 엄마의 눈에 눈물이 맺혔고, 내가 무슨 일이냐고 묻자 엄마는 아무것도 아니라고, 그냥 라마트간에 살 때 아빠가 텃밭에 키웠던 당근이 생각나서 그렇다고 말했다. 나는 아빠가 올리브나무와 레몬나무와 당근 외에 무엇을 키웠는지 묻고 싶었지만, 엄마를 더 슬프게 하고 싶지는 않았다.

나는 공책에 '야생에서 살아남는 법'이라는 글을 쓰기 시작했다.

---

* 유대교에서 '빛의 축제'라 부르는 기념일로 11월이나 12월에 여드레 동안 촛대에 불을 켜고 기도를 올린다.

18. 엄마는 아빠와의 사랑에서 결코 빠져나오지 못했다

엄마는 아빠를 사랑하는 마음을 둘이 처음 만났던 여름만큼 생생하게 유지했다. 그러기 위해 인생을 외면했다. 때로 엄마는 물과 공기만으로 며칠을 버티기도 했다. 알려진 고등 생명체 중 그렇게 생존이 가능한 유일한 존재로서, 엄마의 이름을 딴 생물종이 하나 있어야 마땅하다. 언젠가 줄리언 삼촌이 해준 얘기에 따르면, 조각가이자 화가인 알베르토 자코메티는 머리 하나를 그리기 위해 때로는 몸 전체를 포기해야 할 수도 있다고 말했다. 나뭇잎을 그리기 위해서는 전체 풍경을 희생해야 한다. 처음에는 자신에게 한계를 지우는 것 같을지 몰라도 시간이 좀 지나면, 하늘 전체를 다루는 척할 때보다 무언가의 4분의 1인치 정도밖에 안 되는 부분을 다룰 때, 우주에 대한 어떤 느낌을 붙잡을 가능성이 더 크다.

엄마는 나뭇잎이나 머리를 택하지 않았다. 엄마는 아빠를 택했고, 어떤 느낌을 붙잡기 위해 세상을 희생했다.

19. 엄마와 세상 사이에 놓인 사전의 벽은 해마다 더 높아만 간다

때로 사전의 낱장들이 떨어져나와, shallon, shallop, shallot, shallow, shalom, sham, shaman, shamble* 같은 단어들이 거

---

* 순서대로, ′스할론(풀 이름), 작은 배의 한 종류, 작은 양파 품종명, 얕은, 평화, 엉

대한 꽃에서 떨어진 꽃잎들처럼 엄마 발밑에 쌓인다. 어렸을 때 나는 바닥에 쌓인 그 낱장들이 엄마가 다시는 쓸 수 없게 된 단어들이 아닐까 싶어 그것들을 원래 있던 자리에 테이프로 다시 붙여놓으려 했다. 언젠가 엄마가 아무 말도 안 하게 될까 두려워서.

20. 엄마는 아빠가 돌아가신 후 데이트를 두 번밖에 안 했다

첫번째는 오 년 전 내가 열 살이었을 때고, 상대는 엄마의 번역책을 내는 출판사 중 한 곳의 뚱뚱한 영국인 편집자였다. 그 사람은 왼손 새끼손가락에 자기 집안의 것인지 아닌지 모를 가문의 문장이 새겨진 반지를 끼고 있었다. 자신에 관해 얘기할 때마다 그 손을 흔들었다. 엄마와 라일이라는 이 아저씨는 서로 대화를 하다가 같은 시기에 옥스퍼드에 다녔다는 사실을 확인했다. 이 우연의 힘에 기대어 아저씨는 엄마에게 데이트를 신청했다. 많은 남자가 엄마에게 데이트를 신청했고 엄마는 항상 아니요, 라고 말했다. 그런데 무슨 이유에선지 이번에는 받아들였다. 토요일 밤에 엄마는 머리를 얼굴 뒤로 시원하게 넘기고 아빠가 페루에서 사준 빨간 숄을 걸친 모습으로 거실에 나타났다. "나 어떠니?" 엄마가 물었다. 엄마는 아름다웠지만 어쩐지 그 숄을 걸치는 건 정당하지 않은 것 같았다. 바로 그때 라일이 숨을 헐떡이며 현관에 나타났기 때문에 무슨 말을 할 시간은 없었다. 아저씨는 소파에 편히 앉았다. 야

_____

터리, 주술사, 어기적거리다'라는 뜻.

생에서 생존하는 법에 대해 아는 게 있는지 물었더니 아저씨는 말했다, "물론이지." 나는 독미나리와 야생 당근의 차이에 대해 아는지 물었고, 아저씨는 옥스퍼드대학교 보트 경주에서 마지막 삼 초를 남기고 자기 보트가 앞으로 치고 나가 역전승을 거둔 순간을 상세하게 얘기했다. "대단하시네요." 나는 삐딱하다고 해석될 수도 있는 투로 말했다. 라일은 또 처웰강에서 펀트배 경주를 하던 좋은 추억을 떠올렸다. 엄마는 처웰강에서 펀트를 탄 적이 없어서 그런 건 잘 모른다고 말했다. 나는 생각했다, 뭐 놀랄 일도 아니지.

두 사람이 나가고 난 뒤 나는 TV로 남극의 앨버트로스에 관한 방송을 보느라 깨어 있었다. 그 새들은 몇 년 동안 땅에 내려오지 않고 하늘에 떠서 잠을 자고, 바닷물을 마시고 눈물로 염분을 배출하며, 해마다 되돌아와 같은 짝과 함께 새끼를 키운다. 깜빡 잠이 들었던 것인지 현관문에서 엄마 열쇠 소리가 났을 때는 새벽 한시가 다 된 시간이었다. 구불거리는 머리칼 몇 가닥이 목 부근에 내려와 있고 마스카라가 번져 있었는데, 내가 어땠냐고 묻자 엄마는 오랑우탄과 얘기를 해도 그보다는 훨씬 재미있을 것 같다고 말했다.

일 년 정도 뒤에 버드가 이웃집 발코니에서 뛰어내리다 손목이 부러졌고, 응급실에서 동생을 치료한 키 크고 구부정한 의사가 엄마에게 데이트를 신청했다. 그 의사가 손목이 끔찍한 각도로 꺾인 버드를 웃겨주어서 그런 건지 엄마는 아빠가 돌아가시고 나서 두 번째로 그래요, 라고 말했다. 의사의 이름은 헨리 라벤더였는데, 나는 좋은 징조라고 생각했다(앨마 라벤더!). 초인종이 울렸을 때, 버드는 깁스만 빼고 홀딱 벗은 채로 쏜살같이 계단을 내려와 전축에 〈That's Amore〉라는 노래를 걸어놓고 다시 쏜살같이 올라갔다. 엄마는 빨간 숄을 걸치지 않은 채 잽싸게 계단을 내려와 전축 바늘을 다시 들어올렸다. 음반에서 지직거리는 소리가 났다. 음반이 턴테이블 위에서 소리 없이 도는 동안, 헨리 라벤더가 들어와 차가운 백포도주 한 잔을 받아들고 우리에게 자기가 수집한 조개 껍데기 얘기를 했는데, 그중 많은 것이 필리핀 여행중에 직접 바다에 들어가 모은 거라고 했다. 나는 우리가 함께하는 미래를 상상했다. 아저씨가 우리를 다이빙 여행에 데려가고, 우리 넷이 바다 밑에서 잠수 마스크를 쓴 얼굴로 서로에게 미소를 짓는 모습을. 다음날 아침 엄마에게 어떻게 되었느냐고 물었다. 엄마는 그 아저씨가 더할 나위 없이 좋은 사람이라고 말했다. 나는 그걸 긍정적인 말로 여겼지만, 그날 오후 헨리 라벤더가 전화했을 때 엄마는 슈퍼마켓에 있었고 돌아와서도 다시 전화하지 않았다. 이틀 뒤에 아저씨가 다시 한번 시도했다. 이번에 엄마는 공원에 막 산책하러 나가는 길이었다. 내가 "아저씨한테 전화 안 할 거지, 그렇지?" 하고 말하자 엄마는 말했다, "안 할 거야." 헨리 라벤더가 세번째로 전화했을 때 엄마는 어떤 단편소설집에 푹 빠져서 저자에게 사후 노벨상을 줘야 한다며 계속 탄성을 질렀다. 엄마는 맨날 그렇게 사후 노벨상을 내주고 있다. 나는 무선전화기를 들고 슬쩍 부엌으로 들어갔다. "닥터 라벤더?" 나는 말했다. 그러고서 내 생각에 사실 엄마는 아저씨를 좋아한다고, 정상적인 사람이라면 아마도 아저씨 전화를 굉장히 반가워하고 심지어 다시 데이트도 할 거라고, 하지만 엄마를 십일 년 반 동안 알아온 내가 봤을 때 엄마는 정상적인 행동을 한 적이 결코 없다고 말했다.

21. 나는 엄마가 딱 맞는 사람을 만나지 못한 것뿐이라고 생각했다

엄마가 온종일 잠옷 차림으로 집에 틀어박혀 대부분 죽은 사람들이 쓴 글을 번역한다는 사실은 상황에 별 도움이 되지 않는 것 같았다. 때로 엄마는 몇 시간이고 한 문장에 막혀서 뼈다귀를 가진 개처럼 돌아다니다 마침내 "맞아, 그거야!" 하고 소리를 내지른 후 종종거리며 책상으로 돌아가 구덩이를 파고 뼈다귀를 묻는다. 나는 직접 나서서 손을 쓰기로 마음먹었다. 어느 날, 닥터 투치라는 수의사가 우리 육학년 교실에 강연을 하러 왔다. 목소리가 좋은 아저씨였는데, 어깨에는 고도라는 이름의 초록색 앵무새가 걸터앉아 침울하게 창밖을 바라보고 있었다. 아저씨에게는 이구아나 한 마리, 흰담비 두 마리, 상자거북 한 마리와 청개구리들, 한쪽 날개가 부러진 오리, 그리고 최근에 허물을 벗은 마하트마라는 이름의 보아뱀도 있었다. 뒷마당에는 라마를 두 마리 키웠다. 수업이 끝나고 다들 마하트마를 만지고 있을 때 아저씨에게 가서 결혼은 하셨느냐고 물었고 그가 얼떨떨한 표정으로 아니, 라고 말하기에 나는 명함을 달라고 했다. 거기에는 원숭이 사진이 있었는데, 다른 아이들 몇이 뱀에 흥미를 잃고 자기들도 명함을 달라고 조르기 시작했다.

그날 밤, 수영복 차림에 아주 매력적인 엄마 사진을 한 장 찾았고, 닥터 프랭크 투치에게 사진과 함께 보내려고 엄마의 가장 좋은 특징들을 나열한 목록을 타자기로 작성했다. 포함된 특징 중에는 이런 것들이 있었다. 아이큐 높음, 책을 많이 읽음, 매력적임(사진 참고), 잘 웃김. 버드가 목록을 대충 훑어보더니 잠시 생각하다 추가 하라고 제안한 말은 이거였다. 자기주장이 강함, 이건 내가 전에 가르쳐준 말이었다. 그리고 고집이 셈. 그건 엄마의 가장 좋은 특징은 커녕 좋은 특징에도 들지 않는 것 같다고 말하자 버드는 그 두 가지가 목록에 들어가 있으면 마치 좋은 특징처럼 보일지도 모르고, 혹시 닥터 투치가 엄마를 만나게 되더라도 거부감을 느끼지 않을 거라고 말했다. 그때는 그게 꽤 타당한 주장 같아서 나는 자기주장이 강함, 그리고 고집이 셈, 그 두 가지를 추가했다. 맨 아래에 우리 집 전화번호를 썼다. 그러고 나서 우편으로 부쳤다.

일주일이 지났는데 그는 전화를 걸지 않았다. 사흘이 더 지나자, 자기주장이 강함과 고집이 셈은 쓰지 말아야 했나 하는 생각이 들었다.

다음날 전화가 울리더니 "프랭크 누구시라고요?" 하는 엄마 목소리가 들렸다. 긴 침묵이 흘렀다. "뭐라고요?" 다시 한번 침묵. 그러더니 엄마가 발작적으로 웃기 시작했다. 엄마는 전화를 끊고 내 방으로 왔다. "무슨 일이야?" 나는 해맑은 목소리로 물었다. "뭐가 무슨 일이야?" 엄마는 더욱 해맑은 목소리로 물었다. "방금 전화한 사람." 내가 말했다. "아, 그거." 엄마가 말했다. "네가 괜찮으면 좋겠는데, 엄마가 방금 더블데이트를 주선했거든. 엄마랑 뱀 장수, 그리고 너랑 허먼 쿠퍼."

허먼 쿠퍼는 우리 블록에 사는 팔학년 말썽꾼인데, 모든 사람을 자지라고 부르고 이웃집 개의 거대한 불알을 보고 우우 소리치며 요란을 떨었다.

"차라리 나보고 길바닥을 핥으라고 해." 나는 말했다.

22. 그해에 나는 아빠의 스웨터를 사십이 일간 내리 입고 다녔다

십이 일째 되는 날, 강당에서 샤론 뉴먼과 그애 친구들 앞을 지나갔다. "저 토 나올 것 같은 스웨터는 도대체 뭐라니?" 그애가 말했다. 가서 독미나리나 드시지, 나는 속으로 말했고 남은 평생 내내 아빠의 스웨터를 입기로 마음먹었다. 학년이 거의 끝나갈 때까지 그 옷을 입고 버텼다. 알파카 모직 스웨터였는데 5월 중순이 되자 견딜 수 없어졌다. 엄마는 그런 행동을 뒤늦은 애도라고 생각했다. 하지만 난 기록을 세울 생각 따위는 없었다. 그저 그 느낌이 좋았을 뿐이다.

23. 엄마는 책상 옆 벽에 아빠 사진을 계속 걸어놓는다

한두 번쯤 방문 앞을 지나다 엄마가 사진에 대고 말하는 소리를 들었다. 엄마는 우리가 옆에 있어도 외롭지만, 내가 다 커서 새로운 생활을 시작하려고 집을 떠나면 엄마가 어떻게 될지, 이따금 생각하면 뱃속이 찌릿하고 아프다. 결국 내가 영영 떠나지 못할 거라는 생각이 들 때도 있다.

24. 내게 있었던 친구들은 모두 떠나갔다

열네 살 생일에 버드가 내 침대로 뛰어올라와 〈For She's a Jolly

Good Fellow)*를 부르며 나를 깨웠다. 버드는 녹아서 흐물거리는 허시 초콜릿 바와 분실물 보관소에서 가져온 빨간 털모자를 주었다. 나는 모자에서 구불거리는 금발 한 가닥을 떼어낸 후 밤까지 내내 쓰고 다녔다. 엄마는 에드먼드 힐러리 경과 함께 에베레스트에 오른 셰르파 텐징 노르게이가 시험 착용한 아노락**과 내 영웅 앙투안 드 생텍쥐페리가 쓴 것과 같은 낡은 가죽 조종사 모자를 선물했다. 내가 여섯 살 때 아빠가 『어린 왕자』를 읽어주며 생텍스는 오지에 우편 항로를 뚫기 위해 목숨을 건 훌륭한 조종사였다고 말해주었다. 결국, 그는 독일군 전투기에 격추당해 비행기와 함께 지중해 속으로 영원히 사라졌다.

재킷과 조종사 모자와 함께 엄마는 대니얼 엘드리지라는 사람이 쓴 책도 주었다. 노벨상을 고생물학자에게도 준다면 이 사람이야말로 그 상을 받아야 한다고 엄마는 말했다. "죽은 사람이야?" 나는 물었다. "왜 묻니?" "그냥." 나는 말했다. 버드가 고생물학자가 뭐냐고 묻자 엄마가 말하길, 삽화가 실린 온전한 메트로폴리탄 미술관 안내서를 백 개 조각으로 찢어 미술관 계단에서 바람에 날려보낸 다음, 몇 주를 기다렸다 다시 가서 피프스 애비뉴와 센트럴 파크를 샅샅이 훑고 다니며 남아 있는 조각들을 최대한 많이 모은 후, 그 조각들로 유파와 양식과 장르와 화가 이름을 포함한 회화의 역사를 재구성해보는 것, 그것이 고생물학자의 일과 비슷하다고 말했다. 유일한 차이라면 고생물학자는 생명의 기원과 진화를 탐

---

* 〈당신은 아주 좋은 사람이니까〉. 다양한 기념일에 축하의 의미로 주어만 바꿔 부르는 대중적인 노래.
** 모자가 달린 방한용 재킷.

구하기 위해 화석을 연구한다는 것뿐이다. 열네 살쯤 먹었으면 누구나 자신이 어디에서 왔는지는 알아야지, 엄마가 말했다. 모든 것이 어떻게 시작되었는지 전혀 모르는 채로 사는 건 말이 안 되지. 그러더니 엄마는 아주 재빨리, 마치 그게 제일 중요한 점이 아니라는 듯이, 그 책이 아빠 거였다고 말했다. 버드가 얼른 다가가서 표지를 만졌다.

책 제목은 '우리가 알지 못하는 생명'이었다. 뒤표지에는 엘드리지의 사진이 있었다. 검은 눈에 속눈썹이 진하고 턱수염을 기른 그는 무섭게 생긴 물고기 화석을 들고 있었다. 사진 밑에는 그가 컬럼비아대학의 교수라고 쓰여 있었다. 그날 밤부터 나는 책을 읽기 시작했다. 아빠가 여백에 무슨 메모라도 적어두었을 거라고 생각했지만 메모는 없었다. 유일한 아빠의 흔적은 표지 안쪽에 적은 이름뿐이었다. 책은 엘드리지와 그 밖의 과학자들이 잠수정을 타고 바다 밑바닥까지 내려가 지질구조판들이 만나는 부위에서 열수분출공들을 발견했는데 거기에서 화씨 700도가 넘고 미네랄이 풍부한 가스가 뿜어나왔다는 내용이었다. 그전까지 과학자들은 바다 밑바닥을 생명체가 전혀 혹은 거의 없는 황무지라고 생각했다. 하지만 엘드리지와 동료들이 잠수정 전조등을 비춰 관찰한 것은 그때까지 인간의 눈으로 본 적 없는 수백 가지 생물체―아주, 아주, 오래된 것으로 파악된 완전한 생태계―였다. 그들은 이를 암흑 생물권이라고 불렀다. 그 아래에는 열수분출공이 많았고, 머지않아 그들은 납을 녹일 정도로 높은 온도의 분출공 주변 바위에 미생물이 산다는 것을 알아냈다. 그 생물체들 가운데 일부를 수면 위로 가져왔더니 썩은 달걀 냄새를 풍겼다. 그들은 이 이상한 생물체가 분출공에서 뿜어나오는 황화수소로 생명을 이어가며, 육지의 식물들이 산소를 만들어내듯 황을 내뿜는다는 것을 알게 되었다. 엘드리지 박사의 책에 의하면, 그들이 발견한 것은 수십억 년 전에 진화의 여명을 불러온 화학반응 경로를 들여다보는 창문이나 마찬가지였다.

진화라는 개념은 너무 아름답고도 슬프다. 지구상에 최초의 생명체가 나타난 이래로 지금까지 오십억에서 오백억 정도의 생물종이 생겨났는데, 그중 겨우 오백만에서 오천만 종 정도만 오늘날까지 살아남았다. 그러니 지구상에 살았던 모든 종의 구십구 퍼센트는 멸종한 것이다.

25. 내 동생, 구세주

그날 밤, 책을 읽는 동안 버드가 내 방에 들어와 침대 위 내 옆으로 올라왔다. 동생은 열한 살 반이었는데 나이에 비해 작았다. 버드는 조그맣고 차가운 제 발을 내 다리에 갖다댔다. "아빠 얘기 좀 해줘." 버드가 속삭였다. "발톱 깎는 거 잊었구나." 나는 말했다. 버드가 발바닥 위쪽을 내 종아리에 문질렀다. "해주라." 그애가 졸라댔다. 나는 생각하려 했지만 벌써 백 번 넘게 해준 이야기 말고는 생각나는 게 없어서 다른 걸 지어냈다. "아빠는 암벽 타기를 좋아했어." 나는 말했다. "암벽을 아주 잘 탔지. 한번은 높이가, 그러니까, 200피트도 넘는 암벽을 올라갔어. 네게브사막 어디였을 거야." 버드는 내 목에 뜨거운 입김을 불며 숨을 쉬었다. "마사다성城?"

그애가 물었다. "그럴 수도 있지," 나는 말했다. "아빠 그냥 좋아해서 한 거야. 취미였지," 나는 말했다. "춤추는 것도 좋아했어?" 버드가 물었다. 나는 아빠가 춤을 좋아했는지 어떤지 전혀 몰랐지만 그래도 말했다. "엄청 좋아했지. 탱고도 출 수 있었는걸. 부에노스아이레스에서 배운 거야. 아빠와 엄마는 맨날 춤을 췄어. 아빠가 소파 탁자를 벽으로 밀어놓고 거실을 통째로 썼어. 엄마를 들어올렸다가 내렸다가 하면서 귀에 대고 노래도 했어." "나도 거기 있었어?" "물론 있었지," 나는 말했다. "아빠는 널 공중에 던졌다가 받기도 했어." "날 떨어뜨리지 않을 걸 어떻게 알았을까?" "그냥 알았어." "아빠 날 뭐라고 불렀어?" "여러 이름으로 불렀지. 버디, 리틀가이, 펀치." 나는 즉석에서 지어냈다. 버드는 별로 감명받은 눈치가 아니었다. "유다 마카비*," 나는 말했다. "그냥 마카비. 또는 맥." "아빠가 가장 많이 부른 이름은 뭐야?" "이매뉴얼이었을걸?" 나는 생각하는 척했다. "아니다, 잠깐. 매니였다. 아빠는 널 매니라고 부르곤 했어." "매니," 버드는 소리 내어 불러보았다. 그애가 내게 더 가까이 파고들었다. "비밀 하나 말해줄게," 동생이 속삭였다. "누나 생일이니까." "뭔데?" "먼저 내 말 믿겠다고 약속해야돼." "좋아." "'약속해'라고 말해." "약속해." 버드는 심호흡을 했다. "내 생각에, 난 아마 라메드보브닉 같아." "라, 뭐라고?" "라메드보브닉 중 한 명," 아이가 속삭였다. "서른여섯 명의 성인." "서른여섯 명의 무슨 성인?" "세상이 존재하느냐 마느냐가 그 사람들

---

* BC 160년경에 활동했던 유대인 지도자로 셀레우코스왕국에 대항해 예루살렘을 탈환했다.

에게 달려 있다고 하잖아." "아, 그 사람들. 말도 안……" "약속했잖아," 버드가 말했다. 나는 아무 말도 하지 않았다. "어느 시대에나 항상 서른여섯 명이 있어," 아이가 속삭였다. "그들이 누군지는 아무도 몰라. 그들의 기도만이 하느님의 귀에 다다르지. 골드스타인 씨가 그렇게 말했어." "그리고 넌 네가 그들 중 하나일 거라고 생각한다는 거고," 나는 말했다. "골드스타인 씨가 또 뭐라고 했니?" "아저씨는 구세주가 세상에 오실 때, 자기는 라메드보브닉 성인들 중 하나일 거라고 말씀하셔. 구세주가 될 잠재력을 가진 사람이 모든 세대에 한 명씩 있어. 그 사람이 그 잠재력에 맞게 살 수도 있고 아닐 수도 있겠지. 세상이 그 사람을 맞이할 준비가 되어 있을 수도 있고 아닐 수도 있고. 그게 다야." 나는 무슨 말을 해야 할지 생각하며 어둠 속에 누워 있었다. 배가 찌릿 아파오기 시작했다.

26. 상황은 위급해졌다

다음 토요일에 나는 『우리가 알지 못하는 생명』을 배낭에 넣어 지하철을 타고 컬럼비아대학교로 갔다. 교정을 사십오 분 동안 배회하고 다니다가 지구과학부 건물에서 엘드리지의 연구실을 찾았다. 거기에 도착했을 때 포장 음식을 먹고 있던 비서가 엘드리지 박사는 없다고 말했다. 나는 기다리겠다고 말했고, 그는 엘드리지 박사가 몇 시간은 있어야 돌아올 것 같으니 다음에 다시 오는 게 좋겠다고 했다. 나는 상관없다고 대답했다. 그는 하던 식사를 마저 했다. 기다리는 동안 〈화석〉 잡지 한 부를 읽었다. 그러다가 컴퓨터상의 뭔가를 보고 요란하게 웃는 비서에게 엘드리지 박사가 이제 곧 올 것 같으냐고 물었다. 그는 웃음을 멈추더니 내가 방금 자기 인생의 가장 중요한 순간을 망치기라도 한 것처럼 쳐다보았다. 나는 다시 자리로 돌아가 〈오늘의 고생물학자〉 한 부를 읽었다.

배가 고파져서 복도를 지나 자동판매기에서 데빌도그스 케이크를 한 봉지 샀다. 그러고는 잠이 들었다. 깨어나보니 비서는 가고 없었다. 엘드리지의 연구실은 열려 있고 불도 켜져 있었다. 안에는 머리가 하얀 웬 할아버지가 서류함 옆에 서 있었는데, 그 위쪽에 붙은 포스터에는 이렇게 쓰여 있었다. 그리하여 부모 없이, 자연 발생적으로, 살아 숨쉬는 지구의 첫 티끌들이 나타난다―이래즈머스 다윈.

"음, 솔직히 말해, 난 그 선택지에 대해서는 생각해본 적이 없어요." 그 할아버지가 전화기에 대고 말했다. "그 사람은 지원할 생각도 없는 것 같던데. 어쨌든, 우리에겐 이미 적당한 사람이 있는 것 같아요. 학과에 말해봐야 하겠지만 일단은 전망이 괜찮다고만 해둡시다." 할아버지는 내가 문간에 서 있는 것을 보고 곧 끊겠다는 뜻으로 손짓을 했다. 나는 괜찮다고, 내가 기다리는 사람은 엘드리지 박사라고 말할 참이었는데, 그는 내게서 등을 돌리고 창밖을 응시했다. "좋아요, 다행이군요. 이제 그만 끊어야겠어요. 그럼, 그럽시다. 잘 들어가요. 그럼 이만." 할아버지가 내 쪽으로 돌아섰다. "정말로 미안하구나." 그분이 말했다. "뭘 도와줄까?" 팔을 긁적이다가 언뜻 보니 손톱 밑에 때가 껴 있었다. "할아버지가 엘드리지 박사는 아니시죠?" 나는 물었다. "내가 맞다." 그가 말했다. 가슴이 철렁했다. 책에 있는 사진을 찍은 뒤로 삼십 년은 지난 게 틀림없었다. 내 용건과 관련해 그 할아버지가 도울 수 있는 일이 없다는 것은 잠깐만 생각해봐도 알 수 있었다. 그가 생존하는 가장 위대한 고생물학자로서 노벨상 수상 자격이 있다 하더라도, 가장 늙은 고생물학자로서도 역시 자격이 있을 것이기 때문이었다.

뭐라고 말해야 할지 알 수가 없었다. "박사님 책을 읽었는데요." 나는 겨우 말을 꺼냈다. "저도 고생물학자가 될까 생각중이에요." 그가 말했다. "그런데, 그렇게 실망한 목소리만 아니면 좋겠구나."

27. 내가 자라서 절대로 하지 않을 것 한 가지

는 사랑에 빠져 대학을 중퇴하고 물과 공기로만 버티는 법을 배워서, 내 이름을 딴 종의 시조가 되어 인생을 망치는 것이다. 내가 어렸을 때 엄마는 어떤 눈빛과 함께 이렇게 말하곤 했다. "언젠가 너도 사랑에 빠지게 될 거야." 나는 이렇게 말하고 싶었지만 하지 않았다. 백만 년이 지나도 그런 일은 없을 거야.

키스를 해본 유일한 남자애는 미샤 시클롭스키다. 자기가 브루클린으로 이사 오기 전 러시아에 살 때 사촌에게 배운 걸 내게 가르쳐주었다. "혀를 너무 그렇게 넣지는 마," 라는 게 그애가 유일하게 한 말이었다.

28. 수백 가지 일들이 인생을 바꿀 수 있는데, 편지가 그중 하나다

다섯 달이 지났고, 나는 엄마를 행복하게 해줄 사람을 찾는 일을 거의 포기했다. 그때 그 사건이 일어났다. 지난 2월 중순에, 파란 항공우편 용지에 타자기로 작성되었고 베네치아의 소인이 찍힌 편지 한 통이 엄마의 출판사를 통해 엄마에게 전달되었다. 버드가 편지를 처음 보고 우표를 가져도 되는지 물어보려고 엄마에게 가져갔다. 우리는 모두 부엌에 있었다. 엄마는 봉투를 열고 선 채로 편지를 읽었다. 그러더니 자리에 앉아서 다시 읽었다. "굉장하다," 엄마가 말했다. "뭐가?" 나는 물었다. "누가 엄마에게 『사랑의 역사』에 대해 썼어. 아빠와 내가 그 책을 보고 네 이름을 지었잖니." 엄마는 우리에게 소리 내어 편지를 읽어주었다.

싱어 씨 귀하,
저는 방금 선생님이 번역하신 니카노르 파라의 시집을 다 읽었습니다. 선생님 말씀대로 "옷깃에 조그만 러시아 우주비행사 핀을 꽂고, 주머니에는 자신을 버리고 다른 이에게 간 여자의 편지들을 가지고 다닌" 시인 말입니다. 그 책은 지금도 바로 제 옆에, 대운하가 내려다보이는 펜시오네*의 제 방 탁자 위에 놓여 있습니다. 뭐라 표현해야 할지 모르겠는데요, 책을 읽기 시작할 때면 매번 바랄 법한 그런 감동을 경험했다고나 할까요. 제 말뜻은, 그 책이 말로 표현할 수 없을 것 같은 어떤 방식으로 저를 변화시켰다는 것입니다. 하지만 그 얘기를 더 길게 하지는 않겠습니다. 사실 이 편지를 쓰는 이유는 감사를 드리려는 것이 아니라, 좀 이상하게 들릴 수도 있는 요청을 드리려는 것입니다. 선

---
* 식사가 제공되는 하숙집 또는 셋방.

생님께서 서문에서 즈비 리트비노프라는 무명작가를 잠깐 언급하면서, 그가 1941년에 폴란드에서 칠레로 도피했고 유일하게 출간된 책은 스페인어로 된 『사랑의 역사』라고 하셨죠. 제 질문은 이겁니다, 그 책을 좀 번역해주시겠습니까? 순전히 개인적인 용도로 쓸 거라서 출판할 의도는 없고, 선생님이 출판하시겠다면 저작권은 온전히 선생님께서 보유하시게 될 겁니다. 작업료는 적절하다고 생각하시는 금액으로 얼마든지 지불하겠습니다. 전 항상 이런 문제는 거론하기가 곤란하더군요. 그러면, 10만 달러 정도는 어떠신지요? 자, 그럼. 금액이 너무 적다고 생각되면 말씀해주십시오.

　이 편지를 읽으면 선생님이 어떻게 반응하실지 상상해봅니다. 그즈음이면 이 편지는 이 석호 안에서 일이 주 정도 방치되어 있다가 그뒤 한 달 정도 혼란스러운 이탈리아의 우편제도를 헤맨 뒤 마침내 대서양을 건너 미국 우체국으로 전달될 것이고, 거기에서 자루에 담긴 채 수레에 실릴 테고, 집배원이 그 수레를 끌고 빗발이나 눈발을 헤치고 나아가 댁의 우편물 투입구에 편지를 밀어넣으면 바닥에 떨어져 선생님이 발견하실 때까지 기다리고 있겠지요. 그런 상상을 하고 보니, 최악의 경우 선생님이 저를 무슨 미치광이쯤으로 여기셔도 도리가 없겠다는 생각이 듭니다. 하지만 꼭 그렇게 되란 법은 없겠지요. 아주 오래전에 누군가가 잠에 빠져드는 저에게 『사랑의 역사』라는 책의 몇 페이지를 읽어주었는데, 이렇게 오랜 세월이 지나고도 저는 그날 밤을, 혹은 그 몇 페이지를 잊지 않았다고 말씀드리면 선생님도 이해하시지 않을까 싶습니다.

어떻게 생각하시는지 이곳, 위에 적힌 주소로 소식 전해주시면 감사하겠습니다. 제가 떠난 뒤에 편지가 도착하더라도 관리인이 제게 우편물을 전달해줄 겁니다.

열의를 담아,
제이컵 마커스

나는 생각했다, 대단하다! 우리의 행운을 믿을 수 없었고 내가 직접 제이컵 마커스에게 답장을 쓸까도 생각해봤다. 1929년에 마지막 남은 남쪽 구역 우편 항로를 남미까지, 대륙의 말단까지 완전히 구축한 것은 생텍쥐페리라는 사실을 설명해준다는 핑계로 말이다. 제이컵 마커스는 우편에 관심이 있는 것 같았고, 어쨌거나 엄마는 『사랑의 역사』의 저자인 즈비 리트비노프가 나중에 폴란드에 있는 가족과 친구들에게서 마지막 편지를 받을 수 있었던 것도 부분적으로는 생텍스의 용기 때문이라고 지적한 적도 있었다. 편지 끝에는 엄마가 독신이라는 사실도 살짝 언급할 참이었다. 하지만 그러지 않는 게 낫다고 생각한 것은, 엄마에게 들키는 바람에 어떠한 외부적 개입도 없이 저절로 시작된 이런 굉장한 일을 망쳐버릴까 싶었기 때문이다. 10만 달러는 정말 큰돈이었다. 하지만 제이컵 마커스가 보잘것없는 돈을 제안했더라도 엄마는 하겠다고 했을 것임을 나는 알고 있었다.

29. 엄마는 내게 『사랑의 역사』를 읽어주곤 했다

"최초의 여자는 이브였는지 몰라도, 최초의 소녀는 언제까지나 앨마일 것이다." 엄마는 내가 침대에 누워 있으면 스페인어로 된 책을 무릎에 펼쳐놓고 그렇게 말하곤 했다. 내가 네다섯 살이었을 때, 아빠가 병에 걸려 그 책이 책장으로 치워지기 전이었다. "그녀를 처음 보았을 때, 너는 아마도 열 살이었을 것이다. 그녀는 햇살 아래에 서서 다리를 긁고 있었다. 혹은 막대기로 땅에 글자를 쓰고 있었다. 누군가가 그녀의 머리카락을 잡아당기고 있었다. 혹은 그녀가 누군가의 머리카락을 잡아당기고 있었다. 그리고 너의 일부는 그녀에게 끌렸고 다른 일부는 저항했다—자전거를 타고 다른데로 가버리고 싶어서, 돌부리를 걷어차고 싶어서, 계속 태평하게 지내고 싶어서. 너는 다 자란 남자의 힘을 느끼면서 동시에 주눅들고 속상하게 하는 자기연민도 느꼈다. 너의 일부는 생각했다, 제발 날 쳐다보지 마. 네가 보지 않으면 난 아직 돌아설 수 있어. 그리고 다른 일부는 생각했다. 나를 봐.

앨마를 처음 보았을 때를 기억한다면, 너는 앨마를 마지막으로 보았을 때도 기억한다. 그녀는 고개를 젓고 있었다. 혹은 들판 저멀리 사라지고 있었다. 혹은 네 창문 너머로 저멀리. 돌아와, 앨마! 너는 외쳤다. 돌아와! 돌아와!

하지만 그녀는 돌아오지 않았다.

그즈음 너는 성인이었지만, 아이처럼 어찌할 바를 몰랐다. 자존심은 부서졌지만, 그녀를 사랑하는 마음만큼 넓은 사람이 된 느낌이 들었다. 그녀는 가버렸고, 울타리를 감싸고 자라는 한 그루 나무처럼 그녀를 감싸고 자라난 네게는 그녀의 빈자리만 남았다.

아주 오랫동안 그 자리는 빈 채로 있었다. 어쩌면 몇 년 동안. 마침내 그 자리가 다시 채워졌을 때, 네가 한 여자에게 느끼는 새로운 사랑은 앨마가 없었다면 불가능했을 것임을 너는 알았다. 그녀가 없었다면 빈자리는, 혹은 그것을 채울 필요는 생기지 않았을 것이다.

물론 문제의 그 소년이 계속해서 목이 터지도록 앨마를 불러대는 경우도 있다. 단식투쟁을 한다. 애원한다. 책 한 권을 사랑으로 가득 채운다. 그녀가 돌아오지 않을 수 없을 때까지 계속해나간다. 그녀가 떠나야 한다는 것을 알고 그렇게 하려 할 때마다 소년은 바보처럼 애원하며 그녀를 막는다. 그러면 그녀는 항상 돌아온다. 몇 번째로 떠났든, 얼마나 멀리 갔든 상관없이, 소리 없이 등뒤에 나타나 두 손으로 그의 눈을 가리고서, 그가 그녀 뒤에 올지도 모르는 모든 이를 사랑할 수 없게 한다."

30. 이탈리아 우편은 너무 느려서, 물건은 분실되고 인생은 영영 망가진다

엄마가 보낸 답장이 베네치아에 도착하기까지 또 몇 주가 흘러갔을 테고, 그 무렵 제이컵 마커스는 우편물을 전달받을 방법을 알려놓고 떠났음이 틀림없다. 처음에 나는 그를 만성 기침에 시달리는 키가 훌쩍 크고 깡마른 사람, 아는 이탈리아어 몇 마디를 형편없는 억양으로 말하며 어디를 가도 마음을 붙이지 못하는 울적한 사람으로 상상했다. 버드는 그를 람보르기니를 몰고 현금이 든 여행용 가방을 가지고 다니는 존 트러볼타로 상상했다. 엄마 역시 그 사람을 상상해봤을지도 모르지만, 말은 하지 않았다.

　그의 두번째 편지는 3월 말에, 첫번째 편지로부터 육 주 후에, 뉴욕 소인이 찍혀 도착했다. 체펠린 비행선 사진이 담긴 흑백 엽서에 손으로 쓴 편지였다. 그에 관한 내 상상은 진전되었다. 만성 기침은 빼고, 이십대 초반에 교통사고를 당한 이후로 계속 사용한 지팡이를 그에게 주었다. 울적한 성격은 어릴 때 부모님이 너무 자주 혼자 두어서 그런 것이고, 그러다 부모님이 세상을 떠나면서 모든 재산을 물려준 거라고 결론을 내렸다. 엽서 뒷면에 그는 이렇게 썼다.

　싱어 씨께,

　답장을 받고, 또한 번역을 시작하실 수 있다는 말씀을 듣고, 너무나 기뻤습니다. 은행 계좌 정보를 알려주시면 선금 2만 5000달러를 즉시 보내드리겠습니다. 그런데 책을 번역하시면서 원고를 네 번에 걸쳐 보내주실 수 있겠습니까? 조급한 저를 용서하시고, 리트비노프의 책이자 선생님의 책을 마침내 읽을 수 있게 된 기대감과 흥분 때문이라고 이해해주십시오. 또한, 우편물 받기를 좋아하는 제 성향과 책을 통해 느끼게 될 감동적인 경험을 최대한 연장하고 싶은 마음도 헤아려주시길.

이만 줄이겠습니다,

J. M.

31. 이스라엘 사람은 저마다 민족 전체의 명예를 제 손에 받들고 있다

돈은 일주일 후에 도착했다. 기념의 의미로 엄마는 우리를 극장에 데려가 가출한 소녀 둘이 나오는, 자막 달린 프랑스 영화를 보여주었다. 텅 빈 극장 안에는 우리 빼고 딱 세 사람이 있었다. 그들 중 하나는 안내원이었다. 오프닝 크레디트가 올라가는 동안 밀크더즈 캐러멜을 먹어치운 버드는 단것을 먹은 후의 흥분 상태로 복도를 정신없이 오르락내리락하다가 결국 맨 앞줄에서 잠들었다.

그뒤로 얼마 후, 4월 첫 주에 버드는 히브리어 학교 지붕 위에 올라갔다가 떨어져서 손목을 삐었다. 자신을 위로하기 위해 동생은 집밖에 카드놀이용 탁자를 놓고 페인트로 이렇게 안내문을 적었다, 신선한 레모네이드 50센트 직접 따라 드세요(손목을 삐었음). 비가 오든 날이 개든, 버드는 레모네이드가 든 주전자와 돈을 받을 신발 상자를 가지고 밖에 나가 있었다. 집 앞 거리에서 고객층이 사라지자 몇 블록 떨어진 곳으로 옮겨 공터 앞에 자리를 잡았다. 동생은 그곳에서 점점 더 많은 시간을 보내기 시작했다. 장사가 잘 안 될 때는 카드놀이 탁자를 내버려둔 채 주변을 배회하고 공터에서 놀았다. 매번 내가 그 앞을 지나갈 때마다 버드가 개선을 위해 새로이 무언가를 해놓은 것이 보였다. 녹슨 울타리 자재를 옆으로 치웠고, 잡초를 쳐냈고, 쓰레기를 주워 봉지에 담아놓았다. 어두워지면 다리가 긁히고 키파가 머리에서 비딱하게 흘러내린 모습으로 집에 돌아왔다. "엉망진창이야," 그애는 말하곤 했다. 하지만, 거기에서 무얼 할 작정이냐고 내가 물으면 버드는 어깨를 으쓱할 뿐이었다. "장소는 용도가 있는 사람이 주인이야," 그는 말했다. "감사합니다, 달라이 라메드보브닉 선생님. 골드스타인 씨가 그렇게 말씀하셨니?" "아니." "그럼, 네겐 어떤 대단한 용도가 있는 건데?" 나는 동생 뒤통수에 대고 외쳤다. 버드는 대답 없이 걸어가 문틀 위로 손을 뻗어 뭔가를 만진 후 제 손에 입맞추고 계단을 올라갔다. 그것은 플라스틱 메주자*로, 그애가 집안의 모든 문틀에 붙여놓은 것이었다. 심지어 욕실로 들어가는 문에도 붙어 있었다.

다음날 나는 버드의 방에서 '야생에서 살아남는 법' 3권을 발견했다. 동생은 모든 페이지 맨 위에 유성펜으로 하느님의 이름을 휘갈겨 써놓았다. "너 내 공책에다 무슨 짓을 한 거야?" 나는 소리쳤다. 버드는 아무 말이 없었다. "네가 다 망쳤잖아." "아니, 그렇지 않아. 난 조심해서……" "조심해서? 조심해서? 애초에 손대는 것도 허락한 사람이 없는데? 넌 사생활이라는 말도 못 들어봤니?" 버드는 내 손에 든 공책을 빤히 쳐다보았다. "넌 언제쯤 정상적인 사람처럼 행동할 거야?" "아래에 무슨 일 있니?" 엄마가 계단 꼭대기에서 외쳤다. "아무것도 아니야!" 우린 함께 말했다. 잠시 후, 우리는 엄마가 서재로 돌아가는 소리를 들었다. 버드는 팔로 얼굴을 가리고 코를 팠다. "정말 깬다, 너," 나는 이를 악물고 소곤거렸다. "최소한 정상이 되려고 노력이라도 해. 최소한 노력은 하라고."

32. 두 달 동안 엄마는 좀처럼 집밖에 나가지 않았다

어느 날 오후, 여름방학 전 마지막 주 언젠가, 학교에서 집에 왔

---

* 기도문을 적어놓은 양피지 두루마리를 작은 상자에 담은 것으로, 유대인들이 문틀에 붙여놓고 집과 가족의 안녕을 빌고 죄를 짓지 않겠다고 다짐하는 데 사용한다.

더니 엄마가 부엌에서 코네티컷주 주소가 적힌 소포를 들고 있었다. 제이컵 마커스에게 보낼 것이었다. 『사랑의 역사』의 첫 4분의 1을 다 번역한 엄마는 나더러 우체국에 가서 그것을 부쳐달라고 했다. "그럴게," 나는 꾸러미를 팔 밑에 끼며 말했다. 하지만 나는 우체국이 아니라 공원으로 걸어가 포장지 봉인 아래에 엄지손톱을 넣어 살살 떼어냈다. 맨 위에 편지가 있었는데, 엄마가 작은 영국식 필체로 쓴 한 문장이었다.

마커스 씨께,
이 장章들이 기대와 다름없기를 바라며, 부족한 부분은 전적으로 제 불찰입니다.
이만,
샬럿 싱어

가슴이 철렁했다. 단 열 마디의 지루한 말뿐, 로맨스의 기미는 손톱만큼도 없다니! 소포를 보내야 한다는 것, 내가 맘대로 할 일이 아니라는 것, 다른 사람들의 일에 끼어드는 건 정당하지 않다는 것을 나는 알고 있었다. 하지만 세상에는 정당하지 않은 일이 아주 많다.

33. 『사랑의 역사』 10장

유리의 시대에는 모든 이들이 자신의 일부가 극도로 연약하다고 믿었다. 누군가는 손이, 누군가는 넓적다리뼈가, 또 누군가는 코가 유리로 되어 있다고 믿었다. 유리의 시대는 진화 과정의 교정기로서 석기시대 다음에 나타나, 연민을 불러일으키는 연약함이라는 새로운 관념을 인간관계에 도입했다. 사랑의 역사에서 이 시기는 상대적으로 짧았는데—대략 한 세기—이그나시오 다 실바라는 의사가 사람들을 불러 소파에 기대어 눕게 한 다음 문제의 신체 부위를 시원하게 한 방 때려 진실을 증명해주면서 막을 내렸다. 그렇게도 생생하던 해부학적 환상이 서서히 사라지고—우리에게 더이상 필요치 않지만 그래도 포기할 수 없는 수많은 것들과 마찬가지로—흔적으로 남았다. 하지만 때때로, 항상 이해되지는 않는 어떤 이유에서 그런 환상이 다시 나타나는 것을 보면 유리의 시대가 침묵의 시대와 마찬가지로 완전히 끝난 것은 아님을 알 수 있다.

일례로 거리를 걸어내려가는 저 남자를 보자. 그가 반드시 당신 눈에 띄리라는 법은 없다. 그는 눈에 잘 띄는 사람이 아니다. 그의 옷차림과 태도에서 느껴지는 모든 것이 군중 속에서 튀지 않겠다고 말한다. 보통은—그가 이 사실을 당신에게 직접 말해줄 것이다—모두가 그를 간과한다. 그는 아무것도 들고 다니지 않는다. 적어도 아무것도 들고 다니지 않는 것처럼 보인다. 비가 올 듯한데도 우산이 없고, 출퇴근 시간인데도 서류 가방이 없으며, 바람을 맞으며 구부정하게 걸어가는 그의 주위로는 사람들이 시 외곽에 있는 따뜻한 집을 향해 가고 있다. 그 집에서는 아이들이 식탁에 엎드려 숙제를 하고 공기 중에는 저녁 음식 냄새가 감돌며 아마 개도 한 마리 있을 것이다. 그런 집에는 항상 개가 있으니까.

이 남자가 아직 젊었던 시절의 어느 밤에 그는 파티에 가기로 마음먹었다. 거기에서 그는 초등학교 때부터 함께 진급했던 소녀, 자신의 존재조차 모른다고 확신하면서도 항상 조금은 마음에 두고 있던 소녀와 마주쳤다. 그녀의 이름은 앨마, 그가 들어본 가장 아름다운 이름이었다. 문간에 서 있는 그를 보고 그녀는 환한 표정으로 방을 가로질러와 말을 걸었다. 그는 믿을 수가 없었다.

한두 시간이 흘러갔다. 분명 좋은 대화였을 것이다. 정신을 차리고 보니 앨마가 그에게 눈을 감으라고 말했으니까. 그리고 그녀는 키스했다. 그녀의 키스는 그가 평생에 걸쳐 대답하고 싶은 질문이었다. 그는 몸이 떨리는 것을 느꼈다. 금방이라도 근육의 통제력을 잃을 것 같아 겁이 났다. 다른 사람들에게는 별일 아니었지만 이 남자에게는 그리 간단한 일이 아니었는데, 그는 자기 몸의 일부가 유리로 되어 있다고 믿는—기억이 미치는 세월 내내 그렇게 믿어온—사람이었기 때문이다. 그는 몸을 잘못 움직이다 그녀 앞에 쓰러져 산산조각이 나는 모습을 상상했다. 그는 그러고 싶지 않았지만 뒤로 물러섰다. 그녀가 이해하기를 바라며, 앨마의 발 쪽을 향해 미소를 지었다. 그들은 몇 시간이나 얘기를 나눴다.

그날 밤 그는 기쁨에 가득차 집으로 돌아갔다. 다음날 앨마와 함께 영화를 보러 가기로 약속을 했기에 너무 들떠 잠을 이룰 수 없었다. 그는 다음날 저녁에 그녀를 차에 태우고 노란 수선화 한 다발을 안겨주었다. 극장에서는 착석에 따르는 크나큰 위험과 싸웠다―그리고 승리를 거두었다! 그는 영화를 보는 내내 몸을 앞으로 수그려, 유리로 된 부위가 아니라 허벅지 뒤쪽에 몸무게가 실리게 했다. 앨마는 알아차렸는지 몰라도 말은 하지 않았다. 그는 무릎을 조금, 조금 더 움직여 그녀의 무릎에 댔다. 그는 땀을 흘렸다. 영화가 다 끝나고도 그게 무슨 영화인지도 알지 못했다. 그녀에게 공원에서 걷자고 제안했다. 이번에는 그가 멈춰서 앨마를 품에 안고 키스했다. 무릎이 후들거리기 시작했을 때, 그래서 유리 파편으로 바닥에 널린 자신의 모습이 떠올랐을 때, 그는 뒤로 물러서려는 충동과 싸웠다. 그녀의 얇은 블라우스 위로 척추를 따라 손가락을 쓸어내렸고, 잠시 자신이 처한 위험을 잊었다. 그러면서 의도적으로 분열을 심어놓고 서로에게 다가가는 기쁨을 느끼며 그 분열을 극복할 수 있게 한 세상에 감사했다. 비록 마음 깊은 곳에서는 넘어설 수 없는 차이로 인한 슬픔을 결코 잊을 수 없을지라도. 어느새 그는 격렬하게 떨고 있었다. 떨림을 멈추려고 근육에 힘을 꽉 주었다. 앨마는 그가 주저하는 것을 느꼈다. 그녀는 고개를 젖히고 상처받은 표정으로 그를 바라보았고, 그러자 그는 오랜 세월 그녀에게 하려던 말 두 가지를 거의 하려다가 말았다. 내 몸 일부는 유리로 되어 있어. 그리고 널 사랑해.

그는 앨마를 마지막으로 만났다. 그날이 마지막이 되리라는 것을 그는 몰랐다. 모든 것이 막 시작되었다고 생각했다. 오후 내내 종이로 조그만 새들을 접고 그것을 줄에 꿰어 앨마에게 줄 목걸이를 만들었다. 문밖을 나서기 직전 그는 충동적으로 어머니 소파에 놓인 자수 쿠션을 집어 보호 조치로서 바지 엉덩이 부분에 쑤셔넣었다. 그렇게 하고 나니 왜 진작 그 생각을 못했는지 의문이 들었다.

그날 밤, 그는 앨마의 키스를 받으며 다정하게 목걸이를 걸어주었고, 그녀가 자신의 손을 그의 척추를 따라 쓸어내리자 약간의 미세한 떨림만을, 그리 나쁘지 않은 감각을 느꼈으나, 그녀는 그의 바지 엉덩이 쪽에 손을 넣으려다 잠시 멈추고 손을 빼며 폭소와 경악 사이의 무언가를 드러내는 표정, 그가 몰랐던 적 없는 어떤 고통을 일깨우는 표정을 지었다. 그가 진실을 말한 것은 그 뒤였다. 어쨌든 진실을 말하려고 노력했지만, 입 밖으로 나온 것은 반쪽의 진실에 불과했다. 나중에, 아주 오랜 뒤에, 그는 두 가지 후회에서 결코 벗어날 수 없었는데, 첫째는 그녀가 고개를 젖혔을 때 전등 불빛에 비친 그녀의 목에 자신이 만들어준 목걸이에 긁힌 상처가 있었다는 것, 그리고 둘째는 인생의 가장 중요한 순간에 자신이 잘못된 문장을 택했다는 것.

나는 거기 오래 앉아서 엄마가 번역한 장의 문장들을 읽었다. 10장을 다 읽었을 때 나는 할일이 무엇인지 알았다.

34. 더 잃을 것은 남지 않았다

나는 엄마의 편지를 구겨 쓰레기통에 던졌다. 집으로 달려가 내 방으로 올라가서, 엄마를 변화시킬 수 있는 단 한 남자라고 생각되는 사람에게 쓸 새로운 편지를 구상했다. 몇 시간에 걸쳐 편지를 썼다. 그날 밤늦게, 엄마와 버드가 잠자리에 든 뒤, 나는 침대에서 나와 살금살금 복도를 걸어가 엄마의 타자기를 내 방으로 가져왔다. 엄마가 열 마디 넘는 문장으로 편지를 쓸 때 여전히 즐겨 사용하는 타자기였다. 나는 오타 없이 완성할 때까지 편지를 여러 번 다시 쳐야 했다. 마지막으로 한번 읽어보았다. 그러고는 엄마의 이름으로 서명하고 잠자리에 들었다.

날 용서해

즈비 리트비노프에 대해 알려진 거의 모든 것의 출처는 그가 사망한 후 서너 해가 지나 재발간된 『사랑의 역사』에 그의 아내가 쓴 서문이다. 다정하고 자신을 내세우지 않는 말투로 쓴 그녀의 문장에서 자신의 일생을 다른 이의 예술을 위해 바친 사람의 헌신이 묻어난다. 그 글은 이렇게 시작한다. 나는 즈비를 1951년 가을에 발파라이소*에서 만났다. 내가 스무 살이 된 직후였다. 친구들과 자주 가던 바닷가 카페에서 그를 종종 보았다. 그는 더운 계절에도 코트를 입었고, 울적한 표정으로 바깥 풍경을 내다보았다. 그는 나보다 열두 살 가까이 나이가 많았지만, 그의 무언가가 나를 끌어당겼다. 그가 망명자라는 것은 알고 있었다. 역시 다른 나라에서 온 그의 지인이 몇 번 그가 앉은 테이블에 들러 얘기를 나눌 때 그의 말투를 들었기 때문이다. 내 부모님도

---

* 칠레의 도시.

내가 아주 어렸을 때 크라쿠프*에서 칠레로 이민을 왔기 때문에 그의 어떤 면이 내게는 친근하고 감동적이었다. 나는 커피를 오래도록 마시며 그가 신문을 통독하는 모습을 바라보았다. 친구들은 날 놀리며 그를 운비에혼**이라고 불렀고, 어느 날 그라시아 스투르메르라는 여자애가 어서 가서 그에게 말을 걸어보라고 나를 부추겼다.

그래서 로사는 그렇게 했다. 그날 그와 거의 세 시간 가까이 대화를 나누는 동안, 오후가 깊어가며 바다에서 차가운 공기가 밀려왔다. 리트비노프 역시—흰 얼굴에 머리가 까만 이 젊은 여자의 관심에 기분이 좋아진데다, 그녀가 이디시어를 조금 알아듣는다는 반가운 사실로 인해 갑자기 긴 세월 동안 마음속에 품고 있는지도 몰랐던 갈망을 느껴—생기를 되찾았고 이런저런 이야기와 시 구절들을 들려주며 그녀를 즐겁게 해주었다. 그날 저녁, 로사는 너무 기뻐 아찔한 기분을 느끼며 집으로 돌아갔다. 그녀가 대학에서 만나는 젊은 남자들은 자만심과 자기애로 가득차 머리에 포마드를 바르고 알맹이도 없이 철학 운운하는 이들이거나 그녀의 알몸을 보자마자 애끓는 사랑을 토로하며 통속극을 연출하는 이들이었는데, 그들 중 리트비노프의 절반만큼이라도 경험이 있는 사람은 하나도 없었다. 다음날 오후, 로사는 수업이 끝난 후 서둘러 카페로 갔다. 리트비노프가 그녀를 기다리고 있었고, 그들은 다시 몇 시간에 걸쳐 첼로의 음색, 무성영화, 바닷물 냄새가 그들에게 불러일으키는 추억에 대해 들뜬 목소리로 이야기를 나누었다. 그런 일이 두

---

* 폴란드의 도시.
** '남자 노인'이라는 뜻의 스페인어.

주 동안 이어졌다. 그들은 서로 비슷한 점이 많았지만 또한 어둡고 육중한 차이가 둘 사이에 가로놓여 있어서, 로사는 그것을 조금이라도 이해하려 애쓰다보니 더욱 그에게 이끌리게 되었다. 하지만 리트비노프는 자신의 과거나 잃어버린 모든 것에 관해 좀처럼 얘기하지 않았다. 그리고 근래에 하숙방의 오래된 제도용 책상 앞에서 저녁마다 하기 시작한 일, 앞으로 그의 걸작이 될 그 책에 대해서는 한 번도 언급하지 않았다. 그가 한 말은 유대인 학교에서 시간제로 아이들을 가르치고 있다는 것뿐이었다. 로사는 자기 앞에 앉은 남자―코트를 입은 모습이 까마귀처럼 어둡고, 오래된 사진 같은 엄숙함을 풍기는 남자―가 웃고 까부는 아이들에게 둘러싸인 모습을 상상하기 힘들었다. 두 달이 지나고 나서야, 로사는 서문에서 말한다, 우리가 모르는 사이에 열린 창문으로 스며들어와 막 시작된 사랑의 고양된 분위기를 흩트리는 슬픔을 처음으로 겪었던 시기에, 리트비노프가 내게 『사랑의 역사』의 앞부분을 읽어주었다.

글은 이디시어로 쓰여 있었다. 나중에 리트비노프는 로사의 도움을 받아 이를 스페인어로 옮겼다. 손으로 쓴 이디시어 원고는 두 사람이 산악 지대로 여행을 떠난 사이 집에 물난리가 나면서 잃어버렸다. 남은 거라곤 그의 서재에 2피트 높이로 차오른 물위에서 로사가 건져낸 단 한 페이지에 불과했다. 바닥에 그이가 항상 주머니에 넣고 다니던 펜의 금색 뚜껑이 보였고, 로사는 서문에서 말한다, 나는 그것을 꺼내려고 어깨까지 물에 잠기도록 팔을 뻗어야 했다. 잉크가 번졌고 어떤 부분은 알아볼 수가 없었다. 하지만 그가 자신의 책에서 그녀에게 준 이름, 『사랑의 역사』에 나오는 모든 여자의 것인 그 이름이 페이지 맨 밑에 리트비노프의 기울어진 필체로 쓰인 것은 여전히 알아볼 수 있었다.

남편과 달리 로사 리트비노프는 작가가 아니었지만 타고난 지성이 이끄는 대로 서문을 썼고, 거의 직관적으로 글 전체에 멈춤과 암시와 생략의 그림자를 드리웠으며, 그것이 일종의 미명과 같은 효과를 형성해 독자는 빛이 들지 않는 곳에서 자신만의 상상을 펼칠 수 있다. 그녀는 리트비노프가 글을 맨 앞부터 읽어주는 동안 열려 있던 창문과 감정에 겨워 떨리던 그의 목소리에 대해서는 묘사하지만, 방 자체에 대해서는 아무 말도 하지 않고―우리는 그곳이 리트비노프의 방이었을 거라고, 그 안에 셋집 주인 여자의 아들이 쓰던 제도용 책상이 있고 상판 한구석에 유대교의 가장 중요한 기도문인 '셰마 이스라엘 아도나이 엘로하누 아도나이 에하드'*라는 글귀가 새겨져 있어, 리트비노프가 글을 쓰려고 그 경사진 책상 앞에 앉을 때마다 의식적, 무의식적으로 기도를 드렸을 거라고 추측하게 되는데―그가 잠을 자던 좁은 침대에 대해서나, 전날 밤에 빨아서 꼭 짜놓은, 그리고 이제는 기진맥진한 동물 두 마리처럼 의자 등받이에 걸려 있는 양말에 대해서도, 그곳에 있는 유일한 사진 액자에 대해서도 아무런 말을 하지 않는다. 벗겨지는 벽지와 마주보게 돌려놓은(리트비노프가 화장실에 다녀오겠다며 나가 복도를 걸어가는 사이에 로사가 봤을 것이 틀림없는) 그 사진 속에는 맨무릎을 드러낸 소년과 소녀가 팔을 양옆으로 뻣뻣하게 내리고 서로 손을 꼭 잡은 채 가만히 서 있는데, 액자 귀퉁이에 보이는 창문 밖

---

* 신명기 6장 4절. '너, 이스라엘아 들어라. 우리의 하느님은 야훼이시다. 야훼 한 분뿐이시다.'

에서는 오후가 천천히 그들에게서 멀어지고 있었다. 또한, 로사는 시간이 흘러 그녀가 어두운 까마귀와 결혼을 했다는 것, 아버지가 돌아가셨다는 것, 자신이 어린 시절을 보낸, 향기로운 정원이 딸린 널찍한 집이 팔려서 그들에게 어떻게든 돈이 생겼다는 것, 발파라이소 외곽의 바다 위 절벽에 있는 아담하고 하얀 단층 주택을 샀다는 것, 그리고 리트비노프가 학교 일을 잠시 그만두고 오후와 저녁 시간 대부분을 글을 쓰며 보낼 수 있었다는 것 등은 서술하지만, 그가 늘 기침을 했고 그 때문에 한밤중에 밖으로 나가 테라스에 서서 컴컴한 바닷물을 바라보는 일이 많았다거나, 오래도록 말이 없을 때가 있었다거나, 때로 손을 떨었다거나, 주위의 모든 것과 달리 그에게만 시간이 유독 빨리 흘러가는 것처럼 바로 눈앞에서 늙어가는 그를 그녀가 바라보고 있었다는 말은 하지 않는다.

리트비노프 자신에 대해 말할 것 같으면, 우리가 아는 것은 그의 유일한 책에 쓰인 글뿐이다. 그는 일기를 쓰지 않았고 편지도 거의 쓰지 않았다. 그나마 쓴 편지는 없어졌거나 없애버렸다. 몇 안 되는 쇼핑 목록이나 개인적인 메모, 로사가 물난리에서 구해낸 이디시어 원고 한 장을 제외하면 남아 있는 것으로 알려진 편지는 딱 하나로, 1964년에 런던에 있는 조카에게 보낸 엽서가 그것이다. 그 무렵에는 『사랑의 역사』가 발간되어 이천 부 정도의 소박한 판매 부수를 기록했고, 리트비노프는 다시 가르치는 직업을 구했는데 이번에는—최근에 출판된 책 때문에 얻은 약간의 명성으로 인해—대학의 문학 수업을 맡게 되었다. 문제의 엽서는 그 도시의 먼지 쌓인 역사박물관에 가면 전시대의 낡은 푸른색 벨벳 천 위에서 볼 수 있는데, 그 박물관은 누가 한번 가볼 마음을 먹을 때마다 거의 항상 문이 닫혀 있다. 엽서 뒷면에는 다음과 같은 간단한 글귀가 있다.

보리스에게,

시험에 합격했다는 소식을 들으니 너무도 기쁘구나. 네 엄마가, 망자가 축복 속에 기억되기를, 무척 자랑스러워했을 거다. 진짜 의사라니! 이제 넌 그 어느 때보다 바빠지겠지만 여기 놀러 온다면 네가 머물 방은 언제든지 있을 거야. 원하는 만큼 있다가도 된단다. 로사가 요리를 아주 잘해. 바닷가에 앉아 쉬며 제대로 된 휴가를 즐겨도 되겠지. 사귀는 여자는 없니? 그냥 물어본 거다. 아무리 바빠도 그 일을 소홀히 해서는 안 된다. 사랑과 축하를 담아.

즈비

엽서의 앞면은 수작업으로 색을 덧입힌 바다 사진이며, 복제본이 다음의 글과 함께 현판으로 제작되어 벽에 걸려 있다. 『사랑의 역사』의 저자 즈비 리트비노프는 폴란드에서 태어났고 1978년 세상을 떠날 때까지 발파라이소에서 삼십칠 년 동안 거주했다. 이 엽서는 그가 큰누이의 아들 보리스 펄스타인에게 보낸 것이다. 왼쪽 아래 귀퉁이에는 더 작은 글씨로 이렇게 인쇄되어 있다. 로사 리트비노프 기증. 거기에 언급되지 않은 사실은 그의 누이 미리엄이 바르샤바 유대인 거주 지역에서 나치 장교가 쏜 총에 머리를 맞아 숨졌다는 것, 그리고 리트비노프에게 생존한 피붙이라고는 유대인 아동 구조 작전 덕분에 그곳을 빠져나와 전쟁 막바지와 유년기를 잉글랜드 서리에 있는 고아원에서 보낸 보리스와, 절망과 두려움이 뒤섞인 아비의 사랑에 때때로 숨막혀한 그의 아이들뿐이었다는 것이다. 또하나 언급되지 않은 사실은 그 엽서가 부쳐지지 않았다는 것으로, 눈썰미가 좋은 관람객이라면 우표에 소인이 찍히지 않았다는 점을 알 수 있을 것이다.

즈비 리트비노프에 대해 알려지지 않은 사실은 끝도 없다. 예컨대, 1954년 가을, 처음이자 마지막으로 뉴욕에 갔을 때―출판사 편집자들에게 원고를 보여주러 가자고 로사가 우긴 것인데―그가 붐비는 백화점 안에서 아내를 놓친 척하고 떠돌다 밖으로 나가 도로를 건너 센트럴파크의 햇살 속에서 눈을 끔뻑거리며 서 있었다는 사실은 알려지지 않았다. 로사가 스타킹과 가죽장갑 진열대 사이로 그를 찾으러 다니는 동안 그는 느릅나무가 늘어선 거리를 따라 걷고 있었다는 사실도. 또한 로사가 백화점 직원을 찾아 확성기로 방송을 내보내고 있을 무렵―Z 리트비노프 씨, Z 리트비노프 씨를 찾습니다. 부인께서 기다리고 계시니 여성 신발 매장으로 와주시기 바랍니다―연못에 도착한 그는 젊은 커플이 젓는 배가 그가 서 있는 곳 앞의 갈대밭 너머로 떠가는 모습, 갈대밭에 가려졌다고 생각한 여자가 셔츠 단추를 풀어 두 개의 하얀 젖가슴을 드러내는 모습을 바라보고 있었다는 사실. 그 젖가슴을 보고 밀려드는 후회에 젖은 리트비노프가 허겁지겁 공원을 지나 백화점으로 돌아갔고 거기에서 경찰관 두 명과 얘기하는 로사―얼굴이 상기되고 목덜미의 머리칼이 땀에 젖은―를 발견했다는 사실. 그녀가 남편을 껴안고 당신 때문에 겁이 나서 죽는 줄 알았다고, 도대체 어디에 있었느냐고 묻자 리트비노프는 화장실에 갔다가 문이 잠겨서 안에 갇

혀 있었다고 대답했다는 사실. 나중에 리트비노프 부부가 호텔 바에서 그들과 만나겠다고 한 단 한 사람의 편집자를, 웃음소리가 가늘고 손가락에 니코틴 얼룩이 있는 불안스러운 남자를 만났을 때, 그가 책은 굉장히 좋았지만 아무도 살 것 같지 않아서 출간할 수는 없다고 말했다는 사실 등도 여기 포함된다. 책을 잘 읽었다는 뜻으로 그는 자기 출판사에서 막 출간한 책을 한 권 선물했다. 한 시간 후, 그는 저녁 약속이 있다며 술값 계산서는 리트비노프 부부에게 떠맡긴 채 서둘러 나갔다.

그날 밤 로사가 잠든 후, 리트비노프는 정말로 화장실에 들어가 문을 잠갔다. 그는 아내가 냄새로 자신의 용무를 알게 되는 것이 쑥스러워서 거의 매일 밤 그렇게 했다. 변기에 앉아 그는 편집자가 그들에게 준 책의 첫 페이지를 읽었다. 그리고, 그는 울었다.

리트비노프가 가장 좋아하는 꽃이 모란이라는 것 또한 알려지지 않았다. 가장 좋아하는 구두점은 물음표라는 것도. 끔찍한 꿈을 꾸고, 잠을 자려면, 그나마 잘 수 있을 때 얘기지만, 따뜻한 우유 한 잔을 마셔야 했다는 것. 자주 자신의 죽음을 상상했다는 것. 아내가 자신을 사랑한 것은 잘못이라고 생각했다는 것. 평발이었다는 것. 가장 좋아하는 음식은 감자였다는 것. 자신을 철학자라고 생각하고 싶어했다는 것. 모든 것에, 심지어 가장 단순한 것에도 의문을 품었으며, 그리하여 거리에서 누군가가 지나가다 모자를 들고 "좋은 날이군요" 하고 말하면, 좋은 날인지 아닌지 헤아리느라 너무 오래 시간을 끌었고 답이 정해질 즈음에는 상대가 이미 가버리고 혼자 서 있곤 할 정도였다는 것. 이런 것들은 세상에 태어나 옆에서 시간을 들여 그 모든 것을 기록해줄 사람 없이 살다 죽는 수

많은 사람에 대한 수많은 사실과 마찬가지로 망각 속에 파묻혔다. 리트비노프가 누군가에게 조금이라도 알려진 바가 있다면, 그것은 오로지 그에게 너무도 헌신적인 아내가 있었기 때문이다.

그 책이 산티아고에 있는 작은 출판사에서 출간되고 몇 달이 지나, 리트비노프는 우편으로 소포를 받았다. 집배원이 초인종을 누른 순간, 리트비노프의 펜은 빈 종이 위에 떠 있었고 계시를 받은 눈은 촉촉했으며 가슴에는 무언가의 본질을 이제 막 이해할 것 같다는 느낌이 차올랐다. 하지만 초인종이 울리자 생각은 흩어져버렸고, 다시 평범해진 리트비노프가 어두운 복도를 어기적거리며 걸어가 문을 열자 집배원이 햇살을 받고 서 있었다. "날이 참 좋네요." 집배원이 인사하며 깔끔하게 포장한 커다란 갈색 봉투를 내밀었고, 그러자 리트비노프는 바로 전까지 굉장해질 뻔했던, 더는 바랄 수 없을 정도로 좋을 뻔했던 날이 수평선 위 스콜의 방향처럼 갑자기 변해버렸다고, 그리 오래 따져보지 않고도 결론을 내릴 수 있었다. 이는 리트비노프가 소포를 열고 그 안에서 『사랑의 역사』 조판 원고와 함께 출판사에서 보낸 다음과 같은 작은 쪽지를 발견하고 나자 더욱 확실해졌다. 동봉된 폐판廢版 원고는 이제 저희에게 필요하지 않으니 반송해드립니다. 교정쇄 원고를 저자에게 돌려주는 관행을 몰랐던 리트비노프는 움찔하고 놀랐다. 그는 이로 인해 이 책에 대한 로사의 생각이 바뀌지는 않을까 의문이 들었다. 답을 알고 싶지 않았던 그는 원고와 함께 쪽지를 태워버린 후 벽난로 안에서 퍼덕거리고 구불거리는 불티를 바라보았다. 장을 보고 돌아온 아내가 창문을 열어 빛과 신선한 공기를 안으로 들이며 이렇게 날씨가 좋은데 왜 불을 피웠느냐고 묻자, 리트비노프는 어깨를 으쓱하며 한기를 탓했다.

『사랑의 역사』 초판본 이천 부 중에서 일부는 구매되어 읽혔고, 다수는 구매되어 읽히지 않았으며, 일부는 선물로 주어졌고, 일부는 서점 진열장에 놓인 채 바래가면서 파리들의 착륙장이 되었고, 일부에는 연필로 표시한 부분이 생겼으며, 상당수는 폐지 압축기에 들어가 아무도 읽지 않거나 원하지 않는 다른 책들과 함께 재생지 원료로 갈가리 찢겼고, 그 안의 문장들은 기계의 회전 칼날 속에서 분해되고 분쇄되었다. 리트비노프는 창밖을 응시하며 『사랑의 역사』가 이천 마리의 전서구떼가 되어 날개를 파닥이며 그에게 돌아와 얼마나 많은 눈물이 흘렀고, 얼마나 많은 웃음이 터졌으며, 얼마나 많은 단락이 큰 소리로 읽혔고, 얼마나 많은 표지가 한 페이지나 겨우 읽힌 채로 잔인하게 닫혀버렸고, 얼마나 많은 표지가 아예 열리지도 않았는지 보고하는 상상을 했다.

그는 알지 못했겠지만, 『사랑의 역사』 초판본 중에(리트비노프 사후에 독자들의 관심이 치솟았고, 책은 로사의 서문과 함께 짧은 기간 동안 재발행되었다) 최소한 한 부는 인생을—한 명 이상의 인생을—바꾸게 된다. 초판 이천 부에서 마지막 남은 것들 가운데 하나였던 그 책은 산티아고 외곽의 한 창고에서 습기를 먹으며 다른 책들보다 오래 남아 있었다. 그러다 그곳에서 부에노스아이레스에 있는 서점으로 이송되었는데, 부주의한 서점 주인의 주목을 받지 못하고 몇 년이나 서가에서 썩으며 표지에 곰팡이 무늬를 얻었다. 얇은 책이었고 서가에 놓인 자리도 최고라고는 할 수 없었다. 왼쪽에는 별로 유명하지 않은 여자 배우의 두꺼운 전기가 떡하니 자리를 차지하고 있었고 오른쪽에는 한때 베스트셀러였으나 이젠 사람들의 기억에서 사라진 어느 작가의 소설이 있어서, 그 책의 책등은 서가를 꼼꼼히 살피는 손님의 눈에도 잘 띄지 않았다. 서점 주인이 바뀌면서 대규모 재고 정리를 당한 그 책은 트럭에 실려 다른 창고로 이송되어 악취 나고 더럽고 장님거미가 기어다니는 어둡고 눅눅한 그곳에 한참 쌓여 있다가 마침내 작가 호르헤 루이스 보르헤스의 집에서 멀지 않은 소형 중고 서점으로 보내졌다. 그즈음 완전히 눈이 먼 보르헤스는 그 서점에 갈 이유가 없었다─더는 책을 읽을 수 없었기 때문에, 그리고 살면서 워낙 많은 책을 읽었고 세르반테스, 괴테, 셰익스피어의 작품을 광범위하게 외우고 있어서 어둠 속에 앉아 반추하기만 하면 되었기 때문에. 때로 작가 보르헤스를 사랑한 방문객들이 그의 주소를 찾아가 문을 두드리기도 했지만 그들이 안으로 안내되어 만난 것은 독자 보르헤스로, 그는 장서의 책등을 손가락으로 훑다가 듣고 싶은 책이 나오면 방문객에게 건네주었고 그러면 그들은 별수없이 앉아서 책을 소리 내어 읽어주었다. 이따금 그는 친구 마리아 코다마와 함께 부에노스아이레스를 떠나 여행을 하며 그녀에게 열기구 비행의 기쁨이라든가 호랑이의 아름다움에 대한 자기 생각을 받아 적게 했다. 그러나 그 중고 서점에는, 눈이 보이던 시절에 서점 주인과 친하게 지냈는데도, 다시 가지 않았다.

서점 주인은 대량 염가 구매한 책들을 창고에서 서둘러 풀지 않았다. 그러던 어느 날 아침, 상자들을 훑어보던 그녀는 곰팡이 낀 『사랑의 역사』를 발견했다. 한 번도 들어본 적 없는 책이었지만 제목에 눈이 갔다. 그녀는 책을 따로 놔뒀다가 손님이 뜸한 시간에 첫 장 '침묵의 시대'를 읽었다.

인간의 최초 언어는 손짓이었다. 사람들의 손에서 흘러나오는 이 언어는 전혀 원시적이지 않았으며, 손가락과 손목의 섬세한 뼈를 이용한 무한한 조합의 동작으로 현재 우리가 쓰는 말 가운데 표현할 수 없는 것은 없었다. 손짓 하나하나가 복잡하고 미묘했으며, 그 움직임을 통해 발휘되었던 섬세함은 그때 이후로는 완전히 상실되었다.

침묵의 시대에 사람들은 의사소통을 더 적게 하기는커녕 오히려 더 많이 했다. 기본적인 생존을 위해서라도 양손이 잠시도 잠잠할 수 없었으므로, 사람들이 서로에게 무언가를 말하지 않는 시간은 잠들어 있을 때뿐이었다(때로는 잠든 동안에도 말했지만). 언어의 손짓과 삶의 손짓에는 아무런 구분이 없었다. 가령, 집을 짓거나 음식을 만드는 노동은 사랑해 혹은 진심이야 하는 뜻을 전하는 손짓 신호에 버금가는 의사 표현이었다. 요란한 소리에 겁을 먹고 얼굴을 가리려고 손을 쓸 때, 무언가가 말해지고 있었다. 다른 사람이 떨어뜨린 무엇을 집기 위해 손가락들을 쓸 때도 무언가가 말해지고 있었다. 심지어 손을 쉬고 있을 때, 그조차도 무언가를 말하는 것이었다. 따라서 당연히 오해가 있었다. 코를 긁으려고 손가락을 올렸는데 하필 그때 무심코 연인과 눈이 마주쳤다면, 상대는 당신을 사랑한 게 잘못이라는 걸 이제 깨달았어, 라는 뜻의 비슷한 손짓 언어로 오해할지도 몰랐다. 그런 일들은 가슴 아픈 실수였다. 그렇긴 하지만, 그런 실수가 얼마나 쉽게 생길 수 있는지 알았기 때문에, 그리고 다른 이들이 하는 말을 완벽하게 이해한다는 환상을 품고 살지 않았기 때문에, 그들은 상대의 말을 중단시키고 자신이 제대로 알아들었는지 묻는 일에 익숙했다. 때로는 잦은 오해가 도움이 되는 경우마저 있었는데, 덕분에 용서해줘, 난 그냥 코를 긁은 것뿐이야. 당연히 당신을 사랑한 게 잘한 일이라는 걸 항상 알지, 라고 말할 수 있었기 때문이다. 이런 실수들이 빈번했으므로 용서를 구하는 손짓은 시간이 흐르며 가장 단순한 형태로 진화했다. 그냥 한 손바닥만 펼치면 그런 의미였다, 날 용서해.

한 가지 예외를 제외하면, 이 최초 언어에 대한 기록은 거의 남아 있지 않다. 이 주제에 관한 거의 모든 지식의 기반이 되는 그 예외 사례는 일흔아홉 가지의 손짓을 모아놓은 화석으로, 손짓 문장 중간에 포착된 인간의 손 탁본들이 부에노스아이레스의 작은 박물관에 소장되어 있다. 그중 하나는 때로 비가 올 때면, 이라는 뜻이고 다른 하나는 이 모든 세월이 지났는데, 라는 뜻이며, 또다른 하나는 당신을 사랑한 게 잘못인가? 라는 뜻이다. 이 화석은 1903년 안토니오 알베르토 데 비에드마라는 아르헨티나인 의사에 의해 모로코에서 발견되었다. 하이아틀라스산맥을 등반하다 발견한 동굴 안의 이판암 표면에 일흔아홉 가지 손짓이 찍혀 있었던 것이다. 몇 년에 걸친 연구에도 불구하고 그 의미를 조금도 이해하지 못하던 그는 어느 날, 결국 그의 목숨을 빼앗아갈 이질의 전조로 열병을 앓다가, 돌 표면에 포착된 주먹들과 손가락들이 표현하는 섬세한 움직임의 의미를 불현듯 깨닫게 되었다. 얼마 안 있어 그는 페즈에 있는 병원으로 실려갔는데, 그곳에 누워 죽어가는 그의 양손은 오랜 세월 잠들어 있던 수천 가지 손짓을 표현하며 새처럼 움직였다.

많은 사람이 모인 곳이나 파티에 있을 때, 혹은 거리감이 느껴지는 사람들에게 둘러싸여 있을 때, 당신의 손이 때때로 팔 끝에서 어색하게 늘어진다면—그 손을 어떻게 해야 할지 몰라 난감하고, 제 몸의 낯섦을 인식할 때 느껴지는 슬픔에 휩싸인다면—그것은 당신의 손이 정신과 육체, 두뇌와 심장, 안과 바깥 등의 구분이 훨씬 희미했던 시절을 기억하기 때문이다. 우리가 손짓의 언어를 완전히 잊어버린 것은 아니다. 말을 하며 손을 움직이는 습관이 그 언어의 잔재다. 손뼉을 치고 손가락으로 가리키고 엄지를 치켜세우고 하는 모든 것이 고대의 손짓이 남긴 유물이다. 예를 들어, 서로 손을 잡는 것은 함께 있으면서 아무 말도 하지 않는 것이 어떤 느낌인지 기억하는 방법이다. 그리고 너무 어두워 앞이 보이지 않는 밤중에는 뜻을 전하기 위해 서로의 몸에 대고 손짓을 할 필요를 느낀다.

중고 서점 주인은 라디오 음량을 줄였다. 그녀는 맨 뒷장으로 넘어가 저자에 대해 좀더 알아보려 했지만, 거기에 쓰인 거라고는 즈비 리트비노프가 폴란드에서 태어나 1941년에 칠레로 이주했으며 아직도 거기에 살고 있다는 내용뿐이었다. 사진도 없었다. 그날 그녀는 손님들을 응대하는 중간중간에 책을 마저 다 읽었다. 그리고 저녁에 서점 문을 닫기 전에는, 그 책을 처분하기가 조금 아쉽다고 느끼면서 창가 진열대에 놓았다.

다음날 아침, 태양이 떠오르며 『사랑의 역사』 표지 위로 첫 햇살이 떨어졌다. 파리 여러 마리가 책표지 위에 날아가 앉기 시작했다. 곰팡이 슨 책장들이 햇볕에 마르기 시작했을 때, 서점을 호령

하는 청회색 페르시아고양이가 바닥에 쏟아진 햇빛에 영역 표시를 하려고 책을 살짝 스치고 지나갔다. 몇 시간 후, 거리의 행인들이 진열창 앞을 지나가며 책에 힐끗 시선을 던지기 시작했다.

서점 주인은 어느 손님에게도 책을 권하려 하지 않았다. 이런 책은 적당하지 않은 사람 손에 들어가면 가치를 인정받지 못하거나 그보다 더 나쁘게는, 읽히지도 않기 십상이라는 것을 그녀는 알았다. 그래서 주인은 책을 그 자리에 그대로 두고, 딱 맞는 독자가 그 책을 발견하기를 기원했다.

그런데 바로 그런 일이 일어났다. 어느 날 오후 키가 큰 젊은 남자가 진열창 너머로 그 책을 보았다. 서점 안으로 들어온 그는 책을 집어들고 몇 페이지를 읽더니 계산대로 가져갔다. 그가 서점 주인에게 말을 걸었을 때, 그녀는 그의 말에 실린 억양이 어느 나라 것인지 알아내지 못했다. 그 책을 갖게 된 사람에 대한 호기심에서 주인은 그에게 어디에서 왔는지 물었다. 이스라엘입니다. 그가 그렇게 대답하며 최근에 군복무를 마치고 몇 달 동안 남미를 여행하고 있다고 설명했다. 서점 주인이 책을 쇼핑백에 담으려 하자 그는 괜찮다며 배낭에 넣었다. 문에 달린 풍경이 아직 찰랑거리는 동안, 서점 주인은 뜨겁고 환한 길바닥에 자박자박 샌들소리를 내며 사라지는 그의 모습을 바라보았다.

그날 밤, 숙소로 간 젊은이는 나른하게 돌며 뜨거운 공기를 밀어내는 천장 선풍기 아래에서 웃통을 벗은 채로 책장을 펼치고 여러 해 동안 다듬어온 장식적인 필체로 서명을 했다. 다비드 싱어.

차오르는 설렘과 갈망을 느끼며, 그는 책을 읽기 시작했다.

영원한 기쁨

무엇을 기대했는지 모르지만, 나는 무언가를 기대했다. 우편함을 열러 갈 때마다 손가락이 떨렸다. 월요일에 가보았다. 아무것도 없었다. 화요일과 수요일에도 가보았다. 목요일에도 아무것도 없었다. 내 책을 우편으로 보낸 지 두 주 반이 지났을 때, 전화가 울렸다. 내 아들일 거라고 확신했다. 의자에서 졸던 참이었다, 어깨에 침흘린 자국이 있었다. 나는 벌떡 일어나 전화를 받았다. 여보세요? 그러나. 그냥 미술 수업 선생이었고, 본인이 화랑에서 진행하는 작업 때문에 사람을 구하고 있는데 나의, 따옴표 열고 닫고, 강렬한 존재감 때문에 내 생각이 났다고 했다. 당연히 기분이 좋았다. 어느 때 같았으면 거금을 들여 돼지갈비라도 사 먹고 싶어질 만한 일이었을 것이다. 그렇긴 하지만. 어떤 종류의 작업이오? 나는 물었다. 선생은 내게 방 한가운데에서 알몸으로 등받이 없는 금속 의자에 앉아 있다가 마음이 내킨다면, 마음이 내키기를 자기는 바라는데, 코셔* 암소 피가 담긴 통에 몸을 담근 후 제공된 커다란 흰 종이 위에서 구르면 된다고 말했다.

내가 바보일지는 몰라도 절박하지는 않다. 그 정도까지는 하고 싶지 않았으므로, 선생에게 제안은 감사하지만 이미 나는 엄지손가락을 깔고 앉아 지구의 움직임에 맞춰 태양 주위를 돌기로** 예정되어 있으므로 제안을 거절할 수밖에 없겠다고 말했다. 선생은 실망했다. 하지만 이해하는 것 같았다. 그녀는 미술 수업 수강생들이 그린 내 그림들을 보고 싶다면 한 달 뒤에 열리는 전시회에 오면 된다고 말했다. 나는 날짜를 적고 전화를 끊었다.

온종일 아파트 안에만 있었다. 날이 이미 저물고 있어서 산책하러 나가기로 했다. 나는 노인이다. 하지만 아직은 돌아다닐 수 있다. 나는 자피스 식당과 오리지널 미스터 맨 이발소, 그리고 토요일 밤에 가끔 따뜻한 베이글을 사러 가는 코사르스 비알리스 빵집을 지나 걸어갔다. 예전에는 그곳에서 베이글을 만들지 않았다. 왜 그래야 하는가? 이름이 비알리*** 빵집이면 비알리를 파는 거지. 그렇긴 하지만.

계속 걸었다. 약국에 들어가 진열된 KY 젤리****를 뒤엎었다. 그러나. 별로 흥이 나지는 않았다. 유대인 센터를 지나가는데, 커다란 현수막 광고가 있었다. 금주 일요일 밤, 두두 피셔 공연 티켓 판매

---

* 유대교 율법에 따라 처리하거나 조리한 식재료.

** 온종일 아무런 할일 없이 빈둥거린다는 의미의 말장난.

*** 폴란드의 도시 비알리스토크에서 유래한 유대인 음식으로, 보통 둥근 빵 한가운데에 다진 양파를 얹어 굽는다. 베이글과 비슷한 모양이다.

**** 성교시 사용하는 윤활제.

중. 안 될 거 없지, 나는 생각했다. 나 혼자라면 그런 공연은 안 보겠지만 브루노가 두두 피셔*를 아주 좋아한다. 안으로 들어가 표를 두 장 샀다.

딱히 갈 곳을 염두에 두지는 않았다. 어두워지기 시작했지만 꿋꿋이 걸어갔다. 스타벅스가 보여서 안에 들어가 커피를 샀다. 누군가의 눈에 띄기 위해서가 아니라 커피를 마시고 싶어서. 보통은 야단법석을 떨며 그런데 벤티를 줘요, 내 말은, 톨 그런데를 달란 말이오, 차이 수퍼 벤티 그런데를 줘요, 아니면 쇼트 프라페가 나은가? 그러고는 마침표를 찍는 의미로 우유 선반에 가서 작은 사고를 쳤을 것이다. 이번에는 아니었다. 정상적인 사람, 떳떳한 세계시민처럼 우유를 따르고 나서, 신문을 읽는 남자 건너편의 편한 의자에 앉았다. 양손으로 커피 컵을 감쌌다. 따뜻한 느낌이 좋았다. 저쪽 옆 테이블에는 파란 머리의 젊은 여자가 공책 위로 몸을 숙인 채 볼펜을 씹고 있었고, 그 옆 테이블에는 축구 유니폼을 입은 남자애와 엄마가 앉아 있었는데, 엄마가 아이에게 말했다. elf의 복수형은 elves야. 행복이 물결처럼 밀려들었다. 이 모든 것에 속해 있다고 생각하니 마음이 들떴다. 정상적인 사람처럼 커피를 마시고 있다니. 나는 외치고 싶었다, elf의 복수형은 elves다! 얼마나 대단한 언어인가! 얼마나 대단한 세상인가!

화장실 옆에 공중전화가 있었다. 주머니를 뒤져 25센트짜리 동전을 찾아 브루노에게 전화를 걸었다. 신호음이 아홉 번 울렸다.

---

* 이스라엘 출신의 유대교 전례 선창자(cantor)이자 뮤지컬 배우로, 홀로코스트 생존자이다.

파란 머리 여자가 나를 지나쳐 화장실로 갔다. 그녀에게 미소를 지었다. 이럴 수가! 그녀가 내게 미소로 화답했다. 열번째 신호음이 울릴 때 브루노가 전화를 받았다.

브루노?

네?

살아 있어서 참 좋지 않아?

됐어요. 난 아무것도 안 사요.

물건 팔려고 그러는 거 아니야! 나 레오야. 들어봐. 스타벅스에 앉아서 커피를 마시고 있는데 갑자기 머리를 탁 때리는,

누가 널 때렸어?

아 참, 들어보라고! 머리를 탁 때리는 생각이, 살아 있어서 이 얼마나 좋은가. 살아 있어서! 그러다 네게 말하고 싶어졌어. 무슨 말인지 알아? 삶은 아름다운 거라고 말하고 있는 거야, 브루노. 아름다운 것이자 영원한 기쁨이라고.

잠시 아무 말도 없었다.

물론이지, 네 말이 다 맞아 레오. 삶은 아름다움이야.

영원한 기쁨이기도 하고, 나는 말했다.

그렇지, 브루노가 말했다. 기쁨이기도 하고.

나는 기다렸다.

영원한.

막 전화를 끊으려는데 브루노가 말했다. 레오?

응?

인간의 삶을 말한 거였어?

나는 반시간 동안 커피를 마시며 그 시간을 최대한 활용했다. 여

자는 공책을 덮고 일어나 나갔다. 맞은편 남자는 신문 맨 뒷장을 향해 가고 있었다. 기사 제목들을 읽어보았다. 나는 나 자신보다 큰 어떤 것의 작은 일부였다. 그래, 인간의 삶. 인간의! 삶! 그때 남자가 신문을 다른 면으로 돌렸고 나는 가슴이 내려앉았다.

아이작의 사진이 있었다. 전에 본 적 없는 사진이었다. 나는 그 애의 기사는 모두 잘라 모으는 사람이며, 팬클럽이 있다면 내가 회장일 것이다. 이십 년간, 그애가 이따금 작품을 발표하는 잡지를 구독해왔다. 그애의 사진은 모두 봤다고 생각했다. 그 사진들을 수천 번 들여다보았다. 그렇긴 하지만. 이 사진은 새로운 것이었다. 아이작은 창가에 서 있었다. 턱을 내리고 머리를 한쪽으로 기울인 모습이었다. 생각에 잠겨 있었을 것이다. 하지만 카메라 셔터가 닫히기 직전에 누가 이름을 부른 것처럼 시선은 위를 향해 있었다. 그애를 외쳐 부르고 싶었다. 그냥 신문일 뿐이었지만 목청껏 부르고 싶었다. 아이작! 나 여기 있다! 내 말 들리니, 내 새끼 아이작? 그애가 내게로 눈길을 돌리기를 바랐다. 사진 속 누군가가 생각에 빠진 그를 불러냈을 때 그런 것처럼. 그러나. 그는 그럴 수 없었다. 기사 제목에 이렇게 쓰여 있었으므로. 소설가 아이작 모리츠 타계. 향년 육십 세.

전미도서상 수상작인 『치유』를 포함해 여섯 편의 소설을 발표한 저명 소설가 아이작 모리츠가 화요일 밤 향년 육십 세를 일기로 타계했다. 사인은 호지킨병이다.

모리츠 씨는 절망 속에서 유머와 공감, 희망을 찾는 이야기를 주로 써왔다. 그에게는 초창기부터 열렬한 지지자들이 있었으며, 여기에는 1972년 그의 첫 소설에 수여된 전미도서상 심사위원이었던 필립 로스도 포함된다. 로스는 당시 수상 발표 기자회견에서 "『치유』의 중심에는 치열하게 탄원하는, 살아 숨쉬는 인간의 심장이 있다"고 말했다. 모리츠 씨의 또다른 팬 리언 위즐티어는 워싱턴 DC에 있는 〈뉴리퍼블릭〉 사무실에서 나눈 전화 통화에서, 모리츠 씨를 가리켜 "20세기 후반의 가장 중요하면서도 저평가된 작가 가운데 하나"라고 말했다. "그를 유대인 작가라고 부른다면," 위즐티어는 덧붙였다. "혹은 더 나쁜 경우, 실험적 작가라고 부른다면, 그 어떤 범주로도 분류하기 힘든, 그가 표현한 인간성의 핵심을 완전히 놓치는 것이다."

모리츠 씨는 1940년 브루클린의 이민자 가정에 태어났다. 조용하고 진지한 아이였던 그는 자신의 일상 속에서 일어난 장면들을 여러 권의 공책에 자세히 묘사했다. 이 가운데 한 편의 글―열두 살에 한 무리의 아이들이 개를 때리는 모습을 보고 쓴 글―은 나중에 『치유』에 나오는 가장 유명한 장면의 소재가 되었는데, 이 장면에서 주인공 제이컵은 조금 전에 처음으로 사랑을 나눈 여인의 아파트를 나와, 살을 에는 추운 날씨에 가로등 그림자 속에 서 있다가 사내 두 명이 개한 마리를 잔혹하게 발로 차 죽이는 모습을 지켜본다. 그 순간, 물질적으로 존재한다는 일의 쓰라린 잔혹성에―"자기 성찰의 저주를 받은 동물로 산다는 것과 동물적 본능의 저주를 받은 도덕적 존재로 산다는 것의 풀리지 않는 모순"에―충격을 받은 제이컵의 통탄이 단락 구분 없이 다섯 페이지에 걸쳐 열정적으로 이어지는데 〈타임〉은 이를 두고 현대문학에서 가장 "강렬하고 뇌리에 박히는 구절"이라고 표현했다.

『치유』는 모리츠 씨에게 열렬한 찬사와 전미도서상을 선사했을 뿐만 아니라 그의 이름을 대중에게도 널리 알렸다. 출간 첫해에 이십만 부가 팔린 이 책은 〈뉴욕 타임스〉 베스트셀러 목록에도 올랐다.

독자들은 열띤 기대를 품고 그의 두번째 작품을 기다렸으나, 오 년 뒤 단편집 『유리 온실』이 마침내 발표되었을 때 작품에 대한 반응은 엇갈렸다. 이를 과감하고 혁신적인 변신이라고 본 평론가들도 있었지만, 〈코멘터리〉에 통렬한 비판을 실은 모튼 레비를 비롯한 여타 평론가들은 실패작이라고 평했다. 레비는 주장했다. "모리츠 씨의 데뷔 소설은 그의 종말론적 추론에 힘입은 과감한 작품이었으나, 초점을 전환한 그의 차기작은 그야말로 종말로 치닫는다." 파편적이고, 때로는 초현실적인 문체로 쓰인 『유리 온실』에서 각 단편의 주제는 천사에서 청소차 인부까지 다양하다.

세번째 작품 『노래하라』에서 다시 한번 새로운 목소리를 창조한 모리츠 씨는 군더더기를 완전히 쳐낸 언어를 구사했고, 〈뉴욕 타임스〉는 이를 "북 가죽처럼 팽팽하다"고 묘사했다. 작가는 최근의 두 작품에서도 새로운 표현 수단을 계속 탐색해나갔지만 천착한 주제는 한결같았다. 그의 예술의 근저에는 열정적 인간주의와 인간과 신의 관계에 대한 불굴의 탐구가 있다.

유족으로는 형제인 버나드 모리츠가 있다.

나는 얼이 빠진 채로 앉아 있었다. 내 아들의 다섯 살 얼굴이 생각났다. 그리고 도로 건너편에 서서 그애가 신발끈을 묶는 모습을 바라보던 때도. 마침내 눈썹에 고리 모양 피어싱을 한 스타벅스 종업원이 내게 다가왔다. 폐점 시간입니다, 그가 말했다. 주위를 둘러보았다. 정말이었다. 모두 가고 없었다. 손톱에 매니큐어를 바른 젊은 여자가 바닥에 빗자루를 끌고 다녔다. 나는 일어섰다. 아니 일어서려고 노력했으나, 다리가 풀려 꺾였다. 스타벅스 종업원은 브라우니 믹스에 든 바퀴벌레를 보듯 나를 바라보았다. 내가 들고 있던 종이컵은 손바닥 안에서 우그러져 축축한 종이 뭉치가 되었다. 그것을 종업원에게 주고 매장을 가로질러 걷기 시작했다. 그러다 신문이 생각났다. 신문은 이미 종업원이 끌고 다니던 쓰레기통 안에 버려져 있었다. 그가 빤히 바라보고 있는 동안, 먹지 않고 버린 대니시 얼룩이 묻은 신문을 쓰레기통에서 건져냈다. 나는 거지가 아니므로 그에게 두두 피셔 공연 표를 건넸다.

집에 어떻게 왔는지 기억나지 않는다. 내가 문 여는 소리를 들었는지 브루노가 일 분 후에 아래층으로 내려와 노크했다. 나는 대답하지 않았다. 어둠 속에서 창가 의자에 앉아 있었다. 브루노는 계속 노크했다. 마침내 그가 위층으로 올라가는 소리가 들렸다. 한 시간 남짓 흘렀을 때 브루노가 다시 계단을 내려오는 소리가 들렸다. 그는 문 아래로 쪽지를 밀어넣었다. 이렇게 쓰여 있었다, 삶은 아룸다워. 쪽지를 밖으로 다시 밀어냈다. 브루노가 다시 안으로 밀어넣었다. 나는 밖으로 밀어냈고 그는 안으로 밀어넣었다. 밖으로, 안으로, 밖으로, 안으로. 그것을 빤히 쳐다보았다. 삶은 아룸다워. 나는 생각했다, 어쩌면 그런지도 모르지. 어쩌면 그것이 삶을 표현하는 말인지도 모르지. 문 반대편에서 브루노가 숨쉬는 소리가 들렸다. 연필을 찾았다. 거기에 갈겨썼다. 영원한 농담이기도 하고. 문 아래로 쪽지를 밀어냈다. 그가 쪽지를 읽는 동안 잠깐의 멈춤. 그런 다음, 이제 됐다 생각했는지 그가 위층으로 올라갔다.

나는 울었을 수도 있다. 무슨 차이가 있나.

새벽이 다 되어 잠들었다. 기차역에 서 있는 꿈을 꿨다. 기차가 들어오고 아버지가 내렸다. 아버지는 낙타털 외투를 입고 있었다. 아버지에게 달려갔다. 아버지는 나를 몰라봤다. 나는 내가 누구인지 말했다. 그는 고개를 저으며 아니라고 했다. 아버지가 말했다, 내겐 딸만 있어. 내 이빨이 바스러지는 꿈, 이불 속에서 질식하는 꿈을 꿨다. 형제들 꿈을 꿨다, 사방에 피가 낭자했다. 나는 말하고 싶다, 사랑했던 여자와 함께 늙어가는 꿈을 꿨다고. 혹은 노란 문과 드넓은 들판 꿈을 꿨다고. 나는 말하고 싶다, 내가 죽고 내 책이 유품 속에서 발견되어 죽음 이후에 뒤따른 세월 동안 내가 유명해지는 꿈을 꿨다고. 그렇긴 하지만.

　신문을 집어 내 아이 아이작의 사진을 오려냈다. 종이가 구겨졌지만 손으로 곱게 폈다. 그 사진을 지갑 속, 사진을 넣도록 되어 있는 투명 필름 아래에 넣었다. 아이작의 얼굴을 보려고 지갑의 찍찍이를 몇 번씩 반복해서 여닫았다. 그러다 오려낸 사진 밑에 적힌 글을 발견했다. 장례식은 10월 7일 토요일 오전 열시에―나머지는 읽을 수 없었다. 사진을 도로 꺼내서 잘린 두 부분을 합쳐야 했다. 장례식은 10월 7일 토요일 오전 열시에 중앙 예배당에서 열릴 예정이다.

　금요일이었다. 집안에 처박혀 있으면 안 된다는 것을 알았으므로, 기어이 밖으로 나갔다. 폐 속의 공기가 다르게 느껴졌다. 세상이 더는 똑같이 보이지 않았다. 너는 바뀌고, 그러다 또 바뀌는구나. 개가 되고, 새가 되고, 항상 왼쪽으로 기우는 화초가 되는구나. 내 아들이 세상을 떠나고 나서야 내가 얼마만큼 그애를 위해 살아왔는지 깨달았다. 아침에 잠에서 깨는 것은 그애가 있기 때문이었고, 음식을 주문하는 것도 그애가 있기 때문이었고, 책을 쓴 것도 읽을 수 있는 그애가 있기 때문이었다.

버스를 타고 업타운으로 갔다. 내 자식의 장례식에 내가 양복이라고 우기는 구겨진 슈마타*를 입고 갈 수는 없다고 자신을 타일렀다. 아들을 창피하게 하고 싶지 않았다. 더 나아가 아들이 나를 자랑스럽게 여기도록 하고 싶었다. 매디슨 애비뉴에서 내려 상점 진열창들을 들여다보며 계속 걸었다. 손에 쥔 손수건이 차갑고 축축했다. 어느 상점에 들어가야 할지 알 수 없었다. 마침내, 좋아 보이는 한 곳을 그냥 골랐다. 재킷의 옷감을 만져보았다. 번들거리는 베이지색 양복에 카우보이 부츠를 신은 거구의 흑인이 내게 다가왔다. 그가 나를 밖으로 내던지려는 줄 알았다. 옷감을 좀 만져본 것뿐이오, 나는 말했다. 입어보시겠어요? 그가 물었다. 기분이 좋아졌다. 그가 내 사이즈를 물었다. 알지 못했다. 하지만 그는 이해하는 것 같았다. 그는 나를 훑어보고 탈의실로 안내한 후 그 양복을 고리에 걸었다. 나는 옷을 벗었다. 거울이 세 개였다. 오래도록 본 적 없는 내 신체 부위들이 거울에 비쳤다. 슬픔을 잠시 접어두고 그 부위들을 살펴봤다. 그러고 나서 양복을 입었다. 바지는 뻣뻣하고 통이 좁았으며 재킷은 거의 무릎까지 내려왔다. 내 모습이 광대 같았다. 흑인이 웃음 띤 표정으로 커튼을 젖혔다. 그가 매무새를 만져주고 단추를 잠가주더니 나를 한 바퀴 빙 돌렸다. 우리는 함께 거울을 봤다. 아주 딱 맞습니다, 그가 선언했다. 원하신다면, 그가 등 쪽에서 옷감을 살짝 잡으며 말했다. 여기를 살짝 줄여드릴 수도 있지만,

---

* '누더기'라는 뜻의 이디시어.

124

그럴 필요는 없을 것 같네요. 손님을 위해 맞춘 옷 같습니다. 나는 생각했다. 내가 패션에 대해 뭘 알겠어. 가격을 물었다. 그는 내가 입은 바지 뒤쪽에 손을 넣어 내 엉덩짝을 훑었다. 이건…… 1000달러입니다, 그가 선언했다. 나는 그를 쳐다보았다. 1000센트가 아니고? 나는 말했다. 그가 공손히 웃었다. 우리는 거울 세 개 앞에 서 있었다. 나는 축축한 손수건을 접고 또 접었다. 마지막 한 조각 평정을 유지하며, 엉덩이 사이에 낀 속옷을 빼냈다. 이런 꼴을 뜻하는 말도 있을 텐데. 한 줄 하프.*

거리에 나와 계속 걸었다. 양복은 중요하지 않다는 것을 알고 있었다. 그러나. 무언가 해야만 했다. 마음을 안정시키기 위해.

렉싱턴 애비뉴에 여권 사진 촬영을 광고하는 상점이 하나 있었다. 가끔 그곳에 즐겨 간다. 사진들을 작은 앨범에 보관한다. 대개는 내 사진이지만, 아이작의 다섯 살 적 사진이 하나 있고 내 육촌 열쇠공의 사진이 하나 있다. 그는 아마추어 사진가였는데, 어느 날 내게 핀홀카메라 만드는 법을 알려주었다. 1947년 봄이었다. 나는 그의 작은 가게 뒤편에서 그가 상자 안에 인화지를 끼우는 모습을 보며 서 있었다. 그가 앉으라고 하더니 내 얼굴에 전등을 비쳤다. 그러고는 핀홀 위의 덮개를 치웠다. 나는 꼼짝하지 않고 앉아 있느라 숨도 제대로 쉬지 못했다. 촬영이 끝난 후 우리는 암실로 들어가 인화지를 현상액 용기에 담갔다. 기다렸다. 아무것도 나타나지 않았다. 내 모습이 있어야 할 자리에는 거친 회색 자국뿐이었다.

---

* 한 줄 하프. 유대인 하프, 오자크 하프 등으로 불리는 소형 악기로, 입에 대고 불며 줄을 뜯는다. 타원형 틀 한가운데에 직선 줄이 있는 생김새가 엉덩이 사이에 낀 속옷을 연상시킨다는 의미다.

그가 다시 하자고 우겼고 그래서 다시 했는데, 역시나 아무것도 나타나지 않았다. 그는 세 번이나 핀홀카메라로 내 사진을 찍으려고 했지만, 세 번 다 내 모습은 나타나지 않았다. 내 육촌은 이유를 알지 못했다. 그는 불량품을 주었다며 인화지를 판 남자를 욕했다. 하지만 나는 그런 게 아니라는 것을 알았다. 다른 사람들이 다리나 팔을 잃듯, 나는 사람을 지워지지 않게 하는 무언가를 잃었다는 것을 알고 있었다. 나는 육촌에게 의자에 앉아보라고 했다. 그는 망설였지만 결국 내 말에 따랐다. 내가 그의 사진을 찍었고, 우리 둘이서 현상액 용기에 담긴 인화지를 쳐다보는 동안 그의 얼굴이 나타났다. 그는 웃었다. 나도 웃었다. 사진을 찍은 것은 나였으므로, 이것이 그가 존재한다는 증거라면 내가 존재한다는 증거이기도 했다. 그는 사진을 내가 갖게 해주었다. 지갑에서 사진을 꺼내 그를 볼 때마다 사실은 나 자신을 보고 있다는 것을 알았다. 앨범을 사서 두번째 페이지에 그 사진을 넣었다. 첫번째 페이지에는 내 아들 사진을 넣었다. 몇 주 뒤, 사진 촬영 부스가 딸린 약국 앞을 지났다. 안으로 들어갔다. 그때부터 여윳돈이 있을 때마다 그 촬영 부스에 가곤 했다. 처음에는 항상 결과가 같았다. 그러나. 계속 시도했다. 그러다 어느 날 우연히 셔터가 닫히는 순간에 몸을 움직였다. 그림자가 나타났다. 다음번에는 내 얼굴 윤곽이 나타났고, 몇 주 후에는 내 얼굴이 나타났다. 사라짐의 반대였다.

카메라 상점 문을 열자 종이 짤랑거렸다. 십 분 후, 나는 똑같은 내 사진 네 장을 손에 쥐고 인도에 서 있었다. 사진들을 쳐다봤다. 나를 묘사하는 말은 여러 가지가 있을 것이다. 그러나. 잘생겼다는 말은 그중 하나가 아니다. 사진 한 장을 지갑 속에, 신문에서 오려낸 아이작 사진 옆에 끼워넣었다. 다른 것들은 쓰레기통에 버렸다.

고개를 들었다. 도로 건너편에 블루밍데일스 백화점이 있었다. 젊었을 때 한두 번 거기에 가서 향수를 파는 숙녀들이 칙칙 뿌려주는 향수 냄새를 얻어 맡고 왔다. 뭐라 말해야 할는지, 여기는 자유국가다. 에스컬레이터를 타고 올라갔다 내려갔다 하던 끝에 아래층에 있는 양복 판매 구역을 찾았다. 이번에는 가격을 먼저 확인했다. 200달러 할인가가 적힌 진열대에 진청색 양복이 걸려 있었다. 나에게 맞는 사이즈 같았다. 탈의실로 가져가 입어보았다. 바지가 너무 길었지만 예상할 수 있는 일이었다. 소매도 마찬가지였다. 칸막이에서 걸어나왔다. 목에 줄자를 두른 재봉사가 내게 손짓하며 단위로 올라서게 했다. 나는 앞으로 한 걸음 다가섰고, 그러자 어머니 심부름으로 아버지의 새 셔츠를 받으러 양복점에 갔던 때가 떠올랐다. 아홉 살인가, 어쩌면 열 살이었을 것이다. 어둑한 실내의 한쪽 구석에는 마네킹들이 기차를 기다리는 승객들처럼 모여 서 있었다. 재봉사 그로첸스키는 재봉틀에 허리를 숙이고 앉아 발로 페달을 밟고 있었다. 나는 홀린 듯 그를 바라보았다. 날마다 그의 손길 아래에서, 오직 마네킹들만이 지켜보는 가운데, 판에 감긴 칙칙한 옷감에 깃과 소맷동과 주름과 주머니가 생겼다. 해볼래? 그가 물었다. 나는 그의 자리에 앉았다. 그가 재봉틀에 생명을 불어넣는 법을 보여주었다. 나는 바늘이 위아래로 뜀뛰기를 하면서 신기한 파란 바늘땀 길을 뒤에 남기는 것을 바라보았다. 내가 페달을 밟는 동안 그로첸스키는 아버지의 셔츠를 가져와 갈색 종이로 쌌다. 그는 내게 카운터 뒤로 오라고 손짓했다. 그러고는 똑같은 갈색 종이로 싼 다른 꾸러미를 가져왔다. 거기에서 조심스럽게 잡지 한 권을 꺼냈다. 몇 년 전 잡지였다. 그러나. 완벽한 상태. 그는 잡지를 손가락 끝으로 살살 다뤘다. 안에는 여자들의 흑백사진이 있었다. 그들은 몸 안에서 불을 밝힌 듯 피부가 희고 부드러워 보였다. 그들이 입은 드레스는 한 번도 본 적이 없는 종류였다. 순수한 진주로, 혹은 깃털과 술 장식으로 만든 드레스, 다리나 팔, 가슴의 곡선을 드러낸 드레스. 그로첸스키의 입술에서 한 단어가 흘러나왔다. 파리. 조용히 그는 페이지를 넘겼고, 조용히 나는 그것을 봤다. 광택 나는 사진에 우리의 입김이 서렸다. 어쩌면 그로첸스키는 내게, 잔잔한 긍지를 느끼며, 자신이 가끔 콧노래를 흥얼거리며 일하는 이유를 보여주고 있었는지도 모른다. 마침내 그가 잡지를 덮고 다시 종이 안으로 밀어넣었다. 그는 다시 일을 시작했다. 이브가 사과를 먹은 것은 세상에 수많은 그로첸스키들이 존재할 수 있도록 하기 위함이었다고 누군가 말했다면, 나는 그 말을 믿었을 것이다.

그로첸스키의 못난 친척처럼 보이는 재봉사가 분필과 핀을 가지고 내 주변을 부산히 돌아다녔다. 나는 기다릴 테니 그동안 단 수선을 해줄 수 있는지 물었다. 그는 머리 두 개 달린 사람 보듯 나를 쳐다보았다. 저 안에 처리할 양복이 백 벌은 있는데, 지금 바로 이걸 해달라고요? 그는 고개를 저었다. 최소 두 주예요.

장례식 때문이오, 나는 말했다. 내 아들. 마음을 가라앉히려 했다. 손수건을 찾아 주머니에 손을 넣었다. 그러다 그것이 탈의실 바닥에 구겨져 있는 내 바지 주머니에 있다는 것을 깨달았다. 단에서 내려와 허겁지겁 칸막이 안으로 들어갔다. 그 광대 양복 차림으로 바보짓을 했다는 걸 알았다. 남자는 죽음을 위해서가 아니라 삶을 위해 양복을 사야 한다. 그것이 그로첸스키의 유령이 내게 하는 말

아니었을까? 나는 아이작을 창피하게 할 수 없었고 날 자랑스럽게 여기게도 할 수 없었다. 그애는 존재하지 않으니까.

그렇긴 하지만.

그날 저녁, 단을 수선한 양복이 든 비닐 양복 가방을 들고 집에 돌아왔다. 식탁에 앉아 옷깃 한 군데를 찢었다.* 옷 전체를 갈기갈기 찢고 싶었다. 하지만 참았다. 바보였는지도 모르는 차디크 피슐은 언젠가 말했다, 백 군데 찢어진 것보다 한 군데 찢어진 것이 더 참기 힘들다.

목욕을 했다. 스펀지로 대충 하는 새bird 목욕이 아니라 욕조 둘레의 땟물 자국을 더욱 까맣게 만드는 진짜 목욕. 새 양복을 차려입고 선반에서 보드카를 꺼냈다. 한 모금을 마시고 손등으로 입을 닦았다. 알코올의 예리함이 슬픔의 예리함을 대체하는 것을 느끼며, 내 아버지와 그의 아버지와 그의 아버지의 아버지가 눈을 반쯤 감고서 백 번은 했을 그 몸짓을 반복했다. 그러다 술병이 비고 나서는 춤을 추었다. 처음에는 천천히. 하지만 점점 빨리. 발을 쿵쿵 굴렸고 관절에서 뚝뚝 소리가 나도록 발길질을 했다. 내 아버지가, 그리고 그의 아버지가 춘 춤을 나도 추며 발을 쾅쾅 차고 쭈그리고 다리를 내뻗었고, 눈물을 줄줄 흘리며 웃고 노래하고 춤을 추고 또 추어서 발이 까지고 발톱 밑에 피가 맺히는데도, 내가 아는 유일한 방법대로 춤을 추었다. 삶을 위해, 의자에 부딪히고 빙글빙글 돌다가 쓰러지면 일어나 다시 춤을 추었다. 새벽빛이 밝아와 바닥에 엎

---

* 유대교 장례식에는 식을 주관하는 랍비가 직계가족의 옷에 칼로 찢은 자국을 내는 '크리아'라는 풍습이 있다.

어진 나를 비출 때까지, 죽음이 너무나 가까이 와 있어 그것에 침을 뱉고 이렇게 속삭일 수 있도록. 르하임.[*]

창틀에서 비둘기가 깃을 세우는 소리에 잠에서 깼다. 양복은 팔한쪽이 찢어졌고 머리는 쿵쿵 울렸고 볼에는 피가 말라붙어 있었다. 하지만 나는 유리로 만들어지지 않았다.

나는 생각했다. 브루노. 그는 간밤에 왜 오지 않았을까? 노크를 했더라도 아마 대답하지는 않았을 것이다. 그래도. 워크맨을 끼고 있지 않았다면 틀림없이 내 소리를 들었을 것이다. 아니 끼고 있었다 해도. 전등 하나가 바닥에 쓰러졌고 의자는 모두 뒤집혀 있었다. 위층에 올라가 브루노의 방문을 두드릴까 하다가 시계를 봤다. 벌써 열시 십오분이었다. 나는 세상이 날 맞을 준비를 못했다고 생각하고 싶지만, 어쩌면 내가 세상을 맞을 준비를 못했다는 게 진실일 것이다. 나는 인생의 현장에 항상 너무 늦게 도착했다. 버스 정류장으로 달려갔다. 아니 달려갔다기보다는, 절뚝거리다 바짓부리를 올리고 깡충, 후닥닥, 멈칫, 헉헉, 또 바짓부리를 올리고 털썩, 질질, 털썩, 질질, 그런 식으로. 업타운으로 가는 버스를 탔다. 우리는 막히는 도로에 앉아 있었다. 이놈의 것, 더 빨리 갈 수는 없소? 나는 큰 소리로 물었다. 옆자리 여자가 일어나서 다른 자리로 옮겨갔다. 혹시 내가 야단을 떨며 그 여자 허벅지를 철썩 내리쳤나, 잘 모르겠다. 주황색 재킷에 뱀 가죽 무늬 바지를 입은 남자가 일어서서 노래하기 시작했다. 모두가 고개를 돌려 창밖을 쳐다봤지만 알고 보니 그는 돈을 구걸하는 것이 아니었다. 그냥 노래를 부르고

---

[*] '삶을 위하여'라는 뜻의 히브리어로, 주로 술자리 건배사로 쓰인다.

있었다.

회당에 도착했을 때, 장례식은 이미 끝났지만 아직 사람들로 북적이고 있었다. 노란색 나비넥타이에 흰 재킷을 입고 얼마 남지 않은 머리를 스프레이로 두피에 넣어 고정한 남자가, 물론 우린 알고 있었는데도 막상 이렇게 되고 나니 다들 놀랐지요, 하고 말하자 그 옆에 서 있는 여자가, 어떻게 놀라지 않을 수 있겠어요? 하고 대꾸했다. 나는 대형 화분 옆에 홀로 서 있었다. 손바닥이 축축했다. 현기증이 나기 시작했다. 어쩌면 이곳에 온 건 실수였는지도 모른다.

그애가 어디에 묻혔는지 묻고 싶었다. 신문에는 나오지 않았으니까. 갑자기 내 묫자리를 너무 일찍 사둔 것이 너무도 후회스러웠다. 미리 알았다면 그애 옆에 묻힐 수도 있었을 텐데. 내일. 아니면 그다음날. 내 시신이 개들의 몫으로 남겨질까봐 늘 걱정이 되었다. 프리드 부인의 비석 예식*이 열렸던 파인론 묘지에 갔는데 그곳이 좋아 보였다. 심치크 씨라는 사람이 묘지를 둘러보게 해주고 안내 책자를 주었다. 묘 위에 나무, 예컨대 수양버들 같은 나무가 그늘을 드리우고, 근처에 아담한 벤치라도 하나 있는 곳을 나는 상상하고 있었다. 그러나. 가격을 듣고 가슴이 덜컥 내려앉았다. 그는 내게 가능한 선택지를 몇 군데 보여주었는데, 길가에 너무 가깝거나 풀이 뽑혀 흙이 드러나는 곳이었다. 나무가 있는 곳은 전혀 없나요? 나는 물었다. 심치크는 고개를 저었다. 덤불이라도? 그는 손가락에 침을 묻히고 서류를 뒤적였다. 그는 한참 애매하게 굴더니 마침내

---

* 망자를 매장한 뒤 육 개월에서 일 년 사이에 비석을 세우며 조촐한 의식을 행하는 유대교의 풍습.

굴복했다. 한 곳이 괜찮을 수도 있는데, 그가 말했다, 계획하신 예산을 초과할 테지만 할부도 가능해요. 그곳은 유대인 구역 외곽 맨 끝에 있었다. 엄밀히 말해 나무 밑이라고 할 수는 없지만 가까운 곳에 나무가 있어서 가을에 낙엽이 날려와 내 위로 떨어질 수도 있을 듯했다. 곰곰이 생각해보았다. 심치크는 천천히 생각해보라고 한 뒤 사무실로 돌아갔다. 나는 햇빛 속에 서 있었다. 그러다 풀밭에 앉았다가 등을 대고 누웠다. 레인코트 아래로 느껴지는 땅이 단단하고 차가웠다. 위에 지나가는 구름을 바라보았다. 어쩌면 잠이 들었는지도 모른다. 정신을 차려보니 심치크가 나를 내려다보며 서 있었다. 누?* 계약하실 건가요?

내 아들의 이부동생 버나드가 언뜻 보였다. 제 아비를, 망자가 축복 속에 기억되기를, 판박이처럼 닮은 거대한 미련퉁이. 그렇다, 심지어 그자에게도 축복을 빌어주겠다. 그의 이름은 모디카이였다. 그녀는 그를 모티라고 불렀다. 모티! 그는 삼 년째 땅속에 묻혀 있다. 그자가 먼저 황천에 간 것은 내 작은 승리라고 생각한다. 그렇긴 하지만. 기억이 날 때면 야자이트 양초**를 켠다. 내가 아니면 누가 하겠는가?

내 아들의 어머니, 내가 열 살 때 사랑하기 시작한 그 소녀는 오 년 전에 죽었다. 나도 머지않아 그녀와 함께할 거라고 기대한다, 적어도 거기에서는. 내일. 혹은 그다음날. 그 점만은 확신한다. 그녀 없는 세상에서 살면 이상할 거라고 생각했다. 그렇긴 하지만.

* '자, 그럼'이라는 뜻의 이디시어로 영어의 'so?' 혹은 'well?' 정도에 해당하는 표현이다.
** 유대교에서 죽은 자의 기일에 추모의 의미로 켜는 양초.

그녀의 기억을 붙잡고 사는 일은 오래전부터 익숙했다. 마지막 순간에 가서야 그녀를 다시 만났다. 병실에 몰래 들어가 날마다 옆에 앉아 있었다. 젊은 여자 간호사가 있어서 그 여자에게 말했다―진실은 아니었지만. 그러나. 진실과 다르지 않은 이야기였다. 그 간호사가 면회 시간 이후에, 다른 사람과 마주칠 염려가 없는 시간에 나를 들여보내주었다. 그녀는 생명 유지 장치에 연결되어 코에 관을 꽂은 채로 저세상에 한 발을 들여놓고 있었다. 나는 다른 곳으로 눈길을 돌릴 때마다, 다시 쳐다보면 그녀는 죽고 없을지도 모른다는 생각이 들었다. 그녀는 자그마했고 쭈글쭈글했고 귀가 완전히 먹었다. 해야 할 말이 너무나 많았다. 그렇긴 하지만. 농담만 늘어놓았다. 나는 완벽한 재키 메이슨*이었다. 때때로, 희미한 웃음을 본 것도 같았다. 분위기를 가볍게 하려고 노력했다. 나는 말했다, 여기 이거, 팔이 구부러지는 이곳을 사람들은 팔꿈치라고 한다는데, 믿을 수 있어? 나는 말했다, 노랗게 물든 숲속에서 랍비들이 두 갈래로 갈라졌습니다.** 나는 말했다, 모셰가 의사를 찾아갔어. 선생님, 하고 그가 말했지,*** 기타 등등, 기타 등등. 많은 말들을 나는 하지 않았다. 한 가지 예. 난 너무 오래 기다렸어. 또다른 예. 그런데 당신은 행복했어? 당신이 남편이라고 부르는 그 하찮은 인간, 그 돌대가리, 그 멍청이 슐러밀****과 함께 행복했어? 진실을 말하자면, 나는 오래전에

---

* 미국의 유대인 코미디언.
** 로버트 프로스트의 「가지 않은 길」의 첫 구절, "Two roads diverged in a yellow wood"에서 roads를 rabbis로 바꾼 농담.
*** 부부 관계에 관한 유명한 유대인 농담의 앞부분.
**** '얼간이' 혹은 '얼뜨기'라는 뜻의 이디시어.

기다림을 포기했다. 그 순간은 이미 지나갔다. 우리에게 가능했던 인생과 우리의 지금 인생 사이에 놓여 있던 문은 우리 눈앞에서 닫혀버린 후였다. 아니 더 정확히 말하자면, 내 눈앞에서. 내 삶의 문법은 이렇다. 경험 법칙에 따라, 복수형이 나오면 항상 단수형으로 고친다. 그 고귀한 우리라는 말이 무심코 흘러나오더라도 신속히 머리에 일격을 가해 비참함에서 벗어난다.

괜찮으세요? 안색이 좀 창백하신데요.

아까 봤던, 노란 나비넥타이를 맨 남자였다. 바지를 발목까지 내리고 있을 때, 사람들은 꼭 그런 순간에 들이닥친다. 바로 직전, 손님맞이가 가능했던 그때가 아니라. 나는 화분에 기대어 정신을 추스르려고 노력했다.

괜찮소, 괜찮아요, 나는 말했다.

그런데 망자와는 관계가 어떻게 되십니까? 그가 나를 대충 훑어보며 물었다.

우리는…… 나는 중심을 잡을 수 있길 바라며 화분과 벽 사이에 무릎을 끼워넣었다. 친척이오.

집안 어른이시군요! 정말 죄송합니다. 미시포케*는 다 만나봤다고 생각했는데! 그는 그 말을 미시포키처럼 발음했다.**

물론 제가 짐작했어야 했겠죠. 그는 나를 위아래로 다시 살펴보며, 머리카락이 잘 고정되어 있도록 손바닥으로 머리를 쓸었다. 저는 팬이신 줄 알았습니다, 그가 흩어지고 있는 사람들 쪽으로 손짓하며

---

* '가족'이라는 뜻의 이디시어.
** mishpocheh를 mishpocky에 가깝게 미국식으로 발음한 것. 미국에서 구세대 유대인들이 점점 사라지며 이디시어가 변질되는 현상을 꼬집은 것이다.

말했다. 그런데 어느 쪽이세요?

나는 화분 속 식물의 가장 두꺼운 부분을 잡았다. 주변의 방이 시야에서 흔들렸고 나는 남자의 나비넥타이에 초점을 맞추려고 애썼다.

양가 모두, 나는 말했다.

양가 모두? 그가 의심스러운 듯 따라 말하며, 땅에서 뽑히지 않으려고 버티는 식물의 뿌리를 내려다보았다.

나는…… 나는 말을 시작했다. 하지만 갑자기 식물이 휙 뽑혀나왔다. 몸이 앞으로 휘청했고, 한쪽 발이 여전히 화분과 벽 사이에 끼워진 상태여서 나머지 한쪽 발만 앞으로 튀어나가는 통에 다른 곳으로 움직이지 못한 화분 가장자리가 내 사타구니에 박혔고, 내 손은 하릴없이 뿌리에 매달린 흙 한줌을 노란 나비넥타이를 맨 남자의 얼굴에 문지르고 말았다.

미안하오, 나는 말했다. 사타구니에서 통증이 솟구치며 키시커*가 감전된 느낌이 들었다. 나는 똑바로 일어서려고 했다. 어머니는, 망자가 축복 속에 기억되기를, 말하곤 했다, 구부정하게 있지 마. 흙이 남자의 콧구멍에서 쏟아져내렸다. 나는 더러운 손수건을 꺼내 그의 코에 들이대는 것으로 대미를 장식했다. 그는 내 손을 찰싹 쳐내더니 새로 빨아 깔끔하게 네모로 접은 제 손수건을 꺼냈다. 그는 손수건을 털어 펼쳤다. 항복의 깃발. 그가 흙을 닦아내고 나는 아랫도리를 보살피는 동안 어색한 순간이 흘러갔다.

정신을 차려보니 내 아들의 이부동생이 코앞에 있고 내 소맷자

---

* 이디시어에서 '내장'을 가리키는 속어.

락은 나비넥타이를 맨 투견의 이빨 사이에 있었다. 내가 뭘 찾아냈는지 봐요, 그가 짖었다. 버나드가 눈썹을 치켜세웠다. 미시포키라는데요.

버나드는 공손하게 미소를 지으며, 처음에는 나의 찢긴 옷깃을, 다음에는 뜯어진 소매를 보았다. 죄송합니다, 그가 말했다. 어르신이 기억나지 않는데요. 우리가 전에 만난 적이 있을까요?

투견이 눈에 띄게 군침을 흘렸다. 버나드의 셔츠 주름을 따라 미세한 흙먼지가 들썩였다. 나는 출구라고 쓰인 표지판을 흘깃 쳐다보았다. 은밀한 부위의 심한 부상만 아니었다면 그쪽으로 내달렸을지도 모른다. 욕지기가 올라왔다. 그렇긴 하지만. 사람은 때때로 번득이는 천재성이 필요한 법, 자 보라, 문득 떠올라 번득이는 이 천재성을.

데 레츠 이디시?* 나는 쉰 목소리로 속삭였다.

뭐라고 하셨죠?

버나드의 소매를 붙잡았다. 투견이 내 소매를 붙잡고, 내가 버나드의 소매를 붙잡은 것이다. 얼굴을 그에게 바짝 갖다댔다. 눈이 충혈되어 있었다. 미련퉁이이기는 해도 선한 사람이었다. 그렇긴 하지만 내겐 선택의 여지가 없었다.

나는 목소리를 높였다. 데 레츠 이디시? 내 입에서 퀴퀴한 술냄새가 났다. 그의 옷깃을 움켜쥐었다. 몸을 움츠리며 뒤로 빼는 그의 목에서 정맥이 불거졌다. 파르슈타이스트?**

---

* '이디시어 할 줄 아시오?'라는 뜻의 이디시어.
** '내 말 알아들어요?'라는 뜻.

죄송합니다. 버나드는 고개를 저었다. 무슨 말씀이신지 모르겠어요.

좋아요, 나는 계속 이디시어로 말했다. 여기 있는 이 얼간이가, 나는 나비넥타이를 맨 남자를 가리키며 말했다, 여기 있는 이 얼간이가 내 투커스*로 쑤시고 들어오는데, 이 인간이 아직 튕겨나가지 않고 있는 유일한 이유는 내가 마음대로 똥을 눌 수가 없어서란 말이오. 이자에게어서 앞발을 치우라고 말 좀 해주겠소? 안 그러면 내가 이 작자의 슈나즈**에 또다른 식물을 처박을 수밖에. 그리고 이번엔 식물을 굳이 화분에서 뽑지 않고 처박아주겠다고도 말해주시오.

로버트? 버나드는 내 말을 이해하려고 애썼다. 그는 내가 내 팔꿈치를 물고 매달린 인간에 대해 말하고 있다는 것을 대충 알아들은 것 같았다. 로버트는 아이작의 편집자였습니다. 아이작을 아세요?

투견은 나를 더욱 세게 잡았다. 나는 입을 열었다. 그렇긴 하지만.

죄송합니다, 버나드가 말했다. 제가 이디시어를 할 줄 알면 좋겠지만. 자, 그럼, 와주셔서 감사합니다. 여기 이렇게 많은 분들이 와주신 걸 보니 참 감동적입니다. 아이작이 기뻐했을 거예요. 그는 양손으로 내 손을 잡고 흔들었다. 그러고는 가려고 돌아섰다.

슬로님, 나는 말했다. 미리 계획한 말은 아니었다. 그렇긴 하지만.

버나드가 돌아섰다.

뭐라고 하셨죠?

나는 다시 말했다.

슬로님이 내 고향이오, 나는 말했다.

---

* 이디시어로 '엉덩이'를 가리키는 속어.

** 이디시어로 '코'를 가리키는 속어.

슬로님? 그가 되뇌었다.

나는 고개를 끄덕였다.

갑자기 그는 시간이 지나도 데리러 오지 않는 엄마를 기다리다 엄마가 도착하고서야 마침내 울음을 터트리려고 하는 아이처럼 보였다.

저희에게 그곳 얘기를 자주 해주셨어요.

누가요? 투견이 물었다.

제 어머니요. 이분이 어머니와 동향이시네요, 버나드가 말했다. 정말 많은 얘기를 들었습니다.

그의 팔을 도닥여주려 했지만 그가 눈에서 뭔가 닦아내려고 움직였고, 결과적으로 내 팔은 그의 살진 가슴을 도닥이고 말았다. 달리 어찌할 바를 몰라 나는 그의 가슴을 꽉 움켜쥐었다.

강이 있었죠, 그렇죠? 어머니가 늘 수영을 하셨다는, 버나드가 말했다.

물은 얼음장 같았다. 우리는 옷을 벗고 야단스럽게 소리를 질러대며 다리에서 뛰어들었다. 우리의 심장이 멎었다. 우리의 몸이 돌로 변했다. 한순간 익사하고 있는 느낌이 들었다. 강둑으로 겨우 헤엄쳐 나와 숨을 몰아쉬고 있으면 다리가 돌덩이 같았고 통증이 발목 위로 퍼져갔다. 네 어머니는 깡말랐고 가슴은 희고 작았다. 햇볕에 몸을 말리며 잠이 들었다가 등에 닿는 얼음처럼 차가운 물의 감촉에 놀라 벌떡 일어나곤 했다. 그리고 그녀의 웃음소리.

외할아버지의 구둣방도 아세요? 버나드가 물었다.

매일 아침, 거기에서 그녀를 만나 학교까지 함께 걸어갔다. 한번 싸우고 나서 삼 주 동안 말을 안 했던 때만 빼면 함께 걷지 않은 날이 거의 없다. 추위 속에서 그녀의 젖은 머리가 고드름처럼 얼어붙곤 했다.

어머니가 저희에게 해주신 얘기들을 다 말씀드리자면 끝이 없을 거예요. 어머니가 놀던 들판이라든가.

그렇지, 나는 그의 손을 도닥거리며 말했다. 그 들판.

십오 분 뒤, 나는 기다란 리무진 뒷자리에서 투건과 어느 젊은 여자 사이에 끼어 있었다. 누가 보면 리무진 타는 게 버릇인가 싶겠지. 버나드의 집에서 열릴 가족과 친지 위주의 작은 모임에 가는 길이었다. 내 아들의 집에 가서 그 아이의 물건들 사이에서 애도하는 편이 더 좋았겠지만, 그의 이부동생 집에 가는 것으로 만족해야 했다. 내 맞은편에는 다른 두 사람이 앉아 있었다. 한 사람이 내 쪽으로 고개를 끄덕이며 미소를 짓자 나도 고개를 끄덕이며 미소를 지었다. 아이작과는 친척이신가요? 그가 물었다. 그런 듯해요, 투건이 대답하며 여자가 막 내린 창문으로 들어오는 바람에 들썩거리는 머리카락을 더듬거리며 잡았다.

버나드의 집까지는 한 시간이 꼬박 걸렸다. 롱아일랜드 어딘가. 아름다운 나무들. 그렇게 아름다운 나무들은 본 적이 없었다. 바깥에서는 버나드의 조카 하나가 햇살 속에서 진입로를 오르락내리락 달음질하며 무릎까지 트인 바지가 바람에 날리는 모양을 지켜보았다. 집안에 있는 사람들은 음식이 쌓인 탁자 주위에 서서 아이작에 대해 이야기했다. 내가 있을 곳이 아니라는 것을 알았다. 바보, 사기꾼이 된 것 같았다. 사람들 눈에 띄지 않으려고 창가에 서 있었다. 그렇게 고통스러울 거라고는 생각하지 못했다. 그렇긴 하지만. 나는 오로지 상상만 할 수 있었던 내 아들에 대해 자기 친척처럼 친근하게 얘기하는 사람들의 말을 듣고 있자니 견디기가 힘들었다. 그래서 살짝 빠져나왔다. 아이작의 이부동생 집안을 이 방저 방 돌아다녔다. 나는 생각했다, 내 아들이 이 카펫 위를 걸었겠구나. 손님 침실로 갔다. 나는 생각했다, 내 아들이 때로 이 방에서 잤겠구나. 바로 이 침대에서! 이 베개에 머리를 얹고. 나는 침대에 누웠다. 피곤했다, 그럴 수밖에 없었다. 베개가 내 볼 밑에서 쑥꺼졌다. 그리고 여기 누워서, 나는 생각했다, 바로 이 창밖을, 바로저 나무를 바라봤겠구나.

넌 정말 몽상가야, 브루노의 말이다, 어쩌면 그 말이 맞을지도. 어쩌면 이 또한 꿈일 수도 있고, 곧 초인종이 울려 눈을 뜨면 브루노가 문간에 서서 두루마리 화장지가 하나 있는지 물을지도 모른다.

깜빡 잠이 들었는지, 정신을 차리고 보니 버나드가 서서 나를 내려다보고 있었다.

죄송해요! 여기 누가 계시는지 몰랐어요. 어디 아프세요?

나는 벌떡 일어섰다. 내 동작을 두고 벌떡이라는 말을 쓸 수 있는 순간이 있다면 이때가 그런 순간이었다. 그리고 그때, 그것을 보았다. 그의 어깨 바로 뒤편 선반 위였다. 은색 액자. 눈앞에 뻔히, 라고 말할 만했지만 나는 항상 이 표현을 이해할 수가 없었다. 눈처럼 속임수가 많은 게 또 어디 있을까?

버나드가 뒤로 돌았다.

아, 저거요, 그가 액자를 선반에서 내리며 말했다. 보자. 어머니 어렸을 적 사진이군요. 제 어머니, 보이시죠? 이때 어머니를 아셨어요? 이사진 속 모습 그대로요?

("우리 나무 아래에 서자," 그녀가 말했다. "왜?" "그게 멋지니

140

까.""네가 의자에 앉고 나는 네 뒤에 서는 것도 좋지 않을까? 남편과 아내는 다들 그렇게 하잖아.""그건 웃겨.""뭐가 웃겨?""우린 결혼한 사이가 아니잖아.""우리, 손을 잡아야 하나?""그럴 수 없어.""어째서?""사람들이 알아버릴 테니까.""뭘 알아?""우리에 대해.""그래, 알면 어때서?""비밀인 게 더 좋아.""왜?""그럼 아무도 뺏어갈 수 없으니까.")

어머니가 돌아가신 뒤에 아이작이 유품에서 이걸 발견했어요, 버나드가 말했다. 멋진 사진이에요, 그렇지 않아요? 이 남자는 누군지 모르겠어요. 어머니가 그쪽에서 가져온 물건은 거의 없었거든요. 외조부모와 이모들 사진 몇 장, 그게 전부예요. 물론 어머니는 그분들을 다시는 볼 수 없을 거라는 사실을 몰랐고, 그래서 많이 가져오지 않았겠죠. 이 사진은 한 번도 본 적이 없었는데, 어느 날 아이작이 어머니 아파트 서랍 속에서 발견했어요. 편지 몇 장과 함께 봉투 속에 들어 있었죠. 편지는 모두 이디시어로 되어 있었어요. 아이작은 어머니가 슬로님에서 사랑했던 사람에게서 온 편지일 거라고 생각했어요. 저는 아닐 거라고 생각하지만요. 어머니는 누구 얘기도 하신 적이 없거든요. 제가 하는 말, 하나도 못 알아들으시죠, 그렇죠?

("내게 카메라가 있다면," 나는 말했다. "날마다 네 사진을 찍을 거야. 그러면 네 인생의 모든 날에 네가 어떤 모습이었는지 기억할 수 있을 테니까.""난 정확히 똑같아.""아니, 그렇지 않아. 넌 항상 변하고 있어. 날마다 조금씩. 할 수만 있다면 그걸 모두 기록하고 싶어.""그렇게 똑똑하시다면, 오늘은 내가 어떻게 변했는지 말해봐.""우선, 키가 만분의 1밀리미터 정도 커졌지. 머리도 만분의 1밀리미터 정도 더 길어졌고. 그리고 가슴도 만분의 1밀리미

터 정도 커……""그렇지 않아!""아니야, 맞아.""그렇지 않아."
"맞아.""또 뭐가 다른데? 이 돼지야.""넌 조금 더 행복해졌고 또
조금 더 슬퍼졌어.""서로 더하고 빼면 정확히 똑같다는 얘기네."
"전혀 그렇지 않지. 오늘 네가 조금 더 행복해졌다는 사실이 조금
더 슬퍼졌다는 사실을 바꿀 순 없어. 날마다 너는 조금씩 행복해
지고 조금씩 슬퍼지는데, 그래서 너는 지금, 바로 이 순간, 네 평생
가장 행복하고 또 가장 슬픈 거야.""그걸 어떻게 알아?""생각해
봐. 이렇게 풀밭에 누워 있는 지금보다 더 행복했던 적 있어?""아
닌 것 같아, 아니야.""그리고 지금보다 더 슬펐던 적 있어?""아
니.""누구에게나 다 그런 건 아니야, 그게. 어떤 사람들은, 네 언
니처럼, 날마다 계속 행복해지기만 해. 그리고 또 어떤 사람들은,
베일라 아시처럼, 계속 슬퍼지고 또 슬퍼지지. 그리고 어떤 사람들
은, 너처럼, 둘 다야.""넌 어떤데? 넌 지금 이 순간 가장 행복하고,
또 가장 슬프니?""물론 그렇지.""왜?""그 무엇도 나를 더 행복
하게, 더 슬프게 하지는 못하니까. 너 말고는.")

눈물이 액자로 떨어졌다. 다행히도 유리가 있었다.

여기에 계속 남아 추억을 나누면 정말 좋겠지만, 버나드가 말했다.
전 그만 가봐야 합니다. 밖에 사람들이 많아서요. 그가 손짓을 하며 말
했다. 필요하신 것이 있으면 말씀해주세요. 나는 고개를 끄덕였다. 그
는 등뒤로 문을 닫았고, 그때 나는, 신이여 도우소서, 그 사진을 바
지 안에 쑤셔넣었다. 계단을 내려가 문밖으로 나갔다. 진입로에서
리무진 여러 대 중 하나의 창문을 두드렸다. 기사가 자다가 일어
났다.

이제 집에 갈 참이오, 나는 말했다.

놀랍게도 그는 밖으로 나와 문을 열고 내가 차에 타게 도와주었다.

내 아파트로 돌아왔을 때, 나는 강도가 들었다고 생각했다. 가구가 뒤집혔고 바닥에는 흰 가루가 뿌려져 있었다. 우산꽂이에 보관하고 있던 야구방망이를 들고 발자국을 따라 부엌으로 갔다. 냄비와 프라이팬과 더러운 대접들이 가득 들어차 빈 곳이 없었다. 내 집에 침입한 강도가 누군지는 몰라도, 여유롭게 밥까지 해 먹은 듯했다. 나는 바지 속에 사진을 넣은 채로 서 있었다. 뒤에서 와장창 소리가 나기에 돌아서서 막무가내로 방망이를 휘둘렀다. 하지만 조리대 위의 냄비가 바닥에 떨어져 대굴대굴 굴러간 것뿐이었다. 식탁 위 타자기 옆에, 가운데가 푹 꺼진 커다란 케이크가 있었다. 어쨌든 무너지지는 않았다. 케이크는 노란 아이싱으로 뒤덮였고 윗면에 엉성한 분홍색 글자로 이렇게 쓰여 있었다, 누가 케이크를 구웠는지 한번 봐라. 타자기 다른 편 옆에는 쪽지가 있었다. 하루 내내 기다렸다.

어쩔 수 없이 웃음이 나왔다. 야구방망이를 치우고, 간밤에 엎어버린 기억이 나는 가구들을 다시 뒤집고, 액자를 꺼내 유리에 입김을 불어 셔츠로 닦은 다음 침대 옆 탁자에 세워놓았다. 브루노가 사는 층으로 계단을 올라갔다. 막 문을 두드리려는데 문에 붙은 쪽지가 보였다. 거기에는 이렇게 쓰여 있었다. 방해하지 마. 베개 밑에 선물 있어.

누군가에게 선물을 받아본 것은 참으로 오랜만이었다. 행복한 기분이 심장을 살짝 찔렀다. 매일 아침 잠에서 깨어 뜨거운 찻잔에 손을 덥힐 수 있다는 것이. 비둘기가 날아오르는 것을 볼 수 있다는 것이. 인생의 끝자락에서 브루노가 날 잊지 않았다는 것이.

계단을 다시 내려갔다. 곧 마주할 즐거움을 잠시 뒤로 미루고자 잠깐 우편물을 꺼내러 갔다. 내 아파트로 다시 들어갔다. 브루노는 용케도 집안 바닥 전체에 밀가루를 뿌려놓았다. 어쩌면 바람이 들이닥쳤는지도, 누가 알겠나. 침실에서 그가 바닥에 누워 천사 무늬를 만들어놓은 것을 보았다. 그렇게 정성껏 만든 것을 망치기 싫어서 주위로 빙 돌아갔다. 베개를 들췄다.

커다란 갈색 봉투가 있었다. 겉에는 누구의 것인지 모를 필체로 내 이름이 쓰여 있었다. 봉투를 열었다. 안에는 인쇄된 종이가 한 무더기 들어 있었다. 읽기 시작했다. 글이 친숙했다. 어디에서 읽은 것인지 잠시 생각이 나지 않았다. 그러다가 그것이 바로 내 글임을 깨달았다.

아빠의 텐트

1. 아빠는 편지 쓰는 것을 좋아하지 않았다

　엄마의 편지가 가득 들어 있는 오래된 캐드버리 초콜릿 통에 아빠의 답장은 하나도 없다. 여기저기 다 뒤져봤지만 찾지 못했다. 또 아빠는 내가 크면 읽어보라고 편지를 남기지도 않았다. 엄마에게 혹시 그런 것이 있는지 물어봤고 엄마는 아니라고 말했기 때문에 안다. 아빠는 그런 남자가 아니라고 엄마는 말했다. 그럼 어떤 남자냐고 묻자 엄마는 잠시 생각에 잠겼다. 엄마의 이마에 주름이 졌다. 엄마는 조금 더 생각했다. 그러더니 아빠는 권위에 도전하기를 좋아하는 남자라고 말했다. "그리고," 엄마가 말했다. "아빠는 가만히 앉아 있지를 못했어." 그건 내 기억 속의 아빠가 아니다. 내 기억 속의 아빠는 의자에 앉아 있거나 침대에 누워 있다. 내가 아주 어렸을 때, 아빠의 직업인 '엔지니어engineer'가 기차를 운전하는 일이라고 생각했던 때만 빼고. 그때 나는 번쩍거리는 객차를 뒤에 매단 석탄 색깔 기관차engine car에 앉아 있는 아빠를 상상했다. 어느 날 아빠는 웃음을 터트리더니 내 생각을 정정해주었다. 모든 것이 명확해졌다. 그것은 어린 시절의 잊을 수 없는 순간들 가운데 하나다. 세상이 내내 나를 속이고 있었음을 발견하는 그런 순간.

2. 아빠는 중력이 없어도 쓸 수 있는 펜을 내게 주었다

"이건 중력이 없어도 쓸 수 있단다." 내가 NASA 로고가 그려진 벨벳 상자에 든 펜을 들여다보고 있을 때 아빠는 그렇게 말했다. 내 일곱번째 생일이었다. 아빠는 머리카락이 다 빠져서 모자를 쓴 채 병원 침대에 누워 있었다. 담요 위에 광택이 나는 포장지가 구겨져 있었다. 아빠는 내 손을 잡고, 아빠가 여섯 살 때 형을 괴롭히는 아이의 머리에 돌을 던졌는데 그뒤로 다시는 둘을 괴롭히는 사람이 없었다는 얘기를 해주었다. "너 자신은 네가 지켜야 해." 아빠가 말했다. "그렇지만 돌을 던지는 건 나빠." 내가 말했다. "알아." 아빠가 말했다. "넌 아빠보다 똑똑해. 넌 돌보다 더 좋은 방법을 찾아낼 거야." 간호사가 왔을 때, 나는 밖을 보려고 창가로 갔다. 어둠 속에서 59번가 다리가 빛났다. 강물 위를 지나는 배가 몇 대인지 세었다. 지루해지자 커튼 너머 맞은편 침대의 할아버지를 보러 갔다. 할아버지는 거의 온종일 잠만 잤고 깨어 있을 때는 손을 떨었다. 할아버지에게 펜을 보여주었다. 중력이 없어도 쓸 수 있는 펜이라고 말했지만 할아버지는 이해하지 못했다. 다시 설명해도 알아듣지 못했다. 마침내 나는 말했다. "제가 우주에 있을 때 사용하는 거예요." 할아버지는 고개를 끄덕거리더니 눈을 감았다.

3. 중력을 벗어나지 못하는 남자

그러다 아빠가 세상을 떠났고 나는 펜을 서랍 한구석에 치웠다. 몇 년이 지나 열한 살이 되었을 때 러시아인 펜팔이 생겼다. 우리가 다니던 히브리어 학교를 통해 하다사* 지부에서 주선한 펜팔이었다. 처음에는 이스라엘로 막 이민한 러시아 유대인에게 편지를 쓰게 되어 있었지만 그 일이 성사되지 못하자 러시아에 사는 유대인에게 배정되었다. 초막절**에 우리는 펜팔 친구들의 교실에 에트로그 열매 하나와 우리의 첫 편지들을 보냈다. 내 펜팔의 이름은 타티아나였다. 그애는 상트페테르부르크의 마르스광장 근처에 살았다. 나는 그애가 지구 밖 우주에 산다고 상상하기를 즐겼다. 타티아나는 영어를 그다지 잘하지 못해서 그애의 편지 내용은 이해할 수 없을 때가 많았다. 하지만 나는 열성적으로 편지를 기다렸다. 우리 아빠 수학자야, 그애가 편지에 썼다. 우리 아빠는 야생에서 살아남을 수 있어, 나는 답장에 썼다. 그애가 편지를 한 통 보낼 때마다 나는 두 통을 보냈다. 넌 개를 키우니? 너희 욕실은 몇 명이 함께

---

* 미국의 유대인 여성 자선단체.
** '장막절'이라고도 불리며 유대인의 선조가 황야에서 천막생활을 했던 일과 그들을 보호해준 하느님의 은혜를 기념하는 추수 감사 축제. 에트로그는 초막절 의식에 쓰이는 감귤류 과일이다.

쓰니? 차르의 물건을 하나라도 갖고 있니? 어느 날 편지가 왔다. 타티아나는 내가 시어스 로벅 백화점에 가본 적이 있는지 궁금해했다. 편지 맨 끝 추신에 이렇게 쓰여 있었다. 우리 반 남자애 뉴욕 이사가. 아마도 네가 편지하면 좋아. 그애 아는 사람 없거든. 그것이 그애에게서 온 마지막 소식이었다.

4. 나는 다른 형태의 생명체를 탐색했다

"브라이턴 해변이 어디야?" 나는 물었다. "영국이야," 엄마가 어디 두었는지 잊어버린 무언가를 부엌 찬장에서 찾으며 말했다. "뉴욕에 있는 거 말이야." "코니아일랜드 근처에 있는 것 같은데." "코니아일랜드는 얼마나 멀어?" "아마 삼십 분쯤?" "차로, 아니면 걸어서?" "지하철을 타도 돼." "몇 정거장인데?" "엄마도 몰라. 브라이턴 해변에는 왜 그렇게 관심이 많아?" "거기에 친구가 있어. 이름이 미샤이고 러시아인이야," 나는 경탄을 담아 말했다. "그냥 러시아인?" 엄마가 싱크대 아래편 찬장 안에서 물었다. "그냥 러시아인이냐니, 그게 무슨 말이야?" 엄마는 일어서서 내 쪽으로 돌아섰다. "아무것도 아냐," 엄마는 말했다. 엄청나게 흥미로운 생각이 막 떠올랐을 때 가끔 짓는 표정으로 나를 바라보면서. "그냥, 너를 예로 들면, 4분의 1이 러시아인, 4분의 1이 헝가리인, 4분의 1이 폴란드인, 4분의 1이 독일인이거든." 나는 아무 말도 하지 않았다. 엄마는 서랍을 열었다가 다시 닫았다. "사실," 엄마는 말했다, "너는 4분의 3이 폴란드인이고 4분이 1이 헝가리인이라고 말할 수도 있겠다. 부베*의 부모님이 폴란드에서 태어나 뉘른베르크로 이주하셨고 사샤 할머니의 고향은 백러시아라고도 하는 벨라루스에 속해 있다가 폴란드의 일부가 되었으니까." 엄마는 비닐봉지가 가득 든 다른 찬장을 열고 그 안을 헤집기 시작했다. 나는 가려고 돌아섰다. "생각해보니까," 엄마가 말했다. "너는 4분의 3이 폴란드인이고 4분의 1이 체코인이라고도 할 수 있겠어. 제이데**의 고향이 1918년까지는 헝가리의 일부였다가 그뒤로 체코슬로바키아가 되었거든. 그래도 헝가리인들은 계속 자기들이 헝가리인이라고 생각했지만. 게다가 2차대전 때는 잠시 다시 헝가리인이 되기도 했고. 물론, 언제든 그냥 반은 폴란드인이고, 4분의 1은 헝가리인, 4분의 1은 영국인이라고 말해도 돼. 사이먼 할아버지가 아홉 살 때 폴란드를 떠나 런던으로 이주하셨으니까." 엄마는 전화기 옆에 있는 메모지에서 종이 한 장을 빼내 열심히 쓰기 시작했다. 엄마가 종이에 사각사각 글씨를 써나가는 동안 일 분이 흘렀다. "봐!" 엄마는 내가 볼 수 있도록 종이를 밀며 말했다. "넌 파이 모양 도표를 각기 다르게 열여섯 개나 만들 수 있고, 하나하나가 다 정확해!" 나는 종이를 보았다. 거기에는 이렇게 쓰여 있었다.

러시아인	폴란드인
독일인	헝가리인

폴란드인	폴란드인
독일인	헝가리인

폴란드인	폴란드인
폴란드인	헝가리인

러시아인	폴란드인
폴란드인	헝가리인

---

* '할머니'라는 뜻의 이디시어.
** '할아버지'라는 뜻의 이디시어.

러시아인	폴란드인		폴란드인	폴란드인		폴란드인	폴란드인		러시아인	폴란드인
폴란드인	체코인		폴란드인	체코인		독일인	체코인		독일인	체코인

러시아인	영국인		러시아인	영국인		러시아인	영국인		러시아인	영국인
독일인	체코인		폴란드인	체코인		폴란드인	헝가리인		독일인	헝가리인

폴란드인	영국인		폴란드인	영국인		폴란드인	영국인		폴란드인	영국인
독일인	체코인		독일인	헝가리인		폴란드인	헝가리인		폴란드인	체코인

"그런데 또 언제든 반은 영국인이고 반은 이스라엘인이라고 말해도 되지. 왜냐면……" "난 미국인이야!" 나는 외쳤다. 엄마가 눈을 껌뻑거렸다. "좋을 대로," 엄마는 그렇게 말하고 주전자에 물을 끓이러 갔다. 방 한구석에서 잡지 사진을 보고 있던 버드가 중얼거렸다. "아니, 그렇지 않아. 누난 유대인이야."

5. 언젠가 나는 그 펜으로 아빠에게 편지를 썼다

우리는 내 바트미츠바*를 기념하기 위해 예루살렘에 가 있었다. 엄마는 아빠의 부모님, 부베와 제이데가 참석할 수 있도록 통곡의 벽에서 의식을 치르고 싶어했다. 제이데는 1938년 팔레스타인에 왔을 때, 결코 그곳을 떠나지 않겠다고 결심했고 정말로 떠나지 않았다. 할아버지를 보고 싶은 사람은 누구든, 키리아트 울프슨**에 있고 크네세트***가 굽어보이는 고층 아파트로 가야 했다. 그곳은 두 분이 유럽에서 가져온, 오래되고 침침한 가구와 오래되고 침침한 사진들로 가득했다. 오후가 되면 두 분은 금속 블라인드를 내려 그것들을 강렬한 빛으로부터 보호했다. 두 분이 가진 것들 가운데 그런 날씨를 견뎌낼 수 있도록 만들어진 것은 없었기 때문이다.

　엄마는 몇 주 동안이나 저렴한 항공편을 알아보다가 결국 이스라엘 항공에서 700달러짜리 표를 세 장 샀다. 그것도 우리에겐 큰 돈이었지만 거기에 쓰는 건 좋은 일이라고 엄마는 말했다. 내 바트 미츠바 의식 전날 엄마는 우리를 사해로 데려갔다. 부베도 턱밑에 고정하는 끈이 달린 밀짚모자를 쓰고 함께 갔다. 탈의실에서 수영복을 입고 나온 할머니의 모습은 굉장했는데, 피부가 주름지고 쭈글쭈글하고 푸른 핏줄로 뒤덮여 있었다. 우리는 뜨거운 유황 샘물 속에서 할머니의 얼굴이 불그레해지고 입술 위에 땀방울이 맺히는 것을 바라보았다. 할머니가 밖으로 나오자 물이 줄줄 흘러내렸다. 우리는 할머니를 따라 물가로 갔다. 버드는 다리를 엇갈리게 꼬고 진흙 속에 서 있었다. "볼일이 급하면 물속에서 해결해," 할머니는 요란한 목소리로 말했다. 새까만 광물 진흙을 몸에 바른 뚱뚱한 러시아인 아줌마들이 고개를 돌리고 쳐다봤다. 할머니가 시선을 느

---

* 유대교에서 열두 살이나 열세 살이 된 소녀가 치르는 성인식.

** 예루살렘 서부에 있는 고층 아파트 단지.

*** 이스라엘의 입법부.

껐는지는 모르지만, 신경도 쓰지 않았다. 할머니가 넓은 모자챙 아래에서 지켜보고 있는 동안 우리는 물에 누워 떠 있었다. 눈을 감고 있었는데도 할머니가 위에서 그림자를 드리우는 것을 느낄 수 있었다. "넌 가슴도 없니? 이게 무슨 일이람?" 얼굴이 뜨거워지는 느낌이 들어 못 들은 척했다. "남자친구는 있니?" 할머니가 물었다. 버드가 활기를 되찾았다. "아뇨," 나는 중얼거렸다. "뭐?" "없어요." "왜?" "저 지금 열두 살이에요." "그래서 뭐! 나는 네 나이때 세 명은 있었다. 어쩌면 네 명. 넌 어리고 예쁘잖니. 케이네호레.*" 나는 할머니의 어마어마하고 위풍당당한 가슴에서 떨어지려고 저만치 헤엄쳐 갔다. 할머니의 목소리가 따라왔다. "하지만 영원히 그렇진 않을 거다!" 나는 일어서려다 진흙에서 미끄러졌다. 잔잔한 물을 훑어보며 엄마의 모습을 찾다가 결국 발견했다. 엄마는 가장 멀리에 있는 사람 너머까지 갔으면서도 계속 헤엄쳐 나아가고 있었다.

다음날 아침, 나는 통곡의 벽 앞에서 여전히 유황냄새를 풍기며 서 있었다. 거대한 바위 틈새에 조그맣게 뭉친 종이들이 끼워져 있었다. 랍비가 나도 원하면 하느님께 쪽지를 써서 바위 틈새에 넣어도 된다고 말했다. 나는 하느님을 믿지 않기 때문에 대신 아빠에게 편지를 썼다. 아빠에게, 아빠가 준 펜으로 이 편지를 쓰고 있어요. 버드가 어제, 아빠는 하임리히 구명법을 할 줄 알았느냐고 물어서 그렇다고 대답했어요. 아빠가 공기부양정도 운전할 수 있었다고 했어요. 그건 그

---

* '사악한 눈은 물러가라'는 의미의 이디시어로. 누군가를 칭찬하고 나서 사악한 시선이 그 사람에게 머물지 말기를 기원하는 뜻으로 하는 말.

렇고, 지하실에서 아빠가 쓰던 텐트를 발견했어요. 엄마가 아빠 물건을 모두 내다버릴 때 그건 보지 못한 것 같아요. 텐트에서는 곰팡내가 나지만 찢어진 곳은 없어요. 나는 가끔 뒷마당에 텐트를 쳐놓고 안에 누워서, 아빠도 이 안에 누워 있었겠구나, 생각해요. 이렇게 편지를 쓰고는 있지만 아빠는 읽을 수 없다는 거 알아요. 사랑을 담아, 앨마. 할머니도 쪽지를 썼다. 벽 틈에 내 편지를 끼워넣으려고 하는데 할머니 것이 떨어져나왔다. 할머니가 기도에 빠져 있는 사이에 편지를 집어 펼쳐봤다. 이렇게 쓰여 있었다. 바루크 하셈*, 저와 제 남편이 살아서 내일을 볼 수 있도록, 우리 앨마가 자라서 건강과 행복을 누릴 수 있도록 해주세요. 그리고 멋진 가슴을 좀 주신다고 큰일이 나는 건 아니잖아요.

6. 내가 러시아어 억양으로 말한다면 모든 것이 달라질 것이다

　뉴욕으로 돌아가니 미샤의 첫 편지가 기다리고 있었다. 앨마에게, 편지는 그렇게 시작했다, 안녕! 날 환영해줘서 정말로 기뻐. 그는 곧 열세 살이 되니까, 나보다 다섯 달 먼저 태어났다. 타티아나보다 영어를 더 잘했는데 비틀스의 노래 가사를 거의 다 외워서 그런 것이었다. 미샤는 제 할아버지가 준 아코디언으로 반주를 하며 그 노래들을 불렀다. 미샤의 말에 의하면, 할아버지는 할머니가 돌아가시고 그 영혼이 상트페테르부르크의 여름 정원에 거위떼의 모습으로 내려온 직후 그의 집에 들어와 살았다고 한다. 거위떼는 빗

---

* '하느님께서 도우사'라는 뜻의 히브리어.

속에서 끼룩거리며 두 주 내내 머물렀는데, 떠나고 나니 풀밭이 온통 똥으로 뒤덮여 있었다. 미샤의 할아버지는 그로부터 몇 주 후에 『유대인의 역사』 열여덟 권으로 꽉 찬 낡아빠진 여행 가방을 끌고 도착했다. 할아버지는 미샤가 누나 스베틀라나와 함께 쓰는, 그렇지 않아도 좁아터진 방으로 들어와 아코디언을 꺼내더니 필생의 작품을 쓰기 시작했다. 처음에는 러시아 민요에 유대 음악의 반복 악절을 섞은 변주곡들을 썼다. 그러다 나중에는 좀더 어둡고 거친 음악으로 옮겨갔고 마지막에 가서는 그들이 아는 곡은 아예 연주하지 않았다. 할아버지는 길게 늘어지는 음을 누르는 동안 눈물을 흘렸는데, 무식한 미샤와 스베틀라나조차 누가 말해주지 않아도 그가 마침내 평생 꿈꿔왔던 그런 작곡가가 되었다는 사실을 알 수 있었다. 할아버지에게는 아파트 뒤편 골목에 세워둔 다 망가진 차가 한 대 있었다. 미샤의 말대로라면, 할아버지는 눈먼 사람처럼 차를 운전했는데, 차에 거의 모든 것을 맡기고 덜컹대며 질주하다가 목숨이 위태로운 상황에만 손가락 끝으로 운전대를 살짝 돌렸다. 미샤와 스베틀라나는 할아버지가 학교에 데리러 오면 귀를 막고 다른 곳을 쳐다보려 했다. 할아버지가 부릉부릉 엔진소리를 높여 더는 외면할 수 없는 순간이 오면, 둘은 서둘러 차로 다가가 머리를 숙이고 잽싸게 뒷자리로 들어갔다. 그들이 뒷자리에서 함께 부둥켜안고 있으면 할아버지는 운전대 앞에 앉아 그들의 사촌 레브가 활동하는 펑크 밴드 '푸시 애스 머더 퍼커Pussy Ass Mother Fucker'의 테이프에 맞춰 흥얼거렸다. 하지만 가사는 항상 다르게 불렀다. "싸움이 붙었어, 면상을 차문에 짓이겨줬어," 하는 가사가 나오는 곳을 "나의 기사여, 빛나는 당신의 갑옷이여" 하는 식으로 바꾸

거나 "너절한 년, 그래도 너무 예뻐," 하는 가사는 "고물차에 실어, 집
으로 가져가세," 하는 식으로 바뀠다. 미샤와 누나가 실수를 지적하
면 할아버지는 깜짝 놀란 척하며 음량을 높이고 잘 들어보지만, 다
음에 보면 또 똑같이 부르고 있었다. 할아버지는 세상을 뜨며 스베
틀라나에게는 『유대인의 역사』 열여덟 권을, 미샤에게는 아코디언
을 남겼다. 그즈음에 눈에 파란 아이섀도를 바른 레브의 누이가 미
샤를 제 방에 불러 〈Let It Be〉를 틀어주고 키스하는 법을 가르쳐
주었다.

7. 아코디언을 가진 소년

미샤와 나는 편지를 스문한 통 주고받았다. 이때 나는 열두 살이
었고 제이컵 마커스가 엄마에게 편지를 써서 『사랑의 역사』를 번역
해달라고 요청하기 이 년 전이었다. 미샤의 편지는 느낌표투성이
에, 엉덩이가 풀이 되게 해주마*, 이게 무슨 뜻이야? 같은 질문들로 채
워졌고, 내 편지는 러시아의 삶에 관한 질문들로 채워졌다. 그러다
그가 자기의 바르미츠바에 나를 초대했다.
엄마는 내 머리를 땋아주고 빨간 숄을 빌려주었으며 차로 브라
이턴 해변에 있는 미샤의 아파트까지 데려다주었다. 초인종을 울
리고 미샤가 내려오기를 기다렸다. 엄마가 차 안에서 손을 흔들었
다. 추워서 몸이 떨렸다. 입술 위가 거뭇하고 키가 큰 남자애가 나

---

* 시체가 풀과 함께 썩어가는 상태를 암시하며 상대를 위협하는 말.

왔다. "앨마?" 그가 물었다. 나는 고개를 끄덕였다. "어서 와, 내 친구!" 그가 말했다. 나는 엄마에게 손을 흔들고 그를 따라 안으로 들어갔다. 로비에서는 시큼한 양배추 절임 같은 냄새가 났다. 위로 올라가니 음식을 먹고 러시아어로 고함을 지르는 사람들로 실내가 꽉 차 있었다. 식사실 한구석에 밴드가 자리잡고 있었고, 공간이 없는데도 사람들은 계속 춤을 추려고 애를 썼다. 미샤는 모든 사람과 이야기를 나누고 봉투를 받아 주머니에 챙기느라 바빴기 때문에 나는 파티 내내 커다란 새우가 담긴 접시를 들고 소파 한구석에 앉아 있었다. 나는 새우를 먹지 않지만, 알아볼 수 있는 음식이 그것뿐이었다. 누군가 내게 말을 걸면 난 러시아어를 할 줄 모른다고 설명해야 했다. 어떤 노인이 내게 보드카를 권했다. 바로 그때 미샤가 부엌에서 달려나와 앰프에 연결된 아코디언을 매고 노래를 부르기 시작했다. "오늘이 네 생일이라지!" 그가 외쳤다. 사람들이 불안해 보였다. "자, 오늘은 내 생일이기도 해!" 그는 고함을 질렀고 아코디언이 삐이익 소리와 함께 살아났다. 그렇게 〈Sgt. Pepper's Lonely Heart's Club Band〉가 나왔다가 〈Here Comes the Sun〉으로 이어지더니 비틀스의 노래를 대여섯 곡 더 부른 뒤 마지막으로 〈Hava Nagila〉*를 연주하자 사람들은 흥분했고 모두가 노래를 따라 하며 춤을 추려 했다. 마침내 음악이 멈췄고, 미샤가 땀에 젖은 붉은 얼굴로 나를 찾아왔다. 그는 내 손을 잡았고 나는 그를 따라 아파트 밖으로 나가 복도를 걸어간 뒤 계단 다섯 단을 올라가 문을 통해 지붕으로 나갔다. 멀리 바다와 코니아일랜드

---

* '기뻐하세'라는 의미로, 축하 행사에서 부르는 유대인의 민요.

의 불빛이, 그 뒤로 버려진 롤러코스터가 보였다. 이가 덜덜 떨리기 시작하자 미샤가 재킷을 벗어 내 어깨에 둘러주었다. 재킷은 따뜻했고 땀냄새가 났다.

8. 블랴드 бляАь*

나는 미샤에게 모두 얘기했다. 아빠가 돌아가셨다는 것, 그리고 엄마의 외로움, 그리고 하느님에 대한 버드의 군건한 믿음에 대해서. 세 권이 된 '야생에서 살아남는 법'에 대해서도 얘기했고, 영국인 편집자와 그의 보트 경주, 헨리 라벤더와 그의 필리핀 조개껍데기, 그리고 수의사 투치에 대해서도 얘기했다. 엘드리지 박사와 『우리가 알지 못하는 생명』에 대해서도 미샤에게 얘기했고, 시간이 흘러―우리가 편지를 주고받기 시작하고 이 년 후, 아빠가 돌아가시고 칠 년 후, 지구상에 처음 생명체가 나타난 이후로 삼십구억 년 후―베네치아에서 제이컵 마커스의 첫 편지가 왔을 때는, 『사랑의 역사』에 대해 미샤에게 얘기했다. 대개 우리는 편지를 쓰거나 전화로 얘기했지만 때로 주말에 만나기도 했다. 나는 내가 브라이턴 해변으로 가는 쪽을 더 좋아했는데, 시클롭스키 부인이 도자기 컵에 달콤한 체리를 담아 차와 함께 가져다주었고, 겨드랑이가 항상 땀으로 시커멓게 젖어 있는 시클롭스키 씨는 러시아어로 욕하는 법을 가르쳐주었기 때문이다. 때때로 우리는 비디오를 빌려 봤

---

* '창녀'라는 뜻의 러시아어 욕.

는데, 특히 스파이 영화나 스릴러 영화를 자주 빌렸다. 우리가 가장 좋아했던 영화는 〈이창〉과 〈열차 안의 낯선 자들〉, 그리고 열 번이나 본 〈북북서로 진로를 돌려라〉 등이었다. 제이컵 마커스에게 내가 엄마인 척하고 편지를 썼을 때도 미샤에게 얘기하며 전화로 최종본 편지를 읽어주었다. "어떻게 생각해?" 나는 물었다. "내 생각에 네 엉덩이는……" "관둬라." 나는 말했다.

9. 돌멩이를 찾아다닌 남자

내 편지, 아니 엄마 편지, 아니 아무튼 그 편지를 보내고 일주일이 지났다. 그리고 또 일주일이 지나자, 어쩌면 제이컵 마커스가 외국에, 아마도 카이로, 어쩌면 도쿄에 갔는지도 모른다는 생각이 들었다. 일주일이 더 지나자, 그가 어떻게든 진실을 알아낸 건지도 모른다는 생각이 들었다. 나흘이 더 지나고 나서 엄마 얼굴에 화난 기색이 있는지 살폈다. 벌써 7월 말이었다. 하루가 더 지나자 제이컵 마커스에게 사과 편지를 써야 할지도 모른다는 생각이 들었다. 다음날 그의 편지가 왔다.

엄마의 이름, 샬럿 싱어가 앞면에 만년필로 쓰여 있었다. 편지를 반바지 허리춤에 끼워넣었을 때 전화가 울렸다. "여보세요?" 나는 조급하게 말했다. "모시아흐* 집에 있어요?" 저편의 목소리가 말했다. "누구요?" "모시아흐 말이에요." 아이가 그렇게 말했고 뒤에서

---

* '메시아' 혹은 '구세주'라는 뜻의 히브리어.

희미하게 웃음소리가 들렸다. 루이스 목소리 같기도 했다. 한 블록 건너에 살고 예전에는 버드의 친구였지만 더 좋아하는 친구들이 생기면서 버드와는 말도 하지 않는 아이. "내 동생 가만 놔둬." 나는 그렇게 말하고 더 괜찮은 말을 생각해냈다면 얼마나 좋았을까 생각하며 전화를 끊었다.

봉투가 빠지지 않게 허리춤을 잡고 한 블록을 달려가 공원으로 갔다. 바깥은 더웠고 나는 이미 땀을 흘리고 있었다. 롱메도Long Meadow로 가서 쓰레기통 옆에서 봉투를 찢어 열었다. 첫 페이지는 엄마가 번역해 보낸 장들을 제이컵 마커스가 얼마나 좋게 읽었는지에 대한 내용이었다. 대충 읽어나가다보니 둘째 페이지에 이런 문장이 있었다. 보내주신 편지에 대해 아직 말씀을 안 드렸군요. 그는 이렇게 썼다.

저를 궁금해하시니 기분이 좋습니다. 그 모든 질문에 좀더 흥미로운 대답을 해드릴 수 있다면 참 좋을 텐데요. 요즘에는 그냥 여기 앉아 창밖을 내다보며 지낼 때가 많다는 말씀을 드릴 수밖에 없군요. 예전엔 여행을 좋아했습니다. 하지만 베네치아 여행이 생각했던 것보다 힘들었던지라 다시 여행을 떠날 것 같지는 않습니다. 제 삶은, 제가 통제할 수 없는 여러 이유로 인해, 가장 단순한 형태로 줄어들었습니다. 예를 들면, 여기 제 책상 위에는 돌멩이가 하나 있어요. 진회색 화강암 조각인데 한가운데에 흰 줄이 나 있지요. 이 돌을 찾느라 아침을 다 보냈군요. 처음에 여러 개를 주웠다가 버렸어요. 특별히 어떤 돌을 주워야겠다는 마음을 먹고 나간 건 아닙니다. 제대로 된 걸 찾으면 알아보게 될 거라고 생각했지요. 돌을 찾아다니는 동안 특정한 요건들을 정했습니다. 손바닥 안에 쏙 들어와야 하고, 매끄러워야 하고, 이왕이면 회색이면 좋겠다, 등등. 저의 아침이 바로 이렇습니다. 지난 몇 시간은 쉬느라 흘러갔고요.

항상 이랬던 것은 아닙니다. 예전에는 일정한 양의 일을 해내지 못하면 그 하루는 무가치하다고 생각했지요. 정원사가 절뚝거린다는 사실을 알아차렸거나 알아차리지 못했다는 것, 호수에 낀 얼음, 친구가 없어 보이는 이웃집 아이의 길고 엄숙한 외출—이런 것들은 중요하지 않았습니다. 하지만 이제는 달라졌어요.

제가 결혼을 했는지 물으셨지요. 했습니다, 한 번. 하지만 아주 오래전의 일이고, 우리는 너무 영리했거나 너무 어리석어서 아이를 갖지 않았습니다. 우리는 젊었을 때, 실망에 대해 충분히 알지 못했을 때 만났고, 일단 알게 된 후에는 우리가 서로에게 실망을 일깨워준다는 사실을 깨달았지요. 저 또한 옷깃에 조그만 러시아 우주비행사 핀을 꽂고 있다고 말할 수 있을지도 모르겠군요. 지금 저는 홀로 살지만 별로 힘들지 않습니다. 아니, 조금은 힘든 것 같기도 해요. 하지만 제 곁에 있기를 원하려면 아주 특이한 여자여야 할 것 같군요. 이젠 우편물을 가지러 진입로 끝까지 나갔다 오는 일조차 할 수 없을 때가 많으니까요. 그래도 여전히 하고는 있습니다. 일주일에 두 번씩 친구가 식료품을 사다주고, 이웃 여자가 제 뜰에 딸기를 심어놓고 그걸 돌본다는 핑계로 하루에 한 번씩 들여다봐줍니다. 저는 딸기를 좋아하지도 않는데 말입니다.

제가 상황을 실제보다 더 나쁘게 묘사하고 있군요. 아직 선생님을 잘 알지도 못하는데 벌써 동정을 구하고 있어요.

제가 뭘 하는지도 물으셨죠. 책을 읽습니다. 오늘 아침에는 『악어들의 거리』를 세번째로 읽었습니다. 견딜 수 없을 만큼 아름다운 작품이라고 생각해요.

또한, 영화도 봅니다. 아우가 DVD 플레이어를 사줬어요. 지난달에 얼마나 많은 영화를 봤는지, 말해도 믿지 못하실 겁니다. 제가 하는 일은 그런 것들입니다. 영화를 보고 책을 읽고. 이따금 글을 쓰는 척도 해보지만, 착각은 하지 않습니다. 아, 우편함을 보러 가기도 하는군요.

이만. 책 정말 좋았습니다. 부디 더 보내주시길 바랍니다.

JM

10. 나는 그 편지를 백 번 읽었다

그리고 읽을 때마다 제이컵 마커스에 대해 점점 더 모르겠다는 생각이 들었다. 그는 돌멩이를 찾으며 아침을 보낸다고 했지만 『사랑의 역사』가 자기에게 왜 그렇게 중요한지에 대해서는 더 말하지 않았다. 물론 놓치지 않고 눈여겨본 부분도 있다. 아직 선생님을 잘 알지도 못하는데. 아직! 우리를, 아니 버드와 나에 대해서는 (아직!) 모르니까, 적어도 엄마를, 더 잘 알게 되리라고 예상한다는 뜻이다. 하지만 걸어서 우편함까지 갔다 오는 일조차 못할 때가 많은 이유는 뭘까? 그리고 왜 특이한 여자여야 자기 옆에 있을 거라고 하는 걸까? 그리고 왜 옷깃에 러시아 우주비행사 핀을 꽂고 있는 걸까?

나는 단서들을 목록으로 만들기로 했다. 집으로 가서 내 방 문을 닫고 '야생에서 살아남는 법' 3권을 꺼냈다. 빈 페이지를 펼쳤다. 누가 내 물건을 훔쳐볼 수도 있으니 모든 것을 암호로 쓰기로 했다. 생택스를 떠올렸다. 맨 꼭대기에 썼다. 낙하산이 펼쳐지지 않을 때 살아남는 법. 그리고 다음과 같이 적었다.

1. 돌멩이를 찾는다
2. 호수 근처에 산다
3. 정원사가 다리를 전다
4. 『악어들의 거리』를 읽는다
5. 특이한 여자를 필요로 한다
6. 우편함까지 걸어가는 것도 힘들다

편지에서 찾아낼 수 있는 단서는 이게 전부였다. 그래서 나는 엄마가 아래층에 있을 때 엄마 서재로 몰래 들어가 책상 서랍에서 그가 이전에 보낸 편지들을 꺼냈다. 단서를 더 찾기 위해 그것들을 읽었다. 그제야 나는 그가 첫 편지 서두에서 니카노르 파라에 관해 엄마가 쓴 서문을 인용했다는 사실을 기억했다. 그 시인이 재킷 옷깃에 조그만 러시아 우주비행사 핀을 꽂고 주머니에는 자신을 버리고 다른 사람에게 간 여자의 편지들을 가지고 다녔다고 한 부분이었다. 제이컵 마커스가 자기도 러시아 우주비행사 핀을 꽂고 다닌다고 말한 것은 그 사람 아내 역시 남편을 버리고 다른 사람에게 가버렸다는 뜻일까? 확신을 할 수 없어서 그건 단서로 적지 않았다. 대신 이렇게 썼다.

  7. 베네치아로 여행을 간다
  8. 오래전에, 누군가가 읽어주는 『사랑의 역사』를 들으며 잠이 들었다
  9. 그것을 결코 잊지 못한다

나는 단서들을 살펴보았다. 아무것도 도움이 되지 않았다.

11. 내가 어떤지

　제이컵 마커스가 누구인지, 그 책을 번역하는 것이 그에게 왜 그렇게 중요한지 정말로 알고 싶다면 이제 찾아볼 곳은 유일하게 『사랑의 역사』만 남았다.
　나는 2층의 엄마 서재로 몰래 들어가 엄마가 번역한 장들을 컴퓨터에서 인쇄할 수 있을지 살펴봤다. 유일한 문제는 엄마가 그 앞에 앉아 있다는 점이었다. "안녕." 엄마가 말했다. "안녕." 내가 무심한 척하며 말했다. "오늘 어떠니?" 엄마가 물었다. "좋아요감사합니다엄마는어떠세요?" 나는 대답했다. 엄마가 그렇게 말해야 한다고 가르쳤으니까. 그 밖에도 엄마는 칼과 포크를 올바로 잡는 법, 손가락 두 개로 찻잔의 균형을 잡는 법, 시선을 끌지 않고 잇새에 낀 음식을 빼내는 최고의 방법 등을 가르쳐주며, 여왕님이 초

저녁 티타임에 나를 초대하는, 있을 것 같지 않은 기회에 대비하게 해주었다. 내가 아는 사람 중에 칼과 포크를 올바로 잡는 사람은 아무도 없다고 지적하자 엄마는 불행한 표정으로 자기는 좋은 엄마가 되려고 노력하는 것뿐이며 엄마가 가르쳐주지 않으면 누가 하겠냐고 말했다. 그래도 나는 엄마가 그러지 않았으면 좋겠다, 때로는 공손한 것이 공손하지 않은 것보다 더 나쁘니까. 예를 들어 학교 강당에서 그레그 펠드먼이 내 앞을 지나다가 "야, 앨마, 별일 없냐?" 해서 내가 "다좋아고마워너는어때?" 하자 그애가 발걸음을 멈추고, 내가 낙하산을 타고 화성에서 막 내려온 것처럼 쳐다보다가 "넌 왜 그냥 별일 없어, 라고 하질 못하는 거냐?" 하고 말했을 때처럼.

12. 별일 없어

밖이 어두워졌고 엄마는 집에 먹을 게 아무것도 없다면서 태국 음식을 주문해 먹는 건 어떻겠냐고, 아니면 서인도제도 음식, 그것도 아니면 캄보디아 음식은 어떻겠냐고 물었다. "우리가 해 먹으면 안 돼?" 나는 물었다. "마카로니 앤드 치즈?" 엄마가 물었다. "시클롭스키 부인은 엄청 맛있는 오렌지 치킨 요리를 해줘," 나는 말했다. 엄마는 석연치 않은 표정을 지었다. "칠리?" 나는 말했다. 엄마가 슈퍼마켓에 간 사이에 서재로 올라가 『사랑의 역사』를 1장부터 번역이 끝난 15장까지 인쇄했다. 인쇄한 원고를 아래층에 가지고 내려와 침대 밑 생존 배낭 안에 숨겼다. 몇 분 뒤 엄마가 간 칠

면조 고기 1파운드와 브로콜리 한 송이, 사과 세 개, 피클 한 병, 스페인에서 수입한 마지팬* 한 상자를 사가지고 돌아왔다.

13. 있는 그대로의 삶에 대한 영원한 실망

전자레인지에 데운 가짜 고기 치킨너깃으로 저녁을 먹은 후 일찍 침대에 들어가 이불 밑에서 손전등을 비추고 엄마가 번역한『사랑의 역사』를 읽었다. 사람들이 손으로 말했던 시절에 대한 장과 자신이 유리로 만들어졌다고 생각한 남자에 대한 장, 그리고 아직 읽지 않은 '감정의 탄생'이라는 장이 있었다. 감정은 시간만큼 오래된 것이 아니다, 라는 문장으로 시작되었다.

누군가가 막대기 두 개를 맞대고 비비다가 처음으로 불꽃을 일으킨 순간이 있었던 것처럼, 처음으로 기쁨이 느껴진 순간, 처음으로 슬픔이 느껴진 순간이 있었다. 한동안 새로운 감정들이 계속해서 발명되었다. 욕망은 일찍이 생겨났고 후회도 마찬가지였다. 완고함이 처음으로 느껴졌을 때, 그것은 연쇄 작용을 일으켜 한편에서는 원망이, 다른 한편에서는 소외와 외로움이 생겨났다. 반시계 방향의 어떤 골반 동작이 황홀경의 탄생을 촉발했을 것이고, 번개의 일격이 최초의 경외심을 일으켰을 것이다. 아니면 앨마라는 이름을 가진 소녀의 몸이 그랬는지도 모른다. 어

---

* 아몬드를 갈아 꿀이나 설탕과 섞은 것으로 과자나 케이크 장식용으로 사용한다.

불성설 같지만, 놀라움의 감정은 초기에 바로 탄생하지 않았다. 그것은 충분한 시간이 흘러 사람들이 모든 것의 기본 양태에 익숙해지고 난 후에야 생겨났다. 그리고 실제로 충분한 시간이 흐르고 누군가가 최초로 놀라움의 감정을 느꼈을 때, 다른 곳의 다른 누군가는 최초로 찌릿한 향수를 느꼈다.

때로 사람들은 무언가를 느끼고도 그것을 표현할 말이 없어서 언급 없이 지나가기도 했다. 세상에서 가장 오래된 감정은 아마도 감동일 텐데 그것을 묘사하려 하면─이름만 붙이려고 해도─마치 보이지 않는 것을 잡으려고 하는 듯한 기분이 들었을 것이다.

(그러고 보면, 세상에서 가장 오래된 감정은 그냥 혼란이었는지도 모른다.)

사람들이 감정을 느끼기 시작하면서 느끼고 싶은 욕망도 커졌다. 이따금 심하게 상처를 받으면서도 그들은 더 많이, 더 깊이 느끼고 싶어했다. 사람들은 감정에 중독되었다. 새로운 감정들을 발견하려고 발버둥을 쳤다. 예술은 바로 이런 식으로 탄생했을지도 모른다. 새로운 종류의 기쁨이 새로운 종류의 슬픔과 함께 만들어졌다. 예컨대, 있는 그대로의 삶에 대한 영원한 실망, 예상치 못한 유예가 주는 안도감, 죽음에 대한 두려움.

심지어 지금도, 모든 가능한 감정이 존재하는 것은 아니다. 우리의 능력과 상상력을 넘어선 것들이 여전히 남아 있다. 때때로 지금껏 아무도 작곡한 적 없는 음악, 아무도 그린 적 없는 그림, 혹은 예측하거나 가늠하거나 묘사할 수 없는 어떤 것이 생겨날 때, 새로운 감정이 세상에 들어온다. 그러고 나면, 감정의 역사에서 수백만 번 그러했듯이, 심장이 부풀어올라 그 영향을 흡수한다.

　모든 장이 이런 식이어서 이 책이 제이컵 마커스에게 왜 그렇게 중요한지 내게 실질적으로 말해주는 것은 없었다. 그보다는 어쩐지 아빠 생각이 났다. 엄마를 만난 지 겨우 두 주 만에, 아직 엄마가 스페인어를 할 줄 모른다는 걸 알면서도 이 책을 주었다면, 『사랑의 역사』가 아빠에게 얼마나 큰 의미였을지. 아빠는 왜 그랬을까? 당연히, 엄마와 사랑에 빠지는 중이었기 때문이다.

　그러다 다른 생각이 떠올랐다. 엄마에게 준 『사랑의 역사』 안쪽에 아빠가 무언가를 썼다면? 그걸 볼 생각은 미처 못 했다.

　나는 침대에서 나와 위층으로 올라갔다. 엄마의 서재는 비어 있었고 책은 엄마 컴퓨터 옆에 있었다. 책을 들어 속표지를 펼쳤다. 내가 알지 못하는 필체로 이렇게 쓰여 있었다. 샬럿, 나의 앨마에게. 내가 글을 쓸 줄 알았다면 당신을 위해 이런 책을 썼을 거야. 사랑을 담아, 다비드.

　침대로 돌아온 나는 아빠와 그 열일곱 마디 말을 오랫동안 생각했다.

　그러다 그 소녀에 대해 생각하기 시작했다. 앨마. 그녀는 누구였을까? 엄마는 앨마가 모든 사람, 누군가가 사랑한 적 있는 모든 소녀, 모든 여자라고 말하곤 했다. 하지만 생각하면 할수록 그녀는 특정한 사람이기도 할 것 같았다. 왜냐면, 리트비노프가 직접 사랑에 빠지지 않았다면 사랑에 대해 어떻게 그리 많이 쓸 수 있었겠는가. 특정한 누군가와 사랑에 빠져보지 않았다면. 그리고 그 누군가의 이름은 분명히……

나는 이미 써놓은 아홉 개의 단서 아래에 하나를 추가했다.

10. 앨마

14. 감정의 탄생

부엌으로 달려 내려갔지만, 그곳에는 아무도 없었다. 창밖에, 풀이 무성하고 잡초가 수북한 뒷마당 한가운데에 엄마가 있었다. 나는 방충망문을 밀어 열었다. "앨마." 나는 숨을 돌리며 말했다. "음?" 엄마가 말했다. 엄마는 정원용 모종삽을 들고 있었다. 뜰을 가꾸는 것은 원래 엄마가 아니라 아빠의 일이었고 벌써 밤 아홉시 반인데 왜 엄마가 정원용 모종삽을 들고 있는지, 잠깐 멈추고 그 이유를 생각해볼 여유가 없었다. "성이 뭐였어?" 나는 물었다. "무슨 얘길 하는 거니?" 엄마가 물었다. "앨마 말이야," 나는 조급하게 말했다. "책에 나오는 소녀. 성이 뭐였냐고." 엄마가 이마를 닦다 흙을 묻혔다. "사실, 네가 묻고 나니 생각나는데, 어떤 장에서 성이 언급되기는 해. 그런데 이상한 건, 책 속의 다른 이름들은 모두 스페인어인데 앨마의 성은……" 엄마가 미간을 찌푸렸다. "뭔데?" 나는 흥분해서 물었다. "성이 뭐야?" "메러민스키," 엄마가 말했다. "메러민스키," 나는 반복했다. 엄마가 고개를 끄덕였다. "M-E-R-E-M-I-N-S-K-I. 메러민스키. 폴란드 이름이야. 리트비노프가 자신의 출신지를 알리는 몇 안 되는 단서들 가운데 하나지."

나는 다시 위층으로 달려올라가 침대에 들어간 뒤 손전등을 켜고 '야생에서 살아남는 법' 3권을 펼쳤다. 앨마 옆에다 메러민스키라고 썼다.

다음날 나는 그녀를 찾기 시작했다.

생각의 괴로움

리트비노프가 세월이 흐를수록 기침을 더 많이 하게 되었다면—몸 전체를 뒤흔들어 허리를 반으로 접게 만드는 거친 기침 때문에 그는 저녁식사 자리에서 빠져나오고 전화 통화를 거부하고 가끔 들어오는 강연 제안도 거절해야 했다—그것은 병이 들어서라기보다는 하고 싶은 말이 있어서였다. 시간이 흐를수록, 말하고 싶은 갈망이 커질수록, 그 말을 하는 것은 더욱 불가능해졌다. 때로 그는 공황에 사로잡혀 꿈에서 깨어났다. 로사! 그는 외치곤 했다. 하지만 그 말이 밖으로 나오기 전에 그는 가슴 위에 얹히는 그녀의 손을 느꼈고, 그녀의 목소리—왜 그래요? 무슨 일이에요, 여보?—가 들리면 용기를 잃었으며, 결과를 감당할 일이 너무도 두려워졌다. 그래서 하고 싶은 말을 하는 대신 그냥 이렇게 대답했다. 아무 일도 아니에요. 나쁜 꿈을 꾼 것뿐이오. 그러고는 그녀가 잠들기를 기다렸다가 이불에서 나와 발코니로 나갔다.

젊었을 때 리트비노프에게는 친구가 하나 있었다. 가장 친한 친구는 아니었지만 친한 친구이기는 했다. 그 친구를 마지막으로 본 것은 폴란드를 떠나던 날이었다. 친구는 거리 모퉁이에 서 있었다. 이미 헤어진 후였지만 둘 다 서로가 떠나가는 모습을 보려고 돌아섰다. 오래도록 그들은 거기에 서 있었다. 친구는 모자를 가슴께에서 부여잡고 있었다. 그는 손을 들어 리트비노프에게 경례를 붙이고 미소를 지었다. 그러더니 모자를 눈 바로 위까지 푹 눌러쓰고 돌아선 뒤 빈손이 되어 군중 속으로 사라졌다. 근래에 리트비노프는 그 순간을, 혹은 그 친구를 생각하지 않은 날이 단 하루도 없었다.

잠을 이루지 못하는 밤이면 리트비노프는 서재로 가서 『사랑의 역사』를 꺼냈다. 그는 14장 '끈의 시대'를 다시 읽었는데 어찌나 많이 읽었는지 이제는 책을 펼치면 저절로 그 부분이 나왔다.

수많은 말이 사라졌다. 입을 떠난 말들은 용기를 잃고 정처 없이 헤매다가 낙엽처럼 시궁창으로 쓸려 들어갔다. 비가 오는 날이면 물에 휩쓸려 지나가는 말들의 합창을 들을 수 있다. 나는아름다운소녀였어요제발가지마나도내몸이유리로만들어졌다고믿습니다아무도사랑한적없어요난참재미있는사람인것같아요용서해줘……

목적지까지 가다가 머뭇거릴 것 같은 말들을 인도하려고 끈을 사용하는 것이 그리 드문 일은 아니던 시절이 있었다. 수줍은 사람들은 주머니에 작은 끈 뭉치를 지니고 다녔는데, 떠버리로 인식되는 사람들 역시 그에 못지않게 끈이 필요했다. 자신의 말을 아무도 귀담아듣지 않는 일을 자주 겪다보면 어떻게 해야 상대가 자기 말을 듣게 할지 난감하기 때문이었다. 끈을 사용하는 두 사람 사이의 물리적 거리는 대개 가까웠고, 때로는 거리가 가까울수록 더욱 끈이 필요했다.

끈 양쪽 끝에 컵을 매다는 방식은 훨씬 뒤에 생겨났다. 누군가는 그것이 소라 껍데기만 보면 귀에 대고서 아직까지 메아리로 남아 있는 이 세상 최초의 표현을 들으려는 억누를 수 없는 충동과 관련이 있다고 말한다. 또 누군가는 미국으로 떠난 소녀가 대양을 건너며 풀어놓은 끈의 한쪽 끝을 잡고 있던 한 남자로부터 시작되었다고 말하기도 한다.

세상이 계속 커지면서, 사람들이 하고 싶은 말이 광활함 속으로 사라지지 않게 잡아줄 끈이 부족해졌을 때, 전화가 발명되었다.

아무리 긴 끈이라 해도 말해져야 하는 것들을 말하기에 충분히 길지 않을 때가 있다. 그럴 때 끈이 할 수 있는 유일한 일은, 어떤 형태의 끈이든, 사람의 침묵을 전달하는 것이다.

리트비노프는 기침을 했다. 그가 들고 있는 책의 판본은 그의 머릿속 외에는 어디에도 존재하지 않는 원본의 복사본의 복사본의 복사본의 복사본이었다. 하지만 그의 원본은 작가가 글을 쓰려고 책상에 앉기 전에 상상하는 이상적인 책으로서의 '원본'이 아니었다. 리트비노프의 머리에 존재하는 원본은 손으로 쓰인 모국어 원고, 친구와 마지막으로 작별인사하던 날 그가 손에 들고 있던 그 원고에서 기억하는 내용이었다. 그들은 그것이 마지막이 될지 몰랐다. 하지만 두 사람 다 마음속으로는 그렇게 되지 않을까 생각했다.

그 시절에 리트비노프는 기자였다. 일간지에서 부고 기사를 쓰는 일을 했다. 때때로 퇴근 후 저녁이면 예술가들과 철학자들이 많이 오는 카페에 갔다. 리트비노프는 그곳 사람들을 많이 알지 못했기 때문에 대개는 술이나 한잔 시켜놓고 이미 읽은 신문을 읽는 척하며 주변의 대화에 귀를 기울이곤 했다.

우리의 경험 밖에 있는 시간이라는 걸 생각하면 견딜 수가 없어!

마르크스라니, 빌어먹을!

소설의 시대는 갔어!

우리가 동의한다고 발표하기 전에 자세히 살펴봐야……

해방은 자유를 얻는 수단일 뿐이야, 두 단어는 같은 말이 아니라고!

말레비치? 그 똥구멍 같은 놈보단 내 콧물이 더 흥미롭다.

그런데 그게, 이 친구야, 생각의 괴로움이라고!

때로 리트비노프는 누군가의 주장에 동의할 수 없었고, 그러면 머릿속에서 멋진 반박을 펼치기도 했다.

어느 날 밤, 그는 뒤편에서 어떤 목소리를 들었다. "굉장한 기사인가보지―무려 삼십 분 동안 계속 읽고 있는 걸 보면." 리트비노프가 화들짝 놀라 고개를 드니 어릴 적 옛친구의 친숙한 얼굴이 그를 내려다보고 있었다. 그들은 서로 포옹하고 시간이 상대의 외모에 가한 약간의 변화를 읽어냈다. 리트비노프는 항상 이 친구와 어딘지 잘 맞는 데가 있다고 느꼈기 때문에 그가 지난 몇 년간 무엇을 하며 살았는지 어서 알고 싶었다. "일했지, 다른 사람들처럼," 친구가 의자를 끌어당기며 말했다. "글은 쓰고?" 리트비노프가 물었다. 친구는 어깨를 으쓱했다. "밤엔 조용해. 아무도 날 귀찮게 하지 않고. 집주인이 기르는 고양이가 와서 내 무릎 위에 앉아. 난 대개 책상에 엎드려 잠이 들었다가 고양이가 날이 새는 기미를 보고 가버리면 그때 깨지." 그러고서 둘은 아무런 이유 없이 웃었다.

그때부터 그들은 매일 저녁 카페에서 만났다. 히틀러 군대의 움직임과 유대인들에게 저질러지고 있는 행위에 관한 소문들을 점점 더 큰 충격을 느끼며 얘기했고 결국에는 너무 암울해져 할말을 잃었다. "그러지 말고 좀 유쾌한 얘기나 해볼까." 친구가 마침내 그렇게 말하면 리트비노프는 기꺼이 화제를 바꿔 자신의 철학적 이론들 가운데 하나를 옛친구에게 시험해보거나, 여성용 스타킹과 암시장에 관련된 새롭고 손쉬운 돈벌이 방법을 설명해 보이거나, 길 건너에 사는 예쁜 여자에 대해 열을 내어 얘기하곤 했다. 그러면 그의 친구는 이따금 자신이 쓰고 있는 글을 그에게 조금씩 보여주었다. 여기저기 한 단락 정도 되는 적은 분량. 하지만 리트비노프는 항상 감동을 받았다. 첫 페이지를 읽고 그는 어린 시절 함께 학교에 다니던 친구가 진짜 작가로 성장했음을 알아보았다.

몇 달이 지나, 이사크 바벨이 모스크바 비밀경찰의 손에 죽었다는 것이 알려지자 부고 기사 작성이 리트비노프의 일로 떨어졌다. 중요한 업무였으므로 그는 열성을 다했고 위대한 작가의 비극적인 죽음에 어울리는 글을 쓰려고 노력했다. 한밤중까지 사무실에서 일했으나 추운 밤거리를 걸어서 집으로 돌아갈 때는 이번 부고가 여태 쓴 글 중 최고에 속한다는 생각에 빙긋이 미소를 지었다. 그는 변변찮고 시시한 재료를 가지고 글을 써야 하는 경우가 너무 많아서, 죽은 이의 삶을 기리고 죽음에 대한 상실감을 부각하기 위해 최상급 형용사나 상투적인 문구를 활용하고, 실제로는 없었던 영광의 분위기를 만들어내 적당히 짜맞춰야 했다. 하지만 이번에는 아니었다. 이번에는 재료를 완전히 소화해서, 생전에 언어의 장인이었던 사람에게 어울릴 말을 찾으려 안간힘을 써야 했다. 전 존재를 바쳐 상투 어구를 배격하고, 새롭게 사고하고 글을 쓰는 방법을, 심지어는 새롭게 느끼는 방법까지도 세상에 소개하려 했던 사람, 그리고 그런 노고에 대한 보답을 총살형으로 받은 사람에게 어울릴 말을.

기사는 다음날 신문에 실렸다. 편집장이 사무실로 그를 불러 치하해주었다. 몇몇 동료들도 찬사를 보냈다. 그날 저녁 카페에서 친구를 만났을 때, 그 또한 그 글을 칭찬했다. 리트비노프는 행복하고 자랑스러워 친구에게 보드카를 샀다.

몇 주 후, 친구가 평소와 다르게 카페에 나타나지 않았다. 리트비노프는 한 시간 반을 기다리다 포기하고 집으로 갔다. 다음날 저녁에도 기다렸지만 친구는 여전히 오지 않았다. 걱정스러워진 리트비노프는 친구의 하숙집을 찾아갔다. 한 번도 가본 적은 없지만 주소는 알고 있었다. 그곳에 간 그는 너무 더럽고 허름한 집의 모습에, 기름때가 낀 입구의 벽과 뭔가 퀴퀴한 냄새에 깜짝 놀랐다. 그는 맨 처음 맞닥뜨린 문을 두드렸다. 한 여자가 나왔다. 리트비노프는 친구가 있는지 물었다. "네, 물론이죠," 여자가 말했다. "굉장한 작가 선생님." 그녀는 엄지를 치켜들었다. "맨 꼭대기 층 오른쪽 방이에요."

리트비노프는 오 분 동안 문을 두드리고 나서야 반대편에서 친구의 무거운 발걸음소리를 들을 수 있었다. 문이 열리자 침대보를 둘러쓴 친구가 창백하고 해쓱한 모습으로 서 있었다. "무슨 일이야?" 리트비노프가 물었다. 친구는 어깨를 으쓱하고 기침을 하더니 "조심해, 안 그러면 너도 걸릴 거야"라고 말하고는 다시 침대로 터덜터덜 걸어갔다. 리트비노프는 뭔가 돕고 싶어서 친구의 비좁은 방에 어색하게 서 있었지만 무엇을 어떻게 해야 할지 알지 못했다. 마침내 베개에서 목소리가 흘러나왔다. "차 한잔 마시면 좋겠다." 리트비노프는 간이 부엌이 차려진 구석으로 가서 주전자를 찾느라 쿵쾅거렸다("스토브 위에," 친구가 힘없이 말했다). 물이 끓는 동안 그는 창문을 열어 조금이나마 신선한 공기를 들였고 지저분한 그릇들을 설거지했다. 김이 오르는 차를 친구에게 가져간 그는 열이 올라 덜덜 떠는 친구를 보고 창문을 닫은 뒤 아래층으로 내려가 주인 여자에게 담요를 더 달라고 청했다. 마침내 친구가 잠들었다. 이제 무엇을 해야 할지 몰라 리트비노프는 방에 있는 유일한 의자에 앉아 기다렸다. 십오 분쯤 지나자 고양이가 방문 앞에서 울었다. 리트비노프는 고양이를 안으로 들였지만, 한밤의 동반자가 병이 난 것을 본 고양이는 이내 나가버렸다.

의자 앞에는 목제 책상이 있었다. 종잇장들이 책상 위에 흩어져 있었다. 그중 하나가 리트비노프의 눈에 띄었고, 친구를 흘끗 보고 깊이 잠든 것을 확인한 그는 종이를 집어들었다. 맨 위에는 이렇게 쓰여 있었다. 이사크 바벨의 죽음.

침묵의 죄로 그들에게 기소당한 뒤에야 바벨은 얼마나 많은 종류의 침묵이 존재하는지 깨달았다. 그는 음악을 들으며 이제는 음이 아니라 음과 음 사이의 침묵에 귀기울였다. 책을 읽으며 쉼표와 세미콜론에, 마침표와 다음 문장 대문자 첫 글자 사이의 빈칸에 전적으로 집중했다. 방에서 침묵이 모이는 곳을 발견했다. 그곳은 늘어진 커튼의 주름 속, 집안 대대로 전해 내려온 은 식기의 오목한 대접 속이었다. 사람들이 말하는 것을 들을 때 그는 말해지는 것은 점점 더 적게, 말해지지 않는 것은 점점 더 많이 듣게 되었다. 그는 특정한 침묵의 의미를 간파하는 법을 익혔는데, 이는 어려운 사건을 아무런 단서 없이 직관으로만 해결하는 것과 흡사했다. 그가 자신의 천직에서 왕성한 활동을 하지 않는다고 비난할 수 있는 사람은 아무도 없었다. 날마다 그는 침묵의 서사시들을 써냈다. 처음에는 힘들었다. 아이가 신이 존재하는지 물을 때나 사랑하는 여인이 당신도 날 사랑하느냐고 물을 때 침묵을 지키는 일이 얼마나 힘들지 상상해보라. 처음에 바벨은 '그래'와 '아니' 딱 두 마디 말만은 쓸 수 있기를 간절히 원했다. 하지만 단 한마디 말만 내뱉어도 침묵의 섬세한 유창함이 무너진다는 것을 그는 알고 있었다.

그들이 그를 체포하고 아무것도 쓰여 있지 않은 그의 원고를 모두 불태우고 난 뒤에도 그는 말하기를 거부했다. 그들이 머리를 강타하고 장화 끝으로 사타구니를 걷어차도 신음조차 내지 않았다. 마지막 순간에 총살 집행단을 마주보고 나서야 작가 바벨은 자신이 실수했을 가능성을 감지했다. 소총들이 그의 가슴을 겨누고 있을 때 그는 자신이 침묵의 풍성함이라고 생각했던 것이 사실은 아무에게도 가닿지 않은 말의 빈곤함은 아니었나 의문이 들었다. 그는 인간의 침묵이 무한한 가능성을 지니고 있다고 생각했었다. 하지만 소총에서 총알이 터져나왔을 때 진실은 그의 몸에 벌집을 만들었다. 그의 마음 한편에서 씁쓸한 웃음이 터져나왔다. 왜냐면, 어쨌거나, 늘 알고 있었던 사실을 그는 어떻게 깜빡 잊을 수 있었을까. 신의 침묵에는 그 무엇도 대적할 수 없다는 사실을.

리트비노프는 읽던 원고를 내려놓았다. 분노가 끓어올랐다. 어떻게 이 친구는 뭐든 아무거나 골라서 쓸 수 있으면서도 하필이면 그가, 리트비노프가, 자랑스럽게 쓸 수 있었던 유일한 주제를 훔친단 말인가? 그는 조롱당하고 멸시받은 느낌이 들었다. 친구를 침대에서 끌어내 도대체 무슨 의도였는지 묻고 싶었다. 하지만 잠시 후 그는 화를 가라앉히고 다시 글을 읽었고, 그러는 동안 진실을 깨달았다. 친구는 리트비노프의 것을 그 무엇도 훔치지 않았다. 어떻게 그럴 수 있었겠는가? 한 인간의 죽음은 죽은 사람 본인 외에는 그 누구의 것도 아닌데.

슬픔이 몰려왔다. 오래도록 리트비노프는 자신이 친구와 매우 비슷하다고 생각해왔다. 둘 사이의 공통점이라고 생각한 것들을 자랑스럽게 여겼다. 하지만 10피트도 떨어지지 않은 침대에서 열병과 싸우고 있는 남자와 자신 사이의 공통점은 좀전에 슬그머니 나가버린 고양이와 자신 사이의 공통점보다 더 많지 않다는 것이 진실이었다. 그들은 아예 다른 종種이었다. 명백히 그렇다. 리트비노프는 생각했다. 같은 주제에 각자 얼마나 다르게 접근했는지만 봐도 알 수 있었다. 그는 종이에 적힌 단어들을 보았지만, 같은 곳에서 친구는 망설임을, 블랙홀을, 말과 말 사이의 가능성이 펼쳐진 들판을 보았다. 친구는 어룽거리는 빛, 비상의 희열, 중력의 슬픔을 보았지만, 같은 곳에서 그는 평범한 참새의 구체적인 형태를 보았다. 리트비노프의 삶은 실재하는 것들의 무게를 느끼며 기뻐하는 것이었으나, 친구의 삶은 지척거리는 무거운 사실들로 무장한 현실을 거부하는 것이었다. 캄캄한 창문에 비친 자신의 모습을 바라보던 리트비노프는 자신에게서 무언가 벗겨져나가며 진실이 드러났다고 믿었다. 즉, 그는 평균적인 인간이었다. 무엇이든 있는 그대로 기꺼이 받아들이며, 그로 인해 어떤 식으로든 독창성을 발휘할 만한 잠재력이 부족한 인간. 비록 이런 생각은 모든 면에서 틀린 것이었지만 그날 밤 이후 그 무엇도 그의 생각을 바꾸지 못했다.

이사크 바벨의 죽음 아래에 다른 페이지가 있었다. 콧속을 찌르는 자기연민의 눈물과 함께 리트비노프는 계속 읽어나갔다.

프란츠 카프카는 죽었다

그는 나무에서 내려오지 않겠다고 버티다 거기에서 죽었다. "내려와요!" 그들은 그에게 외쳤다. "내려와요! 내려와요!" 그들이 카프카가 말하기를 기다리는 동안 침묵이 밤을 가득 채웠고 밤이 침묵을 가득 채웠다. "그럴 수 없어요." 마침내 그가 아쉬움이 담긴 목소리로 말했다. "왜요?" 그들이 외쳤다. 검은 하늘 위로 별들이 쏟아졌다. "그러면 당신들이 날 찾지 않을 테니까요." 사람들이 서로 속삭이고 고개를 끄덕였다. 그들은 팔을 둘러 서로를 안고 아이들의 머리칼을 어루만졌다. 그들은 모자를 벗어 컴컴한 나무 위에 검은 벨벳 양복을 입고 앉아 있는, 귀가 이상한 동물처럼 생긴 작고 병약한 남자를 향해 들어올렸다. 그러더니 돌아서서 집에 가려고 지붕처럼 우거진 나뭇잎 아래로 걸어가기 시작했다. 나무에서 내려오지 않고 버티면서 그 나무에서 벗긴 껍질에 책을 쓴 남자를 보기 위해 부모 손에 이끌려 간 아이들은 아버지들의 어깨에 앉아 졸면서 돌아갔다. 그 섬세하고 아름답고 알아볼 수 없는 필체로 쓴 책들. 그들은 그 책들에 감탄했고 그의 의지와 활력에 감탄했다. 결국, 그의 외로움을 구경거리로 삼고 싶지 않은 사람이 누가 있나? 가족들은 갑자기 이웃의 존재에 고마움을 느끼며 작별인사를 하고 서로 손을 꼭 쥔 후 하나둘씩 흩어졌다. 따뜻한 집들의 문이 닫혔다. 창문 안에 촛불이 켜졌다. 멀리에서 카프카는 나뭇가지에 올라앉아 모든 것을 다 들었다. 바닥으로 떨어지는 옷들의 버스럭거림, 맨어깨 위에서 파닥거리는 입술들과 다정함의 무게로 삐걱거리는 침대 소리. 이 모든 것들이 그의 섬세하고 뾰족한 귓바퀴에 잡혀 정신의 거대한 복도를 따라 핀볼처럼 굴러갔다.

그날 밤, 살을 에는 바람이 불어왔다. 아이들이 잠에서 깨어 창가로 갔을 때 세상은 얼음에 둘러싸여 있었다. 가장 어린 어느 여자아이가 기쁨의 비명을 질렀고 그 소리는 정적을 뚫고 나아가 거대한 떡갈나무의 얼음을 터트렸다. 세상이 빛났다.

그들은 한 마리 새처럼 땅바닥에 꽁꽁 얼어 있는 그를 발견했다. 사람들이 그의 귓바퀴에 귀를 대자 자신들의 소리가 들렸다고 전해진다.

그 페이지 밑에는 톨스토이의 죽음이라는 제목을 단 다른 페이지가 있었고 그 밑에는 매섭게 춥던 1938년 말에 블라디보스토크 인근의 임시 수용소에서 죽은 오시프 만델스탐*에 대해 쓴 페이지, 그 밑에도 여섯에서 여덟 장 정도가 더 있었다. 마지막 페이지만 달랐다. 거기에는 이렇게 쓰여 있었다. 레오폴드 거스키의 죽음. 리트비노프는 심장에 차가운 돌풍이 부는 것을 느꼈다. 거칠게 숨을 쉬고 있는 친구를 흘낏 쳐다보았다. 그는 읽기 시작했다. 맨 끝까지 읽고 나서 고개를 가로젓고 다시 읽었다. 그리고 다시 한번. 그는 읽고 또 읽으며, 그것이 죽음의 선포가 아니라 삶을 위한 기도라는 듯이 그 말들을 입으로 되뇌었다. 그렇게 입 밖에 냄으로써 친구를 죽음의 천사로부터 안전하게 지켜낼 수 있다는 듯이, 오로지 제 숨결의 힘으로 천사의 날개를 묶어 결국 포기한 천사가 친구를 내버려두고 갈 때까지 한순간, 또 한순간 버틸 수 있다는 듯이. 밤새도록 리트비노프는 친구를 돌보았고, 밤새도록 입술을 움직였다. 그러자 기억할 수 있는 가장 오랜 시간 만에 처음으로, 자신이 쓸모없다는 생각이 들지 않았다.

아침이 밝아왔을 때, 리트비노프는 친구의 얼굴에 혈색이 돌아오는 것을 보고 안도했다. 환자는 회복기의 편안한 잠에 빠져 있었다. 해가 여덟시의 자리로 올라갔을 때, 그는 일어섰다. 다리가 뻣뻣했다. 뱃속은 박박 긁어낸 것 같은 느낌이었다. 하지만 가슴에는 행복감이 차올랐다. 그는 레오폴드 거스키의 죽음을 반으로 접었다. 그리고 여기 즈비 리트비노프와 관련해 아무도 알지 못하는 또 한 가지 사실이 있다. 그는 밤새도록 애를 쓰며 현실이 되는 것을 막아냈던 그 글을 남은 평생 내내 상의 가슴주머니에 지니고 다녔다. 그리하여 조금이라도 더 시간을 벌 수 있도록―친구를 위해, 삶을 위해.

---

* 러시아의 시인.

글을 쓰는 손이 아플 때까지

아주 오래전에 내가 쓴 페이지들이 내 손에서 미끄러져 바닥에 흩어졌다. 나는 생각했다, 누가? 그리고 어떻게? 나는 생각했다, 이렇게 오랜—뭐랄까?—세월이 흐른 뒤에.

기억 속으로 빠져들었다. 머리가 어질어질한 채로 온밤이 지나갔다. 아침이 되었는데도 여전히 충격에 빠져 있었다. 정오가 지나서야 움직일 수 있었다. 밀가루가 쌓인 바닥에 무릎을 꿇고 앉았다. 페이지들을 한 장 한 장 주웠다. 10페이지에서 손을 베었다. 22페이지에서 콩팥에 통증이 느껴졌다. 4페이지에서 심장이 조여들었다.

씁쓸한 농담이 생각났다. 말들이 나를 배신했다.* 그렇긴 하지만. 정신이 내게 장난질을 치고 있는 건가, 내려다보니 백지만 있는 건

---

* Words failed me. 말문이 막혀 곤란한 상황을 표현하는 관용구로, 앞의 심장 통증과 연결되어 심장 발작(heart failure)을 연상시킨다.

아닐까, 하는 두려운 마음에 종잇장들을 꽉 움켜쥐었다.

부엌으로 갔다. 케이크가 식탁 위에서 푹 꺼져 있었다. 신사 숙녀 여러분. 오늘 우리는 삶의 신비를 기념하기 위해 여기 이렇게 모였습니다. 뭐라고요? 아니요, 돌은 던지시면 안 됩니다. 꽃만 던지세요. 아니면 돈이라든가.

의자에서 달걀 껍데기와 엎질러진 설탕을 닦아내고 식탁 앞에 앉았다. 밖에서는 내 충직한 비둘기가 구구거리며 날개로 유리를 치고 있었다. 저 새에게 이름을 붙여줬어야 했다. 안 될 거 없지, 저 비둘기만큼 실재하지 않는 수많은 것에도 이름을 붙이려고 그토록 애써왔는데. 부를 때 기분이 좋아질 이름을 생각해봤다. 주변을 둘러보았다. 중국 음식 배달 메뉴에 눈길이 가 멎었다. 몇 년 동안 바뀌지 않은 메뉴였다. 미스터 통의 유명한 광둥, 쓰촨, 그리고 휴먼* 요리. 유리창을 두드렸다. 비둘기가 퍼덕이며 날아갔다. 잘 가라, 미스터 통.

글을 읽느라 오후가 거의 다 갔다. 기억이 밀려들었다. 눈앞이 흐릿해졌다. 초점이 맞춰지지 않았다. 나는 생각했다, 헛것을 보고 있는 거야. 의자를 뒤로 밀고 일어섰다. 나는 생각했다, 마즐 토브**, 거스키, 드디어 완전히 정신을 잃고 말았구나. 화분에 물을 주었다. 잃으려면 애초에 가진 적이 있었어야지. 어? 네가 언제부터 이렇게 세부를 따지는 사람이었지? 가졌다, 갖지 못했다! 뭐라는 거야! 너는 잃는 게 전문이 되었잖아. 잃기 챔피언이었지. 그렇긴 하지만.

---

* 후난(hunan)을 휴먼(human)으로 잘못 적은 것.

** '축하합니다' 혹은 '행운을 빕니다'라는 뜻으로 유대인의 인사말.

그녀를 가진 적 있다는 증거가 어디 있지? 그녀가 네가 가질 수 있는 사람이었다는 증거가 어디 있어?

개수대에 물을 받아 세제를 풀고 지저분한 냄비들을 씻었다. 냄비와 프라이팬과 숟가락을 하나하나 치우면서 감당할 수 없는 생각도 치워냈더니 부엌도 정신도 상호 정돈 상태에 이르렀다. 그렇긴 하지만.

슐로모 바서만은 이그나시오 다 실바가 되어 있었다. 내가 두델사크라고 불렀던 등장인물은 이제 로드리게스가 되었다. 파인골드는 데 비에드마였다. 슬로님이라고 불리던 곳은 부에노스아이레스가 되었고, 민스크는 들어본 적도 없는 소도시로 바뀌었다. 우습기까지 할 정도였다. 그러나. 나는 웃지 않았다.

봉투에 쓰인 필체를 유심히 살펴보았다. 쪽지도 없었다. 정말이다, 대여섯 번이나 확인해봤다. 반송 주소도 없었다. 브루노가 무슨 말이든 해줄 수 있다고 생각했다면 그를 추궁했을 것이다. 소포가 오면 관리인은 로비에 있는 탁자 위에 올려놓는다. 틀림없이 브루노가 그걸 보고 가져왔을 것이다. 우리 둘 중 누구에게라도 우편함 안에 들어가지 않는 무언가가 온다는 것은 굉장한 사건이다. 내기억이 맞는다면 그런 일이 마지막으로 일어난 것은 이 년 전이었다. 브루노가 징이 박힌 개 목줄을 주문했었다. 그 직전에 브루노가 개 한 마리를 집으로 데려왔다는 사실도 말해야겠지. 개는 작고 따뜻했으며, 사랑을 쏟을 만한 대상이었다. 그는 개를 비비라고 불렀다. 이리 와, 비비, 이리 와! 그렇게 부르는 그의 목소리가 들리곤 했다. 그러나. 비비는 절대 오지 않았다. 그러던 어느 날 그는 비비를 애견 운동장에 데려갔다. 바모스*, 치코! 누군가 자기 개에게 외첬는데 비비가 그 푸에르토리코 사람에게로 달려갔다. 이리 와, 비비, 이리 와! 브루노가 불렀지만 소용이 없었다. 그는 작전을 바꿨다. 바모스, 비비!* 그는 목청이 터져라 소리를 질렀다. 그랬더니, 이것 봐라, 비비가 달려오는 것이었다. 개는 밤새 짖어대고 바닥에 똥을 쌌지만 그는 개를 사랑했다.

어느 날 브루노가 개를 애견 운동장에 데려갔다. 개가 즐겁게 뛰놀고 똥을 싸고 코를 쿵쿵거리는 동안 브루노는 자랑스럽게 바라보고 있었다. 문이 열리고 아이리시 세터 한 마리가 안으로 들어왔다. 비비가 흘낏 올려다보았다. 브루노가 무슨 일이 벌어지는지 알아차리기도 전에 비비는 열린 문 사이로 돌진해 거리로 사라져버렸다. 그는 개를 쫓아가려고 했다. 달려! 그는 자신에게 말했다. 속도의 기억이 그의 체내로 밀려들었지만 몸은 반란을 일으켰다. 몇 발짝 떼자마자 다리가 꼬이고 힘이 빠졌다. 바모스, 비비! 그는 소리쳤다. 그렇긴 하지만. 아무도 오지 않았다. 그가 어려움에 부닥쳤을 때―비비가 동물이라는 본성대로 행동함으로써 그를 배신하고 브루노가 인도에 쓰러져 있을 때―나는 집에서 타자기를 두드리고 있었다. 그는 망연자실해서 집으로 돌아왔다. 그날 저녁, 우리는 애견 운동장에 다시 가서 개가 오기를 기다렸다. 돌아올 거야, 내가 말했다. 그러나. 비비는 돌아오지 않았다. 그것이 이 년 전인데 그는 아직도 기다리러 간다.

나는 상황을 이해하려고 노력했다. 생각해보니 나는 항상 노력해왔다. 그게 내 묘비명이 될 수도 있을 것이다. 레오 거스키. 그는

---

* '가자' 혹은 '어서'라는 뜻의 스페인어.

이해하려고 노력했다.

밤이 되었고 나는 여전히 혼란스러웠다. 온종일 아무것도 먹지 않았다. 미스터 통을 찾았다. 새가 아니라 중국 음식점. 이십 분 뒤, 나는 홀로 스프링롤을 앞에 두고 있었다. 라디오를 켰다. 방송국에서 후원을 요청했다. 대가로 WNYC 방송국 로고가 있는 욕실 하수관 청소기를 받을 수 있다고 했다.

묘사하기 어렵게 느껴지는 것들이 있다. 그래도 나는 고집스러운 노새처럼 노력을 멈추지 않는다. 한번은 브루노가 아래층에 내려와 타자기를 앞에 두고 식탁에 앉아 있는 나를 보았다. 또 그러고 있어? 헤드폰이 미끄러져 내려와 반쪽짜리 후광처럼 그의 머리 뒤에 걸려 있었다. 나는 김이 오르는 찻잔 위에 손을 올리고 관절을 주물렀다. 블라디미르 호로비츠*가 따로 없군, 그가 내 옆을 지나 냉장고로 가며 말했다. 그는 허리를 숙이고 그 안에 있기를 바라는 무언가를 찾아 안을 헤집었다. 나는 타자기에 새 종이를 넣었다. 그가 냉장고 문을 그대로 열어놓고 윗입술에 우유 자국을 묻힌 채 돌아섰다. 연주를 계속하시지요, 마에스트로, 그가 말하고는 헤드폰을 다시 올리더니, 지나가는 길에 식탁 위 불을 켜주고 문을 향해 터덜터덜 걸어갔다. 나는 전구가 달린 사슬이 흔들리는 것을 보며 그의 귀를 강타하는 몰리 블룸의 목소리를 들었다, 영혼까지 도달해 온몸을 마비시킬 듯한 길고 뜨거운 키스만한 건 없어요,** 브루노는 요즘 녹음테이프가 닳도록 그녀의 목소리만 돌려 듣는다.

---

* 소련 태생의 미국 피아니스트.
** 『율리시스』에 나오는 인물 몰리 블룸의 대사.

186

나는 젊은 시절에 쓴 책의 페이지들을 읽고 또 읽었다. 너무나도 오래전이었다. 나는 순진했었다. 사랑에 빠진 스무 살. 부푼 가슴과 그에 걸맞은 머리. 뭐든지 할 수 있다고 생각했다! 이제 더는 할 수 있는 일이 남지 않은 지금으로서는 이상하게 느껴지지만.

나는 생각했다, 어떻게 여태 남아 있을까? 내가 아는 대로라면, 유일한 원고가 물난리에 유실되었다. 물론 사랑했던 여자가 미국으로 떠난 뒤 편지에 넣어 보낸 발췌 원고를 제외한다면 말이다. 좋은 글이 써지면 그녀에게 보내고 싶은 마음을 억누를 수 없었다. 그러나, 그건 일부분에 불과했다. 그리고 여기 내 손에 있는 것은 거의 책 전체가 아닌가! 어떻게 된 일인지 영어로! 스페인어 이름들과 함께! 정신이 혼란스러웠다.

나는 아이작을 위해 시바*를 행했고, 앉아 있는 동안 상황을 파악하려고 해봤다. 아파트 안에 홀로 앉아 무릎에 원고를 올려놓은 채로. 밤이 낮이 되고 밤이 되고 낮이 되었다. 나는 잠이 들었다가 깨기를 반복했다. 그러나. 수수께끼의 해답에는 조금도 가까이 가지 못했다. 내 인생의 이야기. 나는 열쇠공이었다. 이 도시의 어떤 자물쇠라도 열 수 있었다. 그렇긴 하지만 내가 열고 싶은 것은 아무것도 열지 못했다.

내가 누군가를 잊어버렸을 수도 있으므로 아는 사람 중 아직 살아 있는 이들의 이름을 모두 써보기로 했다. 부산을 떨며 종이와 펜을 찾았다. 그러고는 자리에 앉아 종이를 반듯하게 펴고 펜촉을

---

* 친족 사망 후 일주일간 낮은 의자에 앉아 문상객들을 받거나 망자를 추억하는 유대교 풍습.

종이에 갖다댔다. 그러나. 머리가 전혀 반응하지 않았다.

　대신 이렇게 썼다. 발신인에게 할 질문들. 여기에 밑줄을 두 줄 그었다. 계속 써나갔다.

　　1. 당신은 누구인가?

　　2. 이걸 어디에서 찾았는가?

　　3. 이게 어떻게 여태 남아 있는가?

　　4. 왜 영어인가?

　　5. 다른 누가 읽었는가?

　　6. ~~읽은 사람들이 좋다고 했는가?~~

　　6. 읽은 사람의 숫자는 얼마나 되―

　나는 멈추고 곰곰이 생각했다. 내가 듣고 실망하지 않을 숫자가 있을까?

　창밖을 보았다. 도로 건너편에서 나무가 바람에 흔들리고 있었다. 오후였다. 아이들이 고함을 쳤다. 나는 아이들의 노래를 듣는 걸 좋아한다. 집중하기! 놀이하자! 여자애들이 손뼉을 치며 노래한다. 반복하기 안 돼! 우물쭈물 안 돼! 주제는, 나는 초조하게 기다린다. 동물! 아이들이 외친다. 동물! 나는 생각한다. 말! 한 아이가 말한다. 원숭이! 또 한 아이가 말한다. 왔다 갔다 이어진다. 소! 처음 아이가 말한다. 호랑이! 두번째 아이가 소리친다, 한순간이라도 우물쭈물하면 리듬이 끊어지고 놀이가 끝나기 때문에. 망아지! 캥거루! 쥐! 사자! 기린! 한 소녀가 더듬거린다. 야크! 나는 외친다.

　질문을 적은 종이를 내려다보았다. 도대체 어떻게 하면, 나는 자문했다. 육십 년 전에 내가 쓴 책이 다른 언어로 바뀌어 내 우편함에 도착할 수 있는 걸까?

갑자기 퍼뜩 생각이 떠올랐다. 이디시어로 떠오른 생각인데 최선을 다해 풀어보자면 대략 이런 의미였다. 내가 나도 모르는 사이에 유명해진 것은 아닐까? 머리가 어질어질했다. 찬물을 한 잔 들이켜고 아스피린을 먹었다. 바보같이 굴지 마, 나 자신에게 말했다. 그렇긴 하지만.

외투를 챙겼다. 빗방울이 창문을 때리기 시작하는 것을 보고 방수 덧신을 신었다. 브루노는 이걸 고무신이라고 부른다. 하지만 뭐라 부르건 제 맘이다. 바깥은, 포효하는 바람. 우산과의 전쟁을 치르며 힘겹게 거리를 걸어갔다. 우산이 세 번이나 뒤집혔다. 나는 버텼다. 한번은 건물 측면으로 치받혔다. 두 번이나 공중으로 띄워졌다.

얼굴을 후려치는 비를 맞으며 도서관에 도착했다. 코에서 물이 뚝뚝 떨어졌다. 내 우산, 이 짐승은 산산조각이 나버려서 우산꽂이에 버렸다. 사서의 책상을 향해 갔다. 후다닥, 멈칫, 헉헉, 바짓부리를 올려 털썩, 질질, 털썩, 질질, 그런 식으로. 사서의 자리는 비어 있었다. 나는 열람실을, 따옴표 열고 닫고, 부산히 돌아다녔다. 마침내 누군가를 발견했다. 여자는 책을 정리하고 있었다. 자제하기가 힘들었다.

레오 거스키라는 작가가 쓴 책을 있는 대로 다 주시오! 나는 소리쳤다.

여자가 고개를 돌려 나를 바라보았다. 다른 사람들도 모두 그랬다.

뭐라고 하셨죠?

작가 레오 거스키의 책을 있는 대로 다요, 나는 다시 말했다.

제가 지금 다른 일을 하는 중이에요. 잠시 기다리셔야 되겠어요.

나는 잠시 기다렸다.

레오 거스키, 나는 말했다. G-U-R-

사서는 수레를 밀고 갔다. 철자는 저도 압니다.

사서를 따라 컴퓨터가 있는 곳으로 갔다. 여자가 내 이름을 입력했다. 가슴이 두근거렸다. 내가 늙은 건 맞다. 그러나. 내 심장은 아직도 발딱 설 수 있다.

레너드 거스키라는 사람이 쓴 투우에 관한 책이 있네요, 사서가 말했다.

그 사람 아니오, 나는 말했다. 레오폴드는 있소?

레오폴드, 레오폴드, 사서가 말했다. 여기 있네요.

나는 가장 가까이 있는 안정된 물체를 꼭 붙잡았다. 두구두구두구, 북소리 들어갑니다.

이빨 빠진 천재 소녀 프랭키의 놀랍고 환상적인 모험, 사서가 말하며 히죽 웃었다. 덧신으로 그 여자 머리를 내리치고 싶은 충동을 참았다. 사서는 아동도서 구역으로 책을 찾으러 갔다. 나는 여자를 막지 않았다. 대신 아주 잠시 정신을 놓았다. 그녀는 나를 책과 함께 자리에 앉혔다. 즐겁게 읽으세요, 사서가 말했다.

언젠가 브루노가 말하기를. 나는 집비둘기를 한 마리 사면 거리를 반쯤 걸어오다가 흰비둘기라고 하고, 집으로 오는 버스에서는 앵무새라고 했다가, 아파트에 들어와 새장에서 꺼내기 직전쯤에는 불사조라고 하는 사람이라고 한다. 그게 너야, 그는 탁자에 있지도 않은 빵 부스러기를 손으로 쓸어내며 말했다. 몇 분이 지났다. 아니, 그렇지 않아, 나는 말했다. 그는 어깨를 으쓱하고는 창밖을 바라보았다. 불사조 얘기를 누가 들어봤다고? 나는 말했다. 공작이라면 모를까. 하지만 불사조는 아니라고 봐. 그는 얼굴을 돌렸지만, 나는 그의 입이 살짝 씰룩거리며 웃음 짓는 것을 본 것 같았다.

하지만 이때 나는 무슨 수로도 사서가 찾은 이 하찮은 것을 대단한 것으로 바꿀 수 없었다.

심장마비를 겪은 후 다시 글을 쓰게 되기 전까지, 죽음 말고는 아무 생각도 할 수 없었다. 나는 또다시 살아남았다. 생각이 불가피한 막장까지 뻗어나가도록 놔둔 것은 위험이 완전히 사라지고 난 후였다. 내가 세상을 하직할 수 있는 모든 방식을 상상해보았다. 뇌혈관 폐쇄. 경색. 혈전증. 폐렴. 대정맥 폐색으로 인한 대발작. 입에 거품을 물고 바닥을 나뒹구는 내 모습이 눈에 선했다. 밤에는 목을 움켜쥐며 잠에서 깨어나곤 했다. 그렇긴 하지만. 장기들이 멈춰버리는 상황을 아무리 자주 떠올려봐도 그 결과는 상상할수가 없었다. 그런 일이 내게 일어날 수 있다는 것도. 나는 마지막순간들을 애써 그려보았다. 마지막 호흡. 최후의 한숨. 그렇긴 하지만. 항상 다른 숨이 이어졌다.

죽는다는 것이 무엇인지 처음으로 이해했던 순간이 기억났다. 나는 아홉 살이었다. 큰아버지, 그러니까 아버지의 형이, 망자가축복 속에 기억되기를, 자다가 세상을 떴다. 설명할 길이 없었다. 음식을 말처럼 먹고 혹한에도 밖에 나가 얼음덩어리를 맨손으로깨던 거구의 건장한 남자. 사라졌다, 끝장이 났다. 큰아버지는 나를 레오포라고 불렀다. 레이-오-포처럼 발음하며. 큰어머니 등뒤에서 몰래 나와 사촌들에게 각설탕을 주곤 했다. 스탈린 흉내를 내며 듣는 사람의 배꼽을 빼기도 했다.

큰어머니가 아침에 몸이 이미 뻣뻣해진 큰아버지를 발견했다. 케브라 카디샤*로 옮기는 데만도 남자 셋이 필요했다. 나는 동생과 함께 슬쩍 들어가 그 거대한 더미를 바라보았다. 큰아버지의 몸은 살아 있을 때보다 죽어서 더 굉장해 보였다―손등의 수풀 같은 털, 누렇게 변한 납작한 손톱, 발바닥에 두껍게 낀 각질. 너무도 인간적인 모습. 그렇긴 하지만. 또, 끔찍하리만치 그렇지 않은 모습. 한번은 아버지에게 차를 갖다주려고 안으로 들어갔다. 아버지가 시신 옆에 앉아 있었다. 시신은 단 일 분도 홀로 두어선 안 되었다. 화장실에 다녀와야겠다, 아버지가 말했다. 내가 올 때까지 여기에서 기다려라. 난 아직 바르미츠바도 치르지 않았다며 저항할 시간도 주지 않고 아버지는 용변을 보러 달려갔다. 몇 분이 몇 시간처럼 흘러갔다. 큰아버지는 날고기 색깔에 가느다란 흰 줄이 있는 넓적한 돌 위에 누워 있었다. 한번은 가슴이 아주 조금 올라갔다고 생각해 비명을 지를 뻔했다. 그러나. 내가 무서웠던 것은 큰아버지만이 아니었다. 나 자신 때문에 무서웠다. 그 싸늘한 방에서, 나는 내 죽음을 감지했다. 방 한 귀퉁이에는 타일이 깨진 개수대가 있었다. 죽은 이들에게서 씻겨나온 온갖 손톱과 머리카락과 때가 그 아래 배수관으로 흘러갔다. 수도꼭지가 새면서 물이 한 방울씩 떨어질 때마다 내 생명이 빠져나가는 느낌이 들었다. 언젠가는 모든 것이 사라질 것이다. 살아 있다는 기쁨이 내 안에 꽉 차올라 소리를 지르고 싶었다. 나는 종교적인 아이가 아니었다. 그러나. 갑자기 최대

---

* 유대교 전통에 따라 장례를 진행하는 장례 서비스 단체.

한 오래 살게 해달라고 하느님께 빌고 싶었다. 화장실에서 돌아온 아버지는 바닥에 무릎을 꿇고 눈을 꼭 감은 채 관절이 하얗게 되도록 손을 모아쥔 아들을 발견했다.

그때부터 나는 나 자신이나 부모님이 죽을 거라는 공포에 사로잡혔다. 가장 걱정되는 것은 엄마였다. 세상은 엄마라는 힘을 중심으로 돌아갔다. 평생을 공상에 잠겨 살았던 아버지와 달리 엄마는 인정사정없는 이성의 추진력으로 우주를 헤쳐나갔다. 엄마는 우리가 벌이는 모든 싸움의 재판관이었다. 엄마의 꾸짖는 말 한마디면, 우리는 구석으로 가 숨어 울면서 순교자의 고난을 겪는 자신을 상상하게 되었다. 그렇긴 하지만. 엄마의 입맞춤 한 번이면 우리는 다시 왕자가 되었다. 엄마가 없다면 우리의 삶은 혼란 속에서 분해되고 말 터였다.

죽음의 공포는 일 년 동안 머리를 떠나지 않았다. 누가 유리잔을 떨어뜨리거나 접시를 깨뜨릴 때마다 나는 울었다. 하지만 그 시기가 지나고 나서도 지워지지 않는 슬픔이 남았다. 새로운 일이 일어난 것은 아니었다. 그보다 더 나쁜 경우였다. 내가 몰랐을 뿐 언제나 곁에 있었던 무언가를 인식하게 된 것이다. 나는 이 새로운 인식을 발목에 매단 돌처럼 끌고 다녔다. 그것은 내가 어디를 가든 따라왔다. 나는 머릿속에서 슬픈 노래를 지어내곤 했다. 떨어지는 나뭇잎에 추도사를 바쳤다. 나의 죽음을 수백 가지 다른 방식으로 상상했으나 장례식만은 언제나 똑같아서, 상상 속 어딘가에서 붉은 카펫이 펼쳐졌다. 어떤 비밀스러운 죽음을 맞이하든 언제나 내 위대함은 결국 밝혀졌으니까.

그런 식으로 계속 흘러갈 수도 있었다.

어느 날 아침, 밥을 먹으며 너무 긴 시간을 허비한데다 등굣길에 멈춰 서서 빨랫줄에서 마르고 있는 스타니슬라프스키 부인의 거대한 속옷을 유심히 살펴보느라 학교에 늦었다. 시작종이 이미 쳤는데도, 우리 반 여자애 하나가 흙먼지 이는 운동장에서 무릎을 꿇고 앉아 있었다. 하나로 땋은 머리가 등뒤로 늘어져 있었다. 손에는 뭔가를 감싸쥐고 있었다. 나는 그게 뭐냐고 물었다. 나방을 잡았어, 그애는 나를 보지도 않고 말했다. 나방 가지고 뭐 하려고? 나는 물었다. 무슨 질문이 그래? 그애가 말했다. 나는 내 질문을 다시 생각했다. 음, 나비나 된다면 또 모를까, 나는 말했다. 아니야, 그렇지 않아, 그애가 말했다. 그건 나비도 아니잖아. 그냥 놔줘, 나는 말했다. 이건 굉장히 희귀한 나방이야, 그애가 말했다. 네가 어떻게 알아? 나는 물었다. 느낌이 그래, 그애가 말했다. 나는 이미 종이 울렸다고 말해주었다. 그럼 들어가, 그애가 말했다. 못 가게 하는 사람 없잖아. 네가 그걸 놔주지 않으면 안 갈 거야. 그럼 넌 영원히 기다려야 할지도 몰라.

그애는 양손 엄지 사이를 벌리고 안을 들여다보았다. 나도 보여줘, 내가 말했다. 그애는 아무 말도 하지 않았다. 나도 좀 보게 해줄래? 그애는 나를 쳐다보았다. 초록색의 예리한 눈이었다. 좋아. 하지만 조심해야 해. 그애는 움켜쥔 손을 내 얼굴 쪽으로 올리고 양손 엄지를 0.5인치 정도 벌렸다. 그애의 피부에서 비누 냄새가 났다. 보이는 거라곤 갈색 날개 일부분뿐이어서 나는 더 잘 보려고 그애의 엄지를 잡아당겼다. 그렇긴 하지만. 내가 나방을 풀어주려고 한다고 생각했는지 갑자기 그애가 양손을 탁 맞붙였다. 우리는 충격에 빠져 서로를 바라보았다. 그애가 다시 손을 펼치자 나방이 손바닥 위에서 힘겹게 펄떡거렸다. 날개 하나가 떨어져나갔다. 그애가 헉하고 숨을 들이쉬었다. 내가 그런 거 아냐, 나는 말했다. 그애의 눈을 보니 눈물이 가득 고여 있었다. 그때는 미처 갈망인 줄 몰랐던 어떤 감정이 뱃속을 휘저었다. 미안해, 나는 속삭였다. 그애를 안고 손에 입을 맞춰 나방과 부서진 날개를 치워주고 싶은 충동이 일었다. 그애는 아무 말도 하지 않았다. 우리는 서로를 물끄러미 바라보았다.

둘이서 죄스러운 비밀을 함께 나눈 것 같았다. 전에도 그애를 날마다 학교에서 봤지만 특별한 감정을 느낀 적은 없었다. 오히려, 너무 대장 노릇을 하려 드는 아이라고 생각했다. 매력적인 구석도 있었다. 그러나. 그애는 지는 것을 못 견디는 성격이었다. 아주 드문 일이긴 하지만, 선생님이 낸 일반 상식 퀴즈에서 가까스로 내가 더 빨리 대답하는 날에는 나와 말도 섞지 않으려 했다. 영국 왕은 조지입니다! 그렇게 외치고 나면 나는 하루 내내 그애의 싸늘한 침묵을 당해내야 했다.

하지만 이제는 그애가 다르게 보였다. 그애의 특별한 힘을 인지하게 되었다. 자신이 선 곳으로 빛과 중력을 끌어당기는 듯한 힘. 전에는 한 번도 제대로 본 적이 없었는데 발가락이 살짝 안쪽을 향하고 있다는 것도 알게 되었다. 맨무릎에 묻은 흙. 좁은 어깨에 단정하게 잘 맞는 외투. 내 눈에 확대 능력이 생기기라도 한 듯 그애를 더욱 자세히 보게 되었다. 입술 위로 잉크 한 방울이 묻은 것 같은 미인점. 분홍색 반투명 귓바퀴. 볼까지 내려오는 금발 머리. 그애는 내게 조금씩 자신을 드러냈다. 조금만 더 있으면 그애의 피부세포까지도 현미경을 보듯 들여다볼 수 있을 것만 같았고, 내가 아버지를 너무 많이 닮았다는 익숙한 걱정도 머리를 스쳤다. 하지만 그런 생각은 오래가지 않았다. 그애의 몸을 의식하게 된 바로 그 순간에 내 몸에 대해서도 의식하게 되었기 때문에. 거의 숨이 멎을 것 같은 감각이었다. 찌릿찌릿한 느낌이 온 신경에 불붙듯이 퍼져나갔다. 그 모든 일이 삼십 초도 안 되는 순간에 일어났을 것이다. 그렇긴 하지만. 그 순간이 지나가자, 나는 아동기의 종말이 시작되는 곳에서 나타나는 신비를 처음 접하게 되었다. 일 분의 절반도 안 되는 그 순간에 내 안에서 생겨난 기쁨과 고통을 모두 소진하게 된 것은 그로부터 몇 년이 지난 후였다.

그애는 다른 말 없이 부서진 나방을 떨어뜨리고 안으로 달려갔다. 육중한 철문이 쿵 하고 그애 뒤에서 닫혔다.

앨마.

그 이름을 불러본 것도 참 오랜만이다.

나는 무슨 대가를 치르더라도 그애의 사랑을 얻겠다고 결심했다. 그러나. 바로 공략하면 안 된다는 것 정도는 나도 알았다. 그다음 몇 주 동안 그애의 모든 움직임을 지켜보았다. 인내는 항상 내 미덕 가운데 하나였다. 한번은 바라나비치에서 잠시 방문했던 유명한 차디크가 정말로 우리 모두처럼 똥을 누는지 보려고 랍비의 집 뒤편에 있는 옥외 변소 밑에 숨어 꼬박 네 시간을 기다린 적도 있었다. 답은 '그렇다'였다. 나는 삶의 거친 기적에 열광하며 옥외 변소 아래에서 '그렇다'를 외치며 뛰쳐나왔다. 그 일로 손등을 다섯 대 맞고 무릎에 피가 날 때까지 옥수수 속대 위에 무릎을 꿇고 있어야 했다. 그러나. 그럴 만한 가치가 있는 일이었다.

나는 내가 낯선 세계에 잠입한 스파이라고 여겼다. 여자의 영역이라는 낯선 세계. 증거를 수집한다는 핑계로 나는 스타니슬라프스키 부인의 거대한 팬티를 빨랫줄에서 훔쳐냈다. 그러고는 혼자 옥외 변소 안에서 마음껏 냄새를 맡았다. 가랑이 부분에 얼굴을 묻었다. 머리에 써보기도 했다. 위로 쳐들고 새로운 국가의 깃발처럼 바람에 나부끼게도 해봤다. 엄마가 문을 밀어 열었을 때는 사이즈를 가늠하려고 입어보는 중이었다. 나 같은 애 세 명도 들어갈 것 같았다.

엄마는 치명적인 눈빛 한 번으로―그리고 스타니슬라프스키 부인의 집 문을 두드려 속옷을 건네줘야 하는 치욕적인 처벌과 함께―내 연구의 일반론적인 부분을 끝장냈다. 그렇긴 하지만. 특수한 부분은 계속 진행되었다. 그 부분에서 내 연구는 철저했다. 앨마가 사 남매 중 막내이며 아버지가 가장 예뻐하는 자식이라는 사실을 알아냈다. 생일이 2월 21일이라는 것도(그리하여 나보다 오 개월 이십팔 일만큼 나이가 많다는 것도) 알게 되었다. 국경 너머 러시아에서 밀수된, 시럽에 담근 사워 체리를 좋아한다는 것, 언젠가는 몰래 체리 반 단지를 먹어치웠다는 것, 그것을 알아낸 엄마가 나머지 반도 다 먹게 하면서 그렇게 하면 속이 울렁거려 다시는 체리를 찾지 않을 것이라 생각했다는 것. 하지만 그렇게 되지는 않았다. 그애는 남은 것을 모두 먹어치웠고, 심지어 더 먹을 수도 있었다고 우리 반 여자애에게 주장했다. 내가 또 알아낸 사실은, 아버지는 딸이 피아노를 배우기를 원했지만 본인은 바이올린을 배우고 싶어했다는 것, 이 분쟁은 양측이 자기 입장을 고수하는 가운데 미해결 상태로 남아 있었으나 어느 날 앨마가 빈 바이올린 케이스를 하나 구해(그녀는 길가에 버려진 것을 주웠다고 주장했다) 아버지 있는 데서 보란듯이 가지고 다니며 때로는 상상의 바이올린을 켜는 시늉까지 했다는 것, 그러자 지푸라기 하나에 낙타의 등이 무너지듯, 마침내 굴복한 아버지가 김나지움에서 공부하고 있는 오빠에게 빌나*에서 바이올린 한 대를 사오게 했고, 새 바이올린이 자주색 벨벳 안감이 씌워진 빛나는 검정 가죽 케이스에 담겨 도착했다는 것, 그리고 그 바이올린으로 앨마가 연주하는 모든 곡은 아무리 슬픈 곡이라 해도 확연한 승리의 음색을 띠고 있었다는 것. 내가 그것을 아는 이유는 그애의 방 창밖에 서서 연주를 들었기 때문이다. 위대한 차디크의 똥을 기다리던 때와 똑같은 열의를 품고 앨마의 마음속 비밀이 드러나기를 기다리면서.

그러나. 그런 일은 일어나지 않았다. 어느 날 그애는 자기 집 모퉁이를 돌아 씩씩하게 걸어와 나와 맞섰다. 지난주 내내 네가 여기 밖에 있는 걸 봤어. 학교에서도 온종일 나를 빤히 쳐다보는 걸 모르는 사람이 없어. 내게 할말이 있다면 사기꾼처럼 살금살금 다니지 말고 내 얼굴에 대고 말하는 게 어때? 나는 가능한 대응 방안을 고려했다. 그 자리에서 도망친 후 다시는 학교에 가지 않거나, 오스트레일리아로 가는 배를 타고 밀항해 아예 나라를 떠날 수도 있다. 혹은 모든 위험을 무릅쓰고 고백할 수도 있다. 답은 뻔했다. 오스트레일리아로 간다. 나는 영영 작별인사를 하려고 입을 열었다. 그렇긴 하지만. 내가 한 말은 이거였다. 네가 나랑 결혼할 생각이 있는지 알고 싶어.

그애 얼굴에는 아무 표정이 없었다. 그러나. 눈은 새 바이올린을 케이스에서 꺼낼 때와 같은 광채를 띠었다. 한참이 지났다. 우리는 서로를 거칠게 노려보았다. 생각해볼게, 그애가 마침내 그렇게 말

---

* 리투아니아 수도의 옛 이름. 현재의 명칭은 '빌뉴스'다.

하고는 집 모퉁이를 돌아 씩씩하게 걸어갔다. 문이 닫히는 소리가 들렸다. 바로 뒤이어 흘러나온 곡은 드보르자크의 〈어머니가 가르쳐주신 노래〉의 도입부 부분. 그애가 좋다고 말하지는 않았지만 내게 일말의 가능성이 있다는 것을 나는 그때부터 알게 되었다.

그것으로, 간단히 말하자면, 죽음에 대한 내 집착은 막을 내렸다. 두려워하지 않게 되었다는 얘기가 아니다. 생각하지 않게 된 것뿐이다. 앨마를 생각하지 않는 여분의 시간이 조금이라도 있었다면 그 시간에 죽음을 생각했을 것이다. 하지만 진실을 말하자면, 나는 벽을 세워 그런 생각을 차단하는 법을 배웠다. 세상에 대해 새롭게 배우는 것들이 하나하나 그 벽을 이루는 돌이 되었고, 마침내 어느 날 이제 다시는 돌아갈 수 없는 어떤 곳으로부터 영원히 떠나왔음을 이해했다. 그렇긴 하지만, 그 벽은 또한 유년기의 고통스러운 생생함으로부터 나를 보호해주었다. 목덜미에 죽음의 숨결을 느끼며 숲속에, 굴에, 지하실에 숨어 지내는 동안에도 나는 진실을, 내가 곧 죽으리라는 것을 생각하지 않았다. 심장마비를 겪고 나서야, 나를 유년기에서 분리해준 벽의 돌들이 마침내 허물어지기 시작하고서야, 죽음의 공포는 되돌아왔다. 그리고 그것은 예전 어느 때 못지않게 무서웠다.

나는 나 아닌 레오폴드 거스키가 쓴 『이빨 빠진 천재 소녀 프랭키의 놀랍고 환상적인 모험』 위로 고개를 숙이고 있었다. 표지를 넘기지도 않았다. 지붕 배수로를 흘러가는 빗소리를 들었다.

도서관을 나왔다. 도로를 건너며 무자비한 외로움과 정면으로 충돌했다. 어둡고 공허한 느낌이었다. 버려진 채, 간과된 채, 잊힌 채, 보도에 서 있는 나는 아무것도 아닌 사람, 먼지만 모으는 사람이었다. 사람들이 서둘러 지나쳐 갔다. 내 옆을 지나가는 사람들은 모두 나보다 행복했다. 해묵은 부러움을 느꼈다. 그들 가운데 하나가 될 수 있다면 무엇이든 바쳤을 것이다.

예전에 알던 여자가 있었다. 문이 잠겨서 집에 들어가지 못했을 때 내가 도와주었다. 여자는 명함을 보고 내게 연락했다. 예전에 나는 가는 곳마다 빵가루 흘리듯 명함을 뿌리고 다녔으니까. 여자가 전화했고 나는 최대한 빨리 그곳에 갔다. 추수감사절이었는데, 우리 둘 다 갈 곳이 없다는 사실은 굳이 말할 필요도 없었다. 내 손길이 닿자 자물쇠가 스르륵 열렸다. 어쩌면 그 여자는 그것이 다른 종류의 재능을 나타내는 표지라고 생각했는지도 모른다. 실내에는 튀긴 양파 냄새가 배어 있었고 벽에 걸린 복제화는 마티스, 아니 아마도 모네였다. 아니다! 모딜리아니. 지금도 기억하는 이유는 그것이 알몸의 여자 그림이었기 때문인데, 나는 여자의 비위를 맞춘답시고 물었다. 이거 본인이에요? 여자와 함께 있어본 지가 너무 오래되었던 것이다. 손에서 윤활유 냄새가 났고 겨드랑이에서도 냄새가 났다. 여자는 내게 앉으라고 하더니 함께 먹을 음식을 준비했다. 나는 잠시 욕실로 가서 머리를 빗고 몸을 되는 데까지 씻었다. 밖으로 나왔더니 여자가 속옷 차림으로 어둠 속에 서 있었다. 도로 건너편에 켜진 네온사인이 여자의 다리에 푸른 그림자를 드리웠다. 그녀에게 내 얼굴을 보고 싶지 않으면 안 봐도 괜찮다고 말해주고 싶었다.

몇 달이 지난 후 여자가 다시 전화했다. 자기 열쇠를 복사해달라는 것이었다. 그녀에게는 잘된 일이었기에 기쁜 마음이 들었다. 이제 더는 혼자가 아니라는 뜻일 테니까. 나 자신이 딱하게 느껴졌던 건 아니다. 하지만 여자에게 말하고 싶었다. 복사한 열쇠를 줄 남자에게 직접 철물점에 가져가라고 하면 더 쉬울 거예요. 그렇긴 하지만. 나는 열쇠를 두 개 복사했다. 하나는 여자에게 주었고 하나는 내가 가졌다. 오래도록 그 열쇠를 주머니에 넣고 다녔다. 내 것인 척이라도 하려고.

어느 날 갑자기 나는 마음만 먹으면 어디든 들어갈 수 있다는 생각이 떠올랐다. 전에는 한 번도 그런 생각을 해본 적이 없었다. 나는 이민자였고, 본국으로 송환될 수도 있다는 두려움에서 벗어나기까지 오랜 시간이 걸렸다. 실수하면 안 된다는 두려움 속에서 살았다. 한번은 기차표를 사는 방법을 알 수가 없어서 기차를 여섯 대나 놓쳤다. 다른 사람 같았으면 그냥 기차에 탔을 것이다. 그러나. 화장실 물 내리는 걸 깜빡했다가 강제 추방될까봐 겁내는 폴란드 출신 유대인에겐 있을 수 없는 일. 나는 남의 이목을 끄는 행동을 피하려 했다. 자물쇠를 잠그고 열고, 그것이 내가 하는 일이었다. 내가 온 곳에서는 자물쇠를 따면 도둑이었지만, 여기 미국에서 나는 전문가였다.

시간이 흐르며 나는 조금 더 편안해졌다. 작업 과정 여기저기에 약간의 장식을 가미했다. 맨 마지막에 손목을 반 바퀴 정도 비트는 별 필요 없는 동작을 넣어 세련미를 더해준다든가 하는 식으로. 나는 초조해하지 않았고 오히려 교활해졌다. 내가 설치한 모든 자물쇠에 내 이름 앞 글자를 새겨넣었다. 열쇠 구멍 위에 아주 작게 넣은 서명. 아무도 눈여겨보지 않을 거라는 사실은 중요하지 않았다.

내가 아는 것만으로 족했다. 내 이름을 새긴 모든 자물쇠의 위치를 시가지 지도에 표시했는데, 지도를 너무 자주 펼쳤다 접었다 해서 어떤 도로들은 접힌 자국에 지워져 보이지 않았다.

어느 날 저녁 영화를 보러 갔다. 본 영화 상영 전에 후디니*에 관한 영상이 나왔다. 그는 땅속에 묻혀서도 구속복에서 빠져나올 수 있는 사람이었다. 쇠사슬로 동여맨 상자에 넣어 물에 빠트려도 그는 짠 하고 뛰쳐나왔다. 영상에서 그가 연습하는 모습, 동작하는 시간을 재는 모습이 나왔다. 그는 연습을 거듭 반복하며 동작을 초 단위로 숙달시켰다. 그때부터 나는 내 일에 더욱 큰 자부심을 느끼게 되었다. 가장 까다로운 자물쇠를 집에 가져와 시간을 재며 연습했다. 그러다 소요 시간을 절반으로 줄이기로 하고 그 경지에 이를 때까지 연습했다. 내 손가락을 느낄 수 없을 때까지 계속했다.

침대에 누워 점점 더 어려운 도전을 꿈꾸던 중에 이런 생각이 들었다. 낯선 사람의 아파트 자물쇠를 딸 수 있다면 코사르스 비알리스 빵집의 자물쇠인들 왜 못 따겠는가? 혹은 공공 도서관은? 혹은 울워스 슈퍼마켓은? 가정하자면, 따지 못할 이유가 없지 않은가, 심지어…… 카네기홀의 자물쇠라도?

그런 생각들이 내달리는 동안 흥분으로 온몸이 짜릿했다. 그냥 들어갔다 나오기만 할 것이다. 조그만 서명 정도는 남길 수도 있겠지.

몇 주에 걸쳐 계획을 세웠다. 현장에 잠복해 주변도 살폈다. 모든 방법을 다 따져보았다. 결론부터 얘기하자면, 해냈다. 이른 아

---

* 헝가리 출신 미국인 마술사로 탈출 마술의 대가였다.

침에 56번가로 통하는 무대 뒷문을 통해서. 백삼 초가 걸렸다. 집에서는 똑같은 자물쇠를 푸는 데 사십팔 초가 걸렸는데. 하지만 바깥은 추웠고 손가락이 무뎠다.

그날 저녁에 위대한 아르투르 루빈스타인의 공연이 예정되어 있었다. 무대에 피아노가 홀로 세워져 있었다. 광택이 흐르는 검은색 스타인웨이 그랜드피아노였다. 나는 커튼 뒤에서 무대로 나섰다. 비상구 등의 불빛 속에서 끝없이 줄지은 좌석들이 겨우 보였다. 피아노 의자에 앉아 구두 끝으로 페달을 밟았다. 건반에는 감히 손을 올리지 못했다.

고개를 드니 그녀가 서 있었다. 너무도 또렷하게, 머리를 땋아내린 열다섯 살 소녀가 5피트도 떨어지지 않은 곳에. 그녀는 바이올린을, 오빠가 빌나에서 구해온 그 바이올린을 들고 턱을 내려 악기 위에 괴었다. 나는 그녀의 이름을 부르려고 했다. 그러나. 이름이 목구멍에 걸려 나오지 않았다. 게다가 그녀가 들을 수 없다는 것도 알았다. 그녀는 활을 올렸다. 드보르자크 곡의 도입부가 들렸다. 그녀의 눈은 감겨 있었다. 손가락에서 음악이 흘러나왔다. 연주는 완벽했다. 실제로는 그만큼 완벽했던 적이 없었지만.

마지막 음이 점점 희미해지며 그녀도 사라졌다. 내 박수 소리가 텅 빈 객석에 울려퍼졌다. 박수를 멈추자 적막이 천둥처럼 귓가에 울렸다. 마지막으로 한번 더 빈 연주장을 둘러보았다. 그러고는 들어온 곳으로 서둘러 빠져나갔다.

두 번 다시 그런 일은 하지 않았다. 할 수 있다는 것을 나 자신에게 증명했고 그것으로 충분했다. 때때로 어떤 회원제 사교클럽—이름을 밝히진 않겠다—입구를 지나며 나도 모르게 생각하곤 했다, 샬롬*, 이 멍청이들아, 너희들이 들어오지 못하게 막을 수 없는 유대인이 바로 여기 있다. 하지만 그날 밤 이후로 더는 과욕을 부리지 않았다. 그들이 나를 감옥에 처넣으면 진실을 알게 될 테니까, 나는 후디니가 아니라는 것을. 그렇긴 하지만. 세상의 문들이 제아무리 꼭 닫혀 있어도 내게는 진정으로 잠긴 게 아니라는 것을 생각하면 외로움 속에서도 위안을 느꼈다.

도서관 밖에서 쏟아지는 빗속에 서 있을 때, 낯선 이들이 서둘러 지나가는 동안 내가 더듬거리며 찾았던 것은 바로 그런 위안이었다. 결국, 내 친척이 이 기술을 가르쳐준 진짜 이유가 바로 그것 아니었을까? 내가 영원히 투명인간으로 남을 수 없음을 그는 알았던 것이다. 살아남는 유대인을 내게 보여줘, 언젠가 그의 손에 굴복하는 자물쇠를 바라보고 있는 내게 그가 말했다, 그럼 난 네게 마술사를 보여줄게.

거리에 서서, 빗줄기가 목을 타고 흘러내리도록 내버려두었다. 눈을 꼭 감았다. 문 하나에 이어 다음 문이, 그다음 문이, 그다음 문이, 그다음 문이, 그다음 문이 활짝 열렸다.

도서관을 뒤로하고, 『이빨 빠진 천재 소녀 프랭키의 놀랍고 환상적인 모험』을 뒤로하고, 나는 집으로 돌아갔다. 외투를 벗어 마르도록 걸어두었다. 물을 끓이려고 불에 올렸다. 등뒤에서 누군가 헛기침을 했다. 나는 펄쩍 뛰도록 놀랐다. 하지만 그건 어둠 속에 앉

---

* '평화'라는 뜻의 히브리어로. 유대인의 인사말로 쓰인다.

아 있는 브루노였다. 뭐하는 짓이야, 발작하는 꼴을 보려고? 나는 전등을 켜며 꽥 소리를 질렀다. 내가 소년 시절에 쓴 책의 페이지들이 바닥에 흩어져 있었다. 아, 안 돼, 나는 말했다. 네가 생각하는 그런 게 아니……

그는 내게 기회를 주지 않았다.

나쁘지 않아, 그가 말했다. 나라면 그애를 이렇게 묘사하진 않겠지만. 그래도 내가 무슨 말을 하겠어, 네 글인데.

이봐, 나는 말했다.

설명할 필요 없어, 그는 말했다. 좋은 책이야. 글이 좋아. 부분부분 훔친 데만 빼면—아주 독창적이야. 순전히 문학적인 관점에서 말하자면……

잠시 시간이 걸렸다. 그러고 나서야 차이를 깨달았다. 그는 내게 이디시어로 말하고 있었다.

……순전히 문학적인 관점에서, 좋다 하지 않을 이유가 없지. 게다가, 난 항상 네가 뭘 쓰고 있는지 궁금했거든. 이제야, 이 오랜 세월이 흘러서야 알게 됐군.

하지만 난 네가 뭘 쓰고 있는지 궁금했어, 나는 말했다. 일평생 전에, 우리 둘 다 스무 살이었고 작가가 되고 싶었던 시절을 기억하면서.

브루노는 오직 그만이 할 수 있는 방식으로 어깨를 으쓱했다. 너랑 같았지.

같았다고?

물론 같았어.

그애에 관한 책?

그애에 관한 책, 브루노가 말했다. 그는 고개를 돌려 창밖을 바라보았다. 그러다 그가 무릎 위에 사진을 들고 있는 것을 보았다. 그애와 내가 나무 앞에서 찍은 사진. 내가 그 나무에 우리 이름 앞 글자를 새겨놓은 것을 그애는 알지 못했다. A+L. 거의 보이지 않는다. 그러나. 거기에 있다.

그는 말했다, 그애는 비밀을 잘 지켰지.

그러자 떠올랐다. 그날, 육십 년 전에, 눈물을 흘리며 그애의 집을 나오다가 나무에 기대어 서 있는 그의 모습을 보았을 때가. 공책을 들고서, 내가 간 뒤에 그애에게 가려고 기다리던 그가. 몇 달 전까지 우리는 가장 친한 친구였다. 다른 아이들 두어 명과 함께 밤을 반쯤 새우며 담배를 피우고 책에 관해 논쟁을 벌였다. 그렇긴 하지만. 그의 모습을 본 그날 오후 즈음, 우리는 더이상 친구가 아니었다. 서로 말도 하지 않았다. 나는 마치 그가 거기 없는 것처럼 옆을 스쳐지나갔다.

하나만 물어보자, 브루노가 이제 육십 년이 지나 말했다. 항상 알고 싶었어.

뭘?

그는 기침을 했다. 그러더니 고개를 들어 나를 보았다. 네가 나보다 글을 잘 쓴다고 그애가 그랬어?

아니, 나는 거짓말했다. 그런 다음 진실을 말했다. 누가 말해줄 필요도 없었지.

긴 침묵이 흘렀다.

이상하네. 난 항상 생각했는데…… 그는 말을 끊었다.

뭘 생각해? 나는 말했다.

나는 우리가 그애의 사랑 이상의 것을 위해 싸우고 있다고 생각했어, 그가 말했다.

이제는 내가 창밖을 볼 차례였다.

그애의 사랑 이상이 뭐가 있지? 나는 물었다.

우리는 침묵 속에 앉아 있었다.

내가 거짓말했어, 브루노가 말했다. 또하나 묻자.

뭔데?

왜 아직도 바보처럼 여기 이렇게 서 있는 거냐?

무슨 소리야?

네 책, 그가 말했다.

그게 어쨌다고?

가서 다시 가져와.

나는 바닥에 무릎을 꿇고 종이들을 주워모으기 시작했다.

이것 말고!

그럼 어떤 거?

아이고! 브루노가 이마를 치며 말했다. 내가 하나하나 다 말해줘야 해?

내 입가에 서서히 미소가 번졌다.

삼백하나, 브루노가 말했다. 그는 어깨를 으쓱하며 눈길을 돌렸지만, 나는 그가 웃음 짓는 것을 본 듯했다. 그건 하찮은 게 아니지.

홍수

1. 성냥 없이 불을 피우는 법

인터넷에서 앨마 메러민스키를 검색했다. 누군가 그녀에 대해 글을 썼을 거라고, 혹은 그녀의 인생에 관한 정보를 얻을 수 있을 거라고 생각했다. 이름을 입력하고 엔터키를 눌렀다. 하지만 나오는 것은 1891년 뉴욕시에 도착한 이민자(멘델 메러민스키) 명단과 야드 바셈*에 기록된 홀로코스트 희생자(아담 메러민스키, 패니 메러민스키, 나캄, 젤리그, 허셜, 블루머, 아이다, 하지만 다행히도, 찾아보기도 전에 그녀를 잃기는 싫었으니까, 앨마는 없는) 명단뿐이었다.

---

* 예루살렘에 있는 홀로코스트 박물관.

2. 동생은 항상 내 생명을 구한다

줄리언 삼촌이 우리와 함께 살러 왔다. 지난 오 년간 조각가이자 화가인 알베르토 자코메티에 관한 책을 써온 삼촌은 마지막 자료 조사를 마칠 때까지 뉴욕에 있게 되었다. 프랜시스 외숙모는 개를 돌보려고 런던에 남았다. 줄리언 삼촌은 버드의 침대에서 잤고, 버드는 내 침대에서, 나는 바닥에서 오리털 백 퍼센트 침낭에 들어가 잤다. 물론 진짜 전문가라면 그런 게 필요하지 않을 것이다. 응급 상황이 닥치면 새를 몇 마리 죽인 후 깃털을 옷 속에 채워 온기를 유지할 테니까.

밤이면 때때로 동생이 잠꼬대하는 소리가 들리곤 했다. 알아들을 수 없는 끊어진 말들. 하지만 한번은 말소리가 너무 커서 애가 깨어난 줄 알았다. "거기 발 디디지 마." 그애가 말했다. "뭐라고?" 나는 일어나 앉으며 물었다. "너무 깊어." 동생이 중얼거리더니 벽 쪽으로 얼굴을 돌렸다.

3. 그런데 왜

어느 토요일에 버드와 나는 줄리언 삼촌과 함께 현대미술관에 갔다. 버드는 레모네이드 판매 수익금으로 제 표를 직접 사겠다고 우겼다. 줄리언 삼촌이 위층에 있는 큐레이터와 얘기하러 간 사이에 우리는 여기저기 돌아다녔다. 버드는 경비 한 명에게 건물 안에 음수대가 몇 군데 있느냐고 물었다. (다섯 군데.) 그애는 내가 조용히 하라고 나무랄 때까지 이상한 비디오게임 효과음 소리를 냈다. 그리고 문신을 드러낸 사람들의 수를 셌다. (여덟 명.) 우리는 바닥에 무리 지어 쓰러져 있는 사람들을 그린 그림 앞에 섰다. "저 사람들은 왜 저렇게 누워 있어?" 버드가 물었다. "누가 저 사람들을 죽인 거야." 내가 말했다. 사실은 그들이 왜 바닥에 누워 있는지, 심지어 그들이 사람이기는 한지도 잘 몰랐지만. 나는 전시실을 가로질러 다른 그림을 보러 갔다. 동생이 따라왔다. "그런데 왜 저 사람들을 죽인 거야?" 아이가 물었다. "돈이 필요해서 어느 집을 턴 거야." 나는 그렇게 말하며 에스컬레이터를 타고 아래층으로 내려갔다.

집에 가는 지하철에서 버드가 내 어깨를 두드렸다. "그런데 왜 그 사람들은 그 돈이 필요했어?"

4. 바다에서 길을 잃다

"넌 왜 『사랑의 역사』에 나오는 이 앨마가 실제 인물이라고 생각하는 거야?" 미샤가 물었다. 우리는 그의 아파트 건물 뒤편 해변에 앉아 발을 모래에 묻고 시클롭스키 부인이 만들어준 로스트비프와 겨자무 샌드위치를 먹고 있었다. "이라고." 나는 말했다. "뭐?" "실제 인물이라고." "알았어." 미샤가 말했다. "질문에 답해." "앨마는 당연히 실제 인물이야." "네가 어떻게 알아?" "리트비노프가, 그 책을 쓴 사람 말이야, 다른 모든 인물들과 달리 그녀에게는 스페인어 이름을 붙이지 않았다는 사실을 설명할 방법은 그것뿐이니까." "왜?" "그럴 수 없었던 거지." "왜 없어?" "모르겠니?" 나는 말했다. "다른 모든 세부 사항들은 바꿀 수 있어도 그녀만은 바꿀 수 없었던 거야." "그런데 왜?" 미샤가 너무 둔감해서 나는 속이 터졌다. "그녀를 사랑했으니까!" 나는 말했다. "그에게는 그녀만이 실제였으니까." 미샤는 로스트비프를 한입 베어 우물거렸다. "넌 영화를 너무 많이 보는 것 같다." 그가 말했다. 하지만 나는 내가 옳다는 것을 알았다. 천재가 아니라도 『사랑의 역사』를 읽고 그 정도는 추측할 수 있었다.

5. 하고 싶은 말들이 입에 걸려 나오지 않는다

우리는 코니아일랜드를 향해 판자 길을 걸어갔다. 푹푹 찌는 날씨여서 땀방울이 미샤의 관자놀이 아래로 흘러내렸다. 카드놀이를 하는 나이든 사람들을 지나갈 때 미샤가 인사를 했다. 작은 수영복을 입은 쭈글쭈글한 노인이 손을 흔들었다. "저 사람들은 네가 내 여자친구라고 생각해," 미샤가 말했다. 바로 그때 내가 발가락이 걸려 발을 헛디뎠다. 얼굴이 달아오르는 것을 느끼며 생각했다. 난 세상에서 제일 어색한 사람이야. "아, 근데 아니잖아," 나는 말했다. 그게 내가 하고 싶은 말은 아니었지만. 나는 눈길을 돌리고 상어 모양 풍선을 물가로 끌고 가는 아이에게 흥미가 있는 척했다. "나야 알지," 미샤가 말했다. "하지만 저 사람들은 모르잖아." 그는 열다섯 살이 되었고 10센티미터 가까이 키가 자랐으며 입술 위의 거뭇한 털을 면도하기 시작했다. 바다에 도착했을 때 나는 물로 뛰어드는 그의 몸을 바라보았다. 그러자 뱃속에 통증은 아닌, 어떤 다른 느낌이 일었다.

"그 여자 이름이 등록되어 있을 거라는 데 100달러 건다," 나는 말했다. 마음속으로는 전혀 그렇게 믿지 않았지만 달리 화제를 바꿀 방법이 떠오르지 않았다.

6. 아마도 존재하지 않는 것 같은 사람 찾기

"앨마 메러민스키의 전화번호를 알고 싶어요," 나는 말했다. "M-E-R-E-M-I-N-S-K-I." "어느 자치구인가요?" 여자가 물었다. "모르겠어요," 나는 말했다. 잠시 말이 끊기며 자판을 두드리는 소리가 들렸다. 미샤는 롤러블레이드를 타고 지나가는 청록색 비키니 차림의 여자애를 바라보고 있었다. 전화를 받은 여자가 무슨 말인가를 하고 있었다. "네?" 나는 물었다. "브롱크스 147번가에 사는 A. 메러민스키라는 사람이 있다고 했어요," 여자가 말했다. "기다리시면 번호가 안내됩니다."

손바닥에 번호를 적었다. 미샤가 걸어왔다. "그래서?" "15센트 동전 있니?" 나는 물었다. 어리석은 짓이었지만 이제 와서 돌이킬 수는 없었다. 그는 눈썹을 치켜세우더니 반바지 주머니에 손을 넣었다. 손바닥에 적힌 번호로 전화를 걸었다. 남자가 받았다. "앨마 계세요?" 나는 물었다. "누구요?" 그가 말했다. "앨마 메러민스키 씨를 찾고 있어요." "앨마라는 사람은 여기 없어요," 그가 말했다. "번호를 잘못 알았어요. 난 아티예요," 그가 말하고 전화를 끊었다.

우리는 다시 걸어서 미샤의 아파트로 돌아갔다. 욕실로 들어갔더니 안에서 미샤 누나의 향수 냄새가 났고 그애 아버지의 잿빛 속옷이 줄에 빼곡히 널려 마르고 있었다. 밖으로 나오니 미샤가 제 방에서 셔츠를 벗은 채 러시아어로 된 책을 읽고 있었다. 그가 샤워하는 동안 나는 침대에 앉아 키릴 문자로 된 책장들을 넘기며 기다렸다. 물이 떨어지는 소리가 들렸고 미샤가 노래를 불렀는데 가사는 들리지 않았다. 베개에 머리를 대고 누웠더니 미샤 냄새가 났다.

7. 상황이 이대로 계속된다면

미샤가 어렸을 때 그의 가족은 매년 여름 시골 별장으로 갔고, 미샤와 아버지는 다락에서 잠자리채를 꺼내 하늘을 가득 메우며 이주중인 나비들을 잡았다. 그 오래된 별장 안에는 정말로 중국China에서 만든 할머니의 도자기들china과 시클롭스키 삼대가 소년 시절에 잡은 나비 표본 액자들이 가득했다. 시간이 지나며 나비의 인분이 떨어져내렸고 맨발로 집안을 달리면 도자기들이 덜거덕거렸으며 발에는 나비의 비늘가루가 묻었다.

몇 달 전, 그의 열다섯 살 생일 전날 밤에, 나는 미샤에게 나비를 붙인 카드를 만들어주기로 마음먹었다. 러시아 나비의 사진을 찾으려고 인터넷에 들어갔는데 대신 찾은 것은, 지난 이십 년 동안 나비 종 대부분이 개체 수가 감소했고 멸종 비율이 정상보다 만 배가량 높다고 보고한 기사였다. 곤충, 식물, 동물을 통틀어 매일 평균 일흔네 종이 멸종한다고도 쓰여 있었다. 그 기사에 따르면, 이

수치와 다른 무시무시한 통계들을 토대로 과학자들은 우리가 지구 생명체의 역사에서 여섯번째 대멸종기 한복판에 있다고 믿는다고 한다. 전 세계 포유류의 거의 4분의 1이 삼십 년 이내로 멸종할 위기에 처해 있다. 조류는 여덟 종 가운데 한 종이 곧 멸종할 것이다. 전 세계 대형 어종의 구십 퍼센트가 지난 반세기 동안 사라졌다.

나는 대멸종에 관해 검색했다.

가장 최근의 대멸종은 대략 육천오백만 년 전에 발생했는데, 아마도 소행성이 우리 행성에 충돌한 결과 공룡 전체와 절반에 가까운 해양 동물이 죽었다. 그전은 트라이아스기 대멸종으로(역시 소행성이, 어쩌면 화산이 원인이었을 수도 있는데) 생물 종의 구십오 퍼센트가 말살되었고, 그전은 데본기 말의 대멸종이었다. 현재의 대멸종은 지구의 사십오억 년 역사에서 가장 빠를 것이고, 다른 대멸종과는 달리 자연현상이 아니라 인간의 무지가 원인이다. 상황이 이대로 계속된다면 모든 생물 종의 절반이 백 년 안에 사라질 것이다.

그런 이유로 나는 미샤의 카드에 나비를 붙이지 않았다.

8. 간빙기

엄마가 『사랑의 역사』를 번역해달라는 편지를 받은 바로 그 2월에 2피트가 넘는 눈이 내렸고, 미샤와 나는 공원에 눈 동굴을 만들었다. 몇 시간 동안 애를 썼더니 손가락이 얼얼해졌지만 그래도 우리는 계속 눈을 팠다. 다 만들고 나서 안으로 기어들어갔다. 입구로 푸른 빛이 들어왔다. 우리는 서로 어깨를 대고 앉아 있었다. "아마도 언젠가 널 러시아에 데려갈 거야." 미샤가 말했다. "우랄산맥에 캠핑을 갈 수도 있겠다." 내가 말했다. "아니면 그냥 카자흐 스텝 지대만 가든가." 말할 때마다 입김이 조그만 구름처럼 피어났다. "할아버지랑 살았던 방에도 데려가고." 미샤가 말했다. "네바 강에서 스케이트도 가르쳐줄게." "러시아어를 배울 수도 있겠지." 미샤가 고개를 끄덕였다. "내가 가르쳐줄게. 첫번째 단어. 다이." "다이." "두번째 단어. 루쿠." "무슨 뜻인데?" "먼저 따라 해." "루쿠." "다이 루쿠." "다이 루쿠.* 무슨 뜻이야?" 미샤가 내 손을 잡았다.

9. 그녀가 실존 인물이라면

"왜 앨마가 뉴욕에 왔다고 생각하는 거야?" 미샤가 물었다. 우리는 진러미게임을 열 번이나 했고 이제는 그의 방 바닥에 누워 천장을 쳐다보고 있었다. 수영복과 이빨 사이에도 모래가 있었다. 미샤의 머리는 아직도 젖어 있었고 그에게서 디오더런트 냄새가 났다.

"열네번째 장에서 리트비노프는 미국으로 떠난 소녀가 대양을 건너며 늘어뜨린 끈 얘기를 썼어. 그는 폴란드 사람이야, 맞아. 그리고 엄마가 그러는데 독일이 침공하기 전에 탈출했대. 나치가 그의 마을 사람들을 거의 모조리 죽였지. 그러니까 그가 탈출하지 못

---

* '손 좀 쥐봐'라는 뜻의 러시아어.

했다면『사랑의 역사』는 없었을 거야. 앨마도 그 마을 출신이라면, 그렇다는 데 100달러 걸게, 그 사람도……"

"넌 벌써 내게 100달러 빚졌어."

"중요한 건, 내가 읽은 부분에 앨마가 굉장히 어렸을 때, 그러니까 열 살 정도였을 때 얘기가 나온다는 거야. 그러니까 그녀가 실제라면, 나는 실제라고 믿어, 리트비노프는 어려서부터 그녀를 알았을 거야. 그 말은 둘의 고향이 같을 가능성이 크다는 얘기고. 그리고 야드 바솀은 홀로코스트로 죽은 폴란드 출신 앨마 메러민스키의 이름을 싣지 않았어."

"야드 바솀이 누구야?"

"이스라엘에 있는 홀로코스트 박물관."

"좋아. 그럼 그 여자는 유대인이 아닐 수도 있겠네. 그리고 유대인이라고 해도―실제 인물이고 폴란드 사람이고 유대인이고, 게다가 미국에 왔다고 해도―다른 도시로 가지 않았다는 건 어떻게 아는데? 일테면 앤아버라든가." "앤아버?" "사촌 하나가 거기 살아," 미샤가 말했다. "어쨌거나, 난 네가 제이컵 마커스를 찾고 있다고 생각했어, 이 앨마라는 사람이 아니라."

"그 사람 찾는 거 맞아." 나는 말했다. 미샤의 손등이 내 허벅지를 스치는 느낌이 들었다. 처음에는 엄마를 다시 행복하게 해줄 사람을 찾으려 했는데, 이젠 다른 것까지 찾고 있다는 말을 어떻게 해야 할지 알 수 없었다. 내게 이름을 준 여자에 관한 것, 그리고 나에 관한 것을 찾고 있다고.

"제이컵 마커스가 그 책의 번역본을 원하는 이유와 앨마가 관련이 있을지도 몰라." 나는 그렇게 믿어서가 아니라 달리 뭐라 해야 할지 몰라서 그렇게 말했다. "그 사람은 앨마를 알지도 몰라. 아니면 그 사람도 앨마를 찾고 있거나."

리트비노프가 앨마를 그리도 사랑했다면 왜 미국으로 따라오지 않았을까, 왜 칠레로 가서 로사라는 사람과 결혼했을까, 하고 미샤가 묻지 않아 다행이었다. 내가 생각해낼 수 있는 유일한 이유는 그 사람에게 선택의 여지가 없었다는 것이었다.

벽 반대편에서 미샤의 엄마가 아빠에게 뭐라고 소리치고 있었다. 미샤는 팔꿈치를 받치고 몸을 일으켜 나를 내려다보았다. 나는 요전 여름, 우리가 열세 살이었을 때를 떠올렸다. 그의 아파트 지붕에 서서 미샤에게서 시클롭스키 러시안 키스 학교 수업을 받는 동안, 발밑에 부드러운 콜타르가 느껴지고 우리의 혀는 서로의 입속에 있었을 때를. 이제 우리가 알고 지낸 지 이 년이 되었다. 내 종아리 옆쪽이 그의 정강이에 닿았고 그의 배는 내 갈비뼈에 밀착되어 있었다. 그가 말했다. "내 여자친구가 된다고 해서 세상이 끝나진 않을 텐데." 나는 입을 열었지만 아무 말도 나오지 않았다. 일곱 개 언어가 모여 나를 만들었다. 그중 하나만 말할 수 있었다면 좋았을 것이다. 하지만 나는 그러지 못했고, 그래서 그가 고개를 숙여 내게 키스했다.

10. 그때

그의 혀가 내 입안에 있었다. 내 혀를 그의 혀에 대야 하는지, 아니면 그의 혀가 방해받지 않고 자유롭게 움직일 수 있도록 옆으로 치워야 하는지 알 수가 없었다. 미처 결정하기도 전에 그가 혀를 빼고 입을 다무는 바람에 나는 뜻하지 않게 입을 벌린 채 있었는데 그건 좀 실수 같았다. 그게 끝인 줄 알았으나 그때 그가 다시 입을 벌렸고 나는 그것을 미처 예상하지 못했기에 결국 그는 내 입술을 핥게 되었다. 그래서 내가 입을 벌려 혀를 내밀었지만, 그땐 이미 늦어서 그의 혀는 이미 제 입속으로 들어간 뒤였다. 그러다 우리는 제대로, 어느 정도는 제대로 해서, 둘 다 할말이 있는 사람들처럼 동시에 입을 벌렸고, 나는 〈북북서로 진로를 돌려라〉의 열차 장면에서 에바 마리 세인트가 케리 그랜트에게 그런 것처럼 한 손으로 그의 목덜미를 잡았다. 우리는 여기저기 조금 굴러다녔고 그의 사타구니가 내 사타구니를 조금 문지른 듯했지만 아주 잠시뿐이었던 건, 그때 내 어깨가 어쩌다 그의 아코디언에 짓눌렸기 때문이다. 입 주변이 온통 침투성이였고 숨을 쉬기도 힘들었다. 창밖에서 비행기가 JFK공항을 향해 날아갔다. 그의 아빠가 엄마에게 맞받아 고함치기 시작했다. "무슨 일로 싸우시는 거야?" 나는 물었다. 미샤가 머리를 뒤로 젖혔다. 그의 얼굴에 내가 이해할 수 없는 언어로 어떤 생각이 스쳐갔다. 우리의 관계는 이제 바뀌는 건가, 하고 나는 생각했다. "메르드,"* 그가 말했다. "그건 무슨 말이야?" 나는 물었고 그는 대답했다. "프랑스어야." 그는 내 머리칼 한 가닥을 귀 뒤로 넘겨주고 다시 키스하기 시작했다. "미샤?" 나는 속삭였다. "쉿," 그는 말하고 내 셔츠 아래로 손을 넣어 허리를 감쌌다. "하지 마," 하고 나는 일어나 앉았다. 그러고는 말했다. "좋아하는

---

* '빌어먹을'이라는 뜻의 프랑스어.

사람이 따로 있어." 말을 하자마자 후회했다. 더 할 말이 없다는 것이 분명해지자 나는 모래가 가득한 운동화를 신었다. "내가 어디 있는지 엄마가 궁금해할 거야," 나는 말했지만 우리 둘 다 그건 사실이 아님을 알았다. 일어서자 모래 흩어지는 소리가 났다.

11. 일주일이 지나도록 미샤와 나는 서로 말을 하지 않았다

나는 지난날을 생각하며『북미의 식용식물과 꽃』을 다시 공부했다. 우리집 지붕으로 올라가 알아볼 수 있는 별자리가 있는지 살폈지만, 주위에 조명이 너무 밝아서 그냥 뒷마당으로 내려온 뒤 어둠 속에서 아빠 텐트를 치는 연습을 했다. 삼 분 오십사 초가 걸려 기록을 일 분 가까이 줄였다. 텐트를 치고 나서는 안에 들어가 누워서, 아빠에 대해 최대한 많은 것들을 기억하려고 했다.

12. 아빠로부터 내게 전해진 기억들

에카드 하나　생사탕수수의 맛
　슈타임 둘　이스라엘이 아직 신생 국가였을 때 텔아비브에 있던 흙길, 그리고 그 뒤편에 펼쳐진 야생 시클라멘 들판
　샬로시 셋　형을 괴롭힌 아이의 머리에 던진 돌, 그래서 다른 아이들 사이에서 존중받은 일

아르바 넷	모샤브*에서 할아버지와 함께 닭을 산 일, 그리고 목이 잘린 닭들의 다리가 움직이는 것을 보던 일
하메시 다섯	안식일 후 토요일 밤에 할머니가 친구들과 커내스터게임을 하면서 카드를 섞던 소리
셰시 여섯	굉장한 노력과 개인 경비를 들여 혼자서 찾아간 이구아수폭포
셰바 일곱	아내가 될 여자, 키부츠 야브네의 풀밭에서 노란 반바지를 입고 책을 읽던 우리 엄마를 처음 본 날
쉬모네 여덟	밤중에 울던 매미 소리, 그리고 정적
테샤 아홉	재스민, 히비스커스, 그리고 오렌지꽃 냄새
에세르 열	엄마 피부의 창백함

13. 두 주가 지나도록 미샤와 나는 여전히 말을 하지 않았고, 줄리언 삼촌은 떠나지 않았으며, 8월이 다 가고 있었다

『사랑의 역사』에는 전부 서른아홉 장이 있는데, 엄마는 첫 열 장을 보낸 뒤로 열한 장을 더 끝내서 총 스물한 장을 번역했다. 이는 번역이 반을 넘어섰다는 뜻이고 머지않아 다음 소포를 보낼 거라는 뜻이었다.

나는 사생활을 보장받을 수 있는 유일한 곳, 화장실에 들어가 문을 잠그고 제이컵 마커스에게 보낼 두번째 편지를 쓰려고 했지만

---

* 이스라엘의 농업 공동체.

220

어떻게 써봐도 이상하거나 진부하거나 거짓말처럼 들렸다. 그게 사실이기도 했고.

나는 무릎에 메모장을 올려놓고 변기에 앉아 있었다. 발목 옆에 쓰레기통이 있는데 그 안에 구겨진 종이 한 장이 들어 있었다. 그 것을 꺼냈다. 개 말이야, 프랜시스? 종이에는 그렇게 쓰여 있었다. 개라고? 당신 말이 가슴을 찌르는군. 하지만 그게 당신 의도였겠지. 난 당신이 말하는 것처럼 플로와 "사랑에 빠진"게 아니야. 우리는 오래도록 동료로 지내왔고 우연히도 그녀가 내가 중시하는 것들을 중시하는 사람이었던 것뿐이야. '예술' 말이야, 프랜, 솔직히 당신은 이제 쥐똥만큼도 관심이 없는 예술, 기억나? 당신은 날 비판하는 데만 몰두하다보니 당신 자신이 얼마나 변했는지도 알아차리지 못하는군. 내가 한때 사랑했던 사람과는 닮은 데가 전혀…… 편지는 여기에서 멈췄다. 나는 종이를 조심스럽게 다시 구겨서 쓰레기통 안에 되돌려놓았다. 눈을 꽉 감았다. 아마도 줄리언 삼촌은 알베르토 자코메티에 관한 조사를 당분간 끝내지 않을 거라는 생각이 들었다.

14. 그때 어떤 생각이 떠올랐다

틀림없이 어딘가에 모든 죽음에 대한 기록이 있을 것이다. 탄생과 죽음―사무실이든 부서든, 도시 어딘가에 그 모든 것을 기록하는 곳이 있을 것이다. 파일이 있을 것이다. 뉴욕시에서 태어나고 죽은 사람들에 관한 산더미 같은 파일이. 때때로 해질녘에 차를 타고 브루클린-퀸스 고속도로를 달리다가, 하나둘 불 밝힌 스카이라인이 솟아오르며 하늘이 주황색으로 빛날 때 수천 개의 묘비가 한 눈에 굽어보이면, 이 도시의 전기는 거기 묻힌 사람들에게서 나오는 것 아닐까 하는 기묘한 느낌이 든다.

그래서 나는 생각했다. 그녀에 관한 기록이 있을지도 몰라.

15. 다음날은 일요일이었다

밖에 비가 오고 있어서 나는 그냥 집에 앉아 도서관에서 빌려온 『악어들의 거리』를 읽으며 혹시 미샤가 전화하지 않을까 생각했다. 서문에 저자가 폴란드의 어느 마을 출신이라고 쓰여 있는 것을 보고 뭔가 단서를 제대로 잡았다는 것을 알았다. 나는 생각했다, 제이컵 마커스가 폴란드 작가들을 정말로 좋아하거나, 혹은 그가 내게 실마리를 던져준 것이다. 아니, 실은 엄마에게.

책이 길지 않아서 그날 오후에 다 읽었다. 다섯시에 버드가 물에 홀딱 젖어서 집에 왔다. "시작되고 있어." 그애가 부엌문에 붙인 메주자를 만진 후 제 손에 입을 맞추며 말했다. "뭐가 시작돼?" 나는 물었다. "비." "내일 그칠 거래." 나는 말했다. 동생은 오렌지주스 한 잔을 따라 단번에 마시고는, 부엌문 밖으로 나가 제 방에 도착할 때까지 총 네 개의 메주자에 입을 맞췄다.

줄리언 삼촌이 미술관에서 일하고 돌아왔다. "버드의 클럽하우스 본 적 있어?" 삼촌이 내게 물으며 조리대 위에 있는 바나나를 하나 집어 쓰레기통 위에서 껍질을 벗겼다. "꽤 인상적이던데, 그렇게 생각 안 해?"

하지만 월요일에도 비는 그치지 않았고 미샤도 전화를 하지 않기에, 나는 비옷을 걸치고 우산을 찾아 뉴욕 시립 문서 보관소에 갔다. 인터넷에서 찾아보니 출생과 사망 관련 기록이 거기 보관되어 있다고 했다.

16. 체임버스 스트리트 31번지, 103호실

"메러민스키," 안내대 건너편에 있는 동그랗고 검은 안경을 낀 남자 직원에게 말했다. "M-E-R-E-M-I-N-S-K-I." "M-E-R," 남자가 글자를 받아적으며 말했다. "E-M-I-N-S-K-I," 나는 말했다. "I-S-K-Y," 남자가 말했다. "아니에요," 나는 말했다. "M-E-R……" "M-E-R," 그가 말했다. "E-M-I-N," 내가 말했고, 남자가 또 말했다. "E-Y-N." "아니라고요!" 나는 말했다, "E-M-I-N." 남자가 나를 멍한 눈으로 쳐다보았다. 그래서 내가 말했다. "그냥 적어드릴까요?"

그는 이름을 쳐다보았다. 그러더니 내게 앨마 M-E-R-E-M-I-N-S-K-I가 내 할머니 또는 증조할머니냐고 물었다. "네," 나는 일 처리가 더 빨라질까 싶어서 그렇게 말했다. "어느 쪽?" 그가 물었다. "증조," 나는 대답했다. 그는 나를 쳐다보고 손톱 각피를 물어뜯다가 뒤편으로 들어가더니 마이크로필름 상자 하나를 가지고 나왔다. 첫번째 필름 통을 넣었는데 판독기에 걸렸다. 나는 남자 직원의 주의를 끌기 위해 손을 흔들며 엉킨 필름을 가리켰다. 그가 다가와 한숨을 쉬더니 필름을 제대로 끼워주었다. 세번째 통까지 보고 나니 요령이 생겼다. 열다섯 통을 모두 돌려보았다. 그 상자에는 앨마 메러민스키가 없었고, 그래서 남자 직원이 다른 상자, 그다음에 또다른 상자를 가져다주었다. 화장실에 가고 싶어서 나갔다가 돌아오는 길에 자동판매기에서 트윙키스 빵 한 봉지랑 콜라를 샀다. 그 직원이 나오더니 스니커즈 초콜릿 바를 샀다. 이야기를 트려고 나는 말했다. "야생에서 살아남는 방법에 대해 아시는 게 있나요?" 그는 얼굴을 약간 씰룩거리더니 콧등 위로 안경을 밀어올렸다. "무슨 말이야?" "예를 들어, 북극 식물은 거의 다 먹을 수 있다는 거 아세요? 물론 버섯 몇 가지는 빼고요." 그가 눈썹을 치켜세웠고, 그래서 나는 말했다. "음, 토끼 고기만 먹으면 아사할 수도 있다는 건 아셨어요? 사람들이 살려고 토끼를 너무 많이 먹다가 죽었다는 건 기록된 사실이에요. 어떤 종류든 토끼처럼 지방이 적은 살코기를 너무 많이 먹으면 병이, 그게…… 어쨌든, 죽을 수가 있어요." 남자는 남은 스니커즈를 버렸다.

안으로 다시 들어간 그는 네번째 상자를 가지고 나왔다. 두 시간 뒤, 눈이 아팠고 나는 여전히 거기 있었다. "그분이 1948년 이후에 사망하셨을 가능성이 있니?" 그가 눈에 띄게 허둥거리며 물었다. 나는 그럴 수도 있다고 말했다. "아니, 왜 말을 안 했어! 그렇다면 그분 사망 증명서는 여기 없을 거야." "그럼 어디 있어요?" "뉴욕시 보건부, 필수기록과," 그가 말했다. "워스 스트리트 125번지, 133호실. 1948년 이후의 모든 사망 기록은 거기 있어." 나는 생각했다. 훌륭하군.

17. 엄마가 저지른 최악의 실수

집에 오니 엄마가 소파에 웅크리고 누워 책을 읽고 있었다. "뭐 읽어?" 나는 물었다. "세르반테스." 엄마가 대답했다. "세르반테스?" 나는 물었다. "가장 유명한 스페인 작가." 엄마가 책장을 넘기며 말했다. 나는 눈을 홉뜨고 엄마를 쳐다보았다. 때때로 나는 왜 엄마가 황야를 사랑하는 엔지니어 말고 유명한 작가와 결혼하지 않았는지 궁금하다. 그랬다면 이런 일들은 아예 일어나지도 않았을 텐데. 그랬다면 아마도 지금, 바로 이 순간에, 엄마는 유명 작가 남편과 함께 저녁 식탁에 앉아 다른 유명 작가들의 장점과 단점에 대해 토론하면서 동시에 사후 노벨상 수상 자격이 있는 작가가 누구냐 하는 어려운 판단을 하고 있었을지도 모르는데.

그날 밤, 나는 미샤네 집에 전화를 걸었다가 신호음이 한 번 울리자 끊어버렸다.

18. 그러다보니 화요일이 되었다

비는 여전히 내리고 있었다. 지하철로 가는 길에 공터를 지났는데, 버드가 이제 무려 6피트 높이가 된 쓰레깃더미 위에 방수포를 쳐놓은 것이 보였다. 쓰레깃더미 측면에는 쓰레기봉투와 낡은 밧줄들이 매달려 있었다. 더미 위로는 깃대가 솟아 있었는데, 아마도 깃발이 걸리기를 기다리는 듯했다.

레모네이드 판매대도 여전히 거기 있었고, 레모네이드 50센트 직접 따라 드세요(손목을 삐었음)이라고 쓴 팻말 역시 그대로였는데, 다만 새로운 말이 한마디 덧붙여졌다. 모든 수익금은 자선사업에 쓰입니다. 하지만 탁자 위는 비어 있었고 버드 또한 어디에도 보이지 않았다.

지하철에서, 캐럴 스트리트와 버건 스트리트 사이 어디쯤에서, 미샤에게 아무 일도 없었던 것처럼 전화를 걸기로 마음먹었다. 지하철에서 내린 후, 작동되는 공중전화를 찾아 미샤네 집에 전화를 걸었다. 신호음이 들리기 시작하자 가슴이 쿵쾅거렸다. 그의 엄마가 전화를 받았다. "안녕하세요, 시클롭스키 부인," 나는 아무렇지 않은 척하며 말했다. "미샤 있나요?" 아줌마가 그를 부르는 소리가 들렸다. 길게 느껴지는 시간이 지나고 미샤가 전화기를 들었다. "안녕," 나는 말했다. "안녕." "어떻게 지내?" "잘 지내." "뭐하고 있었어?" "독서." "무슨 책?" "만화." "내가 어디에 있는지 물어봐." "어디에 있는데?" "뉴욕시 보건부." "왜?" "앨마 메러민스키의 기록을 찾아볼 거야." "아직도 찾고 있군," 미샤가 말했다. "그래," 나는 말했다. 어색한 침묵이 흘렀다. 나는 말했다. "음, 오늘밤에 〈토파즈〉를 빌려다 볼 생각이 있는지 물어보려고 전화했어." "안 돼." "왜?" "약속이 있어." "무슨 약속?" "영화 볼 거야." "누구랑?" "아는 여자애." 뱃속이 뒤집히는 느낌이 들었다. "어떤 여자애?" 나는 생각했다. 제발 루바만은 아니기를. "루바," 그가 말했다. "아마 너도 기억할걸? 너희들 한 번 만난 적 있어." 물론 기억했다. 금발에 키가 175센티미터이고 예카테리나 여제의 후손이라고 주장하는 여자애를 어떻게 잊을 수 있나?

운이 나쁜 날이었다.

"M-E-R-E-M-I-N-S-K-I." 133호실 안내대 너머에 있는 여자 직원에게 말했다. 나는 생각했다. 목숨이 위태로운 상황에서도 '범용 식용성 검사법'을 실행하지 못하는 여자애를 그는 어떻게 좋아할 수 있을까? "M-E-R-E," 여자가 그렇게 말하기에 나는 "M-I-N-S······"라고 대답하며 생각했다, 그 여자애는 아마 〈이창〉이란 영화는 들어본 적도 없을 거야. "M-Y-M-S," 여자 직원이 말했다. "아니에요." 나는 말했다. "M-I-N-S." "M-I-N-S," 그녀가 말했다. "K-I," 나는 말했다. 그러자 그녀도 말했다, "K-I."

한 시간이 지났고 우리는 앨마 메러민스키의 사망 증명서를 찾지 못했다. 다시 반시간이 지났지만 여전히 없었다. 외로움은 우울함으로 변했다. 두 시간이 지난 후 직원은 1948년 이후 뉴욕시에서 사망한 앨마 메러민스키는 없다는 걸 완전히, 백 퍼센트, 장담한다고 말했다.

그날 밤, 〈북북서로 진로를 돌려라〉를 빌려다 열한번째로 다시 보았다. 그러고는 잠을 잤다.

19. 외로운 사람들은 한밤중에 항상 깨어 있다

눈을 떴을 때 줄리언 삼촌이 나를 내려다보며 서 있었다. "네가 몇 살이지?" 삼촌이 물었다. "열네 살이요. 다음달에 열다섯 살이 돼요." "다음달에 열다섯 살," 삼촌이 머릿속으로 수학 문제를 풀고 있는 것처럼 말했다. "자라면 뭐가 되고 싶니?" 삼촌은 흠뻑 젖은 레인코트를 그대로 입고 있었다. 물방울 하나가 내 눈에 떨어졌다. "모르겠어요." "그러지 말고. 뭐라도 있을 거 아냐." 나는 침낭에서 일어나 앉아 눈을 비비고 내 디지털 손목시계를 봤다. 누르면 숫자에 불이 들어오는 단추가 달린 시계다. 나침반도 내장되어 있다. "새벽 세시 이십사분이라고요." 나는 말했다. 버드는 내 침대에서 잠들어 있었다. "알아. 그냥 궁금해서 그래. 대답하면 다시 자게 해준다고 약속할게. 뭐가 되고 싶어?" 나는 생각했다. 영하의 기온에서 살아남고 식량을 구할 수 있으며 눈으로 굴을 만들고 아무것도 없이 불을 피울 수 있는 사람. "모르겠어요. 어쩌면 화가." 나는 말했다. 삼촌 기분이 좋아지면 날 다시 자게 해줄 것 같아서. "재미있네." 삼촌이 말했다. "내가 듣고 싶었던 대답이 그건데."

20. 잠이 깨어 어둠 속에서

미샤와 루바를 생각했고, 아빠와 엄마를 생각했고, 왜 즈비 리트비노프는 칠레로 가서 정말로 사랑했던 앨마 대신에 로사와 결혼했을까를 생각했다.
줄리언 삼촌이 복도 건너편에서 잠결에 기침하는 소리가 들렸다. 그러다 생각했다. 잠깐만.

21. 그녀가 결혼해버린 것이다!

그거였다! 앨마 메러민스키의 사망 증명서를 찾을 수 없었던 이유가. 왜 진작 그런 생각을 못했을까?

22. 정상이 된다는 것

침대 밑에 손을 넣어 생존 배낭에서 손전등과 함께 '야생에서 살아남는 법' 3권을 꺼냈다. 전등을 켰을 때 무언가가 눈에 띄었다. 침대 틀과 벽 사이, 바닥과 가까운 곳에 끼어 있었다. 나는 침대 밑으로 들어가 더 잘 살펴보려고 전등을 비췄다. 흑백 표지가 달린 작문 공책이었다. 앞표지에는 יהוה라고 쓰여 있었다. 그 옆에는 사생활 침해 금지라고 쓰여 있었다. 언젠가 미샤가 러시아어에는 사생활이라는 단어가 없다고 말해주었다. 나는 공책을 펼쳤다.

4월 9일

יהוה

사흘 연속 정상적인 사람으로 살았다. 이건 내가 어떤 건물 옥상에도 올라가지 않았고, 내 것이 아닌 물건에 하-님의 이름을 쓰지 않았으며, 완전히 정상적인 질문에 토라*의 경구로 대답하지 않았다는 뜻이다. 또한, 다음과 같은 질문에 '아니요'라고 대답할 만한 짓을 하지 않았다는 뜻이기도 하다. '정상적인 사람이 이런 일을 할까?' 지금까지는 그렇게 힘들지 않았다.

---

* 유대교 율법.

4월 10일

היהי

정상적으로 행동한 지 연속 나흘째 되는 날이다. 체육 시간에 조시
K가 나를 벽에 밀어붙이고 내가 엄청 대단한 천재라도 된다고 생각하
느냐고 따져서, 나는 내가 엄청 대단한 천재라고 생각하지 않는다고
말했다. 정상적인 하루를 망치고 싶지 않았기 때문에, 아마도 난 천재
가 아니라 모시아흐인 것 같다고 말하지는 않았다. 또한, 손목도 나아
가고 있다. 어쩌다 손목을 삐었는지 알고 싶다면, 내가 손목을 삔 것
은 히브리어 학교에 일찍 도착했는데 문이 잠겨 있었고 건물 측면에
달린 사다리가 있어서 지붕 위로 올라가려 했기 때문이다. 사다리는
녹이 슬었지만, 그것 빼고는 그다지 어렵지 않았다. 지붕 한가운데에
커다란 물웅덩이가 있어서 그 안에 내 공을 튕겼다가 잡으면 어떻게
될지 보기로 했다. 재미있었다! 공을 열다섯 번 정도 더 튕겼는데 그
러다 공이 지붕 가장자리 너머로 떨어져버렸다. 그래서 나는 드러누
워 하늘을 올려다보았다. 비행기를 세 대까지 세었다. 지루해지자 내
려가기로 했다. 내려갈 때는 뒤로 가야 해서 올라갈 때보다 더 힘들었
다. 반쯤 내려갔을 때 어느 교실 창문을 지났다. 앞쪽에 주커 선생
님이 보이는 것으로 보아 달레드* 반이었다. (내가 어느 반인지 알고
싶다면, 올해 나는 헤이** 반이다.) 주커 선생님이 하는 말이 들리지
않아서 입술을 읽으려고 했다. 잘 보려면 사다리에서 옆으로 멀리 몸
을 뻗어야 했다. 창문에 얼굴을 딱 붙였더니 갑자기 모두가 고개를 돌

---

* 히브리어의 네번째 알파벳.
** 히브리어의 다섯번째 알파벳.

려 나를 쳐다보기에 손을 흔들다가 중심을 잃고 말았다. 나는 아래로 떨어졌고 랍비 위즈너는 뼈가 전혀 부러지지 않은 게 기적이라고 말했지만, 마음속 깊은 곳에서 나는 항상 안전하다는 것, 하-님은 내게 무슨 일이 벌어지도록 놔두시지 않는다는 것을 알았다. 난 거의 확실히 라메드보브닉이니까.

4월 11일

יהוה

오늘은 내가 정상적으로 산 지 닷새째 되는 날이다. 앨마는 내가 정상적이면 내 인생이 훨씬 편해질 거라고 말한다. 다른 모든 사람의 인생은 말할 것도 없고. 나는 손목에서 에이스 붕대를 풀게 되었고 이제는 조금만 아프다. 여섯 살 때 손목이 부러졌던 게 아마도 훨씬 더 아팠겠지만 기억이 나지 않는다.

나는 뒤로 휙휙 넘어가 이런 글을 읽었다.

6월 27일

יהוה

지금까지 레모네이드를 팔아서 295달러 50센트를 벌었다. 591컵을 판 것이다! 내 최고 고객은 골드스타인 씨인데 엄청 목이 말라서 한번에 열 컵을 산다. 또 줄리언 삼촌은 언젠가 20달러를 팁으로 줬다. 이제 384달러 50센트만 남았다.

6월 28일

יהוה

오늘 정상적이지 않은 행동을 할 뻔했다. 4번가에서 어느 건물을 지나고 있었는데 널빤지가 비계에 기대어 세워져 있었고 주변에 아무도 없어서 정말로 그걸 가져가고 싶었다. 그건 보통의 도둑질과는 달랐을 것이다. 내가 짓고 있는 특별한 것은 사람들을 도울 테고 하−님은 내가 그걸 짓기를 원하시니까. 하지만 그걸 훔치다 누군가에게 들키면 곤란해질 것이고, 앨마가 와서 날 데려가야 할 테고, 그러면 누나가 화를 낼 거라는 사실도 알았다. 하지만 비가 내리기 시작하고 내가 지금껏 지으려고 한 특별한 것이 무엇인지 마침내 알려준다면 누나도 더는 화를 내지 않을 것이다. 그걸 지으려고 이미 재료를 많이 모았는데, 사람들이 쓰레기와 함께 버린 것들이 대부분이다. 많이 필요한데 찾기 어려운 것 한 가지는 물에 뜨는 스티로폼이다. 당장은 모은 게 그리 많지 않다. 다 짓지도 않았는데 비가 내리기 시작할까봐 걱정될 때도 있다.

앨마가 어떤 일이 벌어질지 안다면 내가 자기 공책에 יהוה를 썼다고 그렇게 화내지는 않을 것이다. '야생에서 살아남는 법' 세 권을 모두 읽었는데 아주 좋았다. 재미있고 유용한 사실들이 가득했다. 핵폭탄이 터지면 어떻게 해야 하는지에 대해 자세히 써놓은 부분도 있었다. 나는 핵폭탄이 터질 거라고 생각하지 않지만 만일을 대비해 아주 꼼꼼히 읽어두었다. 그리고 이스라엘로 가기 전에 핵폭탄이 터져서 사방에 재가 눈처럼 떨어진다면 천사들을 만들어야겠다고 결심했다. 사람들은 모두 없어졌을 테니 원하는 집이면 아무데나 들어갈 것이다. 학교에 갈 수는 없겠지만 별로 상관은 없다. 어차피 학교에서는 정말로 중요한 것, 사람이 죽으면 어떻게 되는가, 같은 것은 배우지 않으니까. 어쨌거나 이건 다 농담이고, 핵폭탄은 터지지 않을 것이다. 정말로 일어날 일은 홍수다.

23. 밖은, 여전히 비가 내리고 있었다

여기 이렇게 우린 함께 있어

폴란드에서 보낸 마지막 아침에, 친구가 모자를 눈 바로 위까지 눌러쓰고 모퉁이를 돌아 사라진 뒤에, 리트비노프는 걸어서 방으로 돌아갔다. 가구를 팔거나 남에게 준 뒤라 방은 이미 비어 있었다. 문가에 여행 가방들이 놓여 있었다. 그는 외투 안쪽에 품고 온 갈색 종이 꾸러미를 꺼냈다. 봉인이 되어 있었고 전면에는 친구의 익숙한 필체로 이렇게 쓰여 있었다. 레오폴드 거스키를 다시 만날 때까지, 그를 위해 보관 요망. 리트비노프는 여행 가방 주머니에 꾸러미를 넣었다. 창가로 가서 조그맣고 네모난 하늘을 마지막으로 바라보았다. 멀리에서 교회 종소리가 울렸다. 그가 일할 때나 잠들어 있을 때 수백 번 울려대던, 너무 자주 울려서 그의 정신이 만들어낸 것처럼 느껴지던 종소리였다. 그는 신문에서 잘라낸 사진과 기사들을 붙여두느라 압정 구멍이 난 벽을 손가락으로 쓸었다. 그리고 거울 앞에 멈춰 서서 나중에 이날 자신이 정확히 어떤 모습이었는지 기억해낼 수 있도록 거울 속 제 모습을 꼼꼼히 살펴보았다. 목구멍에서 뭔가가 치밀어올랐다. 그는 이미 수없이 확인했음에도, 주머니 속에 여권과 비행기표가 있는지 다시 살폈다. 그런 다음 손목시계를 흘낏 보고 한숨을 내쉰 뒤, 여행 가방을 들고 문밖으로 걸어나갔다.

리트비노프가 처음에 친구 생각을 그리 많이 하지 않았다면 그것은 머릿속에 다른 생각이 너무 많아서였다. 그의 아버지는 자신에게 신세를 진 지인의 지인을 움직여 아들에게 스페인 비자를 받게 해주었다. 그는 스페인에서 리스본으로 간 다음 아버지의 사촌이 사는 칠레로 가는 배를 탈 작정이었다. 배에 오르고 나자 다른 일들이 앞다투어 그의 주의를 빼앗았다. 예컨대, 여러 차례의 뱃멀미, 캄캄한 물에 대한 두려움, 수평선에 관한 명상, 해저 생물에 관한 추측, 문득 찾아오는 향수, 고래 목격, 예쁜 갈색 머리 프랑스 여자 목격.

배가 마침내 발파라이소항에 도착해 다리를 후들후들 떨며(그는 혼잣말로 "항해에 익숙해진 다리"라고 했는데, 몇 년이 지나고 때때로 아무런 이유 없이 다시 그런 후들거림을 느낄 때도 똑같이 말했다) 배에서 내렸을 때, 이번에는 다른 일들이 그의 주의를 빼앗았다. 칠레에 도착한 후 처음 몇 달 동안에는 닥치는 대로 일을 했다. 첫 직장으로 소시지 공장에 들어갔으나 셋째 날 전차를 잘못 타서 십오 분 늦게 출근하자 바로 해고되었고, 그다음에는 식료품점에서 일했다. 한번은 사람을 구하는 작업반장이 있다는 말을 듣고 찾아가다가 길을 잃었는데 마침 서 있던 곳이 지역신문 사무소 밖이었다. 창문이 열려 있어서 안에서 타닥거리는 타자기 소리가 들려왔다. 그리움이 가슴을 찔렀다. 일간지에서 함께 일하던 동료들이 떠올랐고, 이어서 생각을 가다듬을 때 만지작거리던 나무 책상 위의 홈들이 떠올랐고, 이어서 타자기의 s자가 뻑뻑해서 자꾸만 글에, hisss death leavesss a hole in the livesss of thossse he helped*, 같은 문장이 섞여들던 일이 떠올랐고, 이어서 상사의 싸구려 엽궐련냄새가 떠올랐고, 이어서 비상근 통신원에서 부고 담당 기자로 승진한 일이 떠올랐고, 이어서 이사크 바벨이 떠올랐는데, 그는 자신에게 여기까지만 회상을 허락하고 그리움은 궤도 위에 멈춰둔 채 서둘러 거리를 달려 내려갔다.

결국, 그는 약국에 일자리를 얻었다―약사였던 아버지의 어깨 너머로 배운 것들 덕분에 리트비노프는 도시의 조용한 구역에서 깔끔한 약국을 운영하는 독일계 유대인 영감을 보조할 수 있었다. 마침내 혼자 지낼 방을 세낼 여유가 생기고 나서야 그는 여행 가방들을 풀 수 있게 되었다. 그는 어느 가방 주머니에서 친구의 손글씨가 쓰여 있는 갈색 종이 꾸러미를 발견했다. 슬픔이 물결처럼 밀려와 그의 머리에서 부서졌다. 아무런 이유 없이, 민스크의 뒷마당 빨랫줄에서 말라가던 흰 셔츠가 문득 떠올랐다.

그는 그 마지막날 거울에 비친 자신의 얼굴을 기억해내려고 애썼다. 그러나 그럴 수가 없었다. 눈을 감고 기억을 불러내려 했다. 하지만 떠오른 것은 길모퉁이에 서 있던 친구의 표정뿐이었다. 한숨과 함께 리트비노프는 봉투를 빈 여행 가방에 다시 넣고 지퍼를 잠근 후 벽장 선반에 치워두었다.

---

* '그는 떠나며 자신이 돕던 사람들의 인생에 빈자리를 남겼다'라는 뜻.

리트비노프는 숙식비를 내고 남은 돈을 모두 저축해서 여동생 미리엄을 데려오려고 했다. 미리엄은 바로 아래 동생인데다 생김새도 비슷해서 둘은 어렸을 때, 비록 미리엄이 피부색이 더 희고 귀갑테 안경을 끼고 다녔어도, 쌍둥이로 오해받은 적이 많았다. 동생은 바르샤바에서 법학대학원을 다녔지만 결국에는 출석을 금지당했다.

리트비노프가 자신에게 허락한 유일한 소비는 단파 라디오였다. 밤마다 그는 다이얼을 이리저리 돌려 남미 대륙을 배회하다가 어느 날 '미국의 소리'라는 새로운 채널을 찾았다. 영어를 조금밖에 하지 못했지만 그것으로도 충분했다. 그는 나치의 진군에 대해 들으며 큰 충격을 받았다. 히틀러가 러시아와 맺은 조약을 깨고 폴란드를 침공했다. 이미 열악했던 사정이 무시무시한 지경으로 치달았다.

친지에게서 오던 얼마 안 되는 편지들이 점점 줄었고 실제로 무슨 일이 일어나고 있는지 알기가 힘들었다. 여동생에게서 마지막에서 두번째로 받은 편지에는—그녀가 다른 법학도와 사랑에 빠져 결혼을 했다는 소식과 함께—그녀와 즈비가 어린 시절에 찍은 사진이 접힌 채 들어 있었다. 사진 뒷면에 그녀는 썼다. 여기 이렇게 우린 함께 있어.

아침마다 리트비노프는 골목에서 주인 없는 개들이 싸우는 소리를 들으며 커피를 끓였다. 이른 아침부터 타들어가는 햇살을 받으며 전차를 기다렸다. 약국 뒤편에서 알약과 가루약과 체리맛 시럽과 머리끈 들이 든 상자에 둘러싸여 점심을 먹었고, 밤에는 바닥을 대걸레로 닦고 약 단지들을 표면에 여동생의 얼굴이 비쳐 보일 때까지 깨끗이 닦은 다음 집에 돌아왔다. 친구들은 많이 사귀지 않았다. 친구를 사귀는 일에서 멀어졌다. 일하지 않을 때는 라디오를 들었다. 라디오를 듣다 지쳐 의자에서 잠들었고 잠든 후에도 계속 들어서, 그의 꿈은 방송에서 나오는 목소리를 중심으로 형태를 갖추었다. 똑같은 두려움과 무기력을 겪는 다른 난민들이 있다는 사실도 리트비노프에게는 위안이 되지 못했는데, 세상에는 두 가지 유형의 인간이 있기 때문이다. 타인들 속에서 슬퍼하기를 원하는 사람과 홀로 슬퍼하기를 원하는 사람. 리트비노프는 혼자가 더 나았다. 저녁식사에 초대를 받으면 핑계를 대며 사양했다. 한번은 일요일에 셋집 주인 여자가 다과에 초대하자 그는 쓰고 있는 글을 끝내야 한다고 말했다. "글을 써요?" 주인 여자가 놀라며 물었다. "무슨 글을 써요?" 리트비노프는 거짓말이란 일단 하고 나면 한 번이든 두 번이든 별 차이가 없다고 생각하는 사람이어서 별생각 없이 말했다. "시를 써요."

그가 시인이라는 소문이 돌기 시작했다. 내심 기분이 좋아진 리트비노프는 소문을 바로잡으려 하지 않았다. 심지어 아우베르투 산투스두몽이 쓸 법한 모자를 사기까지 했다. 브라질 사람들은 세계 최초로 비행에 성공한 사람이 산투스두몽이라고 주장하는데, 리트비노프가 듣기로 비행기 엔진에 부채질하느라 우그러졌다는 그의 파나마모자는 문학하는 사람들 사이에서 아직도 인기가 있었다.

시간이 흘렀다. 독일계 유대인 영감이 자다가 숨을 거두어 약국은 문을 닫았고 리트비노프는, 그의 문학적 능력에 대한 소문에 힘입어, 유대인 학교 교사로 채용되었다. 전쟁은 끝났다. 리트비노프는 누이 미리엄과 부모님, 그리고 다른 네 형제의 소식을 조각조각 전해듣게 되었다(첫째 형 안드레가 어떻게 되었는지는 개연성을 따져 짐작이나 해볼 뿐이었지만). 그는 진실을 견디며 사는 법을 배우게 되었다. 받아들이는 것이 아니라 견디는 법. 그것은 코끼리와 함께 사는 것과 같았다. 그의 방은 비좁아서 아침마다 욕실에 가려면 진실 주위를 비집고 돌아가야 했다. 속옷을 한 벌 꺼내러 옷장에 가려면 진실 아래로 기어가면서 그것이 바로 그 순간 얼굴 위에 주저앉지 않기를 기도해야 했다. 밤에 눈을 감으면 진실이 그의 위로 덮칠 듯 다가오는 것을 느낄 수 있었다.

살이 빠졌다. 그의 모든 것이 쪼그라드는 것 같았다. 아래로 처지고 길어져서 우울한 분위기를 만드는 귀와 코만 제외하고. 서른둘이 되던 해에는 머리카락이 한 줌씩 뭉텅뭉텅 빠졌다. 그는 찌그러진 파나마모자를 벗어버리고 어딜 가나 무거운 외투를 입기 시작했는데, 외투 속주머니에는 몇 년 동안 지니고 다니느라 닳고 구겨진 종이가 접힌 자리가 나달나달해진 채로 들어 있었다. 학교에서 아이들은 그와 스치기라도 하면 그의 등뒤에서 스스로 예방주사를 놓는 시늉을 했다.

로사가 바닷가 카페에서 리트비노프를 주목하기 시작했을 때가 바로 그런 상황이었다. 그는 오후만 되면 소설이나 시 잡지를(처음에는 자신의 명성에 대한 의무감에서, 나중에는 점점 흥미를 느끼게 되어) 읽는다는 핑계로 카페에 갔다. 하지만 사실은 진실이 기다리고 있는 집에 돌아가야 할 때까지 시간을 조금이라도 벌고 싶어서였다. 카페에서 리트비노프는 자신에게 약간의 망각을 허락했다. 파도를 보며 명상하고 학생들을 바라보았으며 때때로 그들의 논쟁을 엿들었다. 자신도 한 백 년 전에(즉, 십이 년 전에) 학생이였을 때 벌이던 것과 똑같은 논쟁을. 심지어 그들 중 몇몇의 이름도 알았다. 로사를 포함해서. 어떻게 모를 수 있을까? 사람들이 늘 불러대는 이름을.

그녀가 그의 테이블로 다가와, 어느 젊은 남자에게 인사하려고 스쳐지나가는 대신 우아한 몸짓으로 갑작스럽게 멈춰 서서 그에게 함께 앉아도 되느냐고 물었을 때, 리트비노프는 장난이라고 생각했다. 턱선에서 자른 반짝이는 검은 머리가 그녀의 강인한 코를 돋보이게 했다. 그녀는 초록색 원피스를 입고 있었다(나중에 로사는 빨간색이었다고, 검은 물방울무늬가 있는 빨간색이었다고 주장했지만, 리트비노프는 에메랄드빛 민소매 시폰 원피스의 기억을 거둬들이지 않았다). 그녀가 합석한 지 삼십 분이 지나고 흥미를 잃은 그녀의 친구들이 대화를 재개한 뒤에야 리트비노프는 그녀의 행동이 진심임을 깨달았다. 대화가 어색하게 끊어졌다. 로사는 웃음을 지었다.

"제 소개도 안 했네요." 그녀가 말했다.

"로사잖아요." 리트비노프가 말했다.

다음날 오후, 로사는 약속한 대로 두번째 만남에 나왔다. 그녀가 손목시계를 얼핏 보고 시간이 늦었음을 깨달았을 때, 그들은 세번째 만남을 계획했고, 그뒤로 네번째 만남은 별말 없이 이어졌다. 두 사람이 다섯번째로 만났을 때 리트비노프는—네루다와 다리오 둘 중 누가 더 위대한 시인인지에 대한 열띤 토론 중간에—로사의 젊은이다운 자연스러움에 홀려 함께 콘서트에 가자고 제안한 후 자신도 깜짝 놀랐다. 로사가 제안을 반갑게 받아들였을 때, 그의 머리에 떠오른 생각은, 어떤 엄청난 기적이 일어나 이 사랑스러운 아가씨가 정말로 그에 대해 감정을 품게 되었는지도 모른다는 것이었다. 누군가가 그의 가슴속 징을 친 듯한 느낌이었다. 그 소식에 몸 전체가 진동했다.

콘서트 데이트 뒤로 며칠이 지난 후 그들은 공원에서 만나 함께 도시락을 먹었다. 이어서 다음 일요일에는 자전거를 타러 나갔다. 일곱번째 데이트에서는 영화를 함께 봤다. 영화가 끝나고 리트비노프는 걸어서 로사를 바래다주었다. 그레이스 켈리의 믿을 수 없는 미모에 비해 연기는 어떠했는지 얘기하며 함께 서 있었는데 갑자기 로사가 상체를 내밀어 그에게 키스했다. 혹은 키스를 하려고는 했는데, 상상도 못했던 일에 놀란 리트비노프가 뒤로 물러나는 바람에 로사가 목을 길게 뺀 채 어색한 각도로 앞으로 기울어진 것이거나. 사실 그는 그날 밤 내내 두 사람의 다양한 신체 부위가 서로 가까워지거나 멀어지는 변화를 지켜보며 점점 커지는 기쁨을 느끼고 있었지만, 그때까지는 그 거리의 변화가 너무도 미세했기 때문에 로사의 코가 갑작스럽게 돌진해 들어오자 하마터면 눈물을 흘릴 뻔했다. 그는 자신의 실수를 깨닫고 둘 사이의 공간에 무턱대고 목을 쑥 내밀었다. 하지만 그때는 이미 로사가 자신의 손실을 헤아리고 안전한 영역으로 철수한 뒤였다. 리트비노프는 불안정한 상태로 멈춰 있었다. 로사의 향수가 그의 코를 간질일 만큼의 시간이 지나자 그는 서둘러 퇴각했다. 혹은 서둘러 퇴각하기 시작했는데, 더는 상황을 우연에 맡기고 싶지 않았던 로사가 경쟁의 공간에 자신의 입술을 밀어넣었고, 그 와중에 그녀는 코라는 부속물을 순간적으로 망각했다가 바로 뒤이어 기억해냈지만, 그의 입술이 그녀의 입술에 뭉개지는 순간 그녀의 코가 리트비노프의 코에 충돌

하면서, 그렇게 그들은 첫 키스와 함께 혈족이 되었다.

　집으로 오는 버스에서 리트비노프는 마음이 들떴다. 자신 쪽을 쳐다보는 사람들 모두에게 미소를 지었다. 휘파람을 불며 거리를 걸어갔다. 하지만 자물쇠에 열쇠를 끼워넣는 순간, 서늘함이 가슴으로 파고들었다. 그는 어두운 방에서 불도 켜지 않은 채로 서 있었다. 이런 젠장, 그는 생각했다. 넌 도대체 머리라는 게 있는 거야? 그런 여자에게 네가 줄 수 있는 게 도대체 뭐가 있어, 바보같이 굴지 마, 넌 지금껏 속수무책으로 무너져내렸고, 부서진 조각들도 모두 잃어버려서 줄 것이 하나도 남지 않았어, 그걸 영원히 숨길 순 없을 거야, 머지않아 그녀가 진실을 알아차릴 테니까, 너는 껍데기만 남은 사람이라는 걸, 그녀는 널 톡톡 두드려보기만 해도 네 안이 텅 빈 것을 알게 될 거야.

　그는 창문에 머리를 대고 오래도록 서서 모든 것에 대해 생각했다. 그러고는 옷을 벗었다. 어둠 속에서 더듬거리며 속옷을 빨아 라디에이터 위에 널었다. 다이얼을 돌리자 라디오가 빛과 함께 소생했다. 하지만 그는 일 분 후 라디오를 꺼버렸고, 탱고 음악이 갑자기 끊기며 정적이 흘렀다. 그는 의자에 알몸으로 앉아 있었다. 쪼그라든 성기 위에 파리가 한 마리 앉았다. 그는 뭔가 중얼거렸다. 중얼거리니 기분이 좋아져서 조금 더 중얼거렸다. 그것은 긴 세월 전, 친구가 죽지 않기를 기도하며 간호하던 그날 밤 이후로, 고이 접어 가슴주머니에 내내 지니고 다녔기 때문에 이제는 외워버린 글이었다. 그 글을 너무나 여러 번, 때로는 자기가 그러는 줄도 모르는 채로 계속 되뇌어왔기 때문에, 그는 그것이 자기 글이 아니라는 것을 정말로 잊어버리는 때도 있었다.

　그날 밤, 리트비노프는 벽장으로 가서 여행 가방을 꺼냈다. 주머니 속에 손을 넣어 두꺼운 봉투를 찾아 더듬거렸다. 그것을 꺼내 무릎에 올려놓고 다시 의자에 앉았다. 한 번도 열어본 적 없지만 그 안에 뭐가 있는지 당연히 알고 있었다. 눈부심을 피하려고 눈을 감으며 그는 손을 뻗어 전등을 켰다.

레오폴드 거스키를 다시 만날 때까지, 그를 위해 보관 요망.

후에, 그 문장은 쓰레기통의 오렌지 껍질과 커피 필터 아래에 묻어버리려고 아무리 애써도 항상 다시 표면으로 떠올랐다. 그래서 어느 날 아침 리트비노프는 속이 빈 봉투를 다시 꺼냈다. 내용물은 이미 그의 책상 위에 안전하게 놓여 있었다. 그는 눈물을 참으며 성냥을 켜고 친구의 손글씨가 타오르는 것을 바라보았다.

웃으며 죽기

뭐라고 쓰여 있어?

우리는 그랜드센트럴역에서 별빛 아래 서 있었다. 아니 하늘에 별이 떠 있었다는 건 그저 추측이다. 이제 나는 머리 위의 막힘 없는 풍경을 보려고 고개를 젖히는 일이 다리를 올려 귀 뒤에 거는 일 못지않게 어려운 처지니까.

뭐라고 쓰여 있어? 출발 안내판 쪽으로 턱을 살짝 더 쳐들었을 때 브루노가 팔꿈치로 내 갈비뼈를 찌르며 다시 물었다. 내 윗입술이 턱의 무게에서 해방되려고 아랫입술에서 떨어졌다. 서둘러, 브루노가 말했다. 좀 침착하라고, 나는 말했다. 다만 입을 벌린 채 한 말이라 실제로는 옴 임자아라고, 하는 것처럼 들렸을 뿐. 나는 겨우 숫자만 읽을 수 있었다. 9:45, 나는 말했다. 혹은 압시하이오븐, 하는 것처럼 들렸거나. 지금 몇시야? 브루노가 따지듯 물었다. 나는 시선을 다시 아래로 향해 손목시계를 보았다. 9:43, 나는 말했다.

우리는 뛰기 시작했다. 뛰었다기보다는, 관절이란 관절은 모두 닳아빠진 두 사람이 기차를 놓치지 않으려 할 때 움직이는 방식으로 움직인 것이다. 내가 앞서갔지만 브루노도 바싹 뒤따랐다. 그런데 브루노가 팔을 마구 흔들어 속도를 내는, 말로는 설명할 도리가 없는 동작을 생각해내더니 나를 조금씩 앞서갔고, 내가 관성의 힘으로 나아가고 있는 동안 그는 잠시, 따옴표 열고 닫고, 바람을 갈랐다. 그의 뒷덜미에 집중하고 있었는데 갑자기 그게 아래로 쑥 빠지며 시야에서 사라졌다. 나는 뒤를 돌아보았다. 그는 신발 한 짝은 온전하고 다른 한 짝은 벗겨진 채로 바닥에 주저앉아 있었다. 가! 그가 내게 소리쳤다. 나는 어찌할 바를 몰라 허둥댔다. 가라고! 그가 다시 소리치자 나는 달려갔고, 정신을 차리고 보니 그는 신발을 손에 들고 부산히 휘두르며 지름길로 질러가 다시 내 앞으로 나섰다.

22번 선로의 승객들은 승차하시기 바랍니다.

브루노는 플랫폼을 향해 계단을 내려갔다. 나는 바로 뒤에 있었다. 우리가 기차에 탈 수 있을 거라고 믿지 않을 이유는 전혀 없었다. 그렇긴 하지만. 난데없이 계획을 바꾼 그가 기차에 막 도착하려는 순간 쭉 미끄러지며 서버렸다. 속도를 줄이지 못한 나는 그를 지나쳐 기차 안으로 질주해 들어갔다. 내 뒤로 문이 닫혔다. 유리창 너머에서 그가 나를 보고 웃었다. 나는 주먹으로 유리창을 쳤다. 브루노, 이 빌어먹을 놈아. 그가 손을 흔들었다. 내가 혼자서는 가지 않을 것을 그는 알았다. 그렇긴 하지만. 그는 내가 가야 한다는 것도 알았다. 혼자서. 기차가 나아가기 시작했다. 그의 입술이 움직였다. 나는 입술을 읽으려고 애썼다. 잘, 그의 입술이 말했다.

그러고는 멈췄다. 잘됐다고? 나는 소리치고 싶었다. 말해봐, 뭐가 잘됐어? 브루노의 입술이 말했다. 가져와. 기차는 덜커덩거리며 역을 빠져나가 어둠 속으로 들어갔다.

반세기 전에 내가 쓴 책의 글이 든 갈색 봉투가 도착하고 닷새가 지난 후, 나는 반세기 후에 쓴 책을 다시 가지러 가는 중이었다. 혹은, 달리 얘기하자면, 내 아들이 죽고 일주일이 지난 후, 나는 그애의 집으로 가는 중이었다. 어느 쪽이든, 나는 혼자였다.

창가에 자리를 잡고 숨을 가라앉혔다. 기차는 터널 속을 달려가고 있었다. 유리에 머리를 기댔다. 누군가 유리 표면을 긁어 '멋진 젖가슴'이라고 써놓았다. 궁금하지 않을 수 없었다. 누구의? 기차는 침침한 불빛과 빗속으로 뛰쳐나갔다. 표를 사지 않고 기차에 오른 것은 일평생 처음이었다.

용커스에서 탄 남자가 내 옆에 앉았다. 그는 페이퍼백 책을 꺼냈다. 뱃속이 우르릉거렸다. 그 안에 아직 아무것도 넣은 게 없었다. 아침에 던킨도너츠에서 브루노와 함께 마신 커피를 빼면. 이른 시간이었다. 우리가 첫 손님이었다. 난 잼 든 거랑 가루 설탕 뿌려진 거 줘, 브루노가 말했다. 이 사람에겐 잼 든 거랑 가루 설탕 뿌려진 거 주시오, 나는 말했다. 그리고 난 커피 작은 컵 한 잔 주시고. 종이 모자를 쓴 남자가 잠시 아무 말이 없었다. 중간 컵으로 드시면 더 쌉니다. 미국이여, 축복이 있기를. 좋아요, 나는 말했다. 중간 컵으로 주시오, 남자는 자리를 떴다가 커피를 가지고 돌아왔다. 난 바바리안 크림 든 거 하나하고 설탕물 입힌 거 하나, 브루노가 말했다. 나는 그를 쳐다보았다. 뭐? 그가 어깨를 으쓱하며 말했다. 저 사람에게 바바리안 크림 든 거 하나하고 설탕물 입힌 거 하나—하고 내가 말하는데,

그리고 바닐라맛 하나, 하고 브루노가 말했다. 나는 고개를 돌려 그를 노려봤다. 메이아 쿨파*, 그가 말했다. 그래 바닐라. 가서 자리에 앉아, 나는 그에게 말했다. 그는 그대로 서 있었다. 앉으라고, 내가 말했다. 꽈배기 도넛으로 바꿔, 그가 말했다. 바바리안 크림은 네 입 만에 사라졌다. 그는 손가락을 빨고는 꽈배기 도넛을 들어 불빛에 비춰 보았다. 도넛이야, 다이아몬드가 아니라, 내가 말했다. 오래된 거야, 브루노가 말했다. 그래도 먹어, 나는 그에게 말했다. 애플 스파이스 맛으로 바꿔와, 그가 말했다.

기차는 도시를 뒤로하고 나아갔다. 양옆으로 푸른 들판이 멀어졌다. 며칠 동안 비가 내렸는데 비는 여전히 계속되고 있었다.

아이작이 사는 곳을 여러 번 상상했었다. 지도에서 찾아보기도 했다. 한번은 안내 서비스에 전화를 걸기도 했다. 맨해튼에서 출발해 내 아들이 사는 곳까지 가려면, 나는 물었다, 어떻게 가면 됩니까? 모든 것을 가장 자잘한 세부까지 상상했다. 기념일! 나는 선물을 들고 갈 것이다. 아마도 잼 한 병 정도. 우리는 너무 격식을 차리진 않을 거다. 그런 것을 따지기엔 너무 늦었으니까. 어쩌면 잔디밭에서 공던지기를 할 수도 있겠지. 난 받지 못한다. 솔직히, 던지지도 못한다. 그렇긴 하지만. 우리는 야구 이야기를 할 것이다. 나는 아이작이 어렸을 때부터 야구 경기를 챙겨 보았다. 그애가 다저스를 응원하면 나 역시 응원했다. 그애가 보는 것을 나도 보고 그애가 듣는 것을 나도 듣고 싶었다. 대중음악도 가능한 한 뒤처지지 않게 챙겨 들었다. 비틀스, 롤링스톤스, 밥 딜런— "누워요, 아가씨, 누

---

* '내 탓이로소이다'라는 뜻의 라틴어.

위요" 황동 침대가 없어도 무슨 말인지 이해할 수 있다.[*] 매일 밤, 퇴근해서 돌아오면 미스터 통의 식당에 음식을 주문했고, 그런 다음 커버에서 꺼낸 레코드에 전축 바늘을 올린 후 음악을 들었다.

아이작이 이사할 때마다 내 집과 그애 집 사이의 경로를 지도에 표시했다. 첫번째는 아이가 열한 살 때였다. 브루클린에 있는 아이작의 학교 길 건너에 서서 아이가 나오기를 기다렸다. 잠깐이라도 보려고, 그리고 운이 좋으면 목소리라도 들으려고. 어느 날엔가 평소처럼 기다리고 있었는데 아이가 나오지 않았다. 아이가 뭔가 문제에 휘말려서 늦게까지 남게 된 거라고 생각했다. 어두워지고 학교에 불이 꺼졌는데도 아이작은 나오지 않았다. 다음날에도 찾아가서 다시 기다렸지만 여전히 아이는 나오지 않았다. 그날 밤 나는 최악을 상상했다. 내 아이에게 생겼을지도 모르는 온갖 끔찍한 일들을 상상하느라 잠을 이룰 수 없었다. 절대 그러지 않기로 나 자신과 약속했지만, 다음날 아침 일찍 일어나 그애가 사는 곳으로 가서 집 앞을 지나갔다. 지나간 것은 아니고. 길 건너에 서 있었다. 아이작, 혹은 앨마가, 그도 아니면 심지어 그 슐러밀, 남편이라도 나오는지 지켜보았다. 그렇긴 하지만. 아무도 나오지 않았다. 마침내 그 건물에서 나오는 아이 하나를 멈춰 세웠다. 모리츠 가족 아니? 아이가 나를 빤히 쳐다보았다. 알아요, 왜요? 그애가 말했다. 아직도 여기 살아? 나는 물었다. 아저씨가 무슨 상관인데요? 아이는 그렇게 말하고 고무공을 튕기며 길을 따라 내려가기 시작했다. 나

---

[*] 밥 딜런의 노래 〈Lay, Lady, Lay〉의 가사. "누워요, 아가씨, 누워요. 내 커다란 황동 침대에 누워요."

는 아이의 멱살을 잡았다. 아이 눈에 두려움이 서렸다. 롱아일랜드로 이사갔어요, 그애가 불쑥 말하고는 도망쳐 달려갔다.

일주일 후 앨마에게서 편지가 왔다. 그녀는 내 주소를 알고 있었다. 일 년에 한 번, 생일에 그녀에게 카드를 보냈기 때문이다. 생일 축하해, 나는 썼다. 레오로부터. 그녀의 편지를 뜯어 열었다. 애를 지켜보고 있다는 거 알아, 그녀는 썼다. 어떻게 아는지는 묻지 마, 그냥 아는 거니까. 그애가 진실을 묻는 날을 계속 기다리고 있어. 때때로 그애 눈을 보면 당신이 보여. 그리고 그애의 질문에 대답해줄 수 있는 사람은 당신뿐이라고 생각해. 당신 목소리가 바로 옆에 있는 것처럼 들려.

편지를 얼마나 많이 읽었는지 모른다. 하지만 요점은 그게 아니다. 그녀가 봉투 좌측 상단에 반송 주소를 적었다는 사실이 중요했다. 애틀랜틱 애비뉴 121번지, 롱비치, 뉴욕.

지도를 꺼내 그곳을 찾아가는 자세한 방법을 외웠다. 예전에 나는 재해나 홍수나 지진이 나거나 세상이 뒤집혀서 내가 정당한 이유로 그애를 외투 품속에 넣어 데리고 오는 상황을 상상하곤 했다. 정상이 참작될 만한 상황이 발생하리라는 희망을 포기하고 나서는, 우리가 우연히 같은 장소에 있게 되는 상황을 꿈꾸기 시작했다. 우리의 삶이 무심코 교차할 수도 있는 온갖 방식을―기차 안에서나 병원 대기실에서 우연히 나란히 앉게 되는 상황을―헤아려보았다. 하지만 결국 그것은 내게 달려 있다는 것을 알았다. 앨마가 죽고 이 년 뒤 모디카이도 죽었을 때, 나를 막을 수 있는 것은 아무것도 없었다. 그렇긴 하지만.

두 시간 뒤, 기차는 역에 도착했다. 매표소 사람에게 택시를 타려면 어떻게 해야 하는지 물었다. 아주 오래도록 도시 밖으로 나와 본 적이 없었다. 모든 것이 푸르른 풍경을 나는 감탄하며 바라보았다.

택시는 한참을 달렸다. 주도로에서 더 좁은 도로로 들어섰다가 그보다 더 작은 도로로 빠졌다. 마침내 깊고 외진 곳에 도착해 나무가 울창하고 울퉁불퉁한 진입로를 올라갔다. 내 아들이 이런 곳에서 사는 모습은 상상이 잘 되지 않았다. 가령 피자가 엄청나게 먹고 싶을 때면 어디로 간단 말인가? 캄캄한 영화관에서 혼자 앉아 있고 싶다면, 혹은 유니언스퀘어에서 키스하는 젊은 애들을 바라보고 싶다면?

하얀 집이 시야에 들어왔다. 가벼운 바람이 구름을 몰아내고 있었다. 나뭇가지들 사이로 호수가 보였다. 그애의 집을 여러 번 상상했었다. 하지만 호수가 있을지는 몰랐다. 그것을 놓쳤다니, 마음이 아팠다.

여기 내려주면 돼요, 나는 공터가 나오기 전에 말했다. 반쯤은 누군가 집에 있을 거라고 예상했다. 내가 알기로, 아이작은 혼자 살았다. 하지만 알 수는 없는 일. 택시가 멈춰 섰다. 돈을 내고 차에서 내렸고 택시는 진입로를 후진으로 빠져나갔다. 차가 고장나서 전화를 써야 한다는 핑계를 마련해놓고 심호흡을 한 뒤 비를 피해 옷깃을 올렸다.

문을 두드렸다. 초인종이 있어서 그것도 눌렀다. 그애가 죽었다는 걸 알면서도 마음 한편에서는 여전히 희망을 놓지 않았다. 문을 당겨 여는 그애의 얼굴을 상상했다. 그애에게, 유일한 내 자식에게 나는 뭐라고 말했을까? 용서해라, 네 엄마는 내가 원하는 방식으로 날 사랑해주지 않았다. 어쩌면 나도 네 엄마에게 필요한 방식으로 사랑을 주지 않았는지도 모르지. 그렇긴 하지만. 아무런 대답이 없었다. 확실히 하기 위해 더 기다렸다. 아무도 나오지 않아서 모퉁이를 돌아 뒤편으로 걸어갔다. 잔디밭에 나무 한 그루가 서 있는 걸 보니 언젠가 내가 A+L이라고 이름 앞 글자를 새긴 나무가 생각났다. 그 덧셈의 답이 한 아이가 되었다는 것을 내가 오 년 동안이나 몰랐듯이, 그녀는 있는지도 몰랐던 그 나무.

풀밭은 진흙 때문에 미끄러웠다. 저멀리 부두에 묶인 노 젓는 배가 보였다. 물 건너편을 바라보았다. 수영을 잘했을 거야, 제 아비를 닮아서, 나는 자랑스럽게 생각했다. 자연에 대단한 경외심을 품었던 내 아버지는 태어난 지 얼마 안 되는 자식들을 모두 강물에 빠트렸다. 양서류와의 연결성이 완전히 끊어지기 전에 그렇게 해야 한다는 것이 아버지의 주장이었다. 내 누이 한나는 그 기억의 트라우마 때문에 혀짤배기소리를 하게 되었다고 주장했다. 나라면 다르게 했을 거라고 생각하고 싶다. 나는 내 아들을 팔에 안았을 것이다. 그리고 이렇게 말했을 것이다, 옛날에 너는 물고기였단다. 물고기? 그애는 물었을 것이다. 그래, 아빠 말이 바로 그거야, 물고기. 아빠가 어떻게 알아요? 나도 물고기였으니까. 아빠도요? 그렇지. 아주 오래전에. 얼마나 오래전이에요? 아주 오래전. 어쨌거나 넌 물고기였으니까 수영하는 법을 알았어. 내가요? 물론이지. 넌 수영을 아주 잘했어. 수영 챔피언이었지. 넌 물을 사랑했어. 왜요? 왜라니, 무슨 말이야? 내가 왜 물을 사랑했어요? 그게 네 생명이었으니까! 그리고 우리가 얘기를 나누는 동안 그애가 손가락을 하나씩 담그게 했을 테고, 그래서 자기도 모르는 사이, 내가 잡아주지 않아도 물에 뜨게 되었을 것이다.

그러다 나는 생각했다, 아마도 아버지가 된다는 건 그런 것일 테지―아이가 나 없이도 살 수 있도록 가르치는 것. 그렇다면, 나보다 더 훌륭한 아버지는 없었다.

자물쇠가 하나뿐인 뒷문이 있었다. 앞문의 이중 자물쇠에 비하면 기본적인 핀텀블러 자물쇠. 나는 마지막으로 한번 더 문을 두드렸고 아무 대답이 없자 작업을 시작했다. 일 분 정도 끙끙대다 결국 자물쇠를 풀었다. 손잡이를 돌리고 밀었다. 입구에 움직임 없이 서 있었다. 계세요? 나는 외쳤다. 고요했다. 싸늘한 기운이 척추를 타고 내려갔다. 안으로 들어가 뒤로 문을 닫았다. 장작을 태운 연기 냄새가 났다.

여기가 아이작의 집이구나, 나는 생각했다. 레인코트를 벗어 고리에 걸었다. 그 옆 고리에는 갈색 실크 안감을 댄 갈색 트위드재킷이 걸려 있었다. 옷소매를 잡고 내 볼에 갖다댔다. 나는 생각했다, 이것이 그애의 외투구나. 코에 대고 숨을 들이마셨다. 희미하게 오드콜로뉴 냄새가 났다. 옷을 내려서 입어보았다. 소매가 너무 길었다. 그러나. 상관없었다. 소매를 걷어올렸다. 진흙이 덕지덕지 붙은 신발을 벗었다. 앞코가 말려 올라간 러닝화가 한 켤레 있었다. 나는 진짜 로저스 씨*처럼 운동화에 발을 끼워넣었다. 운동화는 치수가 못해도 11호나 11호 반은 되는 것 같았다. 내 아버지는 발이 아주 작았는데, 누이가 근처 마을 청년과 결혼했을 때 예식 내내 새 사위의 큰 발을 한탄의 눈길로 바라보았다. 아버지가 살아

---

* 1960년대 미국의 유명 어린이 TV 프로그램 〈로저스 씨의 동네〉의 진행자. 방송이 시작되면 진행자 프레드 로저스가 세트에 들어와 양복을 벗어 걸고 카디건을 걸친 뒤 구두를 운동화로 갈아 신고 인형극을 선보이다 프로그램이 끝나면 카디건과 운동화를 벗고 양복과 구두를 신고 나가는 장면이 매회 반복되었다.

서 손자의 발을 봤다면 얼마나 큰 충격을 받았을지는 그저 상상만 가능할 뿐이다.

그렇게 나는 내 아들의 집에 들어갔다. 아들의 외투를 걸치고 아들의 신발을 신은 채로. 평생 그애와 이만큼 가까이 있었던 적이 없었다. 이만큼 멀리 있었던 적도.

부엌으로 이어지는 좁은 복도를 짜박짜박 걸어갔다. 부엌 한가운데에 서서 보안 경보가 울리기를 기다렸지만 그런 일은 없었다.

개수대에 닦지 않은 접시가 하나 있었다. 유리잔이 건조대에 거꾸로 놓여 있었고 찻잔 받침 위에는 굳은 티백이 하나 있었다. 식탁 위에 소금이 조금 엎질러져 있었다. 창문에는 테이프로 붙인 엽서 한 장이 있었다. 떼어내 뒤집어보았다. 아이작에게, 하고 시작되는 글이었다. 스페인에서 엽서를 보냅니다. 여기에서 한 달을 지냈어요. 이렇게 엽서를 쓰는 건, 지금껏 당신 책을 읽지 않았고 앞으로도 그러지 않을 거라고 알리기 위해서예요.

뒤에서 쿵 소리가 났다. 나는 가슴을 움켜쥐었다. 뒤로 돌면 아이작의 유령이 보일 거라고 생각했다. 하지만 그저 바람에 열린 문소리였다. 떨리는 손으로 엽서를 제자리에 붙이고 적막 속에 서 있는데 심장이 귓속에서 쿵쿵 울렸다.

내 몸무게에 눌린 마룻장이 삐걱거렸다. 사방에 책이 있었다. 펜여러 개와 파란 유리 화병, 취리히에 있는 돌더 그랜드 호텔의 재떨이, 녹슨 풍향계 화살, 조그만 황동 모래시계, 창문틀에 놓인 연잎성게들, 쌍안경, 촛대로 쓰여 병목에 촛농이 흘러내린 빈 포도주병. 나는 이런저런 물건들을 만져보았다. 결국 마지막에 남는 것은 자신이 쓰던 물건뿐이다. 아마도 그래서 나는 물건을 버리지 못하는 것 같다. 아마도 그래서 세상의 온갖 것들을 모으는 것 같다. 죽고 나면 내 물건들의 총합이 나를 실제보다 더 큰 인생을 산 사람으로 보여주기를 바라면서.

현기증이 나서 벽난로 선반을 붙잡고 의지했다. 아이작의 부엌으로 돌아갔다. 식욕은 없었지만 그래도 냉장고를 열었다. 의사가 혈압 문제 때문에 끼니를 거르면 안 된다고 했기 때문이다. 강한 냄새가 코를 찔렀다. 먹다 남긴 치킨이 상한 것이었다. 그것과 함께 갈색이 된 복숭아 두어 개, 곰팡이 슨 치즈를 버렸다. 그러고 나서 접시를 씻었다. 내 아들의 집에서 그런 일들을 그렇게 무심하게 처리했을 때, 그 느낌을 어떻게 묘사해야 할지 모르겠다. 사랑으로 한 일들이었다. 그릇 수납장에 넣은 유리잔. 쓰레기통에 버린 티백, 물에 헹군 찻잔 받침. 그곳을 아이작이 남긴 그대로 놔두기를 바라는 사람들—노란 나비넥타이를 맨 그 사내나 미래의 전기작가—도 있었을 것이다. 심지어 언젠가는, 카프카가 마지막 한 모금을 마신 유리잔이나 만델스탐이 마지막 빵 조각을 먹은 접시 같은 것을 보존한 사람들이 나서서 그애의 생애를 보여주는 박물관을 만들지도 모른다. 아이작은 위대한 작가, 나는 결코 될 수 없었을 그런 작가였다. 그렇긴 하지만. 그애는 내 아들이기도 했다.

위층으로 올라갔다. 문과 수납장과 서랍을 하나하나 열 때마다 아이작에 대해 새로운 것을 알게 되었고, 새로운 것을 하나씩 알게 될 때마다 그애가 없다는 사실이 더욱 현실적으로 다가왔으며, 현실적일수록 더 믿기 힘들었다. 약 수납장을 열었다. 안에는 탤컴파우더 두 병이 들어 있었다. 나는 탤컴파우더가 무엇인지 잘 알지 못하고 왜 그걸 쓰는지도 모르지만, 그애 인생과 관련된 이 사실 하나가 내가 상상했던 그 어떤 세부보다 더 감동적이었다. 아들의 옷장을 열고 셔츠에 얼굴을 들이밀었다. 그애는 파란색을 좋아했다. 갈색 윙팁구두를 집어들었다. 뒤축이 닳아 없어지다시피 했다. 안에 코를 대고 냄새를 맡았다. 침대 옆 탁자 위에서 손목시계를 발견하고 손에 찼다. 가죽 줄에 그애가 자주 썼던 구멍 주위가 닳아 있었다. 그애의 손목은 나보다 두꺼웠다. 나보다 더 커진 것은 언제였을까? 내 아들이 체격으로 나를 추월하던 정확한 순간에 나는, 그리고 그애는 무엇을 하고 있었을까?

침대는 깔끔하게 정리되어 있었다. 여기 누워서 죽은 걸까? 아니면 때가 오는 것을 느끼고 다시 어린 시절과 인사하기 위해 일어났는데 그만 쓰러지고 만 걸까? 마지막으로 무엇을 봤을까? 내 손목에 있는, 열두시 삼십팔분에 멈춘 이 시계였을까? 창밖의 호수? 누군가의 얼굴? 고통을 느꼈을까?

딱 한 번 누군가 내 팔에 안겨 죽은 적이 있다. 병원에서 청소부로 일하던 1941년의 겨울이었다. 아주 잠깐 다녔던 직장이었다. 결국에는 잘렸다. 그곳에서 일하던 마지막 주 어느 초저녁에 대걸레로 바닥을 닦고 있는데 사람이 꺽꺽거리는 소리가 났다. 혈액 관련한 병을 앓던 여자의 병실에서 나는 소리였다. 그곳으로 달려갔다. 여자의 몸이 뒤틀리고 경련했다. 여자를 팔에 안았다. 곧 무슨 일이 일어날 것인지, 우리 둘 다 명확히 알았다고 말할 수 있을 것 같다. 여자에게는 아이가 있었다. 아버지와 함께 온 것을 한 번 봤기 때문에 알았다. 윤나게 닦은 장화를 신고 금색 단추가 달린 외투를 입은 어린 소년이었다. 아이는 자리에 앉아 내내 장난감 자동차를 가지고 놀면서, 엄마가 말을 걸 때가 아니면 외면했다. 아마도 너무 오래 아빠와 둘이서만 지내게 한 엄마에게 화가 났을 것이다. 그 여자의 얼굴을 바라보며 내가 생각한 것은 그 아이였다. 어떻게 하면 자신을 용서할 수 있을지 모르는 채로 자랄 그 소년. 나는 그 아이가 하지 못한 일을 대신하고 있다는 생각에 어떤 위안과 자긍심을, 심지어 우월감마저 느꼈다. 그런데 그후로 일 년이 채 못 된 언젠가, 엄마가 죽을 때 옆에 있지 못한 아들은 바로 나였다.

뒤편에서 무슨 소리가 들렸다. 삐걱거리는 소리. 이번에는 뒤돌아보지 않았다. 눈을 꽉 감았다. 아이작, 나는 속삭였다. 내 목소리에 스스로 놀랐지만 멈추지 않았다. 네게 말해주고 싶은…… 그러고는 말을 끊었다. 나는 무엇을 말해주고 싶은 걸까? 진실? 진실이 뭐지? 네 엄마를 내 삶의 전부라고 착각했다는 것? 아니다. 아이작, 나는 말했다. 내가 살려고 지어낸 것이 진실이다.

그러고 뒤돌아섰더니 벽에 붙은 아이작의 거울에 내 모습이 비쳤다. 바보 차림을 한 바보. 내 책을 도로 가져가려고 왔건만 이제는 그것을 찾건 말건 개의치 않았다. 나는 생각했다, 다른 모든 것처럼 이것도 잃어버리자. 중요하지 않다. 이제는.

그렇긴 하지만.

복도 건너편이 비치는 거울 한구석에 아이작의 타자기가 보였다. 내 타자기와 같은 거라는 사실은 누가 말해주지 않아도 알았다. 이십오 년 가까이 똑같은 올림피아 수동 타자기를 써왔다고 한 것을 신문 인터뷰 기사에서 읽은 적이 있었다. 몇 달 후 중고 상점에서 똑같은 모델을 팔고 있는 것을 보았다. 상점 남자가 작동이 잘된다고 하기에 그것을 샀다. 처음에는 바라보는 것만으로도, 내 아들도 그것을 보고 있다는 것을 아는 것만으로도 좋았다. 날이면 날마다 타자기는 거기 놓여, 이빨 같은 자판을 내보이며 내게 미소를 보냈다. 그러다 심장마비를 겪었고, 타자기는 여전히 미소를 보냈으며, 그래서 어느 날 종이를 끼워넣고 한 문장을 썼다.

복도를 가로질러갔다. 나는 생각했다, 내 책을 거기에서, 아들의 책상 위에서 발견하면 어떡하지? 문득 그런 상황이 너무 이상하다는 생각이 들었다. 그애의 외투를 입은 나와 그애의 책상 위에 놓인 내 책. 눈이 나와 닮은 그애와 그애의 신발을 신은 나.

내가 원한 것은 오로지 아들이 책을 읽었다는 증거뿐이었다.

타자기가 앞에 놓인 그애의 의자에 앉았다. 집이 추웠다. 아들의 외투를 단단히 여몄다. 웃음소리가 들린 것 같았지만, 작은 배가 폭풍에 삐걱거리는 소리일 뿐이라고 혼자서 말했다. 지붕 위에서 발소리가 들린 것 같았지만, 음식을 구하러 다니는 동물일 뿐이라고 혼자서 말했다. 아버지가 기도할 때 그랬던 것처럼 몸을 앞뒤로 살짝 흔들었다. 언젠가 아버지가 말했다, 유대인은 기도를 하며 하느님께 끝이 없는 질문을 한다.

어둠이 내렸다. 비가 내렸다.

무슨 질문인데요? 하고 나는 묻지 않았다,

그리고 이제는 너무 늦었다. 타터*, 난 아빠를 잃어버렸으니까요. 1938년 봄 어느 날, 비가 오다 구름이 걷히기 시작한 날, 아빠를 잃었어요. 아빠는 비와 본능과 나비에 관해 구상하던 이론을 확인하기 위해 표본을 수집하러 나갔었죠. 그러고는 사라졌죠. 우리는 나무 아래에서 얼굴에 진흙이 튄 채로 누워 있는 아빠를 발견했

---

* '아빠'라는 뜻의 이디시어.

어요. 이제 아빠가 실망스러운 결과들에서 풀려나 자유로워졌다는 것을 우리는 알았죠. 우리는 아빠의 아버지, 그리고 그의 아버지가 묻힌 묘지의 밤나무 그늘 밑에 아빠를 묻었어요. 삼 년 후 마메*를 잃었어요. 마지막으로 본 엄마는 노란 앞치마를 입은 모습이었죠. 엄마는 여행 가방에 짐을 쑤셔넣고 있었어요. 집은 쑥대밭이었어요. 엄마는 제게 숲으로 가라고 했어요. 음식을 싸주면서 7월인데도 외투를 입으라고 말했어요. "가," 엄마가 말했어요. 저는 사리 분별이 가능한 나이였는데도 어린애처럼 엄마의 말을 따랐죠. 다음날 내 뒤를 따라오겠다고 엄마가 말했어요. 우리 둘 다 아는 숲속 장소를 한 곳 골랐어요. 타터, 아빠가 좋아했던 그 거대한 호두나무였어요, 인간적인 속성이 깃들어 있다고 아빠가 그랬잖아요. 저는 굳이 작별인사도 하지 않았어요. 더 믿기 쉬운 쪽을 믿기로 한 거예요. 그러나. 엄마는 오지 않았어요. 그때부터 저는 제게 부담이 되고 싶지 않았던 엄마의 마음을 너무 늦게 헤아렸다는 죄책감을 견디며 살아왔어요. 프리치를 잃었어요. 프리치는 빌나에서 공부하고 있었거든요, 타터―지인의 지인이 말해주기를, 프리치가 마지막으로 목격된 곳은 기차 안이었다고 해요. 사리와 한나를 개들에게 잃었어요. 허셜을 비 때문에 잃었어요. 요세프를 시간의 틈에서 잃었어요. 웃음소리를 잃었어요. 신발 한 켤레를 잃었어요. 허셜이 준 그 신발을 자면서 벗어두었는데 일어나보니 사라지고 없었고, 며칠을 맨발로 걷다가 결국 무너져 다른 사람 신발을 훔치고 말았어요. 사랑하고 싶었던 유일한 여인을 잃었어요. 세월

---

* '엄마'라는 뜻의 이디시어.

을 잃었어요. 책들을 잃었어요. 제가 태어난 집을 잃었어요. 그리고 아이작을 잃었어요. 그러니 제가 그사이 언제인가 저도 모르는 사이에 정신마저 잃지 않았다고 누가 단언할 수 있을까요?

　내 책은 어디에도 없었다. 그곳에 나의 흔적은, 나 자신을 제외하면, 전혀 없었다.

아니라면 아닌 거지

1. 내 알몸은 어떻게 생겼는지

침낭에서 잠을 깨어보니 비는 그쳤는데 내 침대에는 아무도 없고 시트가 벗겨져 있었다. 손목시계를 봤다. 역시 삼분. 또한, 8월 30일이기도 했는데 그건 개학까지 단 열흘, 내가 열다섯 살이 되기까지 한 달, 대학에 들어가 내 인생을 시작하기 위해 집을 떠나기까지, 현시점에서는 가능성이 그리 커 보이지 않지만 어쨌든, 단 삼 년이 남았음을 의미했다. 그것을 비롯해 이런저런 이유로 배가 아팠다. 복도 건너편 버드의 방안을 보았다. 줄리언 삼촌이 가슴에 『홀로코스트, 유럽 유대인의 파괴』 2권을 펼쳐놓고 안경을 낀 채 잠들어 있었다. 그 책은 버드가 파리에 사는 엄마의 사촌에게서 선물로 받은 박스 세트의 일부였다. 엄마의 사촌은 뉴욕의 호텔에서 우리를 만나 함께 차를 마신 뒤로 버드에게 관심을 보였다. 그분은 자기 남편이 레지스탕스 대원으로 저항운동을 했다고 말했는데, 버드가 각설탕으로 집을 짓다가 멈추고 물었다. "누구에게 저항했는데요?"

욕실에서 나는 티셔츠와 속옷을 벗고 변기 위에 서서 거울에 비친 내 모습을 바라보았다. 내 모습을 묘사할 형용사 다섯 개를 생각해보려 했다. 하나는 깡말랐다, 또하나는 귀가 옆으로 튀어나왔다. 코에 피어싱을 해볼까 생각했다. 양팔을 머리 위로 들어올렸더니 가슴팍이 오목하게 들어갔다.

2. 엄마는 내가 거기 있지 않은 것처럼 나를 바라본다

아래층에서 엄마가 기모노 같은 가운을 입고 햇살을 받으며 신문을 읽고 있었다. "나한테 온 전화 있어?" 나는 물었다. "좋아, 고마워, 너는 어때?" 엄마가 말했다. "하지만 내가 기분이 어떠냐고 물은 것도 아니잖아," 나는 말했다. "알아." "가족끼리 항상 그렇게 예의를 차릴 필요는 없잖아." "왜 없어?" "그냥 마음에 있는 말만 하는 게 낫지 않아?" "그럼 넌 엄마 기분이 어떻든 상관 안 한다는 거니?" 나는 엄마를 노려보았다. "좋아요감사합니다오늘어떠세요?" 나는 말했다. "좋아, 고마워," 엄마가 말했다. "전화한 사람 없어?" "가령 누구?" "누구든." "너 미샤랑 무슨 일 있었니?" "아니," 나는 냉장고 문을 열고 시들시들한 셀러리를 살펴보며 말했다. 나는 잉글리시 머핀 하나를 토스터에 넣었고, 엄마는 기사 제목을 훑어보며 신문을 넘겼다. 내가 머핀을 새까맣게 부스러지도록 태운다 해도 엄마가 알아차리기는 할까 궁금했다.

"『사랑의 역사』는 앨마가 열 살일 때 시작하지?" 내가 물었다. 엄마가 고개를 들고 끄덕였다. "끝날 때는 몇 살이야?" "딱 잘라 말하긴 힘들어. 책 안에 너무나 많은 앨마들이 있어서." "가장 나이가 많은 앨마는 몇 살이야?" "그리 많진 않아. 아마 스무 살?" "그럼 책은 앨마가 스무 살일 때 끝나는 건가?" "그렇게 볼 수도 있지. 하지만 그보단 조금 복잡해. 어떤 장에서는 앨마가 등장하지도 않거든. 그리고 이 책은 시간과 역사에 대한 감각이 전체적으로 아주 느슨해." "하지만 어느 장에도 스무 살이 넘은 앨마는 나오지 않는 거지?" "그래," 엄마는 말했다. "안 나오는 것 같아."

나는 앨마 메러민스키가 실제 인물이라면 리트비노프가 그녀와 사랑에 빠진 건 두 사람이 열 살일 때였을 가능성이 크고, 스무 살은 그녀가 미국으로 떠났을 때 둘의 나이였을 것이며, 그때가 두 사람의 마지막 만남이었을 거라고 머리에 새겨두었다. 아니면 왜 그녀가 그렇게 젊을 때 책이 끝나겠는가?

나는 토스터 앞에 서서 잉글리시 머핀에 피넛버터를 발라 먹었다. "앨마?" 엄마가 말했다. "왜?" "이리 와서 엄마 좀 안아줘," 엄마가 말했고, 그래서 나는 별로 내키지 않았지만 그렇게 했다. "어떻게 이렇게 키가 컸을까?" 엄마가 말을 더 이어가지 않기를 바라며 나는 어깨를 으쓱했다. "도서관에 갈 거야," 나는 말했다. 거짓말이었지만 나를 바라보는 눈빛을 보고 엄마가 내 말을 제대로 듣지 않음을 알았다. 엄마가 보는 것은 내가 아니었기 때문이다.

3. 내가 여태 한 모든 거짓말이 언젠가는 내게 되돌아올 것이다

거리에서 자기 집 현관 계단에 앉아 있는 허먼 쿠퍼를 지나쳤다. 그애는 여름 내내 메인주에 가 있었고, 거기에서 피부를 태우고 운전면허증을 따왔다. 언제 함께 차를 타고 나가보겠냐고 내게 물었다. 내가 여섯 살 때 사실 나는 입양아며 원래 푸에르토리코인이라고 그애가 소문을 퍼트린 일, 열 살 때는 내가 자기 집 지하실에서 치마를 올리고 다 보여줬다고 소문을 퍼트린 일 등을 상기시킬 수도 있었다. 하지만 나는 그냥 차멀미가 심하다고 말했다.

체임버스 스트리트 31번지로 다시 갔다. 이번에는 앨마 메러민스키의 혼인 기록이 있는지 찾아보기 위해서였다. 103호실 안내대 뒤에 검은 안경을 낀 똑같은 남자가 앉아 있었다. "안녕하세요?" 나는 말했다. 그가 고개를 들었다. "토끼 고기 아가씨. 오늘 어때?" "좋아요감사합니다아저씨는어떠세요?" 나는 말했다. "괜찮은 것 같아." 그는 잡지를 넘기며 덧붙였다, "근데 조금 피곤하긴 하네. 감기 들려나봐. 그리고 오늘 아침에 일어났더니 우리 고양이가 구토를 해놓았어. 내 신발에다 한 것만 아니면 그렇게 괴롭진 않았을 텐데." "에고," 나는 말했다. "게다가, 방금 알았는데, 어쩌다 요금을 조금 늦게 냈다고 케이블 방송을 끊어버린다는 거야, 그럼 보던 방송들을 하나도 못 볼 텐데. 그뿐 아니라 엄마가 크리스마스에 주신 화분의 잎이 누레지고 있는데, 그게 죽으면 영원히 잔소리를 들어야 해." 나는 남자가 계속 말할까 싶어 기다렸지만 그러지 않기에 내 할말을 했다, "어쩌면 결혼을 하셨나봐요." "누가?" "앨마 메러민스키." 그는 잡지를 덮고 나를 쳐다보았다. "네 증조할머니가 결혼했는지 아닌지를 모른단 말이야?" 나는 어떤 말을 할 수 있을지 생각했다. "사실 진짜 제 증조할머니는 아니에요." 나는 말했다. "네가 저번에 말할 때는……" "사실은 친척도 아니에요." 남자는 어리둥절하고 조금은 기분이 상한 것 같은 표정이었다. "죄송해요. 이야기가 길어요." 나는 그렇게 말하며, 한편으로는 내가 왜 앨마를 찾고 있는지 그가 물어주어 진실을 말할 수 있기를 바랐다. 왠지 나도 잘 모르겠다고, 처음에는 엄마를 다시 행복하게 해줄 사람을 찾으려 한 건데, 그런 남자를 찾는 걸 아직 포기하진 않았지만 도중에 다른 것을 찾기 시작했으며, 그건 처음의 탐색과 관련이 있으면서도 나에 관한 것이라는 점에서 다르기도 하다고. 하지만 그는 그냥 한숨을 푹 쉬고 말했다. "그분이 1937년 이전에 결혼하셨을까?" "잘 모르겠어요." 그는 또 한숨을 쉬고 안경을 콧등 위로 밀어올리며, 103호실에는 1937년까지의 혼인 기록만 보관하고 있다고 말했다.

어쨌거나 우리는 찾아봤지만 앨마 메러민스키의 기록은 없었다. "뉴욕시 서기관 사무소에 가보는 게 좋겠다." 직원은 침울한 목소리로 말했다. "이후의 기록은 모두 거기에 있거든." "거기가 어디예요?" "센터 스트리트 1번지, 252호실." 그가 말했다. 나는 센터 스트리트라는 데는 들어본 적이 없어서 직원에게 길을 물었다. 그리 멀지 않아서 걸어가기로 했고, 가는 동안 아무도 들어본 적 없는 기록들을 보관하는 도시 곳곳의 사무소들을 상상했다. 예컨대 마지막 말들이라든가, 선의의 거짓말들, 그리고 예카테리나 여제의 거짓 후손들에 대한 기록.

4. 깨진 전구

서기관 사무소의 안내대 건너편에 앉은 아저씨는 나이가 많았다. "뭘 도와줄까?" 내 차례가 오자 아저씨가 물었다. "앨마 메러민스키라는 여자분이 결혼해서 이름을 바꿨는지 알아보고 싶어요." 나는 말했다. 그는 고개를 끄덕이고 뭔가 적기 시작했다. "M-E-R," 내가 읊기 시작했더니 아저씨가 이어받았다. "E-M-I-N-S-K-I. 아니면 Y?" "I," 나는 말했다. "그럴 거라고 생각했다." 그가 말했다. "결혼 시기가 언제쯤일까?" "모르겠어요. 1937년 이후 언제일 거예요. 살아 계신다면 아마 여든쯤 되셨을 거예요." "첫 결혼?" "그럴 거예요." 아저씨는 메모장에 뭔가를 끄적거렸다. "결혼했을 법한 남자에 대해서는 아는 게 있고?" 나는 고개를 저었다. 아저씨는 손가락에 침을 묻히고 메모장을 넘기더니 또 뭔가 적었다. "결혼식은 시청에서, 아니면 교회에서, 아니면 혹시 랍비의 주례로?" "아마도 랍비 주례일 거예요," 나는 말했다. "나도 그럴 거라고 생각했다." 아저씨가 말했다.

그는 서랍을 열어 라이프세이버 박하사탕을 꺼냈다. "박하사탕?" 나는 고개를 저었다. "가져가," 아저씨가 말해서 하나를 집었다. 그는 박하사탕 하나를 입에 넣고 빨기 시작했다. "아마 폴란드 출신이겠지?" "어떻게 아셨어요?" "쉽지," 아저씨가 말했다. "그런 이름이면." 그는 박하사탕을 입 한쪽에서 다른 한쪽으로 굴렸다. "전쟁 전에, 1939년이나 40년에, 왔을 가능성도 있니? 그때는 아마도……" 아저씨는 손가락에 침을 묻히고 다시 한 장을 앞으로 넘기더니 계산기를 꺼내 연필 끝의 지우개로 눌렀다. "열아홉이나 스물. 많아야 스물하나였겠구나."

아저씨는 메모장에 이 숫자들을 적었다. 그러고는 혀를 쯧쯧 차며 고개를 저었다. "외로웠을 거야, 불쌍한 것." 그는 묻는 듯한 눈길로 나를 올려다보았다. 아저씨의 연한색 눈에 물기가 어렸다. "아마 그랬겠죠," 나는 말했다. "분명히 그랬을 거야!" 그는 말했다. "누굴 알겠니? 아무도 모르지. 엮이기를 꺼리는 사촌 하나쯤 있을지 몰라도. 그는 이제 미국에 사는 마허*인데 이 난민이 무슨 필요가 있겠어? 자기 아들은 외국어 억양이 전혀 섞이지 않은 영어를 쓰고 언젠가 부유한 법률가가 될 텐데, 폴란드에서 온 미시포케가 뼈만 남은 시체 같은 몰골로 문을 두드리는 걸 행여나 원하겠니?" 내가 뭐라고 말하는 건 그다지 좋지 않을 것 같아 나는 가만히 있었다. "운이 좋으면 안식일에 한두 번 초대를 받았을 수도 있겠지. 그리고 그의 아내는 자기들 먹을 것도 없는 마당에 또 외상으로 닭고기를 달라고 푸줏간에 사정을 해야 한다고 툴툴거리며, 이번이 마지막이야, 하고 남편에게 말하겠지, 돼지에게 의자를 내주면 탁자에 오르겠다고 할 거야, 하면서. 그 와중에 폴란드에서는 살인자들이 그녀의 가족을 하나도 남김없이 도륙하고 있을 거란 사실은 말할 것도 없고. 부디 그들이 영면하기를, 하느님 제 기도를 들어주소서."

뭐라 해야 할지 알 수 없었지만 아저씨가 내 말을 기다리는 것 같아서 나는 말했다. "분명 끔찍했을 거예요." "내 말이 그 말이

---

* '거물' 혹은 '중요 인사'라는 뜻의 이디시어.

다.”하고 말한 아저씨가 다시 혀를 쯧쯧 차고 말을 이었다. “불쌍한 것. 골드파브, 아서 골드파브라는 사람이 있었어. 며칠 전에 누가, 그 사람 종손녀였던 것 같아, 여기 왔었지. 의사였다는데, 종손녀가 사진을 가지고 왔단다. 잘생긴 청년이었어. 그런데 기록을 보니 시두흐*가 잘못되어 일 년 뒤에 이혼했더구나. 네가 찾는 이 앨마에게 완벽한 짝이었을 텐데.” 그는 박하사탕을 와드득 깨물고 손수건으로 코를 닦았다. “우리 마누라는 내게 죽은 사람들 짝지어주는 건 대단한 재능이 아니라고 하거든. 그러면 나는 날마다 식초만 마시는 사람은 그보다 더 달콤한 게 있다는 걸 모른다고 말해준다.” 그는 의자에서 일어섰다. “여기에서 좀 기다려봐라.”

아저씨가 숨을 몰아쉬며 돌아왔다. 그러고는 등받이 없는 의자에 다시 앉았다. “금을 찾는 거나 다름없구나, 이 앨마란 사람은 찾기가 너무 힘들었어.”“찾으셨어요?”“뭘?”“그분을 찾으셨냐고요.”“당연히 찾았지. 서기관이라는 사람이 착한 아가씨 하나 못 찾으면 뭐가 되겠니? 앨마 메러민스키, 여기 있다. 1942년에 브루클린에서 모디카이 모리츠와 결혼했고, 랍비 그린버그가 주례를 했네. 부모님 이름도 기록되어 있구나.”“정말 이 사람이에요?”“그럼 누구겠니? 앨마 메러민스키, 폴란드에서 태어났다고 바로 여기 쓰여 있어. 신랑은 브루클린에서 태어났는데, 부모는 오데사 출신이야. 신랑 아버지가 드레스 공장을 소유했다고 여기 쓰여 있는 걸 보니 이 아가씨는 많이 고생하진 않았겠구나. 솔직히, 난 정말 안심된다. 아마도 멋진 결혼식이었을 거야. 그 시절엔 전구를 발로

---

* ‘중매’라는 뜻의 이디시어.

밟았을 거다, 하산*이 말이야, 유리잔은 너무 아까웠을 테니까."

5. 남극에는 공중전화가 없다

공중전화를 찾아 집에 전화했다. 줄리언 삼촌이 받았다. "저 찾는 전화 없었어요?" 나는 물었다. "없는 것 같아. 간밤엔 깨워서 미안했어, 앨." "괜찮아요." "너랑 얘기 나눠서 좋았다." "네," 나는 삼촌이 화가 얘기를 다시 꺼내지 않기를 바라며 말했다. "오늘 저녁에 외식하러 가면 어떨까? 네게 다른 약속이 없다면." "없어요," 나는 말했다.

삼촌과 통화를 마치고 전화번호 안내 서비스로 전화를 걸었다. "어느 자치구인가요?" "브루클린이요." "등록된 이름은요?" "성은 모리츠. 이름은 앨마고요." "사업장인가요, 거주지인가요?" "거주지요." "그 이름으로는 나오는 게 없는데요." "모디카이 모리츠는요?" "없어요." "그럼, 맨해튼에는요?" "52번가에 모디카이 모리츠라는 이름이 있네요." "그래요?" 나는 말했다. 믿을 수가 없었다. "기다리시면 번호가 안내됩니다." "잠깐만요!" 나는 말했다. "주소도 필요해요." "이스트 52번가, 450번지," 안내원이 말했다. 나는 손바닥에 번호를 적고 업타운으로 가는 지하철을 탔다.

---

* '신랑'이라는 뜻의 이디시어.

6. 문을 두드리자 그녀가 나온다

그녀는 늙었고 흰머리를 뒤로 넘겨 귀갑 빗으로 고정했다. 아파트에는 햇살이 가득하고 말하는 앵무새가 있다. 그녀에게 우리 아빠 다비드 싱어가 스물두 살에 지형도와 나침반과 스위스아미 칼과 스페인어-히브리어 사전을 가지고 혼자 여행하다가 부에노스아이레스의 서점 진열창에서 『사랑의 역사』를 발견한 얘기를 해준다. 또한, 우리 엄마와 벽에 가득한 사전들과 자유를 기리는 뜻에서 버드라고 불리는 이매뉴얼 하임에 대해, 그애가 하늘을 날기 위해 애쓰다 머리에 상처를 입고 살아남은 얘기도 해준다. 그녀는 자신이 내 나이였을 적의 사진을 보여준다. 말하는 앵무새가 "앨마!" 하고 꽥꽥거리자 우리 둘 다 그쪽으로 고개를 돌린다.

7. 나는 유명한 작가가 지겹다

몽상에 빠져 있다가 내려야 할 정류장을 놓쳐서 열 블록을 되돌아 걸어가야 했는데, 한 블록씩 지날 때마다 불안은 커지고 확신은 줄어들었다. 앨마가―실제 살아 있는 앨마가―정말로 나온다면 어떡하지? 책 속에서 걸어나온 사람에게 무슨 말을 해야 하는 거지? 『사랑의 역사』에 대해 들어본 적도 없다면 어떡하지? 들어본 적은 있지만 잊고 싶다면? 그동안 앨마를 찾느라 너무 바쁜 나머지, 정작 그녀가 발견되기를 원하지 않을 수도 있다는 생각은 미처 하지 못했다.

하지만 이미 52번가 끝에 있는 그녀의 집 건물 앞에 선 내게 생각할 시간은 남아 있지 않았다. "무슨 일이니?" 경비 아저씨가 물었다. "제 이름은 앨마 싱어예요. 앨마 모리츠 부인을 찾고 있는데요, 댁에 계시나요?" 나는 물었다. "모리츠 부인?" 아저씨는 말했다. 그 이름을 말하는 아저씨의 표정이 이상했다. "어," 그는 말했다. "아니." 아저씨는 내가 안됐다고 생각하는 것 같았는데, 이어지는 아저씨의 말을 듣고 보니 나도 내가 안됐다는 생각이 들었다. 아저씨는 앨마가 살아 있지 않다고 했다. 그녀는 오 년 전에 죽었다. 그로 인해 나는 내게 이름을 준 사람들은 모두 죽었다는 것을 알게 되었다. 앨마 메러민스키, 우리 아빠 다비드 싱어, 그리고 내 히브리어 이름인 데보라를 주었고 바르샤바 유대인 거주 지역에서 죽은 고모할머니 도라. 왜 사람들은 항상 죽은 이들에게서 이름을 물려받는 걸까? 이름을 꼭 어딘가에서 받아야 한다면 좀더 영원한 사물에서, 예를 들면 하늘이나 바다, 혹은 심지어 나쁜 것이라 해도 정말로 죽지는 않는 사상 같은 것에서 가져오면 안 되는 걸까?

경비 아저씨가 계속 무슨 말인가를 하다가 멈췄다. "괜찮니?" 그가 물었다. "좋아요감사합니다." 사실은 좋지 않았지만 그렇게 말했다. "어디 좀 앉거나, 그럴래?" 나는 고개를 저었다. 이유는 모르지만, 아빠가 나를 동물원에 데려가 펭귄을 보여준 날이 생각났다. 눅눅하고 비릿한 냉기 속에서 아빠의 어깨에 올라앉아 유리에 얼굴을 대고 먹이를 받아먹는 펭귄들을 지켜보던 날, 아빠가 남극Antarctica이라는 말을 발음하는 법을 알려주던 날. 그러다 나는 그게 정말로 있었던 일인지 의심이 들었다.

달리 할 말이 없어서 나는 말했다. "『사랑의 역사』라는 책 들어보셨어요?" 경비 아저씨는 어깨를 으쓱하고 고개를 저었다. "책에 관해서라면 그 아들과 얘기해야지." "앨마의 아들요?" "물론. 아이작. 요즘에도 가끔 오거든." "아이작?" "아이작 모리츠. 유명한 작가야. 그 사람이 아들인지 몰랐구나? 요즘도 시내에 오면 이곳에 머문단다. 전할 말이 있으면 남길래?" 아저씨가 물었다. "아니에요, 괜찮아요." 아이작 모리츠라는 사람은 들어본 적이 없어서 나는 그렇게 말했다.

8. 줄리언 삼촌

그날 저녁에 줄리언 삼촌은 자기가 마실 맥주 한 잔과 내가 마실 망고 라씨를 주문하고서 말했다. "때때로 엄마랑 힘들 때가 있다는 거, 삼촌도 안다." "엄만 아빠가 그리운 거죠." 나는 말했다. 고층 건물은 높다고 말하는 거나 마찬가지 얘기였다. 줄리언 삼촌이 고개를 끄덕였다. "넌 할아버지에 대해 아는 게 없지. 여러 면에서 굉장히 멋진 분이셨다. 근데 또 굉장히 힘든 분이기도 했어. 강압적이라는 말조차 좋은 표현일 거다. 네 엄마와 삼촌이 어떻게 살아야 하는지에 대해 아주 엄격한 규칙을 내세우셨어." 내가 할아버지에 대해 잘 모르는 것은 내가 태어나고 몇 년 후에 본머스에 있는 호텔에서 휴가를 보내시던 중 노환으로 돌아가셨기 때문이다. "샬럿은 맏이에다 딸이었기 때문에 더 영향을 많이 받았어. 너나 버드에게 항상 뭘 하라, 어떻게 하라, 그런 얘기를 안 하려고 하는 것도 그래서일 거야." "예의에 대해서만 빼면요." 나는 지적했다. "그래,

예의 문제에서는 별로 참지 않아, 그렇지? 어쨌든 삼촌 말은, 엄마가 너희에게 때론 좀 멀게 느껴질 수도 있다는 걸 안다는 거야. 엄마에겐 해결해야 할 자신만의 문제가 있어. 너희 아빠가 그리운 것도 그 가운데 하나겠지. 자기 아버지에게 대항하는 것도 한 가지일 테고. 하지만 엄마가 너희를 얼마나 사랑하는지는 알 거야, 앨, 그렇지 않니?" 나는 고개를 끄덕였다. 줄리언 삼촌은 웃을 때 항상 얼굴이 한쪽으로 처지는데, 입꼬리 한쪽이 다른 쪽보다 더 치오르며 삼촌의 한 부분이 나머지 부분에 협조하기를 거부하는 것처럼 보였다. "자, 그럼," 삼촌이 말하며 잔을 들었다. "열다섯 살이 되는 너를 위해, 그리고 그 우라질 책을 끝내야 하는 삼촌을 위해."

우리는 잔을 부딪쳤다. 그러다 삼촌은 스물다섯 살에 알베르토 자코메티를 사랑하게 된 이야기를 해주었다. "프랜시스 외숙모와는 어떻게 사랑하게 된 거예요?" 나는 물었다. "아," 줄리언 삼촌이 땀 맺힌 반짝이는 이마를 닦으며 말했다. 이마가 좀 벗어지고 있었지만 보기 좋은 모습이었다. "정말 알고 싶니?" "네." "파란 스타킹을 신고 있었어." "그게 무슨 말이에요?" "동물원에서 침팬지 우리 앞에 서 있는 외숙모를 봤는데 밝은 파란색 스타킹을 신고 있었다고. 그래서 난 생각했지, 내가 결혼할 여자가 바로 저 여자다." "스타킹 때문에요?" "그래. 햇빛이 그 사람을 굉장히 근사하게 비추고 있었지. 네 외숙모는 어떤 침팬지 한 마리를 홀린 듯 쳐다보고 있었고. 하지만 그 스타킹이 아니었다면 다가가지 않았을 것 같아." "외숙모가 그날 그 스타킹을 신지 않기로 했다면 어떤 일이 생겼을지 생각해보신 적 있어요?" "항상 생각하지," 줄리언 삼촌이 말했다. "난 훨씬 행복한 남자가 되었을 거야." 나는 접시

위의 티카 마살라 카레를 빙글빙글 휘저었다. "하지만 아닐 수도 있고," 삼촌이 말했다. "하지만 정말 그랬을 거라면요?" 나는 물었다. 줄리언 삼촌은 한숨을 쉬었다. "그에 대해 생각해보려 해도, 그 사람 없이는 그 어떤 것도—행복이든 그 반대든—상상하기가 참 어려워. 프랜시스와 함께 너무 오래 살아와서 다른 사람과 함께하는 삶이 어떤 모습이고 어떤 느낌일지 상상이 안 돼." "다른 사람이라면, 플로?" 나는 물었다. 삼촌이 사레들린 듯 캑캑거렸다. "네가 플로를 어떻게 알아?" "삼촌이 쓰다 버린 편지를 쓰레기통에서 발견했어요." 삼촌의 얼굴이 벌게졌다. 나는 고개를 들어 벽에 걸린 인도 지도를 바라보았다. 열네 살쯤 먹었으면 누구나 캘커타의 정확한 위치 정도는 알아둬야 한다. 캘커타가 어디 있는지도 전혀 모르는 채로 사는 건 말이 안 된다. "그렇구나," 줄리언 삼촌이 말했다. "음, 플로는 코톨드미술관에서 함께 일하는 동료야. 좋은 친구이기도 하고. 프랜시스는 항상 그 점을 좀 질투했어. 어떤 것들이 있긴 하지…… 어떻게 말하면 좋을까, 앨? 좋아. 예를 들어볼게. 예를 들어봐도 되겠니?" "좋아요." "렘브란트가 그린 자화상이 있어. 켄우드하우스*라고 삼촌네 집에서 아주 가까운 미술관에 있단다. 너 어렸을 때 데려간 적도 있는데. 기억나?" "아뇨." "상관없지. 요점은, 그게 삼촌이 가장 좋아하는 그림 중에 하나라는 거야. 그걸 자주 보러 가. 히스 지역에서 걷기 시작해 문득 정신을 차려보면 거기에 가 있는 거야. 렘브란트의 후기 자화상 가운데 하나야. 1665년부터 사 년 뒤 무일푼으로 홀로 죽은 해까지, 그사이 언

---

* 런던의 햄프스테드에 위치한 17세기 대저택이자 미술관.

젠가 그린 작품이지. 캔버스가 전체적으로 비어 있고, 붓질은 급하고 강렬해. 젖은 물감을 붓끝으로 긁은 자국이 보일 정도니까. 남은 시간이 별로 없다는 걸 알았던 것처럼. 그렇긴 하지만 그의 얼굴은 평온하고, 다 망가진 그 폐허에서도 무언가 살아남은 게 있다는 느낌을 준단다." 나는 칸막이 자리에서 반쯤 누운 자세로 다리를 흔들다가 삼촌의 다리를 우연히 발로 찼다. "그게 프랜시스 외숙모나 플로와 무슨 상관이 있어요?" 나는 물었다. 잠시 줄리언 삼촌은 어리둥절해 보였다. "나도 잘 모르겠다." 삼촌은 말했다. 그는 이마를 다시 닦아내고 계산서를 요청했다. 우리는 아무 말 없이 앉아 있었다. 줄리언 삼촌의 입이 씰룩거렸다. 삼촌은 지갑에서 20달러짜리 지폐를 꺼내 깔끔한 정사각형으로 접더니 그걸 다시 더 작은 정사각형으로 접었다. 그러다 불쑥 "프랜은 그 그림에 쥐뿔 관심이 없어," 하고 말하더니 빈 맥주잔을 입에 갖다댔다.

"궁금하실까봐 하는 얘긴데요, 저는 삼촌이 개라고 생각하지 않아요." 나는 말했다. 줄리언 삼촌은 웃음을 지었다. "뭐 하나 여쭤봐도 돼요?" 웨이터가 잔돈을 가지러 간 사이 나는 물었다. "물론이지." "엄마와 아빠도 싸웠어요?" "그랬을 거라고 생각해. 분명 때로는 그랬을 거야. 다른 사람들보다 더 자주는 아니었겠지만." "아빠는 엄마가 다시 사랑에 빠지길 원했을 거라고 생각하세요?" 줄리언 삼촌은 예의 그 삐딱한 미소를 지어 보였다. "그래," 삼촌은 말했다. "아빠는 그걸 굉장히 원했을 거라고 생각해."

9. 메르드

274

우리가 집에 돌아왔을 때 엄마는 뒷마당에 나가 있었다. 창문 밖으로 저물녘의 어둑한 빛 속에서 진흙 묻은 작업복을 입고 무릎을 꿇은 채 꽃을 심는 엄마가 보였다. 방충망문을 밀어 열었다. 낙엽과 몇 년 동안 자라난 잡초들이 뽑히고 치워졌으며 아무도 앉지 않는 철제 정원 벤치 옆에는 검은색 쓰레기봉투가 네 개나 놓여 있었다. "뭐해?" 나는 외쳤다. "국화와 과꽃을 심고 있어," 엄마가 말했다. "왜?" "그러고 싶어서." "왜 그러고 싶었어?" "오후에 번역 원고 몇 장을 보냈거든. 그랬더니 뭔가 느긋한 일을 해야겠다는 생각이 들었어." "뭐라고?" "제이컵 마커스에게 몇 장을 더 보내고 나서 좀 쉬고 싶었다니까." 엄마가 다시 말했다. 믿을 수가 없었다. "엄마가 직접 보냈단 말이야? 항상 나한테 우체국에 가서 부치라고 주잖아!" "미안. 네가 그렇게 신경쓰는 일인지 몰랐어. 게다가 넌 온종일 밖에 나가 있었잖아. 엄마는 어서 털어버리고 싶었고. 그래서 직접 한 거야." 직접 했다고? 나는 외치고 싶었다. 엄마, 자기 종의 시조가 된 내 엄마가, 구덩이에 꽃을 넣고 흙으로 덮기 시작했다. 엄마는 고개를 돌려 어깨 너머로 나를 보았다. "아빠는 정원 가꾸는 일을 좋아했어," 엄마가 말했다, 마치 내가 아빠를 전혀 모른다는 듯이.

10. 엄마로부터 내게 전해진 기억

(1) 칠흑처럼 깜깜한 시간에 학교에 가려고 일어나던 일

(2) 스탬퍼드힐에 있는 엄마네 집 근처에서 폭탄 맞은 건물들의 폐허에서 놀던 일

(3) 외할아버지가 폴란드에서 가져오신 헌책들의 냄새

(4) 외할아버지가 금요일 밤마다 축복 기도를 하며 엄마의 머리에 올리던 커다란 손의 감촉

(5) 엄마가 마르세유에서 하이파까지 타고 간 터키 배와 뱃멀미

(6) 이스라엘의 거대한 적막과 텅 빈 들판들, 그리고 키부츠 야브네에서 보낸 첫날밤에 그 적막과 공허의 깊이와 범위를 가늠하게 해주던 벌레 소리

(7) 아빠가 엄마를 사해에 데려갔던 때

(8) 옷 주머니에서 모래가 나오던 일

(9) 눈먼 사진사

(10) 한 손으로 운전대를 돌리던 아빠

(11) 비

(12) 나의 아빠

(13) 수천 페이지의 책장들

11. 심장박동을 회복하는 법

『사랑의 역사』 1장에서 28장까지의 원고가 엄마 컴퓨터 앞에 쌓여 있었다. 쓰레기통을 뒤져봤지만 엄마가 마커스에게 보낸 편지의 초안 같은 것은 없었다. 찾은 거라곤 구겨진 종이에 쓰인 이런

글뿐이었다. 파리로 돌아온 알베르토에게 다른 생각이 들기 시작했다.

12. 나는 포기했다

　엄마를 다시 행복하게 해줄 사람을 찾는 일은 그로써 끝이 났다. 내가 무슨 일을 하건, 혹은 어떤 사람을 찾아내건, 나는—그는—우리 중 누구도—엄마가 간직한 아빠의 기억을 이겨낼 수 없다는 것을 마침내 이해했다. 엄마를 슬프게 하면서도 위안을 주는 그 기억으로 엄마는 세상을 만들어냈고, 다른 사람은 불가능해도 엄마는 그 안에서 살아남는 방법을 알았다.

　그날 밤, 나는 잠을 이룰 수 없었다. 버드도 깨어 있다는 것을 숨소리로 알 수 있었다. 그애가 공터에 짓고 있는 게 무엇인지, 그리고 자기가 라메드보브닉이라는 사실을 어떻게 아는지 묻고 싶었고, 지난번에 내 공책에 글씨를 썼다고 고함을 쳐서 미안하다는 말을 하고 싶었다. 저 때문에, 그리고 나 때문에도 겁이 난다고 말하고 싶었고, 그동안 오래도록 거짓말을 해온 일에 대해서도 진실을 말하고 싶었다. 나는 속삭이는 목소리로 동생을 불렀다. "응?" 그애도 속삭이는 목소리로 대답했다. 나는 어둠과 적막 속에 누워 있었다. 아빠가 어린 시절 텔아비브 흙길 위의 집에 누워 있던 때의 어둠과 적막이나, 엄마가 키부츠 야브네에 도착한 첫날밤의 어둠과 적막과는 전혀 달랐지만, 그래도 그런 어둠과 그런 적막이 깃들어 있었다. 하려던 말이 뭐였는지 생각해보았다. "나 깨어 있는 거아니다." 마침내 나는 말했다. "나도 아니다." 버드가 말했다.

나중에, 버드가 마침내 잠들었을 때, 나는 손전등을 켜고 『사랑의 역사』를 조금 더 읽었다. 책을 꼼꼼히 읽는다면 아빠에 관해 어떠한 진실을, 아빠가 죽지 않았다면 내게 해주고 싶었을 말들을 찾을 수 있을지도 모른다고 생각했다.

다음날, 일찍 잠에서 깼다. 위쪽에서 버드가 움직이는 소리를 들었다. 눈을 떴을 때 버드는 시트를 걷어 둥글게 뭉치고 있었고 잠옷 엉덩이 부분이 젖어 있었다.

13. 그러다 9월이 되었다

그리고 여름은 끝났고, 미샤와 나는 공식적으로 서로 말하지 않는 사이가 되었으며, 제이컵 마커스에게서는 더이상 편지가 오지 않았고, 줄리언 삼촌은 런던에 돌아가 프랜시스 외숙모와 잘 풀어보겠다고 선언했다. 삼촌이 공항에 가기 전날, 그리고 내가 10학년이 되기 전날, 삼촌이 밤에 내 방문을 두드렸다. "삼촌이 프랜시스와 렘브란트에 대해 했던 말 말이야." 내가 문을 열어주자 삼촌이 방에 들어와 말했다. "그런 말 들은 적 없는 걸로 해줄 수 없을까?" "제가 무슨 말을 들었는데요?" 나는 말했다. 삼촌이 웃으니 우리 둘 다 외할머니에게서 물려받은 앞니 사이의 틈이 보였다. "고맙다." 삼촌이 말했다. "야, 네게 줄 게 있어." 삼촌은 커다란 봉투를 내밀었다. "이게 뭐예요?" "열어봐." 안에는 시내에 있는 미술 학교 안내서가 들어 있었다. 나는 고개를 들어 삼촌을 쳐다보았다. "어서, 읽어봐." 책장을 열었더니 종이 한 장이 휘리릭 바닥으로 떨어졌다. 줄리언 삼촌이 허리를 굽혀 종이를 집었다. "여기," 삼촌이 이마를 닦으며 말했다. 그것은 등록 신청서였다. 내 이름이 적혀 있었고 수업 이름은 '실물 소묘'였다. "엽서도 있어," 삼촌이 말했다. 나는 봉투 안으로 손을 넣었다. 렘브란트의 자화상이 인쇄된 엽서였다. 뒷면에는 이렇게 쓰여 있었다. 앨에게, 언젠가 비트겐슈타인은, 눈이 아름다운 것을 보면 손은 그것을 그리고 싶어한다고 썼어. 삼촌이 널 그릴 수 있다면 좋겠구나. 미리 생일 축하해. 사랑을 담아, 줄리언 삼촌.

마지막 페이지

처음에는 쉬웠다. 리트비노프는 그냥 시간을 때우는 척했다. 라디오를 들으며, 그가 강의할 때 학생들이 그러는 것처럼 멍하니 뭔가 끄적거리는 척했다. 그가 하지 않은 일 한 가지는 셋집 주인 여자의 아들이 유대교에서 가장 중요한 기도문을 새겨놓은 제도용 책상에 앉아, 속으로 이렇게 생각하는 것이었다. 나는 지금 나치에게 살해당한 내 친구의 글을 표절하려 한다. 이런 생각 또한 하지 않았다. 이것을 내가 썼다고 생각한다면 그녀는 나를 사랑할 것이다. 그냥 그는 첫 페이지를 베껴 썼고 그러다보니 자연스럽게 두번째 페이지를 베껴 쓰게 되었다.

세번째 페이지에 가서야 앨마의 이름이 나타났다. 그는 손을 멈췄다. 그는 이미 빌나 출신의 파인골드라는 사람을 부에노스아이레스 출신의 데 비에드마로 고쳤다. 앨마Alma를 로사Rosa로 고친다고 그게 그리 대수일까? 단 세 글자만 바뀔 뿐 마지막 'A'는 남는다. 이미 여기까지 와버렸다. 그는 펜을 종이로 가져갔다. 어쨌거나, 그는 자신에게 말했다. 이걸 읽을 사람은 로사뿐이니까.

하지만 대문자 A가 있던 곳에 대문자 R을 쓰려 했을 때 리트비노프의 손이 멈췄다면, 그것은 아마도 『사랑의 역사』를 읽었고 실제 앨마를 알았던 사람은 진짜 저자를 제외하면 자신이 유일했기 때문일 것이다. 사실 그는 어린 시절부터 앨마를 알았고, 그가 예시바*를 다니기 위해 고향을 떠나기 전까지 그녀와 같은 학교에 다녔다. 그 시절에 그는 몇몇 소녀들이 빈약한 잡초에서 주변의 공기를 끈끈하게 휘젓는 열대의 꽃으로 피어나는 모습을 지켜보았는데, 앨마도 그런 소녀들 가운데 하나였다. 그가 옆에서 그런 변신을 목격했고 그 자신의 격렬한 사춘기 동안 차례차례 욕망의 대상으로 삼기도 했던 예닐곱 명의 소녀들과 마찬가지로, 앨마는 그의 마음에 지워지지 않는 인상을 남겼다. 그 긴 세월이 흘러 발파라이소의 책상 앞에 앉은 그때조차도, 리트비노프는 당시 무수한 광란의 변주에 영감을 주었던 허벅지와 팔꿈치 안쪽의 연한 살, 뒷덜미로 이루어진 원본 영상집을 아직도 머릿속에서 넘겨볼 수 있었다. 앨마는 다른 남자들과 사귀고 헤어지고 또 사귀고는 했지만, 그렇다고 해서 리트비노프의 (몽타주 기법에 크게 의존한) 몽상에 출현하지 못한 것은 아니었다. 그녀가 누군가와 사귄다는 사실을 시샘했다면 그것은 앨마에 대해 특별한 감정이 있어서가 아니라 자신도 그처럼 선택되어 홀로 사랑받고 싶은 소망 때문이었다.

그리고 그녀의 이름을 다른 것으로 바꾸려고 두번째로 시도했

---

* 주로 탈무드와 토라를 공부하는 유대교 학교.

을 때 그의 손이 두번째로 얼어붙었다면, 그것은 그녀의 이름을 없애는 것이 모든 구두점을, 그리고 모음들을, 모든 형용사와 명사를 지워버리는 것과 같다는 것을 알았기 때문일 것이다. 앨마 없이는 책도 없었을 것이기 때문에.

종이 위에서 멈춘 펜을 손에 쥔 채 리트비노프는 1936년 초여름의 어느 날, 예시바에서 이 년을 공부하고 슬로님으로 돌아갔던 때를 떠올렸다. 모든 것이 기억 속에서보다 더 작아 보였다. 그는 모아둔 돈으로 산 새 모자를 쓰고 주머니에 양손을 꽂고서 거리를 걸어갔다. 그는 그 모자 덕분에 자신이 세상 경험이 풍부한 사람처럼 보인다고 생각했다. 광장에서 옆으로 빠지는 길로 들어섰을 때, 그는 이 년보다 훨씬 긴 세월이 흐른 듯한 느낌을 받았다. 똑같은 닭들이 닭장 안에서 알을 낳고 있었고 똑같은 이빨 없는 남자들이 아무것도 아닌 일로 언쟁을 벌이고 있었지만, 어쩐지 모든 것이 더 작고 초라해 보였다. 리트비노프는 자기 안에서 뭔가가 바뀌었음을 알았다. 다른 사람이 된 것이었다. 그는 몸통에 구멍이 있는 나무 한 그루를 지나쳤다. 예전에 그 구멍에 아버지 친구의 책상에서 훔친 외설스러운 사진을 숨겨놓은 적이 있었다. 남자아이들 대여섯 명에게 그 사진을 보여주었을 때 소문이 형의 귀에 들어갔고 형은 그것을 자기 나름의 목적을 위해 압수해 갔다. 리트비노프는 그 나무를 향해 걸어갔다. 그리고 바로 그때 그들을 보았다. 10야드 정도 떨어진 곳에 그들이 서 있었다. 거스키는 울타리에 기대고 앨마는 그에게 기댄 모습이었다. 리트비노프는 거스키가 그녀의 얼굴을 양손으로 감싸는 것을 보았다. 잠시 뜸들이던 그녀가 얼굴을 들어 그의 얼굴을 마주했다. 그들이 키스하는 모습을 보며 리트비노프는 자신에게 속한 모든 것이 무가치하다고 느꼈다.

그로부터 십육 년 후, 그는 밤마다 거스키가 쓴 책의 매 장章이 자신의 필체로 다시 나타나는 것을 지켜보았다. 참고로, 하나만 빼고 모두 바꾼 이름들을 제외하면 그는 한 단어 한 단어를 그대로 베껴 썼다.

18장, 그는 열여덟번째 날 밤에 썼다. 천사들의 사랑.

천사들은 어떻게 자는가. 선잠을 잔다. 그들은 인간의 수수께끼를 이해하려고 잠결에도 뒤척인다. 그들은 안경을 새로 맞추고 갑자기 세상을 다시 봤을 때 느끼는 실망과 감사가 뒤섞인 기분을 알지 못한다. 소녀의 이름은—여기에서 리트비노프는 잠시 멈추고 손가락 관절을 꺾었다—앨마, 그 소녀가 처음으로 네 갈비뼈 맨 아래에 손을 댔을 때, 그 기분에 대해 그들은 이론으로만 알 뿐 구체적인 느낌은 모른다. 눈 내리는 풍경이 담긴 유리 공을 쥐여줘도 그들은 그걸 흔들어야 한다는 것을 모를 것이다.

또한 그들은 꿈을 꾸지 않는다. 그런 이유로, 그들에게는 이야깃거리가 한 가지 부족하다. 거꾸로, 그들은 잠에서 깨어 서로에게 할말이 있었는데 잊어버린 것 같은 기분을 느낀다. 그 기분이 무언가의 잔재인지 아니면 그들이 인간에게 느끼는 공감, 너무 강력해서 때로는 그들을 울리는 공감으로 인한 것인지에 대해서는 천사들 사이에 의견이 갈린다. 일반적으로 그들은 꿈이라는 주제를 놓고 이렇게 두 진영으로 나뉜다. 심지어 천사들 사이에서도 분열의 슬픔은 존재한다.

이 지점에서 리트비노프는 자리에서 일어나 소변을 보러 갔다. 소변이 채 다 나오지도 않았는데 물을 내리고서, 변기가 깨끗한 물로 채워지기 전에 방광을 다 비울 수 있는지 보려 했다. 그러고는 거울에 비친 자신의 모습을 흘끗 보고 약상자에서 족집게를 꺼내 삐져나온 코털을 뽑았다. 그는 복도를 가로질러 부엌으로 가서 먹을 것이 있나 찬장을 뒤졌다. 아무것도 찾지 못한 그는 물주전자를 불에 올리고 책상에 앉아 계속 베껴 썼다.

은밀한 문제들. 천사들에게는 사실 후각이 없지만, 그들은 인간에 대한 무한한 사랑 때문에 인간을 모방하여 모든 것을 냄새 맡으며 돌아다닌다. 개들처럼 서로에게 다가가 냄새 맡는 행동을 부끄러워하지 않는다. 때로 그들은 잠을 이룰 수 없을 때 침대에 누워 자기 겨드랑이에 코를 묻고 거기에서는 어떤 냄새가 날까 궁금해한다.

리트비노프는 코를 풀고 휴지를 뭉쳐서 발밑에 던졌다.

천사들의 언쟁. 그것은 영원하며 해결될 희망이 별로 없다. 인간들 사이에서 살아간다는 것이 어떤 의미인지를 따지는 언쟁이기 때문이다. 그리고 그들은 답을 모르기 때문에 오직 추측만 할 수 있을 뿐이다. 인간이 하느님의—여기에서 주전자가 삑 소리를 내기 시작했다—본성(혹은 본성의 부족)에 대해 추측하는 것과 마찬가지로.

리트비노프는 차를 한잔 만들기 위해 일어섰다. 그는 창문을 열고 멍든 사과 한 개를 밖으로 버렸다.

혼자 있기. 인간과 마찬가지로 천사들도 때로 서로에게 싫증이 나서 혼자 있기를 원한다. 그들이 사는 집들은 너무나 붐비는데다 혼자 있고 싶어도 달리 갈 곳이 없으므로, 천사들이 할 수 있는 일은 눈을 꽉 감고 머리를 팔에 묻는 것뿐이다. 어떤 천사가 이런 행동을 하면 다른 천사들은 그가 혼자 있는 기분을 내려 한다는 것을 이해하고 그 주변에서는 까치발로 돌아다닌다. 나아가 마치 그가 거기에 없다는 듯 그를 언급하면서 도움을 주려는 경우도 있다. 실수로 그와 부딪히면 그들은 속삭인다,

"내가 그런 거 아니야."

리트비노프는 저리기 시작한 손을 흔들었다. 그러고는 다시 쓰기 시작했다.

좋든 싫든. 천사들은 결혼하지 않는다. 우선 그들은 너무 바쁘고, 둘째로 그들은 사랑에 빠지지 않는다. (갈비뼈 맨 아래에 사랑하는 사람의 손이 처음으로 닿는 느낌을 모른다면, 사랑을 알 가능성이 얼마나 되겠는가?)

리트비노프는 잠시 멈추고 갈비뼈에 로사의 부드러운 손이 닿는 상상을 했고, 찌릿한 느낌이 들자 기뻤다.

그들이 함께 사는 방식은 막 태어난 강아지들과 다르지 않다. 앞을 못 보고, 그저 감사하고, 민둥민둥한 강아지들. 그들이 사랑을 느끼지 않는다는 말은 아니다, 분명히 사랑을 느끼니까. 때로는 너무 강렬하게 느껴서 공황 발작으로 착각하기도 한다. 그런 순간에는 심장이 주체할 수 없이 벌렁거리고, 구토를 할 것만 같다. 하지만 그들이 느끼는 사랑은 동류를 향한 것이 아니라 그들이 이해할 수도, 냄새 맡을 수도, 만질 수도 없는 인간을 향한 것이다. 그것은 인간에 대한 보편적인 사랑이다(보편적이라고 해서 강도가 덜하다는 의미는 결코 아니지만). 천사가 보편적이지 않은 사랑, 특정한 대상을 향한 사랑을 느끼고 자신에게 결함이 있음을 인지하게 되는 것은 가끔 한 번씩만 생기는 일이다.

마지막 페이지에 다다른 날, 리트비노프는 친구 거스키의 원고를 모아 이리저리 뒤섞은 뒤 부엌 개수대 아래에 있는 쓰레기통에 버렸다. 하지만 종종 집에 오는 로사가 그것을 발견할 수도 있다는 생각이 떠올랐다. 그래서 그는 다시 원고를 꺼내 집 뒤편의 철제 쓰레기통을 열고 다른 쓰레기봉투 밑에 숨겨서 버렸다. 그런 다음 잠자리에 들 준비를 했다. 하지만 삼십 분 후, 누가 그것을 발견할지도 모른다는 두려움에 사로잡힌 그는 다시 일어났고, 쓰레기통을 뒤져 원고를 회수했다. 그것을 침대 밑에 넣고 자려 했으나 쓰레기 냄새가 너무 심해서 다시 일어나 손전등을 찾았고, 주인집 헛간에 가서 정원용 모종삽을 가져다가 주인 여자가 심은 흰 수국 옆에 구덩이를 파서 원고를 묻었다. 흙 묻은 잠옷 차림으로 다시 잠자리에 들었을 때는 이미 하늘이 밝아오고 있었다.

그것으로 끝이었을 수도 있겠지만 그렇게 되지 못한 것은, 창가에서 주인 여자의 수국을 내려다볼 때마다 잊고 싶은 것을 떠올릴수밖에 없었기 때문이다. 봄이 왔을 때 그는 자신의 비밀이 꽃으로 피어나리라고 내심 예상하며 수국 관목을 강박적으로 지켜보기 시작했다. 어느 날 오후, 주인 여자가 관목 밑동 근처에 튤립을 심고 있을 때, 그는 점점 극심해지는 긴장감을 느끼며 그 모습을 바라보았다. 자려고 눈을 감을 때마다 거대한 흰 꽃이 머릿속에 나타나 그를 조롱했다. 사정은 갈수록 나빠지기만 해서 그의 양심은 점점 더 고통받았고, 마침내 로사와 결혼해 절벽에 있는 단층집으로 이사하기 전날 밤, 리트비노프는 한밤중에 식은땀을 흘리며 일어나 밖으로 나간 다음 마음의 짐을 영원히 파냈다. 그때 이후로 그는 원고를 새집 서재에 있는 책상 서랍에 넣어 열쇠로 잠갔다. 그는 열쇠를 숨겼다고 생각했다.

우리는 항상 아침 다섯시나 여섯시에 일어났다, 로사는 『사랑의 역사』의 두번째이자 마지막 판본에 실린 서문에 그렇게 썼다. 그이가 세상을 떠난 때는 타는 듯이 더운 1월이었다. 나는 위층의 열린 창가로 그의 침대를 밀어다 놓았다. 햇살이 흘러들어와 우리를 비췄고 그이는 이불을 젖히고 옷을 모두 벗은 채 햇볕에 몸을 그을렸다. 아침마다 우리가 즐기는 일과였다. 여덟시가 되어 간병인이 오고 나면 하루가 조금은 괴롭게 흘러가기 때문이었다. 우리 둘 다 재미없어하는 의학적 질문들. 즈비는 통증에 시달리지 않았다. 내가 그이에게 "어디 아픈 데 있어요?" 하고 물으면 그는 말했다, "평생 이렇게 편안했던 적이 없어요." 그날 아침에도 우리는 창밖으로 구름 한 점 없이 찬란한 하늘을 바라보았다. 즈비는 읽고 있던 중국 시가집 어딘가를 펼쳐 그 작품이 나를 위한 시라고 말했다. 제목은 '배를 띄우지 마세요'였다. 매우 짧은 시인데, 다음과 같이 시작한다. "배를 띄우지 마세요 / 내일이면 바람은 잦아들 테니 / 그때 가서도 돼요 / 그러면 나도 당신을 걱정하지 않겠어요." 그이가 죽던 날 아침에는 밤새 정원에 몰아치던 엄청난 돌풍과 폭풍우가 그쳤고 창문을 여니 하늘이 맑게 개어 있었다. 바람 한줄기 불지 않았다. 나는 돌아서서 그이를 불렀다. "여보, 바람이 잦아들었어요!" 그러자 그가 말했다, "그럼 나는 가도 되겠군요. 당신도 날 걱정하지 않겠지요?" 나는 심장이 멎는 느낌이 들었다. 하지만 맞는 말이었다. 바로 그렇게 되었다.

하지만 바로 그렇게 된 것은 아니었다. 사실은 그렇지 않았다. 리트비노프가 죽기 전날 밤, 비가 지붕을 때리고 홈통을 따라 흘러내리고 있을 때, 그는 로사를 외쳐 불렀다. 그녀는 설거지를 하다가 허겁지겁 그에게 갔다. "왜 그래요, 여보?" 그녀는 그의 이마에 손을 올리며 물었다. 그가 너무 심하게 기침을 해서 피를 토할 것 같다고 그녀는 생각했다. 기침이 멈추자 그는 말했다, "당신에게 말하고 싶은 게 있어요." 그녀는 귀를 기울이며 기다렸다. "나는……" 그가 말하기 시작했지만, 기침이 다시 시작되며 경련이 일어났다. "쉬." 로사가 손가락으로 그의 입술을 덮으며 말했다. "말하지 마요." 리트비노프는 그녀의 손을 잡고 꼭 쥐었다. "말해야 해요," 그는 말했다. 이번에는 몸이 따라주어 기침이 잠잠해졌다. "모르겠어요?" 그가 말했다. "모르다니, 뭘요?" 그녀가 물었다. 그는 눈을 꼭 감았다가 다시 떴다. 그녀는 여전히 거기 서서 다정함과 걱정이 담긴 눈으로 그를 바라보았다. 그녀는 그의 손을 두드렸다. "가서 차 한잔 끓여 올게요," 그녀는 그렇게 말하며 일어서서 가려고 했다. "로사!" 그가 그녀의 등뒤에 대고 소리쳤다. 그녀가 돌아섰다. "당신이 날 사랑해주길 바랐어요." 그는 속삭였다. 로사는 그를 바라보았다. 그 순간 그녀의 눈에 남편은 두 사람이 평생 낳은 적 없는 아이처럼 보였다. "그리고 난 정말로 당신을 사랑했고요." 그녀는 전등갓을 매만지며 말했다. 그러고는 밖으로 나가 등뒤로 조용히 문을 닫았다. 그것이 대화의 끝이었다.

그것이 리트비노프의 마지막 말이라고 상상하면 편할 것이다. 하지만 그렇지 않았다. 그날 밤 그와 로사는 비에 대해, 로사의 조카에 대해, 그리고 두 번이나 불이 난 토스터를 버리고 새것을 살지 말지에 대해 이야기를 나누었다. 하지만『사랑의 역사』나 그 책의 저자에 대한 언급은 더이상 없었다.

그로부터 몇 년 전 산티아고의 소규모 출판사가『사랑의 역사』를 발간하기로 했을 때, 편집자가 몇 가지 제안을 하자 리트비노프는 잘 맞춰주고 싶은 마음에 그가 요청한 부분을 수정하려고 했다. 그게 그리 몹쓸 짓은 아니라는 자신의 변명에 거의 설득될 뻔한 적도 가끔 있었다. 거스키가 이미 죽은 상황에서, 어쨌거나 책이 결국 발간되어 읽힌다면 그 또한 좋은 일 아닌가? 이 수사적인 질문에 그의 양심은 냉담한 반응을 보였다. 절망에 빠져 어찌할 바를 모르던 그는 그날 밤 편집자가 요구하지 않은 부분 하나를 수정했다. 그는 서재 문을 잠그고 가슴주머니에 손을 넣어 오래도록 지니고 다니던 종이 한 장을 펼쳤다. 책상 서랍에서 깨끗한 종이 한 장을 꺼냈다. 맨 위에 그는 썼다, 39장. 레오폴드 거스키의 죽음. 그러고는 그 페이지를 능력이 되는 데까지 스페인어로 번역해 한 자 한 자 옮겨 적었다.

편집자가 원고를 받고 리트비노프에게 답신을 보냈다. 도대체 무슨 생각으로 마지막에 새로운 장을 추가하셨어요? 그건 쳐내겠습니다─다른 부분과 아무런 관련이 없어요. 바다에 썰물이 졌고, 리트비노프는 편지에서 고개를 들어 갈매기들이 바위 위에서 발견한 무언가를 놓고 싸우는 모습을 바라보았다. 그러신다면, 그는 답장에 썼다, 출간을 취소하겠습니다. 하루 동안의 침묵. 맙소사! 편집자의 답장이 왔다. 너무 그렇게 예민하게 굴지 마세요. 리트비노프는 주머니에서 펜을 꺼냈다. 협의할 수 있는 문제가 아닙니다, 그는 답장을 보냈다.

그렇게 해서, 그날 아침에 마침내 비가 그쳤을 때, 그리고 리트비노프가 침대에서 햇살을 받으며 조용히 세상을 떠났을 때, 그는 비밀을 묻어두고 가지 않았다. 혹은, 전부 묻어버린 것은 아니었다. 누구든 마지막 페이지를 펼치면 흑백으로 또렷하게 표기된『사랑의 역사』의 진짜 저자 이름을 볼 수 있었다.

두 사람 가운데 비밀을 더 잘 지킨 사람은 로사였다. 예를 들면, 그녀는 삼촌이 주최한 가든파티에서 그녀의 어머니가 포르투갈 대사와 키스하는 장면을 보고도 누구에게도 말하지 않았다. 혹은 하녀가 언니의 금목걸이를 제 앞치마 주머니에 넣는 것을 보았을 때도. 혹은 초록색 눈동자와 도톰한 입술 때문에 소녀들에게 엄청나게 인기가 많았던 사촌 알폰소가 소년들을 더 좋아한다는 사실이나, 아버지가 두통이 너무 심해 울곤 했다는 사실도. 그러므로『사랑의 역사』가 출간되고 몇 달이 지나 리트비노프 앞으로 온 편지에 대해 누구에게도 말하지 않았다는 것이 그리 놀랄 일은 아닐지도 모른다. 편지에 미국 소인이 찍혀 있어서 로사는 뉴욕의 출판사들 가운데 하나가 뒤늦게 거절 편지를 보낸 거라고 생각했다. 리트비노프가 상처받지 않도록 그녀는 편지를 서랍에 넣어두었다가 잊어버렸다. 몇 달 후, 그녀는 어딘가의 주소를 알기 위해 서랍을 뒤지다가 편지를 발견하고 열어보았다. 놀랍게도 편지는 이디시어로 쓰여 있었다. 즈비에게, 편지는 그렇게 시작했다. 네가 심장마비를 일으키지 않도록, 나는 네 오랜 친구 레오 거스키라는 말부터 해야겠다. 내가 살아 있다는 사실이 놀라울 거야. 나도 가끔 그러니까. 이 편지는 지금 내가 살고 있는 뉴욕에서 보낸다. 과연 이 편지가 네게 도착할지 모르겠다. 몇 년 전에 내가 유일하게 아는 네 주소로 편지를 보냈는데 반송되었거든. 이 주소를 어떻게 알아냈는지는 말하자면 길다. 어쨌거나, 할말이 많지만 편지로 다 하기는 힘들 것 같다. 건강하고 행복하게 좋은 인생을 살고 있길 바란다. 우리가 마지막으로 만난 날 네게 주었던 꾸러미를 아직 보관하고 있는지, 당연히 항상 궁금했다. 안에는 우리가 민스크에서 만나던 시절에 내가 쓰던 책이 들어 있지. 아직 갖고 있다면 내게 다시 보내줄 수 있을까? 이제 나 말고는 아무에게도 쓸모가 없는 물건이야. 따뜻한 포옹과 함께, L.G.

천천히, 로사는 진실을 깨달았다. 끔찍한 일이 벌어졌다는 것. 정말로 해괴한 일이어서, 생각만 해도 구역질이 치밀어올랐다. 그녀 자신에게도 부분적으로 잘못이 있었다. 이제야 그녀는 남편의 책상 열쇠를 발견해 서랍을 열고 누구의 것인지 모르는 필체로 쓰인 지저분한 원고 뭉치를 발견했지만 묻지 않기로 했던 날이 떠올랐다. 리트비노프는 그녀에게 거짓말을 했다. 그건 사실이었다. 하지만 그녀는 그 책을 출간하자고 우긴 것은 자신이었다는 사실을 끔찍한 기분을 느끼며 떠올렸다. 그는 너무 개인적이고 사적인 글이라며 반대했지만, 그녀는 자꾸만 밀어붙이며 저항을 누그러뜨렸고 마침내 그가 포기하고 동의하게 했다. 왜냐하면, 예술가의 아내들은 바로 그런 일을 해야 하는 게 아닌가? 자신들이 아니면 잊히고 말 남편의 작품을 세상에 선보이도록 애쓰는 일?

충격이 가시고 나서 로사는 편지를 갈기갈기 찢어서 변기에 넣고 물을 내렸다. 신속하게, 그녀는 무엇을 해야 할지 생각했다. 부엌에 있는 작은 책상에 앉아 빈 종이를 꺼내 쓰기 시작했다. 거스키 씨, 죄송하게도 제 남편 즈비는 병환이 깊어 직접 답장을 할 수가 없습니다. 하지만 친구분이 살아 계신다는 편지를 받고 정말로 기뻐했습니다. 불행히도, 말씀하신 원고는 저희 집에 물난리가 났을 때 못쓰게 되고 말았습니다. 부디 저희를 용서해주시기 바랍니다.

다음날 그녀는 도시락을 싸서 리트비노프에게 산으로 놀러가자고 말했다. 최근 책 출간 때문에 여러모로 흥분할 일이 많았으니 좀 쉬어야 한다고 남편에게 말했다. 그녀는 남편이 먹을거리를 차에 잘 신도록 감독했다. 리트비노프가 차에 시동을 걸자 로사는 이마를 탁 쳤다. "딸기를 잊어버릴 뻔했네," 그녀는 그렇게 말하고 집으로 달려갔다.

집안에서는 곧바로 리트비노프의 서재로 가서 책상 상판 아래에 테이프로 붙여둔 작은 열쇠를 꺼내 서랍을 연 다음, 곰팡내가 풍기는 더럽고 우그러진 원고 뭉치를 꺼냈다. 그것을 바닥에 내려놓았다. 그런 다음, 추가 조처로서, 리트비노프가 손으로 쓴 이디시어 원고를 높은 선반에서 꺼내 바닥에 가까운 선반으로 옮겨놓았다. 밖으로 나오는 길에 개수대 배수구를 막고 수도꼭지를 열었다. 개수대에 물이 차서 넘치기 시작할 때까지, 로사는 멈춰 서서 지켜보았다. 그런 다음 남편의 서재 문을 등뒤에서 닫고 현관 탁자에 놓인 딸기 바구니를 집어든 다음, 서둘러 차로 달려갔다.

물속에 잠긴 내 인생

1. 서로 다른 종種 사이에 존재하는 그리움

줄리언 삼촌이 떠난 후 엄마는 더욱 움츠러들었다. 아니, 더 정확히 표현하자면, 흐릿해졌다. 희미하다, 불명확하다, 멀다, 그런 의미에서 말이다. 엄마 주변에 빈 찻잔들이 늘어나기 시작했고 사전의 책장들이 발밑에 쌓여갔다. 정원도 내버려뒀고, 그래서 첫서리가 내릴 때까지 엄마가 돌봐주리라고 믿었던 국화와 과꽃들은 물을 잔뜩 머금은 꽃송이를 축 늘어뜨렸다. 이런저런 책들을 번역할의향이 있는지 묻는 출판사들의 편지는 답장도 없이 외면되었다. 엄마는 유일하게 줄리언 삼촌의 전화만 받았는데, 삼촌과 얘기할 때는 항상 문을 닫았다.

해가 갈수록 아빠에 대한 기억이 희미하고 불명확하고 멀어진다. 처음에는 생생하고 정확했다가 점점 사진처럼 바뀌더니 이제는 사진을 찍은 사진에 가까워졌다. 하지만 흔치 않은 어떤 순간에는 아빠의 기억이 너무도 갑작스럽고 명료하게 떠올라서 몇 년간 눌러놓았던 모든 감정이 상자 속 스프링 인형처럼 튀어나온다. 그런 순간에는 엄마가 바로 이런 느낌으로 살아가는 건가 하는 생각이 든다.

2. 가슴이 있는 자화상

매주 화요일 저녁에는 지하철을 타고 시내로 나가 '실물 소묘' 수업에 참석했다. 그 말이 무슨 뜻인지는 첫번째 수업에서 알게 되었다. 그것은 우리가 의자로 원을 이루고 앉아서, 그 중심에 꼼짝 않고 선 백 퍼센트 벌거숭이 모델을 스케치한다는 뜻이었다. 나는 그 수업에서 단연코 가장 어린 사람이었다. 나는 옷 벗은 사람을 오랫동안 그려온 것처럼 무심한 척하려 했다. 첫번째 모델은 가슴이 처지고 머리칼이 부스스하며 무릎이 불그스름한 여자였다. 어디를 봐야 할지 알 수가 없었다. 내 주위의 수강생들은 스케치북에 고개를 숙이고 열심히 그리고 있었다. 나는 우물쭈물하며 종이에 선을 몇 개 그렸다. "젖꼭지를 기억합시다, 여러분." 여자 선생님이 원을 둘러보며 외쳤다. 젖꼭지를 그려넣었다. 선생님이 내게 와서 "좀 봐도 될까?" 하더니 내 그림을 들어 다른 수강생들에게 보여주었다. 모델마저도 보려고 고개를 돌렸다. "이게 뭔지 알겠어요?" 선생님이 내 그림을 가리키며 물었다. 몇 사람이 고개를 저었다. "젖꼭지가 달린 프리스비 원반이군요." 선생님이 말했다. "죄송해요.” 나는 중얼거렸다. “죄송해하지 말고,” 선생님이 내 어깨에 손을 올리며 말했다. “음영을 넣어요.” 그러더니 사람들에게 내 프리스비를 거대한 젖가슴으로 변화시키는 방법을 보여주었다.

두번째 수업에 나온 모델은 첫번째 수업에 나온 모델과 생김새가 아주 비슷했다. 선생님이 지나갈 때마다 나는 그림 위에 푹 수 그리고 맹렬하게 음영을 넣었다.

3. 동생을 방수 처리하는 방법

9월 말경, 내 생일 며칠 전부터 비가 내리기 시작했다. 비가 일주일 내내 내렸고, 해는 나오려나 싶다가 도로 떠밀려 들어가고 다시 비가 내렸다. 어떤 날에는 비가 너무 심하게 내려서 버드는 쓰레기 탑 작업을 중지해야만 했다. 비록 이제 탑 꼭대기에서 모양을 갖추기 시작한 오두막 위로 방수포를 쳐놓긴 했지만. 어쩌면 버드는 라메드보브닉의 회합 장소를 만들고 있는지도 몰랐다. 헌 판자들이 벽 두 개를 이루었고, 다른 벽 두 개는 판지 상자를 쌓아서 세웠다. 축 처진 방수포를 제외하면 아직 지붕은 없었다. 어느 날 오후 나는 그곳에 들러 버드가 쓰레깃더미 한쪽에 기대어 세워놓은 사다리를 타고 기어내려오는 모습을 바라보았다. 그애는 커다란 고철 조각을 옮기고 있었다. 돕고 싶었지만 어떡해야 할지 알 수가 없었다.

4. 그 생각을 하면 할수록 배가 더 아프다

열다섯번째 생일 아침에 버드가 〈For She's a Jolly Good Fellow〉를 부르고 나서 "어서 일어나!" 하고 외치는 소리에 잠을 깼다. 우리가 어릴 때 엄마가 생일에 불러주던 그 노래는 이제 버드가 이어받아 생일마다 부르고 있었다. 엄마는 잠시 뒤에 선물을 들고 들어와 내 침대 위 버드의 선물 옆에 내려놓았다. 밝고 즐겁던 분위기는 내가 버드의 선물을 열고 그 안에서 주황색 구명조끼를 확인한 순간 돌변했다. 내가 포장지 속에 놓인 구명조끼를 빤히 보고 있는 동안 정적이 흘렀다.

"구명조끼네!" 엄마가 외쳤다. "정말 좋은 생각이구나. 대체 이걸 어디에서 구했니, 버드?" 엄마가 진심으로 감탄한 듯 줄을 만지작거리며 물었다. "정말 편리하겠다." 엄마가 말했다.

편리? 나는 소리치고 싶었다. 편리라고?

심각한 걱정이 들기 시작했다. 버드의 신앙심이 그냥 지나가는 단계가 아니라 영원히 계속될 광신이라면? 엄마는 그애가 그런 식으로 아빠의 죽음을 감당하고 있다고, 자라면서 떨쳐버릴 거라고 생각했다. 하지만 자신의 믿음이 틀렸다는 증거가 있는데도 부정하면서, 나이가 들수록 그 믿음이 더욱 강해지기만 한다면? 친구를 전혀 사귀지 못한다면? 더러운 외투 차림으로 구명조끼를 나눠주며 시내를 배회하는 사람, 자신의 꿈과 어긋난다는 이유로 세상을 부정하는 사람이 된다면?

동생의 일기를 찾으려 했지만 침대 뒤편에서 다른 곳으로 옮겼는지 아무리 찾아봐도 없었다. 대신에 침대 밑의 더러운 옷가지 사이에서 찾아낸 것은 반납 기일이 이 주가 지난 브루노 슐츠의 『악어들의 거리』였다.

5. 한번은

엄마에게 아이작 모리츠라는 이름을 들어본 적 있는지 무심한 듯 물었다. 이스트 52번가 450번지의 경비 아저씨가 앨마의 아들이라고 말했던 작가. 엄마는 정원 벤치에 앉아 커다란 모과 관목이 막 뭔가 말을 하려는 것을 기다리는 사람처럼 빤히 쳐다보고 있었다. 처음에는 내 말을 듣지 못했다. "엄마?" 나는 다시 불렀다. 엄마는 깜짝 놀란 듯 돌아보았다. "아이작 모리츠라는 작가를 들어본 적 있느냐고 물었어." 엄마는 그렇다고 말했다. "그 사람 책 읽어봤어?" 나는 물었다. "아니." "그 사람이 노벨상을 받을 가능성이 있다고 생각해?" "아니." "책을 읽어보지도 않았다면서 어떻게 알아?" "그냥 추측이야." 엄마는 말했다. 자기가 항상 죽은 사람들에게만 노벨상을 주려 한다는 걸 인정하지 않으려고 그렇게 말한 것이다. 그러더니 엄마는 다시 모과 관목을 빤히 쳐다보았다.

도서관에서 컴퓨터에 '아이작 모리츠'를 입력했다. 책 여섯 권이 나왔다. 소장한 권수가 가장 많은 것은 『치유』였다. 청구번호를 적고 책들을 찾아본 후에 『치유』를 책장에서 꺼냈다. 뒤표지에 저자의 사진이 있었다. 내게 이름을 준 사람이 그와 많이 닮았을 거라고 생각하니 그의 얼굴을 보는 기분이 이상했다. 곱슬머리에 이마가 벗어지는 중이었고 금속테 안경 너머로 갈색 눈이 작고 약해 보였다. 앞으로 되돌아가 첫 페이지를 펼쳤다. 1장, 글이 시작되었다. 제이컵 마커스는 어머니를 기다리며 브로드웨이와 그레이엄 애비뉴가 교차하는 사거리 모퉁이에 서 있었다.

6. 나는 다시 읽었다

제이컵 마커스는 어머니를 기다리며 브로드웨이와 그레이엄 애비뉴가 교차하는 사거리 모퉁이에 서 있었다.

7. 또다시

제이컵 마커스는 어머니를 기다리며

8. 또다시

제이컵 마커스

9. 이럴 수가

책장을 넘겨 사진을 봤다. 그런 다음 첫 페이지를 모두 읽었다.

그런 다음 책장을 넘겨 사진을 보고, 한 페이지를 더 읽은 후 다시 책장을 넘겨 사진을 한참 바라보았다. 제이컵 마커스는 책 속의 인물일 뿐이었다! 지금까지 엄마에게 편지를 보낸 남자는 작가 아이작 모리츠였던 것이다. 앨마의 아들. 그는 자신이 쓴 가장 유명한 소설 속 인물의 이름으로 편지에 서명하고 있었다! 편지 속 한 구절이 떠올랐다. 이따금 글을 쓰는 척도 해보지만, 착각은 하지 않습니다.

도서관이 닫기 전에 58페이지까지 읽었다. 밖으로 나오니 이미 어두워져 있었다. 나는 책을 팔에 끼고 입구에 서서 비를 바라보며 이 상황을 이해하려고 애썼다.

10. 이 상황

그날 밤, 엄마가 제이컵 마커스라고 생각하는 남자를 위해 위층에서 『사랑의 역사』를 번역하는 동안, 나는 실제 인물이기도 하고 소설 속 인물이기도 한 앨마 메러민스키의 아들 아이작 모리츠라는 작가가 제이컵 마커스라는 작중 인물에 대해 쓴 책 『치유』를 다 읽었다.

11. 기다리며

마지막 페이지를 다 읽고 미샤에게 전화를 걸어 두 번 신호음이 울린 후 끊었다. 깊은 밤에 대화를 나누고 싶을 때 우리가 쓰던 암호였다. 우리가 마지막으로 얘기를 한 후로 한 달 넘게 지났다. 공책에 그리운 그의 특징들을 나열한 목록을 만들었다. 뭔가 생각할때 코에 주름을 잡는 모습도 그중 하나였다. 물건을 잡는 손 모양도 그중 하나였다. 하지만 이제는 실제로 그와 얘기해야 했고 어떤목록도 그애를 대신할 수 없었다. 전화기 옆에 서 있는데 뱃속이홀라당 뒤집히는 느낌이 들었다. 기다리는 동안 나비의 모든 종이, 혹은 나와 같은 감정을 느끼는 고등한 포유류 한 종이 멸종했을지도 모른다.

하지만 그는 전화하지 않았다. 아마도 그건 나와 얘기하기 싫다는 의미인 것 같았다.

12. 지금까지 내가 사귀었던 모든 친구

내 동생은 복도 저편 제 방에서 잠들어 있고 그애의 키파는 바닥에 떨어져 있었다. 안감에 금색 글씨로 인쇄된 문구는 마샤와 조의결혼식, 1987년 6월 13일이었다. 버드는 그것을 식사실 수납장 안에서 찾았다고 주장하며 아빠의 물건이라고 확신했지만, 우리 중누구도 마샤나 조라는 사람에 대해 들어본 적이 없었다. 나는 그애옆에 앉았다. 버드의 몸은 따뜻한 것을 넘어 뜨거울 정도였다. 내가 아빠에 대해 그 많은 얘기를 지어내지 않았다면, 버드가 아빠를그렇게까지 숭배하는 일도, 자기 자신이 특별한 사람이 되어야 한다고 믿는 일도 없지 않았을까 생각했다.

빗줄기가 창문을 두드렸다. "일어나," 나는 속삭였다. 버드는 눈을 뜨고 끙 소리를 냈다. 복도에서 빛이 비쳐 들고 있었다. "버드," 나는 동생의 팔을 만지며 말했다. 아이는 실눈을 뜨고 나를 쳐다보다 눈을 비볐다. "이제 하느님 얘기는 그만둬야 해, 알겠니?" 그애는 아무 말도 하지 않았지만 잠은 확실히 깬 듯했다. "곧 열두 살이 되잖아. 이제 이상한 소리를 내거나 어디에서 뛰어내리거나 네 몸을 다치게 하는 짓은 그만둬야 해." 내가 애원조로 말하고 있다는 걸 알았지만 상관하지 않았다. "잠자리에 오줌 싸는 짓도 그만둬야 해," 나는 속삭였다. 침침한 빛 속에서 상처받은 버드의 표정이 보였다. "감정을 그냥 누르고 정상적이려고 노력해봐. 그러지 않으면……" 아이는 입을 삐죽이면서도 말은 하지 않았다. "친구들을 사귀어야지," 나는 말했다. "나 친구 있어," 버드가 속삭였다. "누구?" "골드스타인 씨." "한 사람만 갖고는 안 돼." "누나도 한 사람뿐이잖아," 버드가 말했다. "누나한테 전화하는 사람은 미샤뿐이잖아." "아니야, 많아. 누나 친구 많아," 나는 말했고, 밖으로 내뱉은 뒤에야 그 말이 사실이 아님을 깨달았다.

13. 다른 방에서는 엄마가 책더미의 온기에 기대어 웅크리고 잠들어 있었다

14. 내가 생각하지 않으려고 애쓰는 것들

a) 미샤 시클롭스키

b) 루바 여제

c) 버드

d) 엄마

e) 아이작 모리츠

15. 나는 앞으로

더 자주 밖에 나가고 동아리에 가입해야 한다. 옷도 좀 사고, 머리를 파란색으로 염색하고, 허먼 쿠퍼가 제 아빠 차로 드라이브를 가자고 하면 따라나서서 내게 키스하고 심지어 있지도 않은 내 가슴을 만지게 해줘야 한다. 대중 연설이나 전자 첼로, 혹은 용접 같은 유용한 기술을 연마하고, 복통에 관해 병원 진료를 받아보고, 동화책을 쓰고 나서 비행기 추락 사고로 죽은 사람 말고 다른 영웅을 찾고, 아빠 텐트를 가지고 최단 시간 설치 기록을 세우려 들지 않고, 공책들을 모두 버리고, 등을 꼿꼿하게 펴고 서며, 내 안부를 묻는 인사를 받을 때마다 인생이란 여왕을 알현하고 함께 핑거 샌드위치를 먹는 날을 위한 긴 준비 기간에 불과하다고 믿는 새침한 영국 여학생처럼 대답하지 않아야 한다.

16. 수백 가지 일들이 인생을 바꿀 수 있다

책상 서랍을 열고 샅샅이 뒤져서 사실은 아이작 모리츠인 제이컵 마커스의 주소를 적어놓은 쪽지를 찾았다. 성적표 아래에 미샤가 초기에 보낸 오래된 편지가 있었다. 앨마에게, 편지는 그렇게 시작했다. 넌 날 어떻게 그렇게 잘 아니? 우리는 같은 콩깍지에 든 콩 두 알처럼 닮았어. 내가 폴보다 존을 더 좋아하는 거 맞아. 하지만 링고도 굉장히 존경해.

　토요일 아침에, 인터넷에서 지도와 길 찾는 방법을 찾아 인쇄하고 엄마에게 온종일 미샤네 집에 가 있을 거라고 말했다. 그러고는 거리를 걸어내려가 쿠퍼네 집 문을 두드렸다. 허먼이 까치집을 지은 머리에 섹스피스톨스 티셔츠 차림으로 나왔다. "후와." 나를 보고 그가 말했다. 그는 문에서 뒷걸음질했다. "드라이브 나갈래?" 나는 물었다. "농담이지?" "아니." "조오치," 허먼이 말했다. "잠깐, 기다려." 그는 위층으로 올라가 아버지에게 차 열쇠를 달라 했고, 아래층에 내려왔을 때는 머리에 물을 묻혀 정돈하고 깨끗한 파란색 티셔츠로 갈아입은 모습이었다.

17. 나를 봐

　"어딜 가는데, 캐나다?" 허먼이 지도를 보고 말했다. 그의 손목 둘레에 여름 내내 시계가 있던 자리를 따라 희끄무레한 띠가 있었다. "코네티컷," 나는 말했다. "네가 그 후드를 벗는다면," 그가 말했다. "왜?" "네 얼굴이 안 보이잖아." 나는 후드를 당겨 벗었다. 허먼이 나를 보고 웃었다. 눈가에는 아직도 잠기운이 남아 있었다. 빗방울 하나가 그의 이마를 따라 굴러내려왔다. 목적지에 찾아가는 방법을 읽어주고 나서 그가 내년 입학을 지원하는 대학들에 관해 이야기했다. 그는 자크 쿠스토*처럼 살고 싶다며 그래서 해양생물학을 전공할까 생각중이라고 말했다. 내가 애초에 생각했던 것보다 우리에게 공통점이 더 많은지도 모르겠다는 생각이 들었다. 허먼이 내게 무엇이 되고 싶으냐고 물어서 나는 고생물학자를 잠깐 생각해본 적이 있다고 대답했고, 고생물학자가 무슨 일을 하느냐는 물음에 나는 삽화가 실린 온전한 메트로폴리탄미술관 안내서를 백 개의 조각으로 찢어서 미술관 계단에서 바람에 날려보낸 다음, 기타 등등, 하는 얘기를 해주었으며, 그런데 왜 마음을 바꾼 거냐고 그가 묻기에 내가 그 일에 적합한 사람이 아닌 것 같다고 대답했는데, 그러자 내게 적합한 일은 무엇인 것 같냐고 또 물어서 "말하자면 긴 얘기야," 하고 대답했더니 그는 "난 시간이 많아," 했으며 "정말로 알고 싶어?" 하는 내 물음에 그가 그렇다고 하기에, 결국 나는 아빠의 스위스아미 칼과 『북미의 식용식물과 꽃』부터 시작해 언젠가 배낭 하나에 들어갈 물건들만 가지고 남극 황야를 탐험하겠다는 내 계획으로 끝나는 진실을 얘기해주었다. "네가 안 그랬으면 좋겠다," 그가 말했다. 그러다 우리는 출구를 잘못 빠져나가는 바람에 주유소에 들러 길을 묻고 스위트타르츠 사탕을 샀다. "내가 살게," 허먼은 내가 지갑을 꺼내려고 하자 그렇게 말했다. 계산대 너머로 5달러 지폐를 건네는 그의 손이 떨렸다.

---

* 프랑스의 해군 출신 탐험가이자 해양생물학자.

18. 그에게 『사랑의 역사』에 관한 모든 이야기를 해주었다

비가 너무 세차게 내려서 우리는 차를 갓길에 대야 했다. 나는 운동화를 벗고 발을 대시보드 위에 올려놓았다. 허먼은 김 서린 앞유리에 내 이름을 썼다. 그러다 우리는 백 년 전쯤 있었던 물총 놀이를 기억했고, 나는 내년이면 허먼이 집을 떠나 자신만의 인생을 시작한다고 생각하니 슬퍼서 가슴이 싸해졌다.

19. 그냥 알아

한없이 찾아 헤맨 끝에 우리는 결국 아이작 모리츠의 집으로 들어가는 흙길을 발견했다. 거기인지 모르고 두세 번은 그냥 지나쳐간 듯했다. 나는 포기하기 직전이었지만 허먼은 아니었다. 진흙탕 길을 올라가는데 손바닥에 땀이 찼다. 유명 작가를 만나본 적이 한 번도 없었을뿐더러, 내가 위조 편지를 보낸 유명 작가는 말할 것도 없었다. 아이작 모리츠의 주소가 커다란 단풍나무에 못으로 박혀 있었다. "이게 단풍나무란 걸 어떻게 알아?" 허먼이 물었다. "그냥 알아." 나는 자세한 설명은 생략하고 그렇게 말했다. 그때 호수가 보였다. 허먼은 차를 집 가까이에 대고 시동을 껐다. 갑자기 주위가 고요해졌다. 나는 허리를 숙이고 운동화 끈을 묶었다. 다시 일어나 앉으니 허먼이 나를 보고 있었다. 그의 얼굴에서 기대와 믿기지 않는 마음과 약간의 슬픔이 엿보여서, 먼 옛날에 사해에서 엄마를 바라보던 아빠의 얼굴이 이랬을까 하는 생각이 들었다. 그 얼굴에서 비롯된 일련의 사건들이 지금 나를 이곳에, 함께 자랐지만 거의 알지 못하는 남자애와 둘이서, 이 깊고 외떨어진 곳에 와 있게 한 것일까.

20. Shallon, Shallop, Shallot, Shallow

나는 차 밖으로 나가 심호흡을 했다.

나는 생각했다. 제 이름은 앨마 싱어인데요, 선생님은 저를 모르시겠지만 제 이름은 선생님 어머니의 이름을 딴 거예요.

21. Shalom, Sham, Shaman, Shamble

문을 두드렸다. 대답이 없었다. 초인종을 눌렀는데도 대답이 없어서 집 주변을 돌며 창문 너머로 안을 들여다보았다. 실내는 캄캄했다. 앞으로 다시 돌아나오니 허먼은 가슴에 팔짱을 끼고 차에 기대어 서 있었다.

22. 이젠 잃을 게 아무것도 없다고 판단했다

우리는 아이작 모리츠의 집 현관에서 벤치 그네에 앉아 흔들거리며 비를 바라보고 있었다. 허먼에게 앙투안 드 생텍쥐페리에 대해 들은 적 있는지 물었는데 아니라고 해서, 『어린 왕자』라는 책에 대해서도 들은 적 없냐고 물었더니 그는 들어본 것 같다고 말했다. 그래서 나는 리비아의 사막에 불시착한 생텍스가 기름때 묻은 걸레로 비행기 날개에 모인 이슬을 모아 마시고 열기와 추위로 탈수를 겪으며 의식이 혼미한 채로 수백 마일을 걸어갔다는 얘기를 해주었다. 생텍스가 베두인족에게 발견되는 부분까지 이야기했을 때, 그리고 허먼이 슬며시 내 손을 잡았을 때, 나는 날마다 평균 일흔네 종의 생물이 멸종하지, 하고 생각했는데, 그건 누군가의 손을 잡을 좋은 이유는 되지만 유일한 이유는 아니었다. 문득 정신을 차리고 보니 우리는 키스하고 있었고, 나는 내가 키스할 줄 안다는 사실을 깨달았으며, 그러자 행복과 슬픔이 똑같은 몫으로 밀려왔다. 내가 사랑에 빠지게 됐다는 것을 알았기 때문에, 하지만 상대는 그가 아니었기 때문에.

우리는 오래 기다렸지만 아이작은 나오지 않았다. 달리 무엇을 해야 할지 몰라서 문에 내 전화번호와 함께 메모를 남겼다.

일주일 반이 지나—날짜도 기억한다. 10월 5일—엄마가 신문을 읽다가 말했다. "저번에 엄마한테 물었던 그 작가 생각나니, 아이작 모리츠?" 내가 "응," 하고 대답했더니 엄마가 말했다. "신문에 그 사람 부고가 실렸구나."

그날 밤 나는 엄마의 서재로 올라갔다. 『사랑의 역사』 번역은 이제 다섯 장이 남았는데, 엄마는 자신의 작업이 이제 나 말고는 다른 누구를 위한 것도 아니라는 사실을 모르고 있었다.

"엄마?" 나는 말했다. 엄마가 고개를 돌렸다. "얘기 좀 해도 돼?"

"물론이지, 애야. 이리 와."

나는 방안으로 몇 발짝 더 들어갔다. 하고 싶은 말이 너무 많았다.

"나 바라는 게 있는데, 엄마가⋯⋯" 나는 거기까지 말하고 울기 시작했다.

"엄마가 뭘?" 엄마가 팔을 벌리며 물었다.

"슬프지 않았으면 좋겠어," 나는 말했다.

한 가지 좋은 것

9월 28일

יהוה

　오늘은 연속해서 비가 내린 지 열흘째 되는 날이다. 닥터 비슈누바카트는 일기에 쓸 소재로 한 가지 좋은 것은 내 생각과 감정이라고 말씀하셨다. 내가 느끼는 것에 대해 선생님이 알기를 바라지만 말로 하기는 싫을 때 그것을 일기에 써서 주면 된다고도 하셨다. 나는 선생님은 사생활이란 말도 안 들어보셨어요? 라고 말하지는 않았다. 떠오르는 생각 하나는, 비행기를 타고 이스라엘에 가는 건 너무 비싸다는 것이다. 공항에서 비행기표를 사려고 했더니 가격이 1200달러라고 해서 알게 되었다. 거기 있는 아줌마에게 우리 엄마는 언젠가 700달러에 표를 산 적이 있다고 말했지만, 그 아줌마는 이제 700달러짜리 표는 없다고 말했다. 내게 돈이 없을 거라는 생각에 대충 그렇게 말한 것 같아서 구두 상자를 꺼내 741달러

50센트를 보여주었다. 아줌마가 어디에서 그렇게 큰돈이 생겼느냐고 물어서 나는 레모네이드 1500컵을 팔았다고, 실은 완전히 맞는 말은 아니지만, 그렇게 말했다. 그러자 아줌마가 왜 그렇게 이스라엘에 가고 싶으냐고 물었고 내가 비밀을 지킬 수 있느냐고 물었더니 그렇다고 대답하기에, 나는 라메드보브닉이라고, 어쩌면 구세주이기도 한 것 같다고 말했다. 그 얘기를 들은 아줌마가 나를 직원들만 들어가는 어떤 특별한 방에 데려가 이스라엘 항공 핀을 주었다. 그때 경찰이 도착해 나를 집으로 데려왔다. 이 일에 대한 나의 감정은, 화가 난다는 것이다.

9월 29일

יהוה

열하루 연속 비가 내리고 있다. 이스라엘에 가는 데 드는 돈이 처음에는 700달러였다가 갑자기 1200달러로 바뀌어버린다면, 누가 어떻게 라메드보브닉이 될 수 있을까? 예루살렘에 가고 싶다면 레모네이드 몇 잔을 팔아야 하는지 알 수 있도록 가격을 똑같이 유지해야 한다.

오늘 닥터 비슈누바카르트가 내가 이스라엘에 간다고 생각했을 때 엄마와 누나에게 남긴 쪽지를 설명해보라고 하셨다. 기억을 되살려주겠다며 쪽지를 내 앞에 놓기까지 했다. 하지만 기억을 되살릴 필요는 없었는데, 공적인 느낌을 주려고 타자기로 쪽지를 쓰다가 자꾸만 실수하는 바람에 아홉 번이나 다시 써서 내용을 이미 다 알고 있기 때문이었다. 거기 쓰인 내용은 "엄마와 누나와 다른 모두에게. 난 떠나야 하고, 어쩌면 오래 못 돌아올 거예요. 날 찾으려 하지 마세요. 난 라메드보브닉이고 많은 일을 해결해야 하니까요. 곧 홍수가 닥치겠지만 여러분을 위해 방주를 만들어두었으니 걱정할 필요는 없어요. 앨마, 누나가 아는 그곳이야. 사랑을 담아, 버드."

닥터 비슈누바카트는 어쩌다 내 별명이 버드가 되었는지 물었다. 나는 그냥 그렇게 되었다고 말했다. 닥터 비슈누바카트가 왜 닥터 비슈누바카트인지 알고 싶다면, 그건 그가 인도 사람이라서 그런 것이다. 발음을 기억하고 싶다면, 그냥 닥터 피시인어버킷 Fishinabucket을 생각하면 된다.

9월 30일

יהוה

오늘 비가 그쳤고 소방관들이 화재 위험이 있다며 내 방주를 해체했다. 이 일에 대한 내 감정은, 슬프다는 것이다. 나는 울지 않으려고 애썼다. 골드스타인 씨가 하-님이 하시는 일은 결과적으로 최선을 위한 거라고 말씀하셨고, 앨마도 감정을 누르려고 노력해야 친구를 사귈 수 있다고 말했기 때문이다. 그 외에 골드스타인 씨가 하신 말씀은, 눈이 보지 못하는 것을 가슴은 느낄 수 있다. 였지만 나는 방주에 무슨 일이 일어났는지 봐야만 했다. 방주 뒤편에 페인트로 יהוה라고, 그 누구도 내버려서는 안 되는 글자를 적어놓은 것이 갑자기 떠올랐기 때문이다. 엄마에게 소방서에 전화해 그 잔해를 어디에 버렸는지 물어보라고 했다. 엄마는 소방관들이 잔해를 미화원들이 수거할 수 있게 길가에 쌓아놓았다고 말해주었다. 나는 거기에 데려다달라고 했는데, 이미 미화원들이 다녀간 뒤여서 모든 것이 사라지고 없었다. 나는 울면서 돌멩이를 걷어찼고, 엄마는 날 안으려고 했지만 나는 그러지 못하게 했다. 엄마는 소방관들이 방주를 해체하도록 내버려두지 말았어야 했고, 또 아빠 물건을 모두 내다버리기 전에 내게 물어봤어야 했으니까.

10월 1일

יהיה

오늘 골드스타인 씨를 보러 갔다. 이스라엘에 가려고 했던 날 이후 처음이었다. 엄마는 나를 히브리어 학교에 데려다준 뒤 밖에서 기다렸다. 아저씨는 지하의 사무실에도 예배당에도 안 계셨는데, 마침내 건물 뒤편에서 책등이 갈라진 기도서들을 묻으려고 구멍을 파고 있는 아저씨를 찾았다. 내가 안녕하세요, 골드스타인 씨, 라고 말해도 아저씨는 한참을 아무 말도 하지 않고 내 쪽을 보지도 않았다. 그래서 내가 음, 내일 다시 비가 올 것 같네요, 했더니 아저씨는 바보와 잡초는 비가 내리지 않아도 잘 자라지, 하시면서 계속 땅만 파셨다. 아저씨의 목소리가 슬프게 들렸고, 나는 아저씨가 내게 무슨 말을 하고 싶은 건지 이해하려고 애썼다. 나는 아저씨 옆에 서서 구덩이가 점점 깊어지는 것을 바라보았다. 아저씨 신발에 흙이 묻은 것을 보니 언젠가 달레드 반의 아이가 아저씨의 등에 나를 발로 차, 고 쓴 쪽지를 붙였던 일이 생각났다. 아무도 말해주지 않았고, 심지어 나도 아저씨가 쪽지에 대해 아는 게 싫어서 가만히 있었다. 기도서 세 권을 낡은 천으로 감싸고 거기에 입맞추는 골드스타인 씨를 바라보았다. 눈 밑의 그늘이 유난히 더 푸르스름해 보였다. 바보와 잡초는 비가 내리지 않아도 잘 자란다는 말이 아저씨가 실망하셨다는 뜻인지도 모른다는 생각이 들어 그 이유가 뭘까 생각해보려 했고, 헝겊에 싼 망가진 기도서들을 구덩이에 넣는 아저씨 옆에서 소리 내어, 이스가달 베이스카다시 시메이 라바, 주의 위대한 이름이 주께서 창조하신 세상에서 더욱 커지고 거룩해지기를, 또한 당신의 생전에, 그리고 당신의 시대에 주님의 왕국이 열리기를, 하고 기도문을 외웠는데, 그때 골드스타인 씨의 눈에서 눈물이 흐르는 걸 보았다. 구덩이에 흙을 넣는 아저씨의 입술이 움직이는데 무슨 말인지 들리지 않아서 귀를 세우고 아저씨 입 가까이에 갖다댔다. 아저씨는 하임, 하고 아저씨가 날 부를 때 쓰는 이름을 부르시더니, 라메드보브닉은 겸손하며 비밀스럽게 일한단다, 하고 말한 뒤 돌아섰고, 그래서 나는 아저씨가 우는 이유가 나라는 것을 알았다.

10월 2일

יהוה

오늘 다시 비가 내리기 시작했지만, 이제는 방주도 사라졌고 골드스타인 씨도 내게 실망했으므로 상관하지 않았다. 라메드보브닉이 된다는 것은 자신이 세상을 지키는 서른여섯 명 가운데 하나라는 사실을 아무에게도 말하지 않는 것, 사람들을 돕는 좋은 일을 아무도 모르게 해내는 것을 뜻한다. 그런데 나는 앨마 누나에게 내가 라메드보브닉이라고 말했고, 엄마와 이스라엘 항공의 아줌마에

게도, 루이스에게도, 그리고 내게 키파를 벗고 반바지를 입으라고
했던 체육 선생님 힌츠 씨에게도, 그 외에 몇몇 사람들에게도 말했
으며, 그래서 경찰이 날 데리러 왔고 소방관들이 와서 방주를 해체
한 것이다. 이 일에 대한 내 감정은, 울고 싶다는 것이다. 나는 골
드스타인 씨에게, 또한 하-님께도 실망을 안겨드렸다. 그게 나는
이제 라메드보브닉이 아니라는 뜻인지는 잘 모르겠다.

10월 3일

היהי

　오늘 닥터 비슈누바카트가 내게 우울한 기분이 드느냐고 물어서
내가, 우울하다는 건 무슨 뜻이죠, 하고 물었더니 선생님은, 예를
들어 슬픈 기분이 드니, 하고 말했는데 거기다 대고 내가 하지 않
은 말 한마디는, 선생님은 순 무식쟁이 아니에요?였고, 그 이유는
라메드보브닉이라면 그렇게 말하지 않을 거라서다. 대신 나는, 말
이 자신과 비교해 사람이 얼마나 작은지 안다면 사람을 짓밟아버
릴 거라고 말했는데, 그것은 골드스타인 씨가 이따금 하는 말이다.
닥터 비슈누바카트가, 거참 흥미로운 얘기구나, 더 자세히 얘기해
줄 수 있니? 하고 물어서 나는 싫어요, 라고 말했다. 그러고는 이
전에도 때로 그랬던 것처럼 둘 다 아무 말 없이 몇 분 동안 앉아 있
었고 지루해진 내가, 옥수수는 퇴비 위에서도 자랄 수 있어요, 라
고 역시나 골드스타인 씨가 잘 하는 말을 했더니 닥터 비슈누바카
트가 굉장히 흥미로운지 그 말을 메모장에 적기에 나는 또, 자만은
똥더미 위에 자리잡죠, 라고 말했다. 그러자 닥터 비슈누바카트는,

질문 하나 해도 될까? 하고 물었고 나는 어떤 질문이냐에 따라서요, 라고 대답했으며 선생님이, 아빠가 보고 싶니?라고 묻기에 나는, 아빠는 기억도 잘 안 나요, 라고 말했고 선생님이, 아빠를 잃는다는 건 굉장히 힘든 일일 거야, 라고 말하기에 나는 아무 말도 하지 않았다. 내가 왜 아무 말도 하지 않았는지 알고 싶다면, 그건 아빠를 모르는 사람이 아빠 얘기를 하면 기분이 안 좋기 때문이다.

내가 한 가지 결심한 것은 이제부터 무슨 일이든 하기 전에 라메드보브닉이라면 이런 일을 할까? 하고 나 자신에게 묻겠다는 것이다. 예를 들어, 오늘 미샤가 전화를 걸어 앨마를 찾았을 때, 누나에게 프렌치키스하고 싶어?라고 묻지 않았다. 라메드보브닉이라면 이런 일을 할까? 하고 나 자신에게 물었을 때 대답은 아니다, 였기 때문이다. 그러자 미샤가, 누나 어때? 하고 물었고 내가, 괜찮아, 라고 대답했더니 미샤는 또, 누나한테 찾던 사람은 찾았는지 궁금해서 전화했다고 전해줘, 라고 했는데 나는 그게 무슨 말인지 몰라서, 뭐라고? 했더니 미샤는, 아니다, 그냥 놔둬, 내가 전화했단 얘기는 하지 마, 해서 나는, 좋아, 하고 대답하고 나서 누나에게 말하지 않았다. 라메드보브닉이 잘하는 일 가운데 하나가 비밀을 지키는 것이기 때문이다. 나는 누나가 누구를 찾고 있다는 사실을 몰랐기 때문에 누굴까 생각해보았지만 생각나는 사람은 없었다.

10월 4일

הנה

오늘, 끔찍한 일이 일어났다. 골드스타인 씨가 병이 나서 기절하셨는데 아무도 모르고 있다가 세 시간이 지나서야 발견되었고 그래서 지금은 병원에 계신다. 엄마가 내게 알려주었을 때 나는 욕실로 들어가 문을 잠그고 하-님께 골드스타인 씨가 꼭 낫게 해달라고 기도를 드렸다. 내가 라메드보브닉이라고 거의 백 퍼센트 확신했을 때는 하-님께서 내 기도를 들으실 수 있을 거라고 생각했다. 하지만 지금은 확신이 없다. 그러다 아주 끔찍한 생각이, 어쩌면 골드스타인 씨가 내게 실망하셔서 병이 난 건지도 모른다는 생각이 들었다. 갑자기 너무, 너무 슬퍼졌다. 나는 눈물이 나오지 못하도록 눈을 꽉 감고서 무엇을 해야 할지 생각하려 했다. 그러다 생각이 떠올랐다. 내가 누군가를 돕는 좋은 일을 한 가지 하고서 아무에게도 그 이야기를 하지 않는다면, 골드스타인 씨가 다시 건강해지고 나는 진짜 라메드보브닉이 될 수 있을지도 모른다!

때때로 뭔가 알아야 할 일이 있으면 나는 하-님께 여쭤본다. 예를 들어, 훔치는 건 나쁜 짓이지만 이스라엘에 가는 비행기표를 사기 위해 모자라는 50달러를 엄마 지갑에서 훔치기를 원하신다면 파란색 펀치버기* 세 대를 연달아 발견하게 해주세요, 라고 말한다. 그러고서 파란색 펀치버기를 세 대 연달아 발견한다면 대답은 훔쳐도 된다는 것이다. 하지만 이번에는 나 혼자 알아내야 하므로 하-님께 도와달라고 요청할 수 없다는 것을 알았다. 그래서 도움이 필요한 사람이 누군지 생각해내려고 했는데 갑자기 답이 떠올랐다.

---

* 폭스바겐의 비틀이라는 차종을 먼저 발견한 사람이 "펀치버기!" 하고 외치면서 다른 사람을 한 대 때리는 게임에서 비롯한 말.

316

널 마지막으로 보았을 때

잠자리에 누워, 예전의 유고슬라비아를 배경으로 한 꿈을 꾸었다. 아니 어쩌면 브라티슬라바였는지도 모르고, 또 어쩌면 의외로 벨라루스였는지도 모른다. 어디였는지 생각하면 할수록 더 모르겠다. 일어나! 브루노가 외쳤다. 혹은 그가 머그잔에 찬물을 담아 내 얼굴에 끼얹기 전에 당연히 그렇게 외쳤을 거라고 가정하는 것이다. 아마 내가 제 목숨을 구해주며 했던 대로 갚아준 것이겠지. 브루노가 내 시트를 벗겨냈다. 거기에서 그가 뭘 봤든, 아주 유감스럽게 생각한다. 그렇긴 하지만. 참으로 대단한 변론이다. 매일 아침, 그것은 피고측 대표 변호인처럼 차렷 자세를 취하니 말이다.

보라고! 브루노가 외쳤다. 잡지에 너에 대한 글이 나왔어.

짓궂은 장난을 할 기분이 아니었다. 나는 그냥 내 식대로, 내 방귀 소리에 놀라 일어나는 것이 좋다. 그래서 나는 축축한 베개를 바닥에 내던지고 시트 속으로 머리를 들이밀었다. 브루노는 잡지로 내 옆머리를 올려붙였다. 일어나서 보란 말이야, 그가 말했다. 나는 다년간 숙련한 기술로 귀먹고 말 못하는 흉내를 냈다. 브루노의 발소리가 멀어졌다. 현관 벽장 쪽에서 쿵쾅거리는 소리가 들렸다. 나는 마음의 준비를 했다. 요란한 소음과 함께 삐익하는 되먹임소리가 들렸다. 잡지에 너에 대한 글이 나왔어, 브루노가 내 물건들 사이에서 용케도 찾아낸 확성기에 대고 말했다. 나는 시트를 둘러쓰고 있었는데도 그는 내 귀의 위치를 정확히 찾아냈다. 다시 말한다, 확성기가 비명을 내질렀다. 너, 잡지에 나왔다고. 나는 시트를 젖히고 그의 입에서 확성기를 홱 떼어냈다.

언제부터 이렇게 바보가 된 거냐? 나는 물었다.

넌 언제부터냐? 브루노가 말했다.

잘 들어, 김펠*, 나는 말했다. 이제 눈을 감고 열까지 셀 거야. 눈을 다시 떴을 땐 네가 없었으면 해.

브루노는 상처받은 표정이었다. 진심은 아니겠지, 그는 말했다.

진심이야, 나는 말하고 눈을 감았다. 하나, 둘.

진심이 아니라고 말해, 그가 말했다.

눈을 감은 채로 브루노를 처음 만났을 때를 떠올렸다. 가족과 함께 막 슬로님에 이사온 깡마른 붉은 머리 소년이 먼지 속에서 공을 차고 있었다. 나는 그에게 걸어갔다. 그는 고개를 들어 나를 쳐다보았다. 아무 말도 없이 그가 내게 공을 찼다. 나는 그 공을 다시 차 보냈다.

---

*폴란드계 유대인 작가 아이작 바셰비스 싱어가 1953년에 발표한 단편소설 「바보 김펠」의 남자 주인공.

셋, 넷, 다섯, 나는 말했다. 내 무릎에 잡지가 펼쳐진 채로 떨어지는 느낌이 들었고 브루노의 발소리가 복도 저편으로 멀어져가는 소리가 들렸다. 잠시 발걸음이 멈췄다. 브루노가 없는 내 삶을 상상해보았다. 불가능할 것 같았다. 그렇긴 하지만. 일곱! 나는 소리쳤다. 여덟!! 아홉까지 셌을 때 현관문이 쾅 닫히는 소리가 들렸다. 열, 특별히 누구에게랄 것 없이 나는 말했다. 눈을 뜨고 아래를 내려다보았다.

거기에, 내가 유일하게 구독하는 잡지의 지면에, 내 이름이 있었다.

나는 생각했다. 이런 우연이 있다니, 또다른 레오 거스키라니! 분명 흥분이 되기는 했다. 틀림없이 다른 사람이겠지만. 그리 특이한 이름은 아니다. 그렇긴 하지만. 그리 흔한 이름도 아니다.

한 문장을 읽었다. 그 사람이 다른 누구도 아닌 나라는 것을 알기에는 그것만으로 충분했다. 그 문장을 쓴 사람이 바로 나였으니까. 내 책, 내 인생의 소설. 심장마비를 겪은 후 쓰기 시작했고 미술 수업에 나간 다음날 아침에 아이작에게 보낸 그 책. 이제 보니 그애의 이름이 지면 위편에 대문자로 쓰여 있었다. 세상 모든 것을 표현할 말들, 내가 최종적으로 고른 제목이 거기 쓰여 있고 그 아래에 쓰인 이름은, 아이작 모리츠.

천장을 올려다보았다.

아래를 내려다보았다. 말했듯이, 내 책에는 내가 가슴으로 외우는 부분들이 있다. 그런데 내가 가슴으로 외우는 문장이 거기에도 있었다. 내가 역시나 가슴으로 외우고 있는 백여 개의 다른 문장들과 함께, 여기저기 조금씩 편집되어 아주 미세하게 거슬리는 느낌을 주면서. 기고자에 관한 메모를 읽으려고 책장을 넘기니 거기에 아이작이 그달에 죽었고 게재된 작품은 그의 마지막 원고의 일부라고 되어 있었다.

나는 침대에서 나와 『유명한 인용문』과 『과학의 역사』 등, 브루노가 내 식탁에 앉을 때 앉은키를 높이는 용도로 즐겨 쓰는 책들 아래에서 전화번호부를 꺼냈다. 잡지사 전화번호를 찾았다. 여보세요, 교환원이 전화를 받자 나는 말했다. 소설 담당 부서 부탁해요.

수신음이 세 번 울렸다.

소설팀입니다, 한 남자가 말했다. 젊은 남자 목소리였다.

이 소설, 어디에서 난 거요? 나는 물었다.

뭐라고 하셨죠?

이 소설, 어디에서 난 거냐고요?

어떤 소설 말씀이세요, 선생님?

세상 모든 것을 표현할 말들.

그건 고 아이작 모리츠 선생님 소설 중 일부인데요, 그가 말했다.

하, 하, 나는 말했다.

뭐라고 하셨죠?

그렇지 않아요, 나는 말했다.

아니, 맞습니다, 그는 말했다.

아니, 그렇지 않아요.

정말이라고 보장할 수 있습니다.

아니라고 보장할 수 있소.

맞아요, 선생님. 맞다고요.

알았어요, 나는 말했다. 맞아요.

전화 거신 분이 누구신지 여쭤봐도 될까요? 그가 말했다.

레오 거스키, 나는 말했다.

어색한 침묵이 흘렀다. 다시 말하는 그의 목소리에는 확신이 덜했다.

무슨 장난을 하시는 거 아닙니까?

아니오, 나는 말했다.

하지만 그건 소설 속 인물 이름인데요.

내 말이 바로 그거요, 나는 말했다.

사실 확인팀에 확인을 해봐야겠습니다, 그는 말했다. 보통은 그쪽에서 소설 속 이름과 같은 실존 인물이 있으면 저희에게 알려주는데 말이죠.

짜잔, 여기 있지! 나는 소리쳤다.

잠깐 기다리세요, 그는 말했다.

나는 전화를 끊었다.

사람은 평생 잘해봐야 두세 개쯤 좋은 아이디어를 생각해낸다. 그리고 내 좋은 아이디어 하나가 그 잡지에 실려 있었다. 다시 읽어보았다. 여기저기에서 낄낄 웃으며 내 탁월함에 감탄했다. 그렇긴 하지만. 그보다 더 자주, 눈살을 찌푸렸다.

잡지사에 다시 전화를 걸어 소설팀으로 돌려달라고 요청했다.

내가 누굴까요? 나는 말했다.

레오 거스키? 남자가 말했다. 그의 목소리에서 두려움이 읽혔다.

빙고, 나는 그렇게 말하고 덧붙였다. 이 책이라는 물건.

네?

언제 나온답니까?

잠깐 기다리세요, 그가 말했다.

나는 기다렸다.

1월에요, 그가 돌아와 말했다.

1월이라! 나는 외쳤다. 그렇게 빨리! 벽에 걸린 달력이 오늘은 10월 17일이라고 알려주었다. 나는 참을 수가 없어서 물었다, 괜찮긴 합디까?

작가님의 최고작 중 하나라고 생각하는 사람들도 있습니다.

최고작 중 하나라! 내 목소리가 한 옥타브 올라가며 갈라졌다.

그렇습니다, 선생님.

가제본이라도 미리 받아보고 싶은데, 나는 말했다. 내가 1월까지 살아서 내 얘기를 쓴 책을 읽을 수 있을지 모르겠어서 말이오.

건너편에서 침묵이 흘렀다.

네, 마침내 그가 말했다. 한 권 빼낼 수 있을지 보겠습니다. 주소가 어떻게 됩니까?

소설 속 레오 거스키의 주소와 똑같소, 나는 그렇게 말하고 전화를 끊었다. 불쌍한 친구. 이 수수께끼를 풀려고 몇 년을 낑낑거릴 수도 있을 것이다.

하지만 내게도 풀어야 할 수수께끼가 있었다. 다시 말해, 내 원고가 아이작의 집에서 발견되어 그애의 것이라고 오인된 거라면, 그애가 죽기 전에 그것을 읽었다는, 최소한 읽기 시작했다는 의미 아닐까? 읽었다면 모든 것이 바뀌는 것이다. 그것이 뜻하는 것은……

그렇긴 하지만.

아파트 안을 서성거리며 돌아다녔다. 이쪽에는 배드민턴 라켓, 저쪽에는 〈내셔널 지오그래픽〉 한 더미, 어떻게 하는지도 모르는 불게임 세트가 거실 바닥 여기저기에 널브러진 집안에서 최대한 서성거릴 수 있을 만큼 서성거렸다.

간단했다. 내 책을 읽었다면 그애는 진실을 안 것이다.

나는 그애 아버지였다.

그애는 내 아들이었다.

그러자 아이작과 내가 둘 다 살아서 서로의 존재를 알던 시간이 잠시나마 있었을지도 모른다는 생각이 들었다.

욕실로 가서 찬물로 얼굴을 씻고 아래층에 내려가 우편물을 확인했다. 내 아들이 죽기 전에 부친 편지가 도착할 가능성이 아직도 남아 있다고 생각했다. 우편함에 열쇠를 꽂아 돌렸다.

그렇긴 하지만. 쓰레깃더미. 그게 다였다. 〈TV 가이드〉, 블루밍데일스 백화점에서 보낸 잡지, 1979년에 10달러를 보낸 뒤로 내 충실한 동반자로 남아 있는 세계야생동식물협회에서 온 편지 한 통. 그것들을 모두 버리려고 위층으로 가져왔다. 쓰레기통 페달에 발을 올려놓았을 때, 앞면에 내 이름이 타자기로 인쇄된 작은 봉투가 하나 보였다. 내 심장의 아직 살아 있는 칠십오 퍼센트가 천둥처럼 울려대기 시작했다. 봉투를 찢어 열었다.

레오폴드 거스키 귀하, 편지는 그렇게 시작되었다. 토요일 네시에 센트럴파크 동물원 입구 앞쪽 벤치에서 만나요. 제가 누군지는 아실 거라고 생각해요.

감정에 북받쳐 나는 외쳤다. 알고말고!

성심을 담아, 편지 말미 인사말이었다.

그래, 성심을 받으마, 나는 생각했다.

앨마.

그때 그 자리에서, 나는 떠날 때가 되었음을 알았다. 손이 덜덜 떨려서 종이가 바들거렸다. 다리에 힘이 풀리는 느낌이 들었다. 머리가 어질어질했다. 결국 천사는 이렇게 당도하는구나. 언제나 사랑했던 여자의 이름과 함께.

　라디에이터를 쾅쾅 쳐서 브루노를 불렀다. 대답이 없었다. 일 분 후에도, 그로부터 일 분 후에도, 라디에이터를 치고 또 쳤지만 대답은 없었다. 세 번 치면 살아 있냐? 두 번 치면 그래, 한 번 치면 아니. 귀를 기울였지만 대답은 없었다. 그에게 바보라고 하지 말았어야 했다. 그 녀석이 가장 필요한 지금 내 곁에 아무도 없으니까.

라메드보브닉이라면 이런 일을 할까?

10월 5일

יהוה

　오늘 아침 누나가 샤워하고 있을 때 누나 방에 살짝 들어가 배낭 속에서 '야생에서 살아남는 법' 3권을 가지고 나왔다. 그런 다음 침대로 돌아가 이불 밑에 숨겼다. 엄마가 들어왔을 때 아픈 척했다. 엄마는 이마에 손을 얹고, 기분이 어떠니, 하고 물었고 내가 목이 부은 것 같아, 하고 대답했더니 엄마는, 아무래도 아프려나보다, 하기에 나는, 그래도 학교에 가야 하는데, 하고 말했더니 엄마는, 하루쯤 안 간다고 큰일나진 않아, 해서 나는 알겠어요, 하고 말했다. 엄마는 캐모마일차에 꿀을 타서 갖다주었고 나는 내가 얼마나 아픈지 보여주려고 눈을 감은 채 차를 마셨다. 누나가 학교에 가는 소리가 났고 엄마는 일하러 위층으로 올라갔다. 엄마 의자가 끼익거리는 소리가 났을 때 '야생에서 살아남는 법' 3권을 꺼내 읽으며 앨마가 찾고 있는 것이 무엇인지 알려줄 단서가 있는지 살펴보았다.

공책 대부분이 돌을 달궈 따뜻한 잠자리를 만드는 법이나 임시 지붕을 얹어 피신처를 만드는 법 등에 관한 정보로 채워져 있었고, 그중 하나는 물을 음용 가능하게potable 만드는 법에 관한 설명이 었는데 나로선 이해할 수 없는 것이, 병에 담을 수 없는 물이라는 걸 본 적이 없기 때문이다.[*] (얼음이라면 또 모르지만.) 수수께끼에 관한 내용을 찾을 수나 있을까 의문이 들기 시작할 때쯤 낙하산이 펼쳐지지 않을 때 살아남는 법이라고 쓰인 페이지를 찾았다. 열 가지 단계가 적혀 있었지만 어느 것 하나도 말이 되지 않았다. 예를 들어, 하늘에서 떨어지고 있는 상황에서 낙하산이 펼쳐지지 않는다면 절뚝거리는 정원사가 있다고 해서 그리 도움이 될 것 같지는 않다. 또 거기에는 돌멩이를 찾으라고 쓰여 있는데 누군가 내게 돌멩이를 던지고 있는 게 아니라면, 혹은 주머니에 돌멩이를 넣어 가지고 다니는 게 아니라면, 그런 일은 정상적인 사람이라면 대부분 하지 않을 텐데, 도대체 돌멩이가 왜 있겠는가? 마지막 단계는 그냥 이름일 뿐인데 그 이름은 앨마 메러민스키였다.

머리에 떠오른 한 가지 생각은 앨마가 메러민스키 씨라는 사람과 사랑에 빠져서 그 사람과 결혼하고 싶다는 것이었다. 하지만 한 장을 더 넘기니 또 이렇게 쓰여 있었다. 앨마 메러민스키 = 앨마 모리츠. 그래서 나는 또 앨마가 메러민스키 씨와 모리츠 씨, 두 사람 모두와 사랑에 빠졌나보다 하고 생각했다. 그러다 한 장을 더 넘기

---

[*] potable이라는 말은 '마실 수 있는'을 의미하는 라틴어 potabilis에서 온 말이지만 버드는 병을 의미하는 pot을 생각하며 '병에 담을 수 있는'이라는 뜻으로 오해한 것이다.

니 맨 위에 M을 생각하면 그리운 점들이라고 쓰여 있고 열다섯 가지로 된 목록이 있는데 맨 첫번째가 그가 물건을 잡는 방식이었다. 나는 누군가가 손으로 물건을 잡는 방식을 어떻게 그리워할 수 있는지 이해가 되지 않았다.

머리를 굴려봐도 이해하기 힘들었다. 앨마가 메러민스키 씨나 모리츠 씨와 사랑에 빠졌다면 난 왜 이 두 사람을 한 번도 만난 적이 없으며 그 사람들은 왜 허먼이나 미샤처럼 전화를 걸지 않았을까? 그리고 누나가 메러민스키 씨 혹은 모리츠 씨를 사랑한다면 왜 그 사람을 그리워할까?

공책의 나머지 부분에는 아무것도 없었다.

내가 정말로 그리워하는 유일한 사람은 아빠다. 때로는 누나가 나보다 아빠에 대해 더 많이 알고 그렇게 많은 것들을 기억하고 있어서 질투가 난다. 하지만 이상한 점은 작년에 누나의 공책 2권을 읽었을 때 이런 말이 있었다는 사실이다. 아빠를 정말로 잘 알지 못해서 슬프다.

누나가 왜 그런 말을 썼을까 생각하고 있는데 갑자기 아주 이상한 생각이 떠올랐다. 엄마가 메러민스키 씨 또는 모리츠 씨라는 사람과 사랑에 빠진 적이 있고, 그 사람이 앨마의 아빠라면? 그러다 그 사람이 죽었거나 떠나버려서 앨마가 자기 아빠에 대해 잘 알지 못하는 거라면? 그리고 그다음에 엄마가 다비드 싱어를 만나 나를 낳은 것이다. 그러다 그 사람마저 죽었고, 그래서 엄마가 그렇게 슬픈 것이다. 그렇다면 누나가 앨마 싱어가 아니라 앨마 메러민스키나 앨마 모리츠라는 이름을 쓴 이유가 설명이 된다. 누나는 진짜 자기 아빠를 찾고 있나보다!

엄마가 의자에서 일어나는 소리가 들리자 나는 거울 앞에서 백 번쯤 연습한 대로 최선을 다해 잠든 사람 흉내를 냈다. 엄마가 방에 들어와 한동안 아무 말도 하지 않고 침대가에 앉아 있었다. 그런데 갑자기 재채기가 나올 것 같아 눈을 뜨고 재채기를 했더니 엄마는, 불쌍한 것, 하고 말했다. 그때 나는 굉장히 위험한 짓을 했다. 최대한 졸린 목소리로, 엄마, 아빠 만나기 전에 다른 사람 사랑한 적 있어? 하고 물었다. 엄마가 아니라고 말할 거라고 거의 백 퍼센트 확신했다. 하지만 엄마 얼굴에 우스운 표정이 스치더니 엄마가, 그런 것 같아, 맞아! 하고 말했다. 그래서 나는, 그 사람이 죽었어? 하고 물었고, 엄마는 웃으며 아니야! 하고 대답했다. 나는 속으로는 미칠 것 같았지만 엄마가 의심하면 안 되니까 다시 잠든 척했다.

이제 누나가 누구를 찾고 있는지 알 것 같다. 내가 진정한 라메 드브브닉이라면 누나를 도울 수 있을 거라는 사실도 알고 있다.

10월 6일

יהוה

오늘도 학교에 안 가고 집에 있으려고, 그리고 닥터 비슈누바카트를 만나러 가지 않아도 되도록, 연달아 이틀째 아픈 척했다. 엄마가 다시 위층으로 올라갔을 때 나는 손목시계에 알람을 맞추고 십 분마다 오 초씩 내리 기침을 했다. 약 삼십 분 뒤에 침대에서 빠져나와 다른 단서가 더 있나 보려고 누나의 배낭을 뒤졌다. 응급 처치 세트와 스위스아미 칼 같은 그 안에 늘 있는 것들 말고 다른 것은 없었는데, 누나의 스웨터를 꺼내자 그 안에 감싸인 종이 몇 장이 나왔다. 일 초만 봐도 그게 엄마가 번역하고 있는『사랑의 역사』라는 책의 일부분이라는 것을 알 수 있었다. 엄마는 항상 망친 원고를 쓰레기통에 버리기 때문에 나도 그게 어떻게 생겼는지 안다. 그리고 앨마는 비상시에 필요할 것 같은 아주 중요한 것들만 배낭에 보관한다는 것도 알기 때문에 나는『사랑의 역사』가 누나한테 왜 그렇게 중요한지 알아내려 했다.

그러다 어떤 생각이 들었다. 엄마는 항상『사랑의 역사』를 준 사람이 아빠라고 말한다. 하지만 여태 엄마가 말한 사람이 내 아빠가 아니라 앨마의 아빠였다면? 그래서 그 책에 그 사람이 누군지에 대한 비밀이 담겨 있다면?

엄마가 아래층으로 내려오는 소리가 나서 나는 얼른 욕실로 달려가 엄마가 의심하지 않도록 변비에 걸린 척하며 십팔 분을 앉아 있었다. 밖으로 나왔더니 엄마가 골드스타인 씨가 계시는 병원 전화번호를 알려주며 전화 걸고 싶으면 걸어도 된다고 말했다. 아저씨는 아주 피곤한 것 같은 목소리였고, 내가 기분이 어떠시냐고 물었더니, 밤에는 모든 암소가 까맣다, 라고 하셨다. 나는 앞으로 할 좋은 일에 대해 말하고 싶었지만 누구에게도, 심지어 아저씨에게도 말하면 안 된다는 것을 잘 알았다.

다시 침대로 돌아와 앨마의 진짜 아빠의 정체가 비밀이어야만 하는 이유를 알아내라고 나 자신에게 말했다. 내가 생각해낼 수 있는 유일한 이유는 앨마의 아빠가 스파이라는 것이었다. 앨마가 가장 좋아하는 영화에 나오는 금발 아줌마, FBI를 위해 일하고 있어서 로저 손힐을 사랑하는데도 자신의 진짜 정체를 드러낼 수 없는 그 아줌마처럼. 아마도 앨마의 진짜 아빠도 자신의 정체를, 심지어 엄마에게조차 드러낼 수 없었던 것이다. 아마도 그래서 이름도 두 개인 것이다! 아니 두 개보다 더 많은지도 모른다! 우리 아빠도 스파이였으면 좋겠는데 그게 아니라서 질투가 났지만, 나는 스파이보다 더 좋은 라메드보브닉일지도 모른다고 생각하니 더이상 질투가 나지 않았다.

엄마가 나를 살펴보려고 아래층에 내려왔다. 엄마는 한 시간만 나갔다 오겠다며 나 혼자서도 괜찮겠냐고 물었다. 문이 닫히고 자물쇠 돌아가는 소리가 들린 후, 나는 하-님과 얘기를 나누기 위해 욕실로 갔다. 그러고는 부엌에 가서 피넛버터와 젤리 샌드위치를 만들었다. 바로 그때 전화가 울렸다. 특별한 전화라고 생각하지 않고 받았는데 수화기 건너편 사람이, 여보세요, 저는 버나드 모리츠라고 합니다만, 앨마 싱어와 통화할 수 있을까요? 하고 말하는 것이었다.

그래서 나는 하-님이 내 말을 들으신다는 것을 알았다.

심장이 미친듯이 뛰었다. 아주 빨리 생각해야 했다. 나는, 누나가 지금 집에 없는데 메시지를 남기시면 전해드릴게요, 라고 말했다. 그 아저씨가, 음, 좀 긴 얘기라서, 라고 말했다. 그래서 나는, 긴 메시지도 전해줄 수 있어요, 라고 대답했다.

그 아저씨가, 앨마가 우리 형 집 문에 쪽지를 남겼어, 라고 말했다. 적어도 일주일은 지났을 거야, 우리 형은 병원에 있었고, 형에게 남긴 쪽지에 앨마가 형을 안다고,『사랑의 역사』와 관련해 이야기하고 싶다고 썼어. 그리고 이 번호를 남겼단다.

난 다 알고 있었어요!라거나, 그분이 스파이인 걸 아셨어요?라는 얘기는 하지 않았다. 그냥 이상한 소리를 하지 않으려고 아무 말도 하지 않았다.

그런데 그 아저씨가, 어쨌거나 형은 세상을 떠났어, 병을 오래 앓았거든, 그리고 형이 죽기 전에 우리 어머니 서랍에서 어떤 편지들을 발견했다는 말을 하지 않았다면 이 전화도 하지 않았을 거야, 라고 말했다.

나는 아무 말도 하지 않았고, 그래서 아저씨가 계속 말을 했다.

아저씨는 말했다, 그 편지들을 읽은 형은 『사랑의 역사』라는 책의 저자가 형의 진짜 아버지라는 생각을 하게 된 거야. 난 사실 그 말을 믿지 않았는데, 그러다 앨마가 남긴 쪽지를 보게 된 거지. 앨마가 그 책을 언급했고, 게다가 우리 어머니 이름도 앨마거든. 그래서 앨마랑 얘기해야겠다고, 아니면 적어도 아이작이 세상을 떠났다는 얘기라도 해서 앨마가 궁금해하지 않게 해줘야겠다고 생각한 거란다.

바로 이 모리츠 씨가 앨마의 아빠라고 생각했던 나는 그 말을 듣고 나니 다시 머리가 뒤죽박죽되었다. 내가 할 수 있는 유일한 생각은 앨마의 아빠에게는 자신의 존재를 모르는 자식들이 굉장히 많을지도 모른다는 것이었다. 이 아저씨의 형이 그중 하나고, 앨마 역시 그중 하나이며, 두 사람이 동시에 자기들의 아버지를 찾고 있는 거라고.

나는 말했다, 아저씨 형이 자기 진짜 아빠가 『사랑의 역사』의 저자라고 생각했다는 거죠?

전화를 건 아저씨가 말했다. 그래.

그래서 나는 말했다, 아저씨 형은 자기 아빠 이름이 즈비 리트비노프라고 생각했나요?

이제는 전화를 건 아저씨의 머리가 뒤죽박죽된 것 같았다. 아저씨는 말했다. 아니, 형은 자기 아버지 이름이 레오폴드 거스키라고 생각했어.

나는 목소리를 아주 조용하게 가라앉히고 말했다. 철자를 좀 알려주시겠어요? 그러자 아저씨는 말했다. G-U-R-S-K-Y. 나는 말했다, 왜 아저씨 형은 자기 아버지 이름이 레오폴드 거스키라고 생각했나요? 그러자 아저씨가 말했다, 그 사람이 우리 어머니에게 편지와 함께 자기가 쓰고 있는 『사랑의 역사』라는 책의 일부를 보냈으니까.

속으로 신이 나서 미칠 것 같았다. 모두 다 이해한 건 아니지만 앨마의 아빠에 관한 수수께끼를 거의 풀어가고 있다고 생각했기 때문에, 그리고 그것을 푼다면 누군가를 돕는 것이고, 내가 비밀스럽게 누군가를 돕는다면 난 여전히 라메드보브닉일 것이며 그러면 모든 것이 다 괜찮을 테니까.

그런데 아저씨가 말했다, 얘야, 그냥 싱어 양과 직접 얘기하는 게 좋을 것 같구나. 나는 아저씨가 의심할까봐, 누나에게 메시지를 전할게요, 하고는 전화를 끊었다.

나는 식탁에 앉아 모든 것에 대해 생각해보려 했다. 『사랑의 역사』를 아빠가 주었다고 한 엄마의 말은 앨마의 아빠가 자신이 직접 쓴 책을 주었다는 뜻임을 이젠 알 수 있었다.

나는 눈을 꼭 감고 나 자신에게 물었다, 내가 라메드보브닉이라면, 어떻게 해야 이름이 레오폴드 거스키이고 즈비 리트비노프이기도 하며 메러민스키 씨이고 모리츠 씨이기도 한 앨마의 아빠를 찾을 것인가?

　나는 눈을 떴다. 아까 내가 G-U-R-S-K-Y라고 써놓은 메모장을 쳐다보았다. 그러고는 냉장고 위에 있는 전화번호부를 올려다보았다. 사다리를 가져다 그 위로 올라갔다. 표지에 먼지가 엄청 많이 쌓여 있어서 먼지를 닦아내고 G 부분을 펼쳤다. 정말 찾을 수 있을 거라고는 생각하지 않았다. 성이 걸랜드이고 이름이 존인 사람이 있었다. 손가락을 아래로 내려가니 거롤, 거로프, 거로비치, 거레라, 거린, 거숀 등이 있었는데 거슈모프 다음에 있는 그 이름을 보았다. 거스키 레오폴드. 여태 바로 거기에 있었던 것이다. 나는 그 사람의 전화번호와 주소, 그랜드 스트리트 504번지를 적고 전화번호부를 덮은 다음 사다리를 치웠다.

10월 7일

היהי

　오늘은 토요일이므로 다시 아픈 척할 필요가 없었다. 앨마는 일찍 일어나더니 외출할 거라고 말했고, 엄마가 내게 몸이 어떠냐고 물었을 때 나는, 훨씬 좋아, 라고 말했다. 그러자 엄마가 둘이서 동물원에 간다든가, 함께 하고 싶은 게 있느냐고 물었다. 우리가 가족으로서 많은 일을 함께하면 좋을 거라고 닥터 비슈누바카트가 말했기 때문이다. 나는 그러고 싶었지만 해야 할 일이 있다는 것을 잘 알았다. 그래서 말했다. 내일 가든지 해. 그런 다음 엄마 서재로 올라가 컴퓨터를 켜고 『사랑의 역사』를 인쇄했다. 그것을 갈색 봉투에 넣고 앞에다 썼다. 레오폴드 거스키 귀하. 엄마에게 나가서 좀

놀다 오겠다고 말했더니 엄마가, 어디서 놀아? 해서 나는, 루이스네 집, 하고 말했다. 이제 루이스는 내 친구가 아니지만. 엄마는 말했다. 알겠어, 하지만 전화해줘야 돼. 나는 레모네이드를 팔아 번 돈에서 100달러를 꺼내 주머니에 넣었다. 『사랑의 역사』가 든 봉투를 외투 아래에 숨기고 밖으로 나갔다. 그랜드 스트리트가 어딘지는 몰랐지만 이제 난 열두 살이 다 되었으므로 그곳을 찾을 수 있을 것임을 알았다.

A+L

편지는 반송 주소 없이 우편으로 도착했다. 내 이름 앨마 싱어가 앞면에 타자기로 찍혀 있었다. 내가 여태 받아본 편지는 모두 미샤에게서 온 것인데 미샤는 타자기를 쓴 적이 없었다. 편지를 열었다. 딱 두 줄이었다. 앨마에게, 편지는 그렇게 시작했다. 토요일 네시에 센트럴파크 동물원 입구 앞쪽 벤치에서 만나요. 제가 누군지는 아실 거라고 생각해요. 성심을 담아, 레오폴드 거스키.

이 공원 벤치에 얼마나 오래 앉아 있었는지 모르겠다. 이제 해는 거의 다 졌지만 아직 빛이 남아 있을 때는 조각상을 감상할 수 있었다. 곰과 하마, 그리고 염소가 아닐까 싶은 발굽 동물. 오는 길에 분수를 지났다. 수조는 말라 있었다. 바닥에 동전이 있는지 들여다보았다. 하지만 낙엽밖에 없었다. 이제 어디에서나 보이는 낙엽은 떨어지고 또 떨어져서 세상을 흙으로 되돌리고 있다. 이따금 나는 세상이 나와 같은 일정으로 돌아가지 않는다는 것을 잊는다. 모든 것이 죽어가는 게 아니라는 것, 혹은 죽어가더라도 해가 조금 비치고 일상적인 격려만 해주면 다시 살아날 거라는 것. 이따금 나는 생각한다, 난 이 나무보다 나이가 많고, 이 벤치보다 나이가 많고, 비보다 나이가 많다. 그렇긴 하지만. 난 비보다 나이가 많지는 않다. 비는 오랜 세월 동안 내렸고 내가 간 뒤에도 계속 내릴 것이다.

편지를 다시 읽었다. 제가 누군지는 아실 거라고 생각해요, 편지에 쓰여 있었다. 하지만 내가 아는 사람 중에 이름이 레오폴드 거스키인 사람은 없다.

여기 앉아서 기다리기로 마음먹었다. 인생에서 달리 더 해야 할 일도 없다. 엉덩이가 저리겠지만, 그보다 더 나쁜 일은 없기를. 목이 마르면 무릎을 꿇고 풀을 핥는다고 죄가 되지는 않을 것이다. 나는 발이 땅 밑으로 뿌리를 내리고 손 위로 이끼가 자란다고 상상하기를 즐긴다. 과정이 더 빨리 진행되도록 신발을 벗을 수도 있을 것이다. 발가락 사이로 느껴지는 젖은 흙, 다시 소년이 된 것처럼. 손가락에서 이파리가 자랄 것이다. 아이가 나를 타고 오를지도 모른다. 아까 내가 보고 있을 때 텅 빈 분수에 조약돌을 던지던 조그만 남자애. 나무를 타지 못할 만큼 자라버린 아이는 아니었다. 제 나이에 비해 너무 많은 것을 아는 아이라는 걸 알 수 있었다. 아마도 자신은 이 세상에 맞지 않는다고 믿었을 것이다. 나는 그애에게 말하고 싶었다. 네가 아니라면, 그럼 누가?

어쩌면 정말로 미샤가 보낸 건지도 모른다. 그애가 할 만한 짓이다. 토요일에 가보면, 미샤가 벤치에 앉아 있을 것이다. 미사의 부모님이 서로에게 고함을 지르는 가운데 그의 방에 있었던 그날 오후 이후로 두 달이 지났다. 얼마나 보고 싶었는지 그애에게 말할 것이다.

거스키─러시아 이름 같았다.

아마도 미샤가 보냈을 것이다.

하지만 아닐 수도 있다.

아무 생각도 하지 않는 때가 있었고, 내 인생에 대해 생각한 때도 있었다. 최소한 삶을 꾸리기는 했다. 어떤 종류의 삶? 그냥 삶. 나는 살았다. 쉽지는 않았다. 그렇긴 하지만. 절대로 견딜 수 없는 것이란 거의 없다는 것을 깨달았다.

미샤가 보낸 게 아니라면, 아마도 체임버스 스트리트 31번지 시립 문서 보관소에서 일하는 안경 낀 남자, 날 토끼 고기 아가씨라고 부른 그 남자가 보냈는지도 모른다. 나는 그의 이름을 묻지 않았지만, 그는 내 이름과 주소를 알았다. 문서 신청서를 작성해야 했으니까. 어쩌면 그 사람이 뭔가—파일이나 증명서 같은 것—를 찾아냈는지도 모른다. 아니면 내가 실은 열다섯 살이 아니라 더 나이가 많다고 생각했는지도 모르고.

숲에서 살았던 적이 있다, 아니 여러 숲에서, 복수複數의 숲. 벌레를 먹었다. 곤충도 먹었다. 입에 넣을 수 있는 것은 무엇이든 먹었다. 배탈이 날 때도 있었다. 뱃속이 엉망이었지만 뭔가 씹을 것이 필요했다. 웅덩이의 물을 마셨다. 눈도. 구할 수 있는 것은 무엇이든. 때로는 농부들이 마을 주변에 땅을 파고 만든 감자 저장고에 숨어들었다. 겨울에 다른 곳보다 조금 더 따뜻했기 때문에 좋은 은신처였다. 하지만 거기에는 설치류들이 있었다. 쥐를 날로 먹었던 얘기를 하자면―그래, 먹었다. 살고 싶은 마음이 절박했던 모양이다. 그리고 그 이유는 단 하나였다, 바로 그녀.

진실을 말하자면, 그녀는 나를 사랑할 수 없다고 했다. 그녀가 작별인사를 했을 때 그것은 영원한 작별이었다.

그렇긴 하지만.

나는 고의로 잊었다. 왜 그랬는지는 모른다. 나 자신에게 계속 물어본다. 하지만 그랬다는 건 사실이다.

아니면 센터 스트리트의 뉴욕시 서기관 사무소에서 일하는 나이든 유대인 아저씨가 보낸 건지도 모른다. 그 아저씨는 레오폴드 거스키일 수도 있게 생겼다. 아마도 그 아저씨가 앨마 모리츠, 아니면 아이작, 아니면 『사랑의 역사』에 대해 뭔가 아는가보다.

내가 마음만 먹으면 실제로는 없는 것도 볼 수 있음을 처음 깨달았던 때가 기억난다. 열 살이었고 학교가 끝나 집을 향해 걸어가고 있었다. 우리 반 남자애들 몇몇이 소리치고 웃으면서 내 옆을 달려지나갔다. 나도 그애들처럼 되고 싶었다. 그렇긴 하지만. 어떻게 하면 그럴 수 있는지 몰랐다. 난 항상 다른 아이들과 다르다고 느꼈고 그 다름이 힘들었다. 그때 모퉁이를 돌아 그것을 보았다. 광장에 홀로 서 있는 거대한 코끼리. 내 상상이라는 것을 알았다. 그렇긴 하지만. 믿고 싶었다.

그래서 노력했다.

그리고 가능하다는 것을 알았다.

아니면 이스트 52번가 450번지의 경비 아저씨에게서 온 편지인 지도 모른다. 아마도 그 아저씨가 아이작에게 『사랑의 역사』에 관해 물었을 것이다. 아마도 아이작이 그 아저씨에게 내 이름을 물었을 것이다. 아마도 아이작이 죽기 전에 내가 누군지 알아내서, 내게 무언가를 전해달라고 경비 아저씨에게 부탁했을 것이다.

코끼리를 본 날 이후, 나는 더 많은 것을 보고 더 많은 것을 믿게 되었다. 그것은 나 자신과 하는 게임이었다. 앨마에게 내가 보는 것들을 말하자 그녀는 웃음을 터트리며 내 상상력을 사랑한다고 말했다. 그녀를 위해 나는 조약돌을 다이아몬드로, 구두를 거울로 변하게 했다. 유리를 물로 변하게 했다. 그녀에게 날개를 주었고 그녀의 귀에서 새들을 뽑아냈고 그녀가 주머니에 손을 넣어 깃털을 찾아내게 했다. 배에게 파인애플이 되라고, 파인애플에게 전구가 되라고, 전구에게 달이 되라고, 달에게 동전이 되라고 명했으며 그녀의 사랑을 걸고 그 동전을 던졌다. 둘 다 앞면인 그 동전으로 나는 결코 질 수 없다는 것을 알았다.

그리고 이제, 인생의 끝자락에서, 나는 실재하는 것과 내가 믿는 것의 차이를 거의 구분할 수 없다. 예를 들어, 내 손에 있는 이 편지─손가락 사이로 그것을 느낄 수 있다. 종이는 접힌 부분만 빼면 매끄럽다. 펼쳤다가 다시 접을 수도 있다. 내가 지금 여기에 앉아 있다는 사실만큼이나 확실하게. 이 편지는 존재한다.

그렇긴 하지만.

마음속으로는 내 손에 아무것도 없다는 것을 안다.

아니면 아이작 자신이 죽기 전에 이 편지를 써서 보낸 것인지도 모른다. 어쩌면 레오폴드 거스키는 그의 책에 나오는 다른 작중 인물인지도 모른다. 어쩌면 그가 내게 하고 싶은 말이 있었는지도 모른다. 그런데 이제는 너무 늦어버렸다―내일 가보면 공원 벤치에는 아무도 없을 것이다.

살아 있는 방법은 참으로 여러 가지가 있지만, 죽어 있는 방법은 딱 한 가지다. 나는 자세를 잡았다. 나는 생각했다, 여기 있으면 온 건물에 냄새를 풍길 지경이 되기 전에 사람들이 날 찾아내겠지. 프리드 부인이 죽고 사흘이 지나서야 발견되었을 때, 관리소에서 우리 현관문 아래로 전단을 밀어넣었는데 거기에는 이렇게 쓰여 있었다. 오늘은 창문을 열어두시기 바랍니다, 관리소. 그렇게 우리는, 어릴 때는 상상할 수 없었던 별별 곡절을 겪고 마지막으로 식료품점에 가서 쿠키 한 상자를 샀으나 그것을 뜯기도 전에 쉬려고 누웠다가 심장이 정지되어 삶을 마친 프리드 부인 덕분에, 다들 신선한 공기를 즐겼다.

　나는 생각했다. 야외에서 기다리는 편이 낫지. 날씨는 더 나빠졌고, 날카로운 한기가 밀려왔고, 낙엽이 흩어졌다. 인생에 대해 생각하기도 했고, 생각을 비우기도 했다. 가끔 한 번씩 충동이 생기면 간단한 설문조사를 했다. 질문: 다리에 감각이 느껴지는가? 아니요. 질문: 엉덩이에는? 아니요. 질문: 심장이 뛰는가? 예.

그렇긴 하지만.

나는 참을성이 있었다. 당연히 다른 사람들도 있었다. 공원의 다른 벤치에. 죽음은 분주했다. 돌볼 사람이 너무 많았다. 죽음이 내가 거짓말로 주의를 끈다고 생각하지 않도록, 지갑 속에 있던 색인 카드를 꺼내 옷핀으로 재킷에 꽂았다.

수백 가지 일들이 인생을 바꿀 수 있다. 그리고 내가 편지를 받은 때부터 누가 됐든 그것을 보낸 사람을 만나러 갈 때까지 그 며칠 사이에, 무슨 일이든 일어날 수 있었다.

경찰관이 지나갔다. 그는 내 가슴팍에 꽂힌 카드를 읽고 나를 쳐다보았다. 그가 내 코밑에 거울을 대볼 거라고 생각했지만, 그는 괜찮은지 묻기만 했다. 나는 그렇다고 대답했다, 왜냐면, 달리 뭐라고 하겠는가? 평생 그녀를 기다려왔다. 그녀는 죽음과 정반대이다─그리고 나는 지금 여기에서 아직도 그녀를 기다리고 있다?

마침내 토요일이 왔다. 내가 가진 유일한 원피스, 통곡의 벽에서 입었던 그 옷은 너무 작았다. 그래서 치마를 입고 주머니에 편지를 찔러넣었다. 그러고는 길을 나섰다.

그렇다고 내 삶이 거의 끝났다는 것은 아니다. 인생에 관해 가장
인상 깊은 점은 그 변화 능력이다. 어느 날 우리는 사람이었는데
다음날 그들은 우리가 개라고 한다. 처음에는 견디기 힘들지만, 한
참 지나면 그것을 상실로 여기지 않는 법을 터득한다. 심지어 짜릿
한 흥분을 느끼며 깨닫는 때도 있다. 변함없이 유지되는 것들이 아
무리 적어도 우리는, 달리 적당한 표현이 없어서 '인간으로 살기'
라고 칭하는 노력을 여간해서는 멈추지 않는다는 사실을.

나는 지하철에서 나와 센트럴파크 방향으로 걸어갔다. 플라자호텔을 지났다. 어느덧 가을이 되어 나뭇잎이 갈색으로 변해 떨어지고 있었다.

59번가에서 공원으로 들어가 동물원으로 가는 길을 따라 걸었다. 입구에 도착했을 때 가슴이 철렁 내려앉았다. 대략 스물다섯 개쯤 되는 벤치가 한 줄로 늘어서 있었다. 그중 사람들이 앉아 있는 것은 일곱 개였다.

누가 그 사람인지 어떻게 안단 말인가?

한 줄로 늘어선 벤치들을 따라 오르락내리락하며 걸었다. 내게 두 번 눈길을 준 사람은 아무도 없었다. 마침내 어떤 남자 옆자리에 앉았다. 그는 신경을 쓰지 않았다.

손목시계가 네시 이분을 가리키고 있었다. 그는 아마 늦을 모양이었다.

언젠가 감자 저장고에 숨어 있을 때 나치 친위대가 왔다. 입구는 얇은 건초 한 겹으로 가려져 있었다. 발소리가 다가왔고, 그들의 말소리가 마치 내 귀 안에서 하는 얘기처럼 들렸다. 두 사람이었다. 하나가 마누라가 다른 남자랑 자고 있어, 하고 말하자 다른 하나가 그걸 어떻게 알아? 하니까 처음 그 사람이 몰라, 그냥 의심이 들어, 했고 그 말에 두번째 사람이 왜 의심이 드는데? 했으며, 내 심장이 멎으려 하는 순간에 첫번째 사람이, 그냥 기분이 그래, 라고 말했고 나는 머리에 총알이 박히는 상상을 하고 있는데, 그가 생각을 제대로 할 수가 없어, 완전히 입맛을 잃어버렸어, 라고 말했다.

십오 분이 지났고, 이십 분이 지났다. 내 옆자리 남자가 일어서서 멀어져갔다. 어떤 여자가 앉아서 책을 펼쳤다. 하나 건너 벤치에서 다른 여자가 일어섰다. 두 개 건너 벤치에서 아이 엄마가 어떤 할아버지 옆에 앉아 유아차를 살살 흔들었다. 세 개 건너 벤치에서 연인 한 쌍이 웃으며 손을 잡았다. 이윽고 그들이 일어서서 멀어져가는 모습이 보였다. 아이 엄마가 일어나 아기를 밀고 떠나갔다. 이제 여자와 할아버지와 내가 남았다. 이십 분이 더 지났다. 저녁이 되고 있었다. 누가 되었든 그 사람은 안 올 거라는 생각이 들었다. 여자가 책을 덮고 멀어져갔다. 남은 것은 할아버지와 나뿐이었다. 나는 낙담했다. 내가 무엇을 바란 건지 알 수 없었다. 가려고 일어섰다. 할아버지 앞을 지나갔다. 그의 가슴팍에 옷핀으로 꽂은 카드가 있었다. 거기에 이렇게 쓰여 있었다. 내 이름은 레오 거스키입니다 가족은 없습니다 파인론 공동묘지에 전화 부탁드립니다 그곳의 유대인 구역에 제 묏자리가 있습니다 배려해주셔서 감사합니다.

군인 남편을 기다리는 데 지친 그 아내 때문에 나는 살아남았다. 남자가 건초 밑에 아무것도 없다고 결론짓기 위해 한 일이라고는 건초를 쿡쿡 쑤셔보는 것뿐이었다. 그의 머릿속이 그렇게 꽉 차 있지 않았다면 나는 발각되었을 것이다. 이따금 그 여자는 어떻게 되었을까 궁금하다. 여자가 그 미지의 남자에게 키스하려고 처음으로 다가선 순간 그녀는 그를 향해 마음이 움직이는 것을, 혹은 그저 외로움으로부터 멀어지는 것을 느꼈을 것이고, 그것은 별것 아닌 사소한 일이 세상 건너편에서 천재지변을 일으키는 그런 상황이었는데, 다른 점이 있다면 이것은 재앙의 정반대였다는 것, 그녀가 생각 없이 베푼 은혜가 우연히 내 생명을 구했는데 그녀는 그것을 알지 못했으며 그 또한 사랑의 역사의 일부라는 것, 나는 그런 상상을 즐겨 한다.

나는 그 할아버지 앞에 섰다.

그는 내가 있다는 사실을 알아차리지도 못하는 것 같았다.

나는 말했다. "제 이름은 앨마예요."

그리고 바로 그 순간 그녀를 보았다. 가슴이 지시를 내릴 때 머리가 무얼 할 수 있는지 생각하면 참 신기하다. 그녀는 내 기억과 달라 보였다. 그렇긴 하지만. 같았다. 눈, 그 눈을 보고 그녀를 알아보았다. 나는 생각했다. 천사는 바로 이렇게 오는구나. 그녀가 나를 가장 사랑했던 나이에 멈춰진 모습으로.

이게 무슨 일이람, 나는 말했다. 내가 가장 좋아하는 이름인데.

나는 말했다. "제 이름은 『사랑의 역사』라는 책에 나오는 모든 소녀의 이름에서 따왔어요."

나는 말했다, 그 책을 내가 썼지.

"아." 나는 말했다. "전 진지하게 한 얘기예요. 진짜로 있는 책이거든요."

나도 장단을 맞췄다. 나는 말했다, 나도 이보다 더 진지할 수는 없단다.

무슨 말을 해야 할지 알 수가 없었다. 할아버지는 아주 나이가 많았다. 장난을 하고 있거나 정신이 혼란스러운 건지도 몰랐다. 대화를 이어가려고 나는 말했다. "작가세요?"

할아버지는 말했다. "그렇다고도 할 수 있지."

나는 할아버지가 쓴 책의 제목이 뭐냐고 물었다. 하나는 『사랑의 역사』이고 다른 하나는 『세상 모든 것을 표현할 말들』이라고 했다.

"이상하네요." 나는 말했다. "어쩌면 『사랑의 역사』라는 책이 두 가지인가봐요."

할아버지는 아무 말도 하지 않았다. 그의 눈이 빛났다.

"제가 얘기하는 책은 즈비 리트비노프가 쓴 거예요." 나는 말했다. "스페인어로 쓴 책이고요. 아빠가 엄마를 처음 만났을 때 그 책을 엄마에게 주었어요. 그러다 아빠가 돌아가셨고 엄마는 그 책을 치워두었는데, 한 여덟 달쯤 전에 누가 편지로 엄마에게 그 책을 번역해달라고 했죠. 이제 엄마는 몇 장만 더 번역하면 돼요. 제가 얘기하는 『사랑의 역사』에는 '침묵의 시대'라는 장이 있고, '감정의 탄생'이라는 장도 있고, 또⋯⋯"

세상에서 가장 늙은 할아버지가 웃음을 터트렸다.

그는 말했다, "지금 무슨 말을 하는 거야, 네가 즈비도 사랑했다는 말이야? 날 사랑했다가, 그후에는 나와 브루노를 둘 다 사랑했다가, 그후에는 브루노만 사랑했다가, 또 그후에는 브루노도 나도 사랑하지 않았던 것만으로는 충분하지 않았던 거야?"

나는 불안해지기 시작했다. 어쩌면 미친 사람인지도 몰랐다. 아니면 그냥 외롭거나.

어두워지고 있었다.

나는 말했다, "죄송해요. 무슨 말씀인지 모르겠어요."

나 때문에 그녀가 겁먹은 것 같았다. 언쟁하기엔 너무 늦었다는 것을 알고 있었다. 육십 년이 지났다.

나는 말했다. 미안해. 제일 좋았던 부분이 어디인지 말해봐. '유리의 시대'는 어땠어? 널 웃게 해주고 싶었어.

그녀의 눈이 커졌다.

또 울게도 해주고.

이제 그녀는 겁먹은데다 놀라기까지 한 듯했다.

그러다 생각이 떠올랐다.

불가능한 일 같았다.

그렇긴 하지만.

내가 가능하다고 믿은 일들이 사실은 불가능하고, 내가 불가능하다고 믿은 일들이 사실은 불가능하지 않다면?

예를 들면.

만일 벤치 옆자리에 앉은 이 소녀가 진짜라면?

만일 이애가 나의 앨마를 따라 앨마라고 이름 지어진 거라면?

만일 내 책이 물난리 속에서 사라진 게 아니라면?

만일……

남자 하나가 지나가고 있었다.

실례 좀 합시다, 나는 그를 불렀다.

네? 그가 말했다.

지금 내 옆에 사람이 앉아 있소?

남자는 어리둥절한 표정이었다.

무슨 말씀이신지 모르겠습니다, 그가 말했다.

나도 몰라요, 나는 말했다. 내 질문에 대답 좀 해주시겠소?

어르신 옆에 사람이 앉아 있느냐고요? 그가 말했다.

그게 내 질문이오.

그러자 그가 말했다. 네.

그래서 나는 말했다. 소녀요? 열다섯 살, 열여섯 살일 수도 있고, 아니면 성숙한 열네 살일 수도 있고?

그는 웃음을 터트리고 말했다. 네.

'아니요'의 반대인 '네'?

'아니요'의 반대 맞아요, 그가 말했다.

고맙소, 나는 말했다.

그는 멀어져갔다.

나는 그 아이에게 고개를 돌렸다.

정말이었다. 낯이 익기는 했다. 그렇긴 하지만. 이제 제대로 보니 나의 앨마와 그리 많이 닮지는 않았다. 일단 그 아이는 키가 훨씬 컸다. 그리고 머리칼이 검은색이었다. 앞니에 벌어진 틈이 있었다.

브루노가 누구예요? 아이가 물었다.

그애 얼굴을 찬찬히 뜯어보았다. 대답을 생각해내려 했다.

그야말로 투명인간이지, 나는 말했다.

아이의 겁먹고 놀란 표정에 이제 혼란이 추가되었다.

그런데 그 사람은 누구냐고요.

내게 있었던 적 없는 친구야.

아이는 나를 바라보며 기다렸다.

내가 글로 만들어낸 최고의 인물이지.

아이는 아무 말도 하지 않았다. 아이가 일어나 가버릴까봐 두려웠다. 다른 할말은 생각나지 않았다. 그래서 진실을 말했다.

브루노는 죽었어.

그 말을 하자니 마음이 아팠다. 그렇긴 하지만. 더 많은 것들이 있었다.

1941년 7월 어느 날에 죽었지.

아이가 일어서서 멀어져가기를 기다렸다. 하지만. 아이는 눈 하나 깜빡하지 않고 거기 그대로 있었다.

너무 많이 가버렸다.

나는 생각했다. 조금 더 가지 못할 건 뭔가?

또다른 것도 있단다.

아이의 관심이 내게로 쏠렸다. 그 모습을 보는 것은 기쁨이었다. 아이는 귀기울이며 기다렸다.

내 존재조차 모르던 아들이 하나 있었어.

비둘기가 날개를 치며 하늘로 날아갔다. 나는 말했다,

그 아이 이름은 아이작이었지.

그때 나는 여태 엉뚱한 사람을 찾고 있었음을 깨달았다.

나는 세상에서 가장 늙은 할아버지의 눈을 들여다보며 열 살 때 사랑에 빠진 소년을 찾아보았다.

나는 말했다. "이름이 앨마인 소녀를 사랑한 적이 있나요?"

할아버지는 말이 없었다. 그의 입술이 떨렸다. 나는 그가 이해했다고 생각했고, 그래서 다시 물었다. "이름이 앨마 메러민스키인 소녀를 사랑한 적이 있나요?"

할아버지가 손을 내밀었다. 그는 내 팔을 두 번 두드렸다. 할아버지가 내게 무슨 말을 하려고 한다는 것은 알았지만 무엇인지는 알 수 없었다.

나는 말했다. "이름이 앨마 메러민스키이고 미국으로 떠난 소녀를 사랑한 적이 있나요?"

할아버지의 눈에 눈물이 가득 고였다. 그는 내 팔을 두 번 두드리더니 다시 두 번을 두드렸다.

　나는 말했다. "아버지의 존재조차 몰랐다는 그 아들, 그 사람 이름이 아이작 모리츠인가요?"

심장이 부풀어오르는 느낌이 들었다. 나는 생각했다. 난 이렇게 오래 살아왔어. 제발. 조금 더 산다고 큰일이 나지는 않잖아. 아이의 이름을 소리 내어 불러보고 싶었다. 내 사랑이 어떤 소소한 방식으로 그애에게 이름을 주었다는 것을 알았기 때문에 그 이름을 부르는 것은 기쁨이었을 것이다. 그렇긴 하지만. 말이 나오지 않았다. 잘못된 문장을 고르게 될까봐 두려웠다. 아이가 말했다. 아버지의 존재조차 몰랐다는 그 아들─나는 아이를 두 번 두드렸다. 그러고 나서 두 번 더 두드렸다. 아이가 내 손을 잡았다. 다른 쪽 손으로 두 번 두드렸다. 아이가 내 손가락을 꽉 쥐었다. 두 번 두드렸다. 아이가 머리를 내 어깨에 기댔다. 두 번 두드렸다. 아이가 한쪽 팔로 나를 감쌌다. 두 번 두드렸다. 아이가 양팔로 나를 감싸안았다. 나는 두드리기를 멈췄다.

앨마, 나는 말했다.

아이가 말했다, 네.

앨마, 나는 다시 말했다.

아이가 말했다, 네.

앨마, 나는 말했다.

아이가 나를 두 번 두드렸다.

레오폴드 거스키의 죽음

레오폴드 거스키는 1920년 8월 18일에 죽기 시작했다.
걷기를 배우다가 죽었다.
칠판 앞에 서 있다가 죽었다.
그리고 한번은 무거운 쟁반을 옮기다가.
새로운 서명 방법을 연습하다 죽었다.
창문을 열다가.
욕조에서 성기를 씻다가.

그는 혼자 죽었다. 누구에게든 전화를 걸기가 너무 창피해서.
혹은 앨마를 생각하다가 죽었다.
혹은 생각하지 않으려 하다가.

정말이지, 별로 말할 것은 없다.
그는 위대한 작가였다.
그는 사랑에 빠졌다.
그것이 그의 삶의 전부였다.

잊어서는 안 될 이야기

『사랑의 역사』는 세 사람의 이야기다. 맨해튼의 늙은 열쇠공 레오 거스키. 브루클린에 사는 열네 살 소녀 앨마 싱어. 그리고 칠레에 살다가 죽은 레오 거스키의 친구 즈비 리트비노프. 레오는 청년기에 폴란드에서 한마을에 사는 소녀를 향한 사랑을 소설로 썼으나 독일군을 피해 망명하며 소녀도 원고도 잃었다. 레오의 부탁으로 그의 소설 『사랑의 역사』를 보관하던 즈비는 친구의 글을 읽고 감동해서 스페인어로 번역해 자기 이름으로 출간하고, 칠레를 여행하다 우연히 이 책을 발견한 앨마의 아버지는 자기 딸에게 그 주인공의 이름을 붙여준다.

이렇게 깊이 얽힌 사람들의 이야기가 처음에는 따로 진행되다가 맨 마지막에 서로 합쳐지면서 그 인연이 드러난다. 전쟁에 가족을 모두 잃고 낯선 나라로 도망쳐 평생 한 여자만을 사랑하며 홀로 살아온 노인의 차가운 고독은 마지막 장면에서 서로의 존재도 몰랐지만 그 누구보다 자신을 이해할 소녀와의 만남으로 따뜻하게 녹아내린다.

이 소설에는 슬픔과 고독이 흘러넘친다. 남편을 잃고 영영 슬픔에서 헤어나지 못하는 앨마의 엄마와 늘 주위에 깔린 슬픔의 기운에서 벗어날 엉뚱한 방법을 찾은 남동생, 그리고 그 둘 모두를 걱정스럽게 지켜보는 앨마. 자기 아들에게 한 번도 아버지로 나서보지 못하다 급기야 먼저 세상을 뜬 아들을 멀리서 지켜봐야 하는 레오와 죽기 직전에야 아버지의 존재를 알게 된 그의 아들. 친구가 죽었다고 생각하고 그의 작품을 훔쳤다가 평생 죄책감에서 벗어나지 못한 채 죽은 즈비.

이 모든 슬픔은 나치의 유대인 학살이라는 과거의 비극에서 비롯되었다. 단지 특정 인종 집단에 속했다는 이유로 사람이 다른 사람을 대량 학살한 만행이 불과 백 년도 안 된 과거의 일이라는 사실은 쉽게 믿기지 않는다. 그런 비극이 이스라엘뿐만 아니라 세상 곳곳에 흩어져 사는 유대인들의 가슴에 남긴 상흔은 대대로 이어지며 많은 문학작품에서 때로는 감동적으로, 때로는 비극적으로 다뤄졌다.

가까운 과거의 이렇듯 참혹한 비극은 인간 존재를 탐구하기 위한 강렬한 소재가 되어왔지만, 이제는 세계의 강대국으로서 중동 평화를 끊임없이 위협하며 팔레스타인을 억압하는 가해자로 변한 이스라엘의 현재를 보면 홀로코스트는 시효가 다한 이야기라는 생각이 들 수도 있다. 그래서인지 홀로코스트가 조작된, 혹은 과장된 역사라는 주장도 심심찮게 흘러나온다. 바로 그 만행에서 살아남은 이탈리아의 작가 프리모 레비는 그러한 역사의 퇴색, 망각, 진실의 왜곡을 가장 안타까워했다. 문장의 아름다움으로나 인간 경험의 충격성으로나 사유의 깊이로나, 누군가의 인생 작가가 되기에 충분할 그의 글을 읽으면, 그리고 그런 참혹한 현실을 견디고 살아남은 프리모 레비가 자살로 생을 마감한 아이러니를 생각하면, 그 역사는 앞으로도 계속 이야기되어야 한다는 생각이 든다.

자주 들었다고 해서, 피해자가 이제는 힘을 키웠다고 해서 잊어서는 절대로 안 될 인류의 역사를 이 소설은 사랑의 역사라는 관점에서 아름답게 기록했다. 인간이 인간에게 가한 상처와 그럼에도 인간의 온기와 교감으로만 치유되는 슬픔을 노인과 소녀의 우정 이야기로 그린 이 소설 때문에 그 비극적인 역사는 시간이 흘러도 더 많은 이들의 가슴에 깊이 새겨질 것이다.

민은영

옮긴이 **민은영**
고려대학교 영어교육과를 졸업하고 이화여자대학교 통번역대학원에서 석사학위를 받았다. 현재 전문 번역가로 활동중이며, 옮긴 책으로 『남자가 된다는 것』 『어두운 숲』 『위대한 집』 『거지 소녀』 『어떤 날들』 『곰』 『칠드런 액트』 『존 치버의 편지』 『여름의 끝』 『에논』 『내 휴식과 이완의 해』 『사라진 것들』 『프란츠 카프카의 그림들』 등이 있다.

문학동네 세계문학
사랑의 역사

1판 1쇄 2020년 6월 3일 | 1판 10쇄 2024년 9월 11일

지은이 니콜 크라우스 | 옮긴이 민은영
기획 이현자 | 책임편집 이봄이랑 | 편집 윤정민 이희연 이현자
디자인 엄자영 이원경 | 저작권 박지영 형소진 최은진 오서영
마케팅 정민호 서지화 한민아 이민경 안남영 왕지경 정경주 김수인 김혜원 김하연 김예진
브랜딩 함유지 함근아 박민재 김희숙 이송이 박다솔 조다현 정승민 배진성
제작 강신은 김동욱 이순호 | 제작처 더블비(인쇄) 천광인쇄사(제본)

펴낸곳 (주)문학동네 | 펴낸이 김소영
출판등록 1993년 10월 22일 제2003-000045호
주소 10881 경기도 파주시 회동길 210
전자우편 editor@munhak.com | 대표전화 031) 955-8888 | 팩스 031) 955-8855
문의전화 031) 955-1927(마케팅) 031) 955-2685(편집)
문학동네카페 http://cafe.naver.com/mhdn
인스타그램 @munhakdongne | 트위터 @munhakdongne
북클럽문학동네 http://bookclubmunhak.com

ISBN 978-89-546-7182-8 03840

www.munhak.com

이 책에 쏟아진 찬사

매력적이고 다정다감하며 완전히 독창적인 작품. J.M. 쿳시(소설가)

진정한 활력과 용기와 기교를 보여주는 생기 넘치고 아름다운 책. 소설에 대한 믿음을, 나아가 모든 종류의 믿음을 회복시켜준다. 앨리 스미스(소설가)

『사랑의 역사』는 대단히 특별하고 아름다운 책이다. 말 그대로 첫 문장부터 마지막 문장까지, 읽는 내내 굉장한 기쁨을 느꼈다. 이것은 미스터리이자 산문시이며 명상록이자 수많은 질문에 대한 하나의 답이다. 마음을 사로잡고 자극하는 동시에 위로하는, 모두가 찾고 싶어하지만 쉽사리 발견할 수 없는 그런 작품이다. 니콜 크라우스는 위대한 문학이 오늘날에도 쓰이고 있다는 확실한 증거다.
엘리자베스 버그(소설가)

현기증이 날 만큼 흥미진진하고, 생생한 상상력이 돋보이는 작품. 니콜 크라우스는 엄청난 재능의 소유자다. 『사랑의 역사』를 계속 앞으로 나아가게 하는(그리고 눈부시게 아름다운 결말에 이르기까지 끊임없이 독자의 허를 찌르는) 강렬한 서사적 추동력에 더해, 이 소설은 독창적인 독백으로 가득하다. 가장 엉뚱한 순간에도 풍부하게 흘러나오는 화자의 목소리에는 깊고 놀라운 지혜가 담겨 있으며, 그것이 이 소설의 궁극적인 핵심이다. 따스함과 섬세함을 발하는 작가의 문장이 작품을 환히 밝힌다. **뉴욕 타임스**

이 작품은 놀랄 만큼 독창적인 순간에도 우리 마음의 가장 보편적인 요소를 건드린다. 소설의 마지막에 이르러, 『사랑의 역사』의 분절된 이야기들은 절박하게 포옹하듯 하나가 된다. **워싱턴 포스트**

『사랑의 역사』는 완벽한 음조를 유지하며, 현대의 뉴욕과 유대 방랑의 역사 사이를 춤추듯 오간다. 그 몸짓에는 감상적이지 않으면서도 처절한 우아함이 있다. 마치 천사가 쓴 글 같다. **가디언**

니콜 크라우스의 『사랑의 역사』는 소설이 가진 힘을 상기시켜준다. 유머와 슬픔과 통렬함과 희망이―때로는 그 모든 게 동시에―이 책 안에 있다. **퍼블리셔스 위클리**

삶과 문학의 상호작용에 대한 우아한 탐구. 매력적이고 유머러스하며 감동적이다.
북리스트

이 소설의 성취란 정확히 이런 것이다. 유쾌하고 유머러스하면서도 처절하게 슬픈, 아주 새로운 종류의 소설을 탄생시켰다는 것. **LA 위클리**

경이롭고 여운이 긴 다층적인 작품. 뒤얽힌 미스터리는 마음을 빼앗고 등장인물들은 뇌리에 깊이 남는다. 단순한 스릴러도, 성장소설도, 홀로코스트에 대한 회고록도 아닌 이 책은 그 셋 모두인 동시에 다른 무엇—상실과 사랑에 대한, 숨막히게 아름다운 고찰—이기도 하다. 『사랑의 역사』는 결국 삶은 살 만한 것이라고 느끼게 하는 그런 책이다. **마이애미 헤럴드**

'아름답다'는 말은 쉽게 남발해서는 안 되는 단어이지만 이 소설을 보면 그 말이 가장 먼저 떠오른다. 크라우스의 문장은 완전무결하다. **뉴어크 선데이 스타 레저**

탁월하다. 『사랑의 역사』는 복잡하고 웃기고 슬프고 우아하게 축조된, 사랑과 언어와 상상력의 힘에 대한 고찰이다. 크라우스가 아름답게 창조해낸 등장인물들은 유머와 아픔과 영민함을, 때로는 견딜 수 없을 정도의 절절함을 드러낸다.
시애틀 타임스

인간의 용기에 바치는 다정한 헌사. 일련의 인물들이 겪는 일상의 전투가 보석처럼 정교하게 다듬어진 문장으로 마음에 새겨진다. 그 누가 감동받지 않을 수 있겠는가? **인디펜던트 온 선데이**

거대하고 대담하며 가슴을 쥐어짜듯 슬프고 풀쩍 뛰어오르고 싶을 만큼 즐거운 작품. 니콜 크라우스의 이 뛰어난 소설은 사랑 그 자체만큼이나 깊고 다면적이다.
마리클레르